"百部好书"扶持项目
GUANGDONG PUBLISHING

"十三五"国家重点图书出版规划项目

丛书总主编
王　兆　胜
陈　剑　晖

文体与跨文体研究丛书

中国古代文学文体范畴研究

郭守运　著

广东高等教育出版社
Guangdong Higher Education Press
·广州·

图书在版编目（CIP）数据

中国古代文学文体范畴研究/郭守运著. —广州：广东高等教育出版社，2019.3

（文体与跨文体研究丛书/王兆胜，陈剑晖主编）

ISBN 978 -7 -5361 -6372 -0

Ⅰ. ①中… Ⅱ. ①郭… Ⅲ. ①中国文学 - 古典文学研究 Ⅳ. ①I206.2

中国版本图书馆 CIP 数据核字（2018）第 298729 号

书　　名	中国古代文学文体范畴研究 ZHONGGUO GUDAI WENXUE WENTI FANCHOU YANJIU
出版发行	广东高等教育出版社 地址：广州市天河区林和西横路　电话：（020）87554153 http://www.gdgjs.com.cn
印　　刷	佛山市浩文彩色印刷有限公司
开　　本	787 毫米×1 092 毫米　16 开
印　　张	22
字　　数	304 千
版　　次	2019 年 3 月第 1 版　2019 年 3 月第 1 次印刷
定　　价	52.00 元

总 序

中国是一个“文体论大国”。在古代，文体和文体论蔚为大观。但自“五四”新文学以降，在西方文艺理论的强势冲击下，现当代文学研究者和作家的文体意识越来越淡薄，而关于文体研究方面的丛书更为少见。20 世纪 90 年代中期，童庆炳先生曾主编一套“文体学丛书”，在云南人民出版社出版，受到季羡林、王蒙等著名学者和作家的高度评价，在学界产生了良好影响，但不知什么原因，这套丛书只出版了 5 本就终止了，以后国内一直未见到相关丛书出版。直到 2011 年，北京大学出版社又重新关注文体问题，并推出“中国古代文体学研究丛书”，这是文体研究成果作为丛书形式的又一次集中展示，也是文体研究的深化。但这套丛书只限于中国古代文体研究，没有涉及现当代文体和跨文体写作。因此，我们认为出版一套贯通我国古代、现代、当代和跨文体写作，既具开放意识与现代视野，又有时代感与当代性的文体研究丛书，有助于促进我国的文体研究和增强当代作家的文体意识，提升中国当代作家和文学研究者的文化自信。

本丛书纵论古今文体传统，钩沉千年文脉，攫取前贤英华，哺养现代精神。丛书不仅有新的创意和设计，有较大的学术价值，而且，丛书还呼应了弘扬传统文化，恢复文化自信这一主题。具体来说，本丛书有几方面的价值：

1. 立足于传统与现代，历史与现实，东方与西方，通过对中国传统文体资源的挖掘，将其同当代文化建设，同民族的复兴、文化的自信，以及整个中华民族国民素质、精神文明的提高联系起来。比如，《中国现代小说文体的发生》一书认为，中国小说文体有着本土化的天然特点，但这个特点过去我们重视不够，研究也不系统不深入。因此，本册以回归还原中国小说文体和文体观念的本体论为出发点，对中国古代小说如志怪三体、《世说新语》与“世说”体、唐人传奇之“奇”体、宋元话本到《聊斋志异》的“讲唱”体、明清章回小说的“文白”叙事体，进行了“谱系学”的爬梳考释。在文体类型研究的基础上，再对中国现代小说文体整体形态，文体类型的起源、发展演变进行全面、系统的探讨。该册虽以考释中国小说文体的本土化语境为旨归，尽可能还原中国小说的独特谱系，但又注重与西方文体谱系进行比较，力图使中国小说的文体既拥有自主性和独立性，又具系统化和学理化。此外，把小说文体研究作为本土文体学研究的重要内容，还肩负着传统文化回归、恢复文化自信的使命。

2. 文体是文学最为直观的表现，也是作家心智的外化形式。因此，文学观念的变迁往往表现为文体的变迁，文学革命离不开文体的变革。但在过去，我们过于强调文学作品的“工具性”，过于注重作品的内容和社会功能，忽视了文体和文体探索的重要性，对我国古代丰富的文体资源也挖掘总结得很不够，这在很大程度上阻碍了中国当代文学的发展。本丛书将起到某种纠偏的作用，弥补以往在文体问题上认识和研究的不足。

3. 跨文体或多文体写作，是当前文学创作的一个趋势，但过去的文体研究在这一点上认识不足。以往的文体研究要么止步于古代，要么仅仅局限于某一类文体。本丛书中的《新媒体时代的文体美学》《本真与转换：当代影视文体论》《跨文体：从虚构到非虚构》《中国语境中的科幻文学类型演变》等分册，既贯通我国古代、现代、当代的文体，又关注到跨文体问题，这就拓展了文体研究的空间。

一套有学术价值和现实意义的丛书，应有自己的特色。本丛书的特色主要体现在：

1. 开拓性与前沿性。文体学研究不是新问题，丛书也不是对以往研究的重复，而是以新的视角，构建了新框架，注进了新的理念和创见。这样，丛书便不仅立足于传统文化，而且有着鲜明的开拓性与前沿性。

2. 强调中国文体传统的现代转换。研究文体和挖掘我国传统文体资源，应有现代性的视野，体现出时代性并服务于当前。如《中国文体传统的现代转换》，一方面主动向西方文学借鉴有效的异域文体经验，另一方面又或显或隐地传承中国古代文学的本土文体资源，在古今中西立体维度中进行传统文体的现代转换。这个专题正是在对中国文体传统的现代转换的宏观思考基础上，以中国现当代小说和现当代旧体诗词对传统文体进行现代转换为观察点，由此展开对中国现当代的新文学和旧体文学创作的整体考察。丛书中的其他专题，对现当代各种文体观念和文体形式发展演变的考察爬梳，以及对跨文体文学现象的研究，都体现了这一学术理念。

3. 宏观梳理与文本细读并重。丛书中的各册既注重对各种文体发展演变的宏观考察，更强调对文本的细致解读，并在个案解读中发现文体的新价值。如《现代散文文体观念与文体演变》这一本，既有对古代文体的演变与特征考察，以及文体研究的观念与方法问题、文体研究的现代转型等问题的思考，又有对叙述学与散文叙述、散文意象、语言等的具体细致的分析。同时还兼顾到创新性、学理性和可读性的统一，尽量做到雅俗共赏。《中国现当代作家的跨文体写作》也是如此。著者既有宏观论证也有个案剖析，个案剖析力求破解名家名作的文体转换肌理，宏观论述力求落实到文体转换的历史经验和内部机制。

没有传统的文化必然失根；而没有文化自信的民族必然陷入茫然，不能正确找到自己前行的方向。本丛书试图寻求文化自信的传统依据，通过对最具中华民族特色的“文体”的梳理阐释，夯实当代思想文化建设的坚实地基，推动中国当代文学的发展。感谢评审专家和有关部门的充分肯定，将这套丛书列为“‘十三五’国家重点图书出版规划项目”和“百部好书”扶持项目。希望丛书的出版，对于深化现当代文学研究、提升文化自信有积极意义。

王兆胜　陈剑晖

2018 年 9 月 5 日

目录

CONTENTS

绪论 | ◆

文体范畴的诗性人本构建

21世纪的中国文学批评要从自我走向开放、从本土走向世界，就必须坚持民族特色，坚持以范畴（概念集束）为中心，坚持范畴研究方法论。因此，李建中先生曾经在《中国社会科学报》撰文指出：“语言是人在天地间的存在方式，关键词则是枢机性、概要性或精粹性语言，而文化关键词是中国人之所以为中国人的文化本质，是中国人在意义世界的存在方式，更是中国人的文化基因。”①

20世纪80年代，中国哲学界由张岱年等先生提出了要研究中国古代哲学中的哲学范畴及相关子范畴，其后美学研究和文学研究也慢慢接受了“范畴”的概念，美学方面最著名的代表作就是叶朗先生的《中国美学史大纲》，文学特别是古代文论方面最著名的代表作就是汪涌豪先生的《中国文学批评范畴及体系》。中国古代文学具有多种审美范畴，例如气韵、风骨、

---

① 李建中. 关键词研究开启中华文化现代意义世界［N］. 中国社会科学报，2014-06-04.

意境等都已经成为20世纪的文学研究热点，并出现了一大批体系性的研究成果。

所谓范畴，是指已经经过无数次实践的证明，并已经内化、积淀为人类思维的成果，是人类思维成果高级形态中具有高度概括性、结构稳定的基本概念，具有普遍的方法论意义。范畴是反映事物本质属性和普遍联系的基本概念。不过，范畴虽然是基本概念，可是它所包含的内容却具有“准系统”的特性，例如，“趣”作为范畴，就有“兴趣”“趣味”“机趣”“野趣”等子范畴或子概念，不同于内容较为单一的、内涵和外延较为狭窄的一般性名词或概念。“范畴”一词源于《尚书》中的“洪范九畴”。“九畴”中的第一畴就是我们熟悉的“五行”，即水、火、金、木、土。

文学领域的范畴研究，特别是以古代文论领域内的文体范畴的研究，是通过对古代文艺理论中个体范畴的集中性研究，把握其内在演变规律和外在关联对象，运用“历史和逻辑的统一”的思维方法，展示中国古代文论内在的生命力、延展力、粘连性和丰富性，在区别于西方文论的同时，将传统文论的审美价值传递到当代文艺与文化研究中。例如，趣、奇、远、妙悟、自然、神妙等范畴，近年来都获得了国家社科项目或教育部社科项目的立项，显示出范畴研究的当代学术价值。

从发生学角度看，中国古代文学批评，尤其是文体范畴体系可分为“物本”与“人本”两大系统，二者根源于中国古代哲学的本体二元论。两汉魏晋时期，随着人物品鉴风气的盛行，人之美学成为流行的美学风尚，于是文体范畴体系的构建逐渐褪去物本哲学的色彩，更多地展示出人本哲学的特征。古典文学范畴的人本构建模式，主要围绕着人的形体、感官和精神三大类属展开，形成了一系列互相包容、前后联结并具有丰富内涵意蕴和外延价值的范畴序列。这种建立在人体“小宇宙”基础上去体验、比拟、推论、演化自然大宇宙的思维模式，不仅使得文艺理论范畴的诗性表达具有了拟人的感性色彩，而且使得文学审美范畴的建立具有了家族性、连绵性和表现性，也确立了中国文学传统中博大深邃的象征思维和诗性智慧。

一、中国古典文体范畴的哲学本位

从文艺批评的效用来看，中国文学文体范畴可分为元范畴（核心范畴）和子范畴（衍生范畴）两种类型。中国古代诗学理论批评中的元范畴，大多借鉴和移用了古代哲学范畴。元范畴的作用在于统摄和涵括，一般作为基础范畴，如“道”“气”“象”等，数量较少。而具体的衍生范畴则主要源自物本和人本两大系统。这些后位范畴绝大部分在现实世界都有对应物，如“波澜”“老”“气象”等，数量较多。古代诗学批评的理论品相，大体说来是一种具有原型意义的范畴群的衍生、发展、集合与沟通，诚如汪涌豪所说：“（中国古代文论批评范畴）通常取一种因循而推衍的方式，来生发原有的基始性范畴和核心范畴，范畴与范畴之间循环通释，意义互决，形成一个互为指涉彼此渗透的动态体系。”① 古代文体范畴这一形式，蕴含了整体性、统序性、模糊性等性质，呈现出复杂的非线性逻辑结构。因此文体范畴的研究，不能纯粹秉持线性逻辑思维，而是应该考察每一范畴、体系生成背后的认识进程，从历史实证追本溯源、穷其根本。因为范畴作为一种富有原型意味的认识，是在历史行进中不断构建的结果。

先秦是理性觉醒的时代，本体论成为哲学主流，其时产生的范畴明显染上本体论的色彩。先民从神话迷狂的原始文化，步入理性与道德的殿堂，开始面对向他们敞开的本体世界，首先要做的就是为之命名。而此时期诞生的名言范畴则负起这个责任。《易传·系辞下》对其构建过程做了说明：“古者包羲氏之王天下也，仰则观象于天，俯则观法于地，观鸟兽之文与地之宜。近取诸身，远取诸物。于是使作八卦，以通神明之德，以类万物

① 汪涌豪. 中国文学批评范畴及体系［M］. 上海：复旦大学出版社，2007：9.

之情。"①

先民从俯仰观察中，取法于自然与人事，以卦象的形式为世界做系统性命名。一方面"通神明之德"，通过鬼神这一神秘存在对世界做出形而上的把握，一方面"类万物之情"，以直觉与移情体认万物。先民们历经长期的生产实践，以天然纯朴而富于智慧的眼光，"仰则观象于天，俯则观法于地"，采用"类万物之情"的天才的直觉方法，先把氤氲混沌的客观世界自觉地抽象、分离为"天地人"的对立统一体，产生奇偶、阴阳等矛盾观念，同时，通过"奇偶数卜"的占筮活动，运用奇偶阴阳符号，"二二相耦"，构成了由"八卦"而"六十四卦"的《周易》卦象体系。每一卦象"其称名也小，其取类也大；其旨远，其辞文"，都是一个蕴含着丰富内容的辩证范畴。由于它自身奇偶阴阳的矛盾性质，使各个卦象（范畴）之间有机地联结在一起，形成了最初的中国哲学辩证逻辑范畴体系。

哲学范畴体系的形成得力于集体思维模式的作用，而又规限着后世的认识活动。中国古典哲学范畴构建的意象性特征，使得其天然地具有一种艺术范畴的倾向性。当文学艺术成为相对独立的文化形态时，自然地就将其纳入到理论经验的视野中。而且先秦哲学范畴带有本体论倾向，人们基于一种"形而上的冲动"，首先会对文学做出本体解释，所以诗学批评大量借鉴和移用哲学范畴可说是必然的。而先秦时期，先民大多数的认识活动是以自然事物与社会规律为对象的，所以这时期的哲学范畴体系呈现出物本品相。其中包含人的因素甚少，偶尔论及人，亦不过以大写的人、集体的人出现。如儒学经典的"兴""观""群""怨"各范畴，主要讨论人与集体、社会的关系。而《老子》云"域中有四大，而人居其一焉。人法地，地法天，天法道，道法自然"②，也将"人"作为现象加以探讨，并规范到"道""自然"的范畴中。哲学范畴体系呈现物本倾向，而借鉴、继承哲学

① 周振甫. 周易译注［M］. 北京：中华书局，1991：256.

② 冯达甫. 老子译注［M］. 上海：上海古籍出版社，2006：60.

范畴的诗学批评范畴则自然也带有物本倾向。这自是文论批评发展中洋洋大观的一路。

而随着汉魏六朝“人的发现”，诗学批评范畴中的人本意识赫然兴起。汉魏六朝战祸频仍，世道纷乱，人们上至帝王将相、下至黔首庶民，常有“譬如朝露，去日苦多”之叹。前朝留下的仁政王道理想遥不可及，也无法再使社会产生以往的凝聚力。黎民求安稳，士人也倾向于明哲独善，这让人们更易显出敏感的一面，更着重自身的经历与体验。与以往不同，人们不再局限于将人作为普遍现象而对象化，而是将认识主体自身对象化加以观察，深层地挖掘自我，达到自我统一。“才性”“气质”等人的本质属性逐渐浮出水面，并渗透到诗学批评中，成为影响深远的范畴。人物气质品藻常与其文相提并论，提示了后人人文合一的思维方式。作家也结合自身欣赏、创作经验讨论“灵感”“神思”“体性”等文艺本质问题。人们将文学进一步理论化的同时，又天才地将文学审美与官能感觉混和一气，衍生出一系列“体道”的范畴。这些文学现象都象征着诗学批评范畴人本构建的展开。

中国古代诗学批评范畴的人本构建主要从三种维度展开，即形体、感觉和精神维度，三者各自独立又互相统摄，其丰富的内涵意蕴和外延价值共同构建了中国古代诗学审美范畴的诗性智慧。

二、形体称名与文论范畴

中国古代诗学理论中，以人的形体名称进入批评范畴的名词不在少数，如“骨”“血脉”“主脑”等，都是重要的范畴。这类范畴的发生基于一种整体思维，即先将人体视作一个整体，再分各部分的主次、功能、形态等，主要用以类比文章的结构、章法等形式特征。文章形式特征用以形体名称类比，具有一种天然契合性，充分体现了古代“人”与“文”的内在统一体认。

在形体称名范畴中，一部分偏重于文章本体，涉及文章的结构、风格、表现，如“主脑”“肌肤（理）”“骨”“脉络”等。如明清论者有用“头脑”“主脑”论戏剧、小说，由头脑作为身体中枢，引申指作品的关键。李渔在《闲情偶寄》中提出“结构第一”的思想，其中“立主脑”就是重要的一项，要求戏曲创作必须有明确的中心思想和体现这个中心思想的“一人一事”。因而他认为：“一本戏中，有无数人名，究竟俱属陪宾；原其初心，止为一人而设。即此一人之身，自始至终，离合悲欢，中具无限情由，无穷关目，究竟俱属衍文；原其初心，又止为一事而设。此一人一事，即作传奇之主脑也。”① 颜之推《颜氏家训·文章》篇亦云“文章当以理致为心肾，气调为筋骨，事义为皮肤，华丽为冠冕”②，以象喻意，说明文章要素的主次轻重。之后有论者更将文学与身体合为一论，纯然以生理体相名称为范畴来论述诗歌创作的诸构成因素。宋人吴沆在《环溪诗话》中说：“诗有肌肤，有血脉，有骨格，有精神。无肌肤则不全，无血脉则不通，无骨格则不健，无精神则不美，四者备，然后成诗。”③ 其中“肌肤”“血脉”“骨格”“精神”分别指向文学表现的不同角度，却并不令人感觉虚渺。

另一部分则偏重创作主体，涉及诗人的性格、气质、修养等，如“胸襟”“胆”等范畴。“胸襟”指作家的思想境界与情操。明清文学理论批评家叶燮在《原诗》中提出：“我谓作诗者，亦必先有诗之基焉。诗之基，其人胸襟也。有胸襟，然后能载其性情、智慧、聪明、才辨以出，随遇发生，随生即盛。”④ 叶燮认为，诗人的“胸襟”是审美感兴的基础，它决定着审美意象的深层意蕴。叶燮的论述无疑继承并发展了宋元文艺理论中“成竹在胸”的命题。而其独到之处，则在于他不仅将“胸襟”看作感物而发的

① 李渔. 闲情偶寄［M］. 杜书瀛，评注. 北京：中华书局，2007：15.

② 庄辉明，章义和. 颜氏家训译注［M］. 上海：上海古籍出版社，2006：174.

③ 北京大学中文系古代文学教研室. 中国文学史参考资料简编：下册［M］. 北京：北京大学出版社，1998：78.

④ 叶燮. 原诗　一瓢诗话　说诗晬语［M］. 北京：人民文学出版社，2005：20.

意兴载体，而更强调创作主体对有限现象的感悟与升华，且主要在于人生感与历史感。“胸襟”广阔，则可包含一切，意兴勃发。清人蔡嵩云在《柯亭词论》中就赞苏轼词：“胸襟高旷……其阔大处，不在能作豪放语，而在其襟怀有涵盖一切气象。”“胆”则是“胸襟”的具体体现，叶燮用以指敢于突破传统观念与流行之见并能提出具有独创性见解的胆略。叶燮认为“胸襟”可概括为“才”“胆”“识”“力”四个元素：“大凡人无才，则心思不出；无胆，则笔墨畏缩；无识，则不能取舍；无力，则不能自成一家。”①

另外，形体名称范畴还可与其他范畴联立而生成新的范畴。此类范畴在诗学批评中更富生命力，意味也更为深长。如“风骨”范畴，它从语源上说来自传统相术与人物品藻鉴定术语，引入诗学批评后指称刚健有力的作品风格。《文心雕龙》中就有《风骨篇》，其对“风骨”进行的详细解说云：“怊怅述情，必始乎风；沉吟铺辞，莫先于骨。故辞之待骨，如体之树骸；情之含风，犹形之包气。结言端直，则文骨成焉；意气骏爽，则文风清焉。”② 建安文学尤其诗歌，是以“风骨”著称的，三曹七子是当中代表。钟嵘在《诗品》中称刘桢“真骨凌霜，高风跨俗”；曹植“骨气其高，辞彩华茂，情兼雅怨，体被文质，粲溢今古，卓尔不群”③。其中“真骨”“骨气”都是“风骨”的异体同义范畴。及至初唐，文学界为一反六朝浮华萎靡的文风，则从理论、批评和创作全面高举“风骨”的大旗。杨炯在《王勃集序》批评当时泛滥文坛的以“上官体”为代表的宫体诗时说：“骨气都尽，刚健不闻。”陈子昂在《与东方左史虬修竹篇序》中标举“骨气端翔，音情顿挫，光英朗练，有金石声”的文风，后得到李白“蓬莱文章建安骨，中间小谢又清发”的赞和，共同引导了盛唐气象的形成。

---

① 叶燮．原诗　一瓢诗话　说诗晬语［M］．北京：人民文学出版社，2005：16.
② 黄叔琳．增订文心雕龙校注［M］．北京：中华书局，2005：388.
③ 周振甫．《诗品》译注［M］．南京：江苏教育出版社，2006：39，36.

诚然，“在一切语种里大部分涉及无生命的事物的表达方式，都是用人体及其各部分以及用人的感觉和情欲的隐喻来形成的”①，所以西方也有以“体格”“血肉”等词论文学的。但西方的以形体论文学大多是比喻，而不像中国文史中的为文学注入生命。因为西方文评习惯于将文章对象化，所以人体与文章是二元；而在中国诗学领域中，文与人无分彼此，一气融通。

三、感官称名与文体范畴

中国古代文体范畴大多建立在人的感性直观基础上，是人对客体现象的体验与感知。而以非审美感官的感觉经验的语词入诗学批评范畴，又是中国文体范畴构建的一个特点，也是文体范畴人本构建的一个重要形式。如视觉的“色”，听觉的“响”，味觉的“味”“淡”“涩”“辣”，嗅觉的“香”，触觉的“冷”“热”“软”“硬”等都是重要的古代文体范畴。在西方美学传统中，官能感觉常作为动物性而被排斥在美的领域之外，黑格尔就曾经说：“艺术的感性事物只涉及视听两个认识性的感觉。至于嗅觉、味觉和触觉则完全与艺术无关。”② 中国诗学传统的趣向则与之迥异，非但不一味拒斥嗅觉、味觉和触觉，而且不对感觉和智慧作相对划分。古人虽不把感官与智慧作绝对区分，但往往将之提升到哲学的层面，把它视作体道的一种独特方式。如蔡邕所谓“味道守真”，宗炳所谓“澄怀味象”，后禅宗学说又有色空之辨等，都以感觉超越了一般意义上的生理体验而指向一种心理体验。

感官称名作为范畴名称，结合了古代诗学的具体范畴，如视觉的“色”。“色”是从画论入文论的，历代论者以作画喻为文，“色”范畴就顺其自然地显赫起来。“色”有杂色与本色之分。《文心雕龙·诠赋》篇以文画并论的形式论述了“文”与“质”的关系，说：“丽词雅义，符采相胜，

① 维柯．新科学［M］．朱光潜，译．北京：人民出版社，1986：215.

② 黑格尔．美学：第一卷［M］．朱光潜，译．北京：商务印书馆，1981：48.

如组织之品朱紫，画绘之著玄黄。文虽新而有质，色虽糅而有本，此立赋之大体也。”① 刘勰认为，文章随时代层出不穷，终归是有经典正义为其本枝的。正如画之颜色虽然缤纷杂糅，却始终有本色在其中。如专工文辞雕饰，则会使文章正义、作画本色被遮蔽，无异于舍本逐末。在《物色》篇中，刘勰进一步论说诗人不应因物色随时间变化而使心驰神迷，一味追求“形似”，而应求其本真，所谓“物色虽繁，而析辞尚简”。忠实于道，忠实于诗人内心的意兴，崇尚“本色”，也是中国美学的一个传统。张彦远《历代名画记》中提出：“是故运墨而五色具，谓之得意。意在五色，则物象乖矣。”② 张彦远论画以水墨为本色，他认为意在本色而象具五色，才谓之得意。显然，“本色”也并不表现为单一、机械、古板，而是指向内心的守真。而在文论的发展中，“本色”范畴主要指称文体固有的制约，此现象宋明尤甚。如陈师道《后山诗话》说“退之以文为诗，子瞻以诗为词，如教坊雷大使之舞，虽极天下之工，要非本色”，刘克庄《竹溪诗序》云“唐文人皆能诗，柳尤高，韩尚非本色”等。宋人对混淆诗、词、文文体界限的做法，基本上持否定态度。胡应麟《诗薮》内编卷一则直接称：“文章自有体裁，凡为某体，务须寻其本色，庶几当行。”随后“本色”范畴常见于戏剧、小说批评，它的意义不以剧曲、人物语言为限，兼及曲目、章节、对白、对话乃至整个作品。徐渭在《西厢序》就深刻指出：“世事莫不有本色，有相色。本色犹俗言正身也；相色，替身也……故余于此本中贱相色，贵本色。众人啧啧者我呴呴也。岂唯剧者，凡作者莫不如此。”③

又如听觉之“响”则初时仅就声律而言，《文心雕龙·风骨》篇有“捶字坚而难移，结响凝而不滞，此风骨之力”，《体性》篇评阮籍也有“嗣宗俶傥，故响逸而调远”。宋代，诗词法度备受重视，“响”开始被广泛用于

---

① 黄叔琳．增订文心雕龙校注［M］．北京：中华书局，2005：97．

② 张彦远．历代名画记［M］．北京：人民美术出版社，2004：26．

③ 徐渭．西厢序［M］//周群，谢建华．徐渭评传．南京：南京大学出版社，2006：340．

体式讨论和具体作家作品的批评之中。如吕本中《童蒙诗训》载潘大临论诗言“七言诗第五字要响”“五言诗第三字要响”。结合潘论诗例证，可知潘大临首先将“响”理解为诗眼，故有此论。魏庆之《诗人玉屑》论唐人句法，也有“眼用响字”条，强调音律抑扬。姜夔《白石道人诗说》则认为不仅着眼用字，即句法也要做到“响”，否则“只求工于句字，亦末矣”。方回《瀛奎律髓》中“律诗要法”于七言一条下，更要求“声响、雄浑、铿锵、伟健、高远”，以“响”为七律首要。明王世贞进一步将“响”抽离声律，充实于格调、性情当中，他在《汤迪公诗草序》中说：“声响而不调则不和，格尊而无情实则不称。”清人尚“响”之论则更多，无论重“格调”或重“性灵”，都认同“结响”于诗之重要。沈德潜《说诗晬语》中主张诗要“属对稳”“遣事切”“结响高”，袁枚在《续诗品》中也专列有“结响”一品。“响”从作为音律、运字的局限，逐渐上升为关乎诗文格调、性情的重要范畴，可说是文体范畴人本构建逐渐深入的明证。

又如味觉的“味”，它既可指主体审美活动，如“含味”“玩味”，又可指客体深层意蕴，如“滋味”“余味”“至味”。古人推崇“言有尽而意无穷”的境界，又在“味”范畴中做出辩证超越，将其审美内涵提升到一个更高的层次。如司空图提出的“味外之味”，后清人姚椿又有“无味之味”的命题。引味觉入文评，古人还着重提出过“淡”这个范畴，指称文章温和委婉清雅有味的境界。苏轼《评韩柳诗》中则称柳宗元诗“外枯而中膏，似淡而实美”。黄庭坚评杜甫到夔州之后的律诗赞曰“平淡而山高水深，似欲不可企及”，则又滤去了“淡”的感官属性，纯乎是一格玄远的境界了。清初贺贻孙《诗筏》承宋人好平淡境界的趣向，说：“陶元亮诗真而不厌，何以不厌，厚为之也。诗固有浓而薄，淡而厚者。”浓淡厚薄的联感式评说令人玩味。计发则更将“淡”汇于神妙之境，其著作《鱼计轩诗话》有言：“作诗须有远神，读者亦须有远神以会之。盖远则淡，淡则真，真则入于妙矣。”

再说嗅觉的“香”。古人论诗文并不排斥嗅觉，《词概》就说：“词之为物，色香味，宜无所不具。”而诗文之“香”与“味”相同，比“色”“响”更抽象、更难把握。盖诗原有自然物色，心念目遇则成“色”；吟诗唱词，声律抑扬皆成“响”。“香”“味”皆非诗文物性，而成为古代文论的重要范畴，可见其来源并非感性体验的概念化，而是直觉思维的果实。如宋人晁迥因李白《庐山东林寺夜怀》“天香生虚空，天乐鸣不歇”句与贯休《山居》“岂知知足金仙子，霞外天香满毳袍”句，而意兴勃发，在《法藏碎金录》中说：“因思静胜境中当有自然清气，名曰天香。”袁中道《宋元诗序》赞盛唐诗：“览之有色，扣之有声，而嗅之若有香，相去千年之久，常如发硎之刃，新披之萼。”“香”则指向一种似有若无、亦实亦虚的境界。而在文学批评史上，“香”又与温艳密丽、俊逸柔和的风格有着千丝万缕的关系。如明人沈济飞《草堂诗余四集》称“词贵香而弱，雄放者次之”，将“香”看作词的文体要征。祁彪佳《远山堂曲品》则称曲中“骈丽之派，本于《玉玦》，而组织渐近自然，故香色生于俊逸，词场中正少此一种艳手不得”。

由触觉名言入诗学批评范畴的，“冷”“热”是其中的显例，多见于戏剧和小说批评。李渔《闲情偶寄·演习部》有“剂冷热”一节，对其作深入探讨。鉴于时人好热闹而不喜静雅，他说“戏文太冷，词曲太雅，原足令人生倦”，但若“外貌似冷而中藏极热，文章极雅而情事近俗者”，也可出奇制胜，由此有“冷中之热，胜于热中之冷”的命题。张竹坡批《金瓶梅》、脂砚斋评《石头记》也每每用及此范畴，以喻人间世情。张竹坡在《竹坡闲话》中评《金瓶梅》说“悲夫！本以嗜欲故，遂迷财色，因财色故，遂成冷热，因冷热故，遂成真假。因彼之假者欲肆其趋奉，使我之真者皆遭其荼毒，所以此书独罪财色也”；又说“将富贵而假者可真，贫贱而真者亦假。富贵热也，热则无不真；贫贱冷也，冷则无不假。不谓冷热二字，颠倒真假一至于此”。① 脂砚斋承竹坡之说，评《石头记》说：“真假原从冷热来。”

以感官名言入文体范畴，使不可感之客体、形式变为可感，而又不执着于观感，超越观感。它立意深远，实际上表现了中国古代以“身体知”代替“认识知”的思维方式，在对引起意兴的对象的丰富内涵做出直悟式说明的同时，又道出了主体审美体验的直觉性质。

四、精神称名与文体范畴

人与文之间通过移情与拟人组成一个有机整体。“言志”“缘情”一直是我国的诗学传统，两者在一定程度上也反映了文学活动的精神性本质。在两汉魏晋时期，人物品鉴与文章点评往往是合二为一的，两者用以论说的术语、范畴自然也无明显界限。这为文学注入了生命力，凸显了生命品格。

如为人熟知的“气”范畴。“气”这个字最早见于殷周甲骨文和青铜铭文，本指自然界存在的细微流动体。《说文》释之曰：“气，云气也。”“气”被认为是构成宇宙万物的本体存在，是自然的根底，《老子·四十二章》云：“道生一，一生二，二生三，三生万物。万物负阴而抱阳，冲气以为和。”认为氤氲混沌的“气”是衍生万物的“一”。“气”又是自然生命的泉源，《易传·系辞下》说氤氲“天地氤氲，万物化醇，男女构精，万物化生”。《庄子·知北游》论生死有所谓“人之生，气之聚也，聚则为生，散则为死”。“气”又渗透到精神领域，显现其充满力量的造化属性。孟子推崇“浩然之气”，《礼记·祭义》也说：“气也者，神之盛也。”汉儒郑玄在《礼记·聘义》干脆注曰：“精神，亦谓精气。”可以说，“气”范畴是一个内涵相当深广的范畴。曹丕的《典论论文》将其引入到文论当中，说：

---

① 张竹坡．竹坡闲话［M］//朱一玄．金瓶梅资料汇编：第四册．天津：南开大学出版社，2004：416.

“文以气为主，气之清浊有体，不可力强而致。”其中“气”指作家在性格、气度、感情等方面的特点所构成的一种特殊精神状态在文章中的体现。他论七子时有言“公干有逸气”“孔融体气高妙”“徐干时有齐气”，都以“气”的性质划分论文。强调人物品藻性情与诗文的关系，认为文学是人物气质的直接流露，是当时的共识。然而，“气”范畴在文学批评中更多的是与“神”“志”等范畴相联系，从主体精神层面洞明文学本质。《文心雕龙·神思》篇云：“神居胸臆，而志气统其关键。”《体性》篇又有：“气以实志，志以定言。”后人吸收前代经验，对“气”的质性和样态做了区分，并运用到创作与批评当中。首先是清浊、刚柔、正邪等二元划分，进而细致修饰，令其可准确指称某类品相。如朱庭珍《筱园诗话》里就排出了推尚的“英气”“逸气”“爽气”“灵气”与鄙弃的“客气”“禅气”“烟火气”“脂粉气”“头巾气”等。清人方东树颇有意味地分别用“魂气”“魄气”点评生动鲜活与刻板死滞的作品。“气”范畴在传统文学理论批评中具有“元”的地位，这里只可简要言之。

以精神名言创设诗学批评范畴，除了体现人文合一，突出文学的生命品格外，还表现了人们对于文学本质与境界的审美追求。如“神”“思”“情”“性”“灵”等范畴及其结合与衍生的子范畴即个中代表。如“神思”范畴，刘勰认为诗文创作须情景融合，“窥意象而运斤”，进行超越逻辑的思维，这种依情越理的思维可称为“神思”。陆机《文赋》中以创作经验论神思有言“精骛八极，心游万仞”，“观古今于须臾，抚四海于一瞬”。刘勰《文心雕龙》中专设《神思》一篇，对“神思”的内涵、意义和构成基础都做了细致的说明，所谓：“形在江海之上，心存魏阙之下。神思之谓也。文之思也，其神远矣。故寂然凝虑，思接千载；悄焉动容，视通万里；吟咏之间，吐纳珠玉之声；眉睫之前，卷舒风云之色；其思理之致乎？”① 以

① 于民. 中国美学史资料选编［M］. 上海：复旦大学出版社，2008：158.

“神思”为文学超越时空界限与主客隔阂的本质做出指真，追求“神与物游”的境界。

与“神思”范畴同义相关的还有“构思”“精思”“融思”等，都结合了主观创作情感经验论文，大致属于“情”的范围。“情”在很长的时间里，一直是与“志”相与为言的，到后来越发凸显其本位。文学必须反映真情实感为人所共识，“情致”“情味”“情趣”“情境”“情态”等概念、范畴层出不穷。“情”作为人的本质属性，同样也是文学的审美追求，《文心雕龙·情采》就有“情者文之经”的命题；同时标举了重性情而轻文采的标准，赞赏“为情而造文”反对“为文而造情”。同时，“情”“性”结合又构成了“情性”“性情”两个本原范畴。文论批评中常以“情”“性”联用，但两者的意义还是有本质区别的。“情”指人的情感体验，“性”指人的天赋本性，则“性”比“情”更富有稳定性与先验性；而两者又分别带有“阴”“阳”的属性，《说文》释曰，“情，人之阴气有欲者也”，“性，人之阳气性善者也”。然而，为“性”“情”贴上道德标签的思维并没有影响文论批评坚持以“情性” “性情”论文，如《毛诗序》提出诗歌可以“吟咏情性，以风其上，达于事变而怀其旧俗者也”；《文心雕龙·体性》有云，“气以实志，志以定言，吐纳英华，莫非情性”；范晔《狱中与诸甥侄书》有言，“以意为主，则其旨必见；以文传意，则其词不流。然后抽其芬芳，振其金石耳。此中情性旨趣，千条百品，屈曲有成理”（《宋书·范晔传》），等等。各代论者并不以俗见为累，因为文学的审美本质是超越善恶道德规范的。

相比于较为厚重严肃的情性、性情等范畴，“性灵”范畴则更显张扬活泼。“性灵”范畴代表竭情张扬才气与个性，在“诗教”盛行的时代里，申抒性灵常被目为小道。而到明中叶以后，乘着心学与禅宗心性学说的东风，代表个体才气和精神本位的“性灵”范畴得到空前的肯定与张扬，“性灵”之于文学的本原意义也由此凸显。汤显祖曾说：“谁谓文无体耶，观物之动者，自龙至极微，莫不有体，文之大小类是，独有灵性者自为龙耳。”① 袁宏道在《序小修诗》更倡言“独抒性灵，不拘格套”，推尚诗应“从自己胸臆流出”。后袁枚承李贽、袁宏道之论，崇“性情”与“灵机”。他在《随园诗话》中更一反传统，宣称：“从三百篇至今日，凡诗之传者，都是性灵，不关堆垛。”②

而诗歌的创作、赏析、批评毕竟是一种认识行为。对于主体与对象的关系如何在认识中达到神与物游的境界，古代诗学批评中也有相应的范畴作为引导。此类范畴与上述范畴皆不同，它不是创作主体或文本两者属性的抽象命名，也不是两者属性的修饰，而是两者运动状态的描述。“兴”“妙悟”即是其中深有意味的范畴。“兴”范畴来自诗经六义“风雅颂赋比兴”之中，原作为一种修辞手法而存在，朱熹《论语注疏》释之曰“兴者，先言他物以引起所咏之词也”。“兴”指感物而动，因物起情，较之主观预设的比喻，它讲求具有运动特性的心的感发。这使得它实际上具有一种心物交格、主客合一的理论品性。贾岛《二南密旨》说：“感物曰兴，兴者，情也，谓外感于物，内动于情，情不可遏，故曰兴。”“兴”乃是对象拟人化和主体移情的合一，所以它既可为人世间之事物，亦可为自然界之物象，更可能为假想之喻象。如果说“兴”偏重感物而发，那么“妙悟”则偏重主体对物象的直觉性认识。“妙悟”本是禅宗范畴之一，其根本要义在于通过参禅而见性得道，即《坛经》中所谓：“识心见性，自成佛道。”魏晋时期佛学东渐，“妙悟”范畴逐渐为中国美学所吸收，用以表述审美活动与审美意识。张彦远《历代名画记》中评顾恺之有云：“遍观众画，唯顾生画古贤，得其妙理。对之令人终日不倦，凝神遐想，妙悟自然，物我两忘，离形去智。身固可使如槁木，心固可使如死灰，不亦臻于妙理哉！所谓画之

---

① 汤显祖．张元长嘘云轩文字序［M］//徐朔方，笺校．汤显祖诗文集．上海：上海古籍出版社，1982：1 078.

② 袁枚．随园诗话［M］．北京：人民文学出版社，1982：142.

道也。”① “妙悟自然”无疑是以感性、直觉的形式把握自然之道。张彦远认为要得“妙悟”必须排除、超越欲念、成见和逻辑理性，这与老子的“玄鉴”、庄子的“心斋”“坐忘”是相通的。南宋严羽深化了“妙悟”这一范畴，在《沧浪诗话》中将这一禅学感念引入诗论，认为“禅道惟在妙悟，诗道亦在妙悟”。严羽所谓“妙悟”是指在外物直接感发下产生审美情趣的心理过程。严羽认为这属于构成诗人的本质，所以说：“惟悟乃为当行，乃为本色。”从艺术思维角度看，“妙悟”其实就是一种艺术直觉的心理机制，它使艺术思维从知识学力、理性思维中凸显，充分说明了艺术审美的特征。

可以看出，以精神名言创设文体批评范畴逐渐成为文化观念。这一方面为古代文艺理论范畴体系的人本构建加深层次，另一方面也为人们追寻文学审美本质提供了悟道的途径。

总而言之，中国古代文学的文体论，是建立在范畴基础上的。从审美心胸到创作技法，从风格意蕴到鉴赏批评，都采用一个个形态各异、内涵丰富的范畴及范畴家族进行论述。范畴，成为解码中国文体，尤其是中国古代诗、词、曲、小说等诸多文体的核心之途，也成为窥探中国古代文艺思想的“不二法门”。文体范畴，由此也成为具有民族性的文艺理论的核心内容，成为文体话语的强势语言。

---

① 张彦远．历代名画记［M］．北京：人民美术出版社，2004：38．

第一章 | ◆

诗体范畴论

范畴，在中国古代诗学批评体系中占有特别重要的地位，它在一定程度上展现了古代诗学与美学理论历史发展的基本景观。从深层次上来看，众多诗学范畴生成、发展和完善的过程，推动了中国古典诗学体系的成熟与完善。在历代诗论的发展过程中，经常有新的范畴不断产生，同时某些旧范畴也在衰弱和消退，即便是某一特定的且历史跨度较长的诗学范畴，也表现出在意义、内涵上的拓展、衍化、转替及与其他范畴融合运用的态势。范畴具有鲜明的民族性和时代性特征。

第一节　诗体本体论

从结构上看，中国古典诗学的核心范畴有单体范畴（道、气、象等）与合体范畴之分，而合体范畴又大体分为两类，一类是两个单体范畴在意义接近的基础上耦合的，如神韵、理气、风骨、格调、体势等；另一类是两个单体范畴在意义相对或相反的基础上结合的，如阴阳、奇正、雅俗、浓淡、新陈等。

道、气、象三大范畴，一般被认为是文化范畴，即构成了中国文化的关键词源头，因而不属于诗歌文体的专有范畴。在古代诗学批评领域里，“清”“空”“远”三个范畴，则更具有指向诗歌创作本体的本真意义。

一、清①

“清”，本义指水的纯净透明，即水清，与“澂”互训。《说文·水部》曰：“清，朖也，澂水之貌。”段玉裁注：“朖者，明也。澂而后明，故云澂水之貌。”② 后来的引申义很多，其中使用频率较多、影响较大的主要有两种，一是高洁和纯净之意。譬如《诗·周颂·清庙》：“于穆清庙。”《礼记·乐记》曰：“《清庙》之瑟，朱弦而疏越，一唱而三叹，有遗音者矣。”③ 屈原所谓“举世皆浊我独清，众人皆醉我独醒”，即为此意。二是公正廉洁之意。《周易·豫》云：“圣人以顺动，则刑罚清而民服。”从先秦典籍的使用情况来看，“清”字这两个意思的内涵各自有所侧重，前者主要是用于个人的精神品格，后者则主要用于人的社会活动，尤其是为官政绩，常与“浊”对举。

（一）“清”的发展流变

“清”作为古代文学理论中的一个重要文学范畴，经历了由先秦到清代漫长的发展过程。秦汉时期，文学思想和文学理论批评大都体现在对总体文化的论述之中，而不是纯粹的、单一的。当时的人们并没有把诗、乐看作为单纯的艺术作品，而是把它们看作为政治、伦理、道德修养方式来对待的。因此，这时的“清”并没有明确成为一个范畴，它也只是用来形容

---

① “清”范畴研究，亦可参见：喻琴．“清”范畴研究综述［J］．齐齐哈尔大学学报（社会科学版），2005（7）；陈水飞．古代文论的“清”范畴研究［D］．广州：华南师范大学，2010.

② 许慎．说文解字注［M］．段玉裁，注．上海：上海古籍出版社，1981：182.

③ 于民．中国美学史资料选编［M］．上海：复旦大学出版社，2008：50.

人或者事物的，就如上文所举的“清扬”“清白”等。

到魏晋南北朝时期，中国的古代文学创作和文学思想开始发生了重大的变化，与此相适应，这一时期在文学创作和文学理论批评中，特别重视体现作家特殊的创作个性和艺术风格，对文学艺术创作的审美特征和审美风格提出了较高的要求。如前所述，“清”最初是指水的纯净透明，即水清，并逐渐进入到人物品评和文学艺术的领域之中。特别是魏晋南北朝时期，“清”形容人格高洁超脱的意思大量用于人物品藻活动当中，并成为人物品评之风中的一个重要标准。日本汉学家竹田晃先生曾在《魏晋六朝文学理论中的“清”的概念》一文中举出：见于《世说新语》的《赏誉》《品藻》两篇的“清”即有 31 例，如“清才”“清远”“清士”“清鉴”“清畅”“清婉”“清疏”“清易”“清辞”等等①。同时“清”作为一种文学理论范畴的成熟应用，也是在魏晋南北朝时期，如曹丕的《典论·论文》以“清浊”论文气，陆机的《文赋》、刘勰的《文心雕龙》和钟嵘的《诗品》等文论中更是产生了一系列以“清”为核心而派生的文学审美范畴，如上文所举的各种例子，从此以后“清”开始作为文学艺术创作的一种理想的审美风格而沉淀下来。

进入唐代之后，“清”作为一种审美风格在唐代诗学中显得非常活跃。据有人统计，在李白现存约 1 000 首诗中，有 260 首用到了“清”字，占其诗总数约 1/4，“清”字出现 292 次，除去“太清”“清溪”“清晨”等各种专有的名词之外，还有 240 余次。在盛唐诗人中，孟浩然有诗 200 多首，其中 51 首用到“清”字，“清”字出现 56 次；王维有诗 479 首，其中 54 首用到“清”字，“清”字出现 60 次②。而李白有关“清”的理论思想，则主要体现在其诗歌创作之中，如《宣州谢朓楼饯别校书叔云》写道：“蓬莱

① 蒋寅．古典诗学中“清”的概念［J］．中国社会科学，2000（1）：146－157.

② 钟乃元．论李白尚“清”的审美理想［J］．广西师范大学学报（哲学社会科学版），2009，45（1）：36－40.

文章建安骨，中间小谢又清发。”又如《赠江夏韦太守良宰》说：“清水出芙蓉，天然去雕饰。”李白所追求的诗歌艺术美的理想是“清真”。清者，即是清新秀丽；真者，即是自然天真。正如他在《古风·其三十五》中所说：“一曲斐然子，雕虫丧天真。”他要求清丽与自然的高度统一，极为推崇清丽的风格与境界。就连以好“苦吟”见长的杜甫，也曾一度追求“清”的审美境界，这在他的《戏为六绝句·其五》“不薄今人爱古人，清词丽句必为邻”中表述得最为充分，主张要有清丽之美。

但是，在唐代的诗学著作中并没有形成对“清”的专门论述，也没有对其进行相关的阐释。与魏晋南北朝“清”的运用相似，唐代诗人大多单以“清”论人，以“清”论物，以“清”论文艺等，正如蒋寅老师在《古典诗学中“清”的概念》中所说：“唐代诗论中更多的是单用‘清’字。”唐代诗人更多的是对诗歌中“清”美进行创造，使其成为一种成熟的艺术审美风格。

宋元时期的文学理论批评在唐代的基础上有了更广泛、更深入的发展，“清”作为一种艺术风格也有了相关的阐释，其中值得一提的是元代张炎在词学理论方面所提出的“清空”论。

及至明清两代，中国的文学理论批评进入了繁荣和鼎盛的时期，许多基本范畴、概念和命题都得到了深入的阐释和说明，当然，“清”范畴也不例外。如清人王士禛在论及“神韵”时，也特别强调“清远”这一特色。他在《池北偶谈》中说：“汾阳孔文谷云：‘诗以达性，然须清远为尚。’薛西原论诗，独取谢康乐、王摩诘、孟浩然、韦应物，言‘白云抱幽石，绿篆媚清涟’，清也；‘表灵物莫赏，蕴真谁为传’，远也；‘何必丝与竹，山水有清音’，‘景昃鸣禽集，水木湛清华’，清远兼之也。总其妙在神韵矣。神韵二字，予向论诗，首为学人拈出，不知先见于此。”①

---

① 王士禛. 池北偶谈［M］. 济南：齐鲁书社，2007：351，391.

王士祯论诗以“清远为尚”，并将“清”“远”二字看作其“神韵”说的真谛。就审美主体而言，“清”是一种审美情趣，但这种审美情趣乃是建立在人生价值取向的基础之上。“清”与浊相对，而浊又与俗相连。与浊、俗对立的“清”指的就是一种超尘脱俗的高洁情怀。它所标识的人格乃是对世俗的鄙弃与否定。正是这种人格取向决定了主体的审美情趣。王士祯论“清”，正如其所言“‘白云抱幽石，绿篆媚清涟’，清也”，其意旨在于表达一种超尘脱俗的高洁情怀。

在胡应麟《诗薮》外编卷四中，对“清”的阐释也深得“清”之三昧。他说：“清者，超凡绝俗之谓。”又具体描述为：“绝涧孤峰，长松怪石，竹篱茅舍，老鹤疏梅，一种清气，固自迥绝尘嚣。至于龙宫海藏，万宝具陈，钧天帝廷，百乐偕奏，金关玉楼，群真毕集，入其中使人神骨泠然，脏腑变易，不谓之清可乎！”他将“清”定义为一种超凡绝俗，远离尘世的气质。①

还有清代焦袁熹的《答钓滩书》，对于“清”的深入探讨值得借鉴：“愚尝得观唐人之作，盛唐以上，意象玄浑，难以迹求；至中晚而其迹大显矣。一言以蔽之，其惟清乎。清者，研炼之极，虽古人亦不能逡巡而□也。故有句云新诗应渐清，言工深乃至也。是故不经研炼，略成句子，信手填入者，唐人必不为也。岂故好为其难，盖以谓不若是则不成章尔。不然则何以此人然，彼人亦然，乃至篇篇然，句句皆然耶？夫雄豪藻丽，诗品杂陈，而清之一言必不可失。譬若吏治之致廉，女德之贞也，失之余无足观矣。”② 通过观唐人之作，焦袁熹首先指出“清”是中晚唐诗的美学精神所在：“一言以蔽之，其惟清乎。”接着阐明要达到“清”的境界，作诗则要研炼之极，正如“新诗应渐清”一样，言工要“深乃至”，并指出其对于诗的重要意义：“夫雄豪藻丽，诗品杂陈，而清之一言必不可失。”之后焦袁

---

① 蒋寅．古典诗学中“清”的概念［J］．中国社会科学，2000（1）：146－157.
② 焦袁熹．答钓滩书［M］//蒋寅．古典诗学的现代诠释．北京：中华书局，2009.

熹分析了“清”在诗中的具体表现，即事清、境清、声清、色清，认为“声清为要”，并再次论及“清”的境界是可以“苦心选择以致然”的。在声律方面，焦袁熹解释了才气对声律清浊的决定关系，并提出声律的运用应视内容而定——“心之哀乐以是传”，并不把“清”作为唯一的追求——“用声之效，各惟其宜，似若不专于清之一言”，同时指出“清”也不限于凄寒肃杀之声，那种超绝尘俗之声方是“清”之极致，就如“‘凤皇鸣矣，于彼高冈’，清之极也”。

焦袁熹对“清”的论述，在融合前人见解的基础上，又有新的开拓。与胡应麟着眼于境界的旨趣不同，他对“清”的把握着重落实在语音声律的层面上，从另一个角度切入，指出“清”是中晚唐诗刻意追求的美学趣味，也触及了唐诗史的深层，显出相当深刻的诗史眼光，也显出相当的理论意识。①

（二）“清”的诗学价值

有学者认为：“从某种意义上说，中华民族是一个‘尚清’的民族，中国美学是一种‘尚清’的美学。早在几千年前，中国传统哲学和美学中就已经产生了明确的‘尚清意识’。‘清’不仅成为一个重要的哲学范畴、一个重要的美学范畴、一种艺术创作原则和欣赏原则，而且成为一种基本的生活方式，并对我国古人生活的方方面面产生了广泛而深刻的影响。以致我国古人认为，不仅自然万物离不开‘清’，宇宙离不开清，真正的人、真正的艺术、真正的政治、真正的道德也离不开‘清’。因此，中国的文化是以‘清’作为基本素质之一的东方特有的文化。”②

可见，“清”被视为一种崇高的人生境界，同时也是至高的诗美境界，唐代刘禹锡在《秋日过鸿举法师寺院便送归江陵诗引》中把“清”的这种

---

① 裴喆. 清初词人焦袁熹及其论词［J］. 中国韵文学刊，2011，4（10）：31－36.
② 樊美筠. 中国传统美学的当代阐释［M］. 北京：北京大学出版社，2006：73.

艺术至境概括为：“因定而得境，故翛然以清；由慧而遣词，故粹然以丽。”① 这种境界是人们因“定”而得到的，非人力所能求，其最基本的美学特征就是清新自然，清味深远，就好像天生化成，而无人工造作的痕迹。

从审美的角度而言，“清”的宗旨就是要造出心目中的理想境界，这种境界是人们自身存在的反映，也是人们心灵生命的体现。例如李白所说的“清水出芙蓉，天然去雕饰”之意，杜甫所说的“后贤兼旧制，历代各清规”的“清规”，他们在诗歌意境上追求的即是自然清远、超逸脱俗的艺术境界，从根本上来看，取决于他们自身的人生态度和人格境界。因而，“清”作为文学艺术创作的一种境界，代表着作者自身的人生态度以及人格境界，在一定程度上是文学艺术创作最高的审美准则。

二、空

中国文化的兼容性、生成性决定了它既可以为本土思想的百家争鸣提供一个相对宽松的环境，也能为外来文化的引进、传播架起一座便捷的桥梁，更重要的是，它还可以吐故纳新，将这两种文化兼收并蓄，完美融合成一种新的状态，“空”就是一个典型的例子。

“空”乃佛学的核心，是梵文śūnyatā 的意译，它认为万事万物皆因缘所生，假而不实，故曰“空”，佛教又叫“空门”。“空”是佛教对宇宙的基本判断，也是佛教义理的最高范畴，最早是用来描述大乘般若智慧。佛教在东土的本土化过程中，没有出现宗教意义上的血雨腥风，表现出来的是两种思想之间的互参互证、互补互充，它们交融的结果是中国化佛教禅宗的产生。隋唐是中国佛教发展的繁盛期，也是佛教思想与中国传统文化进一步融合，创造出新成果的时期。当时，佛教对文人和文学的影响相当大，唐代统治者大力提倡佛教，文化政策相对宽松，故而儒、释、道三教

---

① 刘禹锡. 刘禹锡集笺证［M］. 瞿蜕园，笺证. 上海：上海古籍出版社，1989：957.

并行，文人各投其所好，佛教处于一种独立发展的状态，社会上崇佛风气很浓。到了宋代，即使儒学重新占据社会意识的主导地位，禅宗思想对于文人的影响也还是不容忽视的。其中，“空”范畴的体现又以唐宋时期最繁荣的诗词领域表现得最为明显。所以，在佛教东渐并中国本土化的过程中，在接受儒、释、道三家融合的哲学观的基础上，逐渐形成“空”的诗词美学范畴。①

（一）“空”范畴的演变

“空”范畴的出现可以追溯至先秦时期，但这时候的“空”并没有体现在诗歌艺术当中，即使在《诗经》也很难找到它的踪迹。“空”最初只是作为一种意识形态，并没有形成审美意识或审美追求，最早表现出“空”意识的则是老庄哲学。“空”从意识形态发展到古典诗歌中体系性的审美意识和追求大致经历了以下四个历程。

其一，“无为”意识的初露端倪。“空”最初产生时是“无”，“无”并不是简单地表现“无物”的客观视觉或客观存在，而是一种无限的意识境界和认知感悟，是“天地境界”。“无”又往往与“有”发生联系，二者不可分割。道的“无为”哲学就是“空”的体现，他们认为“无”是万物之本源，“无”是根本。“道可道，非常道；名可名，非常名。无名，万物之始，有名，万物之母。故常无欲，以观其妙……”②“无为”在这个时期并未受到文人的偏重，因此对诗歌的审美观念亦未起到什么影响。但随着历代政治动荡、征战不断，人们的意识流变，后来道受到越来越多的人信奉。

其二，玄学盛行，以诗说理，文人对玄言诗歌追捧。从汉朝开始玄学逐渐从众多意识形态中崭露头角，被统治者、士大夫、文人所接受。汉之后，玄学更是盛行，“汉末之后，中国政治混乱，国家衰颓，但思想甚至得到自由解放。此思想之自由解放本基于人们逃避苦难之要求。……至此转

① 蚁诗敏．中国古典美学“空”范畴谈略［D］．广州：华南师范大学，2012．

② 老子今注今译［M］．陈鼓应．注译．北京：商务印书馆，2003．

而为个人除罪求福之方。老庄得势，则是由经世致用至此转为个人之逍遥抱一。又其时佛之渐盛，亦见经世之转为出世”①。从中可以看出，汉朝之后，人们的意识形态从经世致用转变为“出世”，道学受到推崇，而玄学盛行、佛学兴起都对文人的认识产生影响。“出世”就是对道学中“无为”意识的继承，是“空”的意识表现。正是从这个时期开始，古代诗歌创作才从《诗经》或其他歌赋中慢慢地脱离开来，逐渐从歌颂民风时政，从记事载物转向对“出世”的意识追求。但这一时期的诗歌并不能完全与此前的诗歌创作风格断裂，不能完全地从民歌式的诗歌创作中脱离开来，因此也无法创作出追求意境美感的作品，“空”的审美形态更难寻其踪迹。即便在“三曹”“建安七子”等人的作品中有描写“空旷”“空蒙”之境，通过这些境象来表达对人生志向的追求以及对生命的思考，但这些诗歌的审美情趣相对来说是比较稚嫩的。而此时盛行的玄言诗歌注重说理，虽然有的作品也写物、写景来营造境界，但这些境界都只是为了说理，宣扬玄、道、佛理，因此对古典诗学中的“空”之美感起不了多大影响。

其三，田园诗歌与山水诗歌初出茅庐，“空”的审美意识在诗歌中展现。经过“建安风骨”的流变以及玄言诗的盛行与没落，“空”的诗学审美并没有产生。到了嵇康、阮籍，诗歌中对于意境美的追求开始形成，如嵇康的“岂若翔区外，餐琼漱朝霞。遗物弃鄙累，逍遥游太和”（《答二郭诗三首·其二》）。然大多数人对嵇康诗风的评价是“清俊”，评阮籍则是“遥深”。这两种审美情趣与“空”无法割裂，“清俊”“遥深”就是“清空”的审美境界。“清空”之境在陶渊明和谢灵运那里得到了继承与发展，也是在陶的田园诗歌与谢的山水诗歌之后才真正地确立起来。陶渊明、谢灵运分别是田园诗与山水诗的创建者。经过他们的发展，古典诗歌才渐渐转向“空”的审美追求。他们的创作已经从以前的诗词歌赋“记事”“载物”中

① 汤用彤. 魏晋玄学论稿［M］. 上海：上海古籍出版社，1998：196.

完全脱离开来，形成了对意境的审美追求，尤其是陶渊明的田园诗，“暧暧远人村，依依墟里烟”是“樊笼”“尘网”的映照，以田园乡村的空旷幽静来表达了陶对田园生活的怡然自得。谢灵运的诗歌也通过描写自然风光创造了各种审美意境，体现了对“空”的审美追求，如《石壁精舍还湖中作》：“昏旦变气候，山水含清晖。清晖能娱人，游子憺忘归。出谷日尚早，入舟阳已微。林壑敛暝色，云霞收夕霏。”① 又如《登江中孤屿》：“乱流趋正艳，孤屿媚中川。云日相辉映，空水共澄鲜。”②

诗中，“清晖”“林壑”“云霞”“云日辉映”“空水澄鲜”等意象展现出一种朦胧的美感，营造了“空蒙”之境。谢灵运的山水诗歌对“空”的追求为谢朓和鲍照等人所继承，但是他们也并没有将这种审美追求独立开来形成一种体系。在这个时期，“空”的审美只是依附于“清”“远”“静”等审美情趣中，并没有独立出来受到关注，因此当时以至后来的诗评皆以“清”“淡”“远”“静”“闲”等评论这一时期的诗歌创作。然“空”与“清”“远”“静”等审美情趣是不可分割的，它们之间有着深厚的粘连性，即便到了盛唐诗风时期，“空”与几者的关系也无法断裂。这主要是因为“空”的审美视阈太广，“空”的意识起源于“无”，“无”就是无限、无境界，一切体现“无”的意识的审美都与“空”有着渊源。

其四，佛教气盛，佛学影响深远，“空灵”“空旷”“空蒙”等诗歌意境成为文人的普遍审美追求，“空”成为审美体系。唐是诗歌创作的鼎盛时期，无论在作品的风格笔法还是造境方面都是造诣最深厚的。“空”就是在这个时期被文人所普遍接受，成为一种体系性的审美追求。而“空”的审美体系只是一个诗歌创作体系，只体现在诗歌创作当中，并不包括诗评方面。“空”之所以能形成体系性的审美意识，主要有三方面的原因：一是诗歌自身发展的结果，诗歌经过长期的革新与洗练，在艺术方面的要求和追

---

① 谢灵运鲍照诗选［M］. 胡大雷，选注. 北京：中华书局，2011：3.

② 谢灵运鲍照诗选［M］. 胡大雷，选注. 北京：中华书局，2011：45.

求更高，山水田园诗发展到顶峰。二是唐的政治经济的特殊性，这一时期政治鼎盛、经济繁荣，而文人则有更多的闲情逸趣、游历、赋诗，他们的视野得以开阔，才情得以提高和舒展，所以各种风格的诗歌展现诗坛。而诗人对山水田园的情志则自觉地推动了其发展。三是佛教盛行，佛学思想经过僧肇、慧能等人的构建之后变得体系完备并能为多数人接受。

（二）“空旷”“空灵”的审美意境

“空”的审美意识在诗歌中的表现是从陶渊明和谢灵运开始的，到唐代被普遍接受后成为诗歌创作中非常重要的审美追求。诗人们的审美追求主要表现在写境、造境上。在唐代，诗歌创作繁盛，不同的派别和不同风格相互激荡。在这种繁盛的创作热潮中，“空”的体系得以建立。这个体系主要有两个方面：一是形成了“空旷”“空灵”的审美情趣，这种审美情趣被绝大多数文人所接受；二是体现“空旷”“空灵”美感的诗作出品繁多，且多为佳作。

那么“空旷”“空灵”的意境是如何在作品中体现的？其实在这个时期，“空旷”“空灵”意境在各种题材、风格的诗歌中都有表现，但从诗人的作品中总结得出，唐朝诗歌体现“空”意识的主要有两类：一类是边塞诗歌，一类是山水田园诗，尤其以山水田园诗的造诣更高、更深厚。

首先来看边塞诗歌的“空旷”之美。唐代边塞诗歌的审美意趣已经和前期边塞诗作不同，军旅生活、边塞风光日益为越来越多的诗人向往和赞誉。与秦汉相比，诗歌的感情基调与整体气象发生了根本的变化。王昌龄诗云“青海长云暗雪山，孤城遥望玉门关。黄沙百战穿金甲，不破楼兰终不还”（《从军行七首·其四》），前一联通过“青海长云”“雪山”“孤城”来渲染浩荡雄浑的氛围，展现出空旷浩远之境，后一联抒发“不破楼兰终不还”的壮志豪情，写景抒情相得益彰。再如“大漠孤烟直，长河落日圆"①，在广袤无垠的大漠里狼烟袅袅，放眼望去，璀璨的落晖映照在黄河上，黄河、落晖共一色，对边塞大漠的"空旷"浩远之美充满了赞叹。

再来看一看山水田园诗歌的"空灵"飘逸。"空灵"的艺术境界是高深的，是难以企及的，"洞性灵之奥区，极文章之骨髓者也"（《文心雕龙》）。又有宗白华在《中国艺术意境之诞生》中评"超旷空灵，才能如镜中花，水中月，羚羊挂角，无迹可寻，所谓'超以象外'"，由此可见，"空灵"的诗歌意境在古典诗词审美中具有十分重要的地位。唐朝诗风就是把这种审美情趣推向极致。前面提到"空"范畴在唐代形成诗歌创作体系主要原因之一是山水诗歌发展使诗歌生命力得到延伸，其二是诗人自觉地追求山水田园的静谧情志。以《山居秋暝》诗为例："空山新雨后，天气晚来秋。明月松间照，清泉石上流。竹喧归浣女，莲动下渔舟。随意春芳歇，王孙自可留。"② 这首诗写秋天傍晚的山居之景，"空山"林木繁茂，掩盖了人迹，"空"字强调了山中如世外桃源般的幽静，"新雨后""晚来秋"淡淡几字，一阵清新、凉爽的气息扑面而来，一片空灵的美感展现在眼前。还可以《题破山寺后禅院》诗为代表："清晨入古寺，初日照高林。曲径通幽处，禅房花木深。山光悦鸟性，潭影空人心。万籁此都寂，但余钟磬音。"③ 这首诗通过诗人游山寺所见所感，一步步地将宁静、悠远的景色呈现，强调了深山古寺的空灵寂寥，表达了诗人自己对隐居山林的热爱与向往。

在唐朝诗歌中，"空灵"的意境是通过对"深山""清泉""古寺""明月""高林""浮云""青松""翠竹"等意象描写来营造出来的。诗人通过对"空山""清泉""青松"等意象的描写来渲染宁静、悠远、清新的视觉

---

① 王维．使至塞上［M］//王季萱，选注．唐诗三余选读五百首．重庆：西南师范大学出版社，2008：34.

② 王维．山居秋暝［M］//王季萱，选注．唐诗三余选读五百首．重庆：西南师范大学出版社，2008：29.

③ 常建．题破山寺后禅院［M］//王季萱，选注．唐诗三余选读五百首．重庆：西南师范大学出版社，2008：46.

效果，或者通过动静结合互相映衬来凸显山水自然的“空灵”之美感。另外，诗人描写这类意象的笔法是轻灵俊秀的，“明月松间照，清泉石上流”，一个“照”字写出了月光高洁照深林的浩渺，一个“流”字勾出清泉细水长流的美感与灵动，一静一动互相对照，笔法轻灵飘逸。“山光悦鸟性”中“悦”赋予鸟以人性，不知是鸟的灵性使人心驰神往还是人自身对鸟的自然悠哉欣羡不已。“潭影空人心”中“空”字的运用也是轻灵独到的，潭水的空灵清幽与诗人自身对自然山水的热爱浑然一体。在“空灵”的意境中我们又可以看到诗人们对禅思的参透，以及对自然认识的深入，这些认识上的参悟是对“空”的认识的深入。“空山不见人，但闻人语响。返景入深林，复照青苔上”①，空阔的山林中寻不到人的踪迹，却隐隐约约听到人的说话声。夕阳的斜晖照在树林上，又照在葱郁的青苔上。这种细致入微的观察就是对自然认识加深的表现，也体现出来一定的佛理。

（三）“空寂”的情感体验

“诗言志”是古典诗坛一直流传的一条戒律，即诗要抒发情志，表达诗人的真情实感，这与诗歌的审美特性和创作规律相符合。诗歌的创作主要是为了表现诗人性情，传达出审美主体的愉悦或苦闷之情，而诗人造境就是为了渲染自己的情感体验，“在歌咏诗和抒情状态中……主观的心境，意志的感受把自己的色彩反映在直观看到的环境上”②。

在古典诗歌中，“空寂”是诗人普遍的情感体验。“空寂”所概括的情感不仅仅是消极的沉闷，也有怡然自得逍遥自在的闲情雅致。而在“空旷”“空灵”的诗境中，诗人所要表达的情感更不限于这两者。在陶渊明笔下，静谧恬淡的田园生活，空灵飘逸的自然风光体现出的则是诗人对“出世”生活的追求与向往，对“尘网”的厌倦。在谢灵运的诗歌中，则体现了诗

① 王维. 鹿柴［M］//王季萱，选注. 唐诗三余选读五百首. 重庆：西南师范大学出版社，2008：213.

② 叔本华. 作为意志和表象的世界［M］. 北京：商务印书馆，1982：346.

人政治失意壮志难酬的苦闷悲愤。在诗歌中抒发政治失意壮志难酬或归隐田园的审美艺术在唐代被继承下来。

对归隐田园的情感寄托是唐代诗人所普遍追求的，在王维、孟浩然、刘长卿等人的山水诗中表现得更为明显。“中岁颇好道，晚家南山陲。兴来每独往，胜事空月知。行到水穷处，坐看云起时。偶然值童叟，谈笑还无期”①，“行到水穷处，坐看云起时” 和 “谈笑无归期” 充分体现了诗人怡然自在的情志。而刘长卿的《寻南溪常道士》等诗作中也体现了自己经过仕途失意之后对归隐山水田园的追求与向往。孟浩然的《留别王维》诗写于他即将离开长安之时，诗中抒发了他求仕碰壁的苦闷怨愤，前两句直接书写失意情愁，三四句写失意之后返乡的无奈之感。马戴的《楚江怀古三首・其一》为其被贬为龙阳尉后赴任途中所作，“露气寒光”“微阳”“明月”“苍山” 寄托了诗人被贬谪之孤愤和无奈。

整体而言，唐诗重情，宋诗重意；唐诗重写境，宋诗重写心；唐诗以自然兴象见长，宋诗以人文意向取胜。王维山水诗表现的是兴象玲珑意境美，透出与世无争、宁静淡泊的人生境界；苏轼诗中透出了任性逍遥随缘放旷的个性，一种襟怀淡泊、思致细密、意境深邃的意境之美。王维将禅的静默观照与山水审美体验合而为一，苏轼则是“出新意于法度之中，寄妙理于豪放之外”。苏轼写景寄怀，进而升华到对人生社会的深沉反思，从而注入意象，使之带有普遍的哲理和思致。

苏轼在几经贬谪后，把政治上遭到的苦闷消解于山光水色之中，诗词中表现了一种萧疏冲淡的风格，其思想上受佛老影响至深，用佛家缘起性空的空静观物，使心灵净化到空无的境界，达到与造物者游的心胸旷达。苏轼具备了这样的禅观之后，并没有像王维那样得意于山林之游而丧失对人生的信心，而是采取一种积极主动的姿态，投入现实，坚守精神理想，

① 王维．王维全集：卷三［M］．上海：上海古籍出版社，1997：11.

将佛学体悟寓于人生经历之中。

苏轼《送参寥师》诗云："上人学苦空，百念已灰冷。剑头惟一吷，焦谷无新颖。胡为逐吾辈，文字争蔚炳。新诗如玉屑，出语便清警。退之论草书，万事未尝屏。忧愁不平气，一寓笔所骋。颇怪浮屠人，视身如丘井。颓然寄淡泊，谁与发豪猛。细思乃不然，真巧非幻影。欲令诗语妙，无厌空且静。静故了群动，空故纳万境。阅世走人间，观身卧云岭。咸酸杂众好，中有至味永。诗法不相妨，此语更当请。"诗中有三个"空"字，分属两个不同的理论范畴。第一个"空"字属于佛学范畴，后两个"空"字属于美学范畴。"欲令诗语妙，无厌空且静，静故了群动，空故纳万境"的含义是：诗语之"妙"缘于心灵之"静"与"空"，只有心灵之"境"与"空"，才能产生"了群动"的丰富的心灵意象。佛道均认为，人经过长时间的修炼，便能使杂念渐渐消除，由此而入静入定，做到真正的"空"。因为只有静而不为动所扰，只有空而不为成见所蔽，才能洞察万物的不断变化。由现实的感知到心斋坐忘：由静入空；再到妙悟审美境界：因空纳象。苏轼在诗中肯定文学艺术寄寓忧愁不平之气的"豪放"之作的同时，对"颓然寄淡泊"之作更加欣赏。而"颓然寄淡泊"之作的形成，主要是"空"的美学追求。①

王维、苏轼两位诗人把"空"当作一种工具、一种契机，营造了一个空灵的世界，借以开掘自己的内心世界。他们的许多山水诗，与其说是写自然，还不如说是写心境，这些诗词中的自然是情感、心灵与自然相互生发的结晶。王、苏在诗禅相互交替的艺术实践中，逐步丰富了诗词美学中"空"范畴的内涵，有助于"空"完成了从佛教义理向美学范畴的转化，他们以"空"为桥梁获得了生命意义和艺术精神的双重超越。"空"范畴的引入形成了他们独特的美学风貌，王、苏之间的承传以及这种承传所呈现的

① 宋国栋. 论美学"空"范畴的产生、内涵及意义［J］. 中国文学研究，2007（1）：12－16.

差异性，使中国诗美学处在一种矛盾运动的、不断往复的动态性变化中，同时也影响了中国山水诗的审美取向。

总之，无论是对至清境界的不懈追求，还是对空灵意境的审美把握，实质上都是对现实世界的自觉疏离，因而在那些古典浪漫主义诗歌中，我们又分明可以感觉到诗人与生活、理想与现实始终存在的距离感，这种主动的疏离与无形的隔阂，带来的是古典美学、诗学的另一个重要的、具有本体论性质的范畴——“远”。

三、远

远是形声字，从辵，袁声，本义是空间距离之远。东汉许慎的《说文解字》解释云“远，辽也”①；《广韵》亦云“远，遥远也”②。《庄子·天道》曰：“吾固不辞远道而来。”③ 而在《诗经·小雅·渐渐之石》中有诗句曰：“渐渐之石，维其高矣。山川悠远，维其劳矣。武人东征，不皇朝矣。”春秋“远”又由空间之远引申为时间之远，如《吕氏春秋·大乐》道：“音乐之所由来者远矣。”《老子》二十五章亦云：“大曰逝，逝曰远。”可见，在中国古代哲学的宇宙观念中，“远”是用来表达那些可视而又无法限定的无限宇宙时空的。由于道家和道教（主要是内丹派）对于中国艺术理论的巨大影响，因而在中国传统艺术创作中，艺术家们对“远”的追求也可以说是对人类有限的、可视时空的审美超越。

（一）“远”内涵的历史演变

“远”在魏晋时期进入审美领域，展示在大量的诗评画论、人物品藻中。“远”在魏晋与“玄”同意，故形成“玄远”一词。到了唐代，“远”开始明确地成为一个美学范畴，有了新的发展。王维《山水论》曰：“远人

---

① 许慎. 说文解字［M］. 徐铉，校定. 北京：中华书局，1987：42.

② 陈彭年，丘雍. 宋本广韵［M］. 北京：中国书店，1982：260.

③ 夏征农. 辞海：下册［M］. 上海：上海辞书出版社，2003：1 392.

无目，远树无枝。远山无石，隐隐如眉。远水无波，高于云齐。”① 诗僧皎然在《诗式》中将诗歌创作的艺术境界与艺术风貌分为十九种，其中称“远，非如渺渺望水，杳杳看山，乃谓意中之远”②。皎然把“远”从对外在客观世界的关注移入内在主观想象的世界，明确了“远”对现实有形山水的精神超越。“意中之远”的提出是对“眼中之远”的飞跃，他自觉地将“远”视为内在精神层面的超越，升华了“远”的超越精神。宋代时期“远”承继魏晋以来的“玄远”“旷远”等，指不刻意形容而能保持味外之味，如“望之不尽，味之靡穷，所谓远也”③。它不只是把人的视线引向远方，而更是要把人的心灵导向无限，并在无限中追求独特的生命精神。

宋代尚韵，因而宋人将庄子之“逍遥游”、魏晋玄学之“玄远”统一在宋元诗话、词话、画论之中，代之以“远韵”。苏轼不但以“远”论书，如“字间栉比，而不失清远”（苏轼《跋颜公书画赞》），还引以论诗，其《书黄子思诗集后》称“李杜之后，诗人继作，虽间有远韵，而才不逮意。独韦应物、柳宗元，发纤秾于简古，寄至味于淡泊”，突出了“远韵”的特质；施补华的《岘佣说诗》中有“逸宕则神韵远”之句，陆时雍《诗镜总论》有“有韵则生，无韵则死；有韵则雅，无韵则俗；有韵则响，无韵则沉；有韵则远，无韵则局”之论，并举例云，“‘相去日以远，衣带日以缓’，其韵古……‘天际识归舟，云中辨江树’，其韵远”，等等④。

同时，“远”也是宋元明清山水诗论和画论的重要范畴。宋代的郭熙、韩拙对绘画中的“远”的美学境界都做了新的阐发，并形成了透辟的见解，分别提出“三远”说。郭熙《林泉高致·山水训》云：“山有三远，自山下而仰山巅，谓之高远；自山前而窥山后，谓之深远；自近山而望远山，谓之平远……高远者明了，深远者细碎，平远者冲澹……远山无皴，远水无

① 沈子丞. 历代论画名著汇编［M］. 北京：文物出版社，1982：32.
② 李天道. 古代文论与美学研究［M］. 北京：商务印书馆，2005：122.
③ 吟斋笔存卷一［M］//梅成栋. 津门诗钞. 天津：天津古籍出版社，1993.
④ 汪涌豪. 中国文学批评范畴及体系［M］. 上海：复旦大学出版社，2007：153.

波，远人无目。”① 郭熙的理论，不但将“远”做出了层次分析，还提出了“远山”“远水”“远人”的具体创作方法，事实上不仅影响着绘画理论，对以意境见长的山水诗歌同样具有创作指导意义。郭熙的“三远”论，是他对山水画、山水田园诗歌意境的一种精辟概括。无论是“深远”“高远”或“平远”，都着意于一个“远”字，其作用皆是把人的视力和思想引向远处，从山水画的“远”扩展到人的精神内涵的“远”。山水画中“远”的空寂，使人的思绪跟随着山水的“远”而无限地延伸，渐渐进入“一尘不染”的境地，即为“淡”“无”“虚”的老庄精神境界。韩拙在《山水纯全集》中也在肯定了“远”的审美价值的基础上将“远”分为“阔远”“迷远”“幽远”：“愚又论三远者，有山根边岸水波亘往而遥，谓之阔远。有野霞溟漠，野水隔而仿佛不见者，谓之迷远。景至绝而微茫缥缈者，谓之幽远。”我们不难发现，不论是郭熙“高远”“深远”“平远”，还是韩拙补充的“阔远”“迷远”“幽远”，这些“远”的含义绝不是一般人的视觉距离的远近意义来讲的，它主要是企图通过“远”的景物设置，把欣赏者的审美活动引向画面“景物至绝”那个更加广阔无极的宇宙时空中去。总之，要远离尘俗和烦嚣，而随着山水之“远”把人带到高远的境界，使被凡俗尘嚣所污毒了的心灵“涤除玄鉴”，使苍苍茫茫、无限无尽的情趣和奥妙尽藏于山水画中，以使人的精神得以充实。

清代，“远韵”说又增加了新的内容，转化为“清远”说。清初文坛领袖王士祯《池北偶谈》云：“汾阳孔文谷云：‘诗以达性，然须清远为尚’。薛西原论诗，独取谢康乐、王摩诘、孟浩然、韦应物，言‘白云抱幽石，绿筿媚清涟’，清也；‘表灵物莫赏，蕴真谁为传’，远也；‘何必丝与竹，山水有清音’、‘景昃鸣禽集，水木湛清华’，清远兼之也。总其妙在神韵也。”② 作者在提出“清远”说时明确指出了“远”与“韵”通。他所说的

① 沈子丞. 历代论画名著汇编［M］. 北京：文物出版社，1982：64，133.

② 王士祯. 池北偶谈［M］. 济南：齐鲁书社，2007：351.

“远”，讲的就是诗人与表现对象的关系，也就是保持一种“心理距离”，反映了文人对生命距离的追求。

可见，范畴“远”经历了长期的历史嬗变，随着时代的发展不断被赋予新的内容。然而不变的是，在中国文艺精神中，其审美内核始终坚守着超越当下和有限，追求自由和无限的精神向度。

（二）“远”与其他范畴的关系

作为古典美学的一个重要范畴，“远”范畴的后序及合体范畴很多，与其内涵关系最近的主要有以下三种关系。

首先是远与真。中国古代哲学家认为，人所以能克服局限和渺小，必须要“散远襟”“发远想”“致远意”“闻远音”“著远概”“希远致”，达到诸葛亮所说的“宁静以致远”、陶渊明表达的“心远地自偏”的状态，实现人的真性情的发展。儒家的“君子远庖厨”一说最有代表性。《礼记·玉藻》云：“君子远庖厨，凡有血气之类弗身践也。”后世有不少人曲解了“君子远庖厨”这句话里的内核，即“不忍”之心，而片面轻率地说君子应该远离厨房。孟子说：“君子之于禽兽也，见其生，不忍见其死；闻其声，不忍食其肉，是以君子远庖厨也。”（《孟子·齐桓晋文之事》）汉代贾谊在《新书·礼篇》中引述了孟子的话后说：“故远庖厨，仁之至也。”把“君子远庖厨”作为仁慈的品德加以提倡，这也是符合孟子的原意的。这种“远”，体现了儒家元初思想中的真诚、对人性善本能的真挚维护，保持一种“童真”的心灵情状。

道家思想和佛教的宗教哲学也要求信众远离尘世，遁入空寂，追求本真。中国哲学对“远”的追求，体现了中国哲学家把“纲维宇宙之志”作为追求目标之一，因“远”而真，而率性，而自然。中国哲学和艺术所描绘的境界，常常以远离世俗为尚，避开尘世的喧嚣，如庄子将游心万物的终点一直推到无何有之乡，茫茫然远之极也。“无何有之乡，广莫之野”，实际指的是从人世间回归大自然、恢复精神自由。《画史》中以“云峰石迹，迥出天机，独参造化”评王维画，并以此为画道之极境；清恽南田说：“绝俗故远。”① 这些无不要求远离尘世，在时空中造成巨大的心理距离，在悠远、飘渺中摆脱尘网，独存真知，所以，在大自然中超世绝俗就是“远”，面对大自然返璞归真的向往也是“远”。

其次是远与返。《老子》六十五章说：“玄德深矣远矣，与物反矣，然后乃至大顺。”老子认为“道”广大微妙，“远”形容其空阔，“反”（返）则表现其循环。道是远和返的统一体，不远不足以成道，不返也不足以尽道之韵。庄子也认为远而必返，认为悟道之心要“反复终始，不知端倪”（《大宗师》）、“一龙一蛇，与时俱化”（《山林》）、“与物委蛇，而同其波”（《庚桑楚》），使心灵“渊渊乎其若海，魏魏乎其终则复始也”（《知北游》）。《周易》提倡“复其见天地之心”“无往不复，天地之际也”，也提倡无往不复的生命精神。古诗中记载了诗人们对远而返之生命运动的真实体验。如“君看古井水，万象自往还”（苏轼《书王定国所藏王晋卿画著色山二首》）、“流水澹然去，孤舟随意还”（郑板桥《绝句》）等。在词创作中，“远而返”也受到充分重视。唐宋词中如“竹深水远，台高不出”“沙净草枯，水平天远”“断碧分山，空帘剩月”等，都传达了空灵淡远的意韵，同时也表现了往复回环的生命感。

从另外一个角度说，“远而返”也代表了一种人生困境与文化寻根。“孤帆远影碧空尽”这一句诗，把人生“在路上”的孤独状态真实地表达了出来。追寻远方、跋涉远方的“游子”，是中国文学中最常见的文学形象之一。“游子”语出《汉书·高帝纪下》：“游子悲故乡。”而《古诗十九首》中的《行行重行行》是“游子”诗中最有代表性的：“相去日已远，衣带日已缓。浮云蔽白日，游子不顾返。”杜甫《梦李白》诗之二曾云：“浮云终日行，游子久不至。”在有着“叶落归根”思想的古代中国，“狐死首丘”，

---

① 朱良志．中国艺术的生命精神［M］．合肥：安徽教育出版社，2006：309，312，307.

因而，“怀人”“思旧”“思乡”“怀古”是“远而返”观念呈现出的四大文学主题。

再次是远与游。“游”是道家美学的重要思想范畴，“游”的美学思想体现了主体的审美追求，即摆脱功名利禄、权势等外在束缚，使精神活动达到逍遥自在的境界。审美主体“远游”的根本原因，是理想在琐屑的世俗生活中得不到实现与满足，身心得不到自由。庄子《逍遥游》列举了许多可以使人远离世俗的方法，如可以游于江海、游于大漠、游于山林、游于云天等。在这些自然山川中没有人事纷扰，“身即山川而取之”，可以得到完全的自由。庄子认为“无已”“无功”“无名”的精神状态，是游心于“道”，从而得到“至美至乐”的前提条件。庄子提倡的“远游”，如“吾游心乎物之初”“乘云气，骑日月，而游乎四海之外”“树之于无何有之乡，广漠之野，彷徨乎无为其侧”，是追求“道”，也是追求“远”。屈原也重视“远”的精神气质，如《离骚》中云“忽反顾以游目兮，将往观乎四荒”“远逝以自疏”“荒忽兮远望”等，借助远游给孤独的心灵以释放解脱的空间。

魏晋时期出现的“俯仰”之说，也是一种“远游”观念的延伸。“俯仰”一词语出《易·系辞》“（圣人）仰则观象于天，俯则观法于地”之句，如嵇康诗云：“俯仰自得，游心太玄。”（《赠兄秀才公穆入军》）“俯仰”中含有一种“神游远观”的思想。在文人、士大夫的情思中，俯仰进退，就是一种人生的进取与放逐、儒家主张与道家和佛教的思想之间的自我取舍。如东晋的陶渊明，唐代的王维，北宋的范仲淹、苏轼等人，早期受儒学的教诲，怀抱“修身齐家治国平天下”的政治理想，都想立于社会的“高处”干一番事业。然而当他们在朝中“高处”看清了当时社会时局的腐败后，不愿与其同流合污。于是，在道家“出世”、佛教“空无”观念的影响下，从“高处”隐而退之，来到了“远处”的山水林泉之中，远离尘俗之地，他们寄情于诗词、山水画中，俯仰宇宙人生，体验“远近高低各不同”（苏轼《题西林壁》），由此更深刻地认识了人生，并在艺术上得到了升华。

（三）“远”的审美文化特征

作为中国古典美学的重要范畴之一，“远”范畴具有多重文化特征，一方面是它的普遍特征，即它身上蕴含的中国文学范畴的共性，如“诗性智慧”的特征、家族群体性特征等；另一方面是它的个体特征，即它自身独有的、本质性的个性，如多重性、精神性和超越性特征等。

第一是“远”的多重性特征。“远”表明了对现有时间和时空超越，用情思的无限想象超越现实的有限距离。郭熙《林泉高致》云：“山水大物也，人之看者须远而观之，方见得一障山川之形势气象”；“真山水之川谷，远望之以取其势，近看之以取其质”；“真山水之风雨，远望可得，而近者玩习之不能究错纵起止之势。真山水之阴晴，远望可尽，而近者拘狭不能得明晦隐见之迹。”① 同样，沈括在《梦溪笔谈》中也表达了“贵远贱近”的绘画观：“大体源及巨然画笔，皆宜远观，其用笔甚草草，近视之几不类物象，远观则景物粲然，幽情远思，如睹异境。如源画《落照图》，近视无功，远观村落杳然深远，悉是晚景，远峰之顶，宛有返照之色，此妙处也。”② 从文艺心理学角度看，“远”超越了距离，拉开主客体之间的距离，从而创造了一个视野开阔的空间，面对朗阔的空间，人的心胸往往也会变得豁然开朗，心情舒畅。孔子云“有朋自远方来，不亦乐乎”（《论语·学而》），这句话背后隐含着“主人”在迎接远方友人的同时，也将自己的心胸在友人讲述的旅程经历中得到发散，得到虚拟的远游之乐。故古人常喜郊外踏春、登高望远、遥岑远目，以排解心中之块垒或发人生之幽情。

第二是“远”的精神性特征。“远”的审美价值由“眼中之远”升华为“意中之远”，不只是对距离的超越，而且是人的内心世界和内在精神的

① 沈子丞. 历代论画名著汇编［M］. 北京：文物出版社，1982：64－67.

② 沈括. 梦溪笔谈［M］. 延边：延边人民出版社，2004：247.

归宿的渴求。中国文人和艺术家所崇尚的“远”最终指向人的内在精神世界，是意之远、心之远。

以秦汉魏晋南北朝时期为例，战乱频仍，文人士大夫动辄得咎、朝不保夕，因此只有超越尘俗的混乱纷扰，隐居于山水林海之地，才能暂时忘记现实中的痛苦。为了退隐到内心，寻找一份精神世界的玄远安宁，“远”成为当时文人精神层面的追求目标，也成为魏晋人物品藻的标准之一。《晋书》中记载了不少时人对玄远之美的追求，如谓乐广“性冲约，有远识，寡嗜欲，与我无竞”；品评向秀“清悟有远识”、刘伶心怀“旷远”；又云王导“少有风鉴，识量情远”，等等①。刘义庆的《世说新语》则更加详细地辑录了“远”在魏晋人物品藻中使用的频繁程度：《德行第一》中有“晋文王称阮嗣宗至慎，每与之言，言皆玄远”、“王戎云：‘太保居在正始中，不在能言之流，及与之言，理中清远，将无以德掩其言！’”的记载；《言语第二》中有“会稽贺生，体识清远，言行以礼”的表述；《赏誉第八》中有“见山巨源，如登山临下，悠然深远”之说；《规箴第十》中有“王夷甫雅尚玄远”方面的品鉴，等等②。由此可见，“远”此时已经意味着超越世俗礼教纲常的放达不羁，具有了独特的精神意蕴，成为晋人心目中理想的人格品性和人生境界。陶渊明济世不得而“守拙归园田”，在种豆南山、采菊东篱、共话桑麻、赏析奇文中求得一份超然和解脱。他以一颗平淡之心蔑视现实的功名荣辱，欣赏“暧暧远人村，依依墟里烟”的淡泊之美，体悟人生的真谛。他的心情是平静的，却并不颓丧；他的精神在更深的层次上，领悟了生命的自然本质，并在自觉实现这一本质时得到人生的享受和满足。

第三是“远”的超越性特征。超越性始终为“远”的精神向度，也是它的生命力所在。老子提出了“涤除玄鉴”“虚极守静”的观点，旨在超越

① 朱良志．中国艺术的生命精神［M］．合肥：安徽教育出版社，2006：309，312，307.

② 刘义庆．世说新语［M］．延边：延边人民出版社，2000：5，6，22，124，174.

主观欲念和成见，保持内心的虚静，回复到自然无为、无欲无求的境界。相对于老子，庄子的理想人生更具有超越精神。庄子提出了“心斋”“坐忘”说，认为人的生死是自然天命，不过是生命的显现与隐伏状态罢了。因而人应该摆脱现实世界的一切束缚，超越生与死的时空界限，主张将个体的生命完全返回到自然的状态，达到“齐生死”“不知说生，不知恶死”的超然境界以及逍遥自适的高度自由的精神境界。魏晋时期，玄学兴盛，嵇康提出“越名教而任自然”，超越意识成为汉末至魏晋文人生命自觉意识的重要表现。在宋元明清封建伦理纲常极端统治的时期，人的自由天性被异化，文人士大夫在现实中面对着无边的痛苦，然而却又无从改变客观的现实。只有选择逃避现实，寄情玄远，使逐渐觉醒的个体生命从世俗混沌中摆脱出来，实现内心世界与天道、自然的和谐统一。超越意识经历了由被动到自觉的过程，文人士大夫将超越意识逐渐演化为一种自觉的行为。文学艺术家在创作中更加积极主动地超越外在和内在的束缚羁绊，寻求高度自由的精神状态，如李白、张旭等人假借“癫狂”“醉梦”从现实的功名利禄的羁绊中解脱出来，将自己的潜力发挥到极限。

中国古典诗歌向来讲求境界，“有境界，则自成高格”，它包括宇宙自然之境和人生之境，诗人对诗歌境界的营造实质上是对理想世界本原的追索。“清”的澄澈明净，“空”的虚怀若谷，“远”的超然世外，给了诗人无限的时间与空间去体悟和建构自己的理想国，用无数种可能去解读阐发对宇宙、对人生的理解，由此，“清”“空”“远”既是诗人追求的至高境界，也是重要的诗学本体论范畴。

第二节　诗体心胸论

中国古人向外注重对客观事物的宏观把握，向内着意于内心世界的微观挖掘，在对外部世界有了本原性认识以后，转而对心灵世界进行深沉思考，反映在诗学领域，就是审美心胸的问题。关于审美心胸，老庄时代就已经有了较为深刻的论述，如老子的“涤除玄览”，庄子的“心斋”“坐忘”，虽表述有异，但究其精神实质却也是大同小异、殊途同归，强调创作主体内心的虚静澄明、旷达通透，需以冷眼观世相、冷手写热心。概言之，诗体心胸论涉及三个重要的美学范畴，即主体精神之旷、主观心境之静、主观情感之冷。

一、旷

旷，从日广声，本义是形容光照之明。东汉许慎的《说文解字》解释云“旷，明也”；顾野王撰《玉篇》亦云“旷，光明也”。还有另外一个重要的原生性意义是空旷、开阔。《左传·昭公元年》云：“居于旷林。”《诗·小雅·何草不黄》云：“率彼旷野。”《汉书·邹阳传》云：“独观于昭旷之道。”宋代王安石《游褒禅山记》道：“其下平旷。”在这里，“旷”常被用来描述地势的开阔广袤，故具有如：旷平（宽广平坦）、旷廊（空旷、空阔）、旷僻（空阔而偏僻）、旷宇（广阔的原野）的后序概念。后序概念或后序范畴，是指一个词语在没有发生语意、语义变化的前提下，由使用者自行推演、使用而形成的新词，与子范畴不同。子范畴是发生了语义扩张而形成的，或与另外范畴组合成的合体范畴，在这一点上，“旷”的范畴具有一定的特殊性。

“旷”还有遥远、幽远的义项。《广雅》云：“旷，远也。”《孔子家语·辨乐》云：“旷如望羊。”后人解释其意在用志广远。晋陆机《思亲赋》云：“悲桑梓之悠旷，愧蒸尝之弗营。”唐代韩愈《应科目时与人书》云：“旷途绝险，为之关隔也。”从远的义项衍生开来，具有如旷迥（遥远之处）、旷望（极目眺望，远望）、旷绝（僻远）的后序概念。

除了能表示空间上的距离相隔遥远，“旷”也能描述时间上的距离，有历时长久之意。《史记·封禅书》云：“厥旷远者千有余载……其详不可得而记闻云。”东汉刘桢《赠五官中郎将·其二》云：“自夏涉玄冬，弥旷十余旬。”因“旷”表现了时间之久远，故又产生了罕见、超绝的义项。例如，宋代司马光《上谨习疏》云：“治平百年，顽民殄绝，众心咸安，此乃旷世难成之业。”

在文学创作及评论中，“旷”逐渐从描述空旷开阔的外部世界转向关涉人内在的心灵境界，由此产生了一个重要的意义指向：心境开阔，开朗。它可以衍生为旷度（宽大的气度）、旷澹（心胸豁达，不重名利）、旷怀（开阔的心胸）、旷逸（心胸开阔，性情超脱）等后序概念。最早提及这个义项的是老子，《老子》十五章云：“旷兮其若谷，浑兮其若浊。”宋代叶适《超然堂》诗云：“每怜庄周《齐物论》，遣词旷荡违经律。”范仲淹《岳阳楼记》云：“则有心旷神怡。”明代王阳明《答舒国用书》云：“君子之所谓洒落者，非旷荡放逸、纵情肆意之谓也。”清代魏源《青浪滩夜雨》诗亦云：“得失亦乘除，平生秉昭旷。”

（一）“旷”范畴的历史嬗变

“旷”，作为一个美学范畴，在古代文学创作中影响很大，通常指一种博大开阔、虚涵静朗的心灵境界。《老子》所云“旷兮其若谷”，即是指所谓虚怀若谷的心灵境界。而“旷”开始进入审美领域，并得到广泛运用大约是在魏晋南北朝时期。

魏晋以降，人物品藻之风盛行，随着“旷”在人物品藻之中的大量运用，渐渐地也开始应用于文艺作品的品评之中。魏晋时人尚老庄，玄风大畅，常以这种境界作为衡量人格的重要标准，要求为人要有超凡脱俗的胸襟，有博物观世的情怀。晋夏侯湛《东方朔画赞》云：“若乃远心旷度，瞻智宏材。”谢灵运《富春渚诗》云：“怀抱既昭旷，外物徒龙蠖。”而时人为文竞尚玄远，从心所欲，这种从心的生存实为放旷，在自然里怡心畅神、消解郁情，在玄理中体道悟性、平静身心。

至隋唐，文学艺术高度繁荣，中国古典美学由此进入了气度恢宏的时代。一方面是以韩愈、柳宗元为首的古文运动，倡导“文必宗道”，于是，一度式微于魏晋之际的儒学再度振兴；另一方面是书画美学与司空图的诗歌美学则循老、庄之“道”继续前行，对艺术创作的审美规律做出了新的探索。① 特别是中唐以后，时人不再那么容易能从自然活动和社会活动中寻求自身力量的确证，故而转向对人的内在进行拓展，更多的返归自身，以唤起内心深处久积的意念和深在的体验。

唐代诗僧皎然论诗云：“达，心迹旷诞曰达。”皎然于诗追求“神诣”“意冥”的深化境界，将远旷的心胸作为审美构思的最佳场所。要求诗歌气象氤氲，意度盘礴，清理自然，不假用事，而且特别强调“气高而不怒”“力劲而不露”。② 而司空图在《二十四诗品》列“旷达”一品，用形象的语言论述了旷达的含义：“生者百岁，相去几何。欢乐苦短，忧愁实多。何如尊酒，日往烟萝。花覆茅檐，疏雨相过。倒酒既尽，杖藜行歌。孰不有古，南山峨峨。”

宋元以来，书画美学沿袭老庄之道，从选景、构境之处追求远旷的意境，对风格简淡、意境空灵的作品有很好的评价。被誉为宋初“九僧”之一的惠崇，《图画见闻志》称其意境“潇洒虚旷之象，人所难到也”。北宋江少虞评论李成之画云：“气韵萧洒，烟林清旷……真画家百世师也。”③

文学上，面对汉唐人取得的巨大成就，诗人不可能做大的开辟，转而从体式内部探讨，也追求这种远旷的意蕴。明末竟陵派论诗提出“其游止贵旷，拘则否”（钟惺《简远堂近诗序》）的主张，并且提出诗家追求之根本乃是“空旷孤迥”“荒寒独处，稀闻渺见”之境。清人杨振纲论旷达说：“迂腐之儒，胸多执滞，故去诗道甚远，惟旷则能容，若天地之宽，达则能悟，识古今之变。”④

---

① 吴中杰．中国古代审美文化论［M］．上海：上海古籍出版社，2003.

② 汪涌豪．中国文学批评范畴及体系［M］．上海：复旦大学出版社，2007：141.

③ 李超．论“李郭”山水风格的传承及兴衰的原因［D］．重庆：重庆大学，2009：11.

④ 司空图，袁枚．诗品集解；续诗品注［M］．郭绍虞，集解，辑注．北京：人民文学出版社，1963.

（二）“旷”之合体范畴

单体范畴在意义上常常不脱母意的牵制，作为普通名词而发生的“旷”概念，在被反复使用和语义扩大后，逐渐形成了自己的词语序列。“旷”范畴的后序及合体范畴很多。在意义连锁过程中，究其内涵关系，相近的合体范畴主要有以下三种：

首先是旷与远。旷，本身就含有远的意义指涉。《文选·谢朓〈郡内高斋闲坐答吕法曹〉诗》云：“结构何迢遰，旷望极高深。”吕延济注曰：“言远尽见高深也。”旷与远在文学文本中常常被用来构建追寻远方、跋涉远方的形象。西晋陆云《赠顾尚书》诗云：“感彼远旷，吝此延娱。”唐代李白《送王屋山人魏万还王屋》诗云：“岧峣四荒外，旷望群川会。”

而在审美领域，旷与远常常并举出现，旷本身具有旷远空灵的审美意蕴，它和艺术家对“远”的追求是联系在一起的。魏晋以来崇尚味外之味，“旷远”趣尚风行，强调作品的意境神韵深广而耐人寻味。王若虚《滹南诗话》直指苏轼《眉石砚》《醉道士石》等篇的意境开阔超逸，“可谓横放而旷远”。宋元以来，书画艺术一直追求旷远空灵，空旷孤迥的意境，平沙远水，荒山寂地，常被视为画之极境。

除了文艺上，在人的品格特点上，艺术家也追求这种远旷的意蕴，不仅仅是停留在眼中之远、意中之远，而是最终指向人的内在精神世界的旷远；不仅要求“为人夷雅旷远”（陆游《陆郎中墓志铭》），而且“非夫旷远者，不能与之嬉游；非夫渊静者，不能与之闲止”（嵇康《琴赋》）。

再次是旷与达。“旷”是超然，“达”是通识。以旷合达，既包容浑成又不失大气透脱，既心胸超诣又超然洒脱，不为俗累。“旷达”正式作为一种范畴提出，是晚唐的司空图在《二十四诗品》中提出“旷达”一品。清人孙联奎评曰：“旷，昭旷；达，达观。胸中具有道理，眼底自无障碍。”①

---

① 司空图，袁枚．诗品集解；续诗品注［M］．郭绍虞，集解，辑注．北京：人民文学出版社，1963．

“旷达”作为后起的范畴，在承继和保持核心范畴原初含义的同时，对“旷”范畴的拓展做了进一步的深入。

唐代诗僧皎然直言：“心迹旷诞曰达。”（《诗式》）唐代诗人岑参《郡斋闲坐》诗云：“平生好疏旷，何事就羁束！”明人李贽说：“旷达者自然浩荡。”清代方苞言先君：“性豪旷，不可一日无友朋。”（《记梦》）旷达之人，常常是世人称为世外高人，虽然选择了远离尘世、归隐田园，但胸中自有一股傲岸不平之气，常以诗文来抒写胸臆。体现在创作中莫不是恬静淡远、散淡自然，就是特立独行、坦荡不羁，既有对世事物情的通达贯识，又时而发出警醒之语，给人以超脱的美感。

最后是旷与虚。中国古典美学对旷的精神追求，其意境的空寂和清幽，与道家对于虚静的境界追求是一致的。作为中国古典美学的一个重要概念，“虚”不仅指向体道方式，更是一种审美心态和艺术境界。老子提出“虚极守静”的观点，意在保持内心的虚静，回复到自然无为、无欲无求的境界。庄子言虚静之心犹“天地之鉴”（《庄子·外篇·天道第十三》），是谓体道之人虚怀若谷，胸怀空灵博大的自由空间；“虚而待物”（《庄子·内篇·人间世第四》），是谓海纳百川式的心胸容量。而老庄体道正是从体道本质的自由性，实现“心斋”“坐忘”，剔除一切有可能遮蔽体道的欲望与知性，回归自然，还原成与天地相通的原生状态。通过空掉外在的执着与攀援，实现心灵的净化超升，营造了一种自由豁朗、虚空澄明的审美心态。而这种心理结构恰与“旷”提倡人们从各种功利欲望和是非得失中跳脱出来，不受形体与知欲的束缚，不再循规蹈矩遵从日常生活的名理逻辑认知，力求空阔宁远的审美心态相通。

虚与旷表达的是精神的淡泊宁静，是道德人格与艺术人格的心襟气象。陆机诗：“迈心玄旷，矫志崇邈。”（《赠冯文罴迁斥丘令》）明代袁宏道《寿存斋张公七十序》云：“于是高明玄旷清虚澹远者，一切皆归之二氏。”而在文艺创作当中，多是通过对田园、山水的描绘来“以景言志”，故而在艺术风格上呈现出了明显的“空灵虚静”的审美特征。胡应麟在《诗薮》中说：“有以高闲、旷逸、清远、玄妙为宗者，六朝则陶（渊明），唐则王（维）、孟（浩然）、常（德）、储（光羲）、韦（应物）、柳（宗元）。”

“旷”由其本身的光明广阔的本意，转而被用来表示一个人的生命情调和个性，有清远、通达、虚静之美。综观“旷”“远”“达”“虚”诸范畴，可以看到它们有共同的感知基础和意义内质，形成了共通的深层意蕴，表现出人生与艺术合为一体的趣味，引发对人生价值和精神境界的思考。

（三）“旷”范畴的文化特征

作为中国古典美学的范畴之一，“旷”一方面具有中国文学范畴的共性，另一方面具有本真、能确立其存在意义和价值的文化特征，主要表现在它的精神性和超越性。

第一是“旷”的精神性特征。“旷”的审美价值正是其对人的内心世界和内在精神的归宿的渴求，是其对超功利的精神自由的张扬，以此才被人提升到审美理论的殿堂。

魏晋崇“玄学”、尚“无为”，出世不鄙功名，入世不忘清高，是谓雅逸。纵然战乱频仍，文士依然能超越尘俗的混乱纷扰，为自己寻求旷远虚静之所。无所谓人生进退，超越世俗礼教纲常，随心所至。著名的“竹林七贤”，即是有名的高逸放旷之士。文人墨客崇尚恬淡虚旷的人生，不刻意为艺术，强调自然流露、落笔天成。

旷则能容，若天地之宽；达则能悟，识古今之变。这种独特的精神意蕴，作为士人心目中理想的人格品性和人生境界备受推崇，形成了士大夫们追求清适悠闲的人生、注意内心的自我平衡、向往超然旷达的处世态度以及宁静恬淡的精神面貌的心理状态和生活情趣。因而“旷”常常被用来谈及这种安稳闲阔的旷士胸怀和洒脱、豪迈、淡泊名利、慨然处之的士人形象。《晋书》中谓向秀“清悟有远识”，言刘伶心怀“旷远”。姜夔自谓“越中山水幽远，予数上下西兴、钱清间，襟抱清旷”（《徵招》）。陶渊明自言“闲居三十载，遂与尘事冥。诗书敦宿好，林园无世情”①；“静念园林好，人间良可辞”②。白居易在《昭国闲居》诗云：“平生尚恬旷，老大宜安适。”苏轼更是放出“一蓑烟雨任平生”的壮语，表现了于逆境中独行如履坦途、于困窘处特立卓然的豁达与开朗，真实地映照出他在精神层面上的自由坦荡。他一生跌宕起伏，却始终引身物外，以达观态度待之，保持心灵的平静自由去体悟人生。以超然的审美眼光去看待世界，用豁达的审美心理来体察事物，从而造就其超然的旷逸情怀和旷达的词风。

“旷”意味着人的精神自由，“旷然自超卓”（顾炎武《赠于副将元剀》）。由这种精神风度所带来的整个人生命状态的旷达、潇洒、飘逸的美的意味，成为历代文人始终追求的目标。

第二是“旷”的超越性特征。旷的精神追求使得它始终远离政治实用功能，超越主观欲念和成见，转向于对人的生命状态的关注。在对政治实用功能超越的同时，自然地萌生着对人的生命状态、精神状态的审美意识，进而实现了有我之境到无我之境的超越。

“旷”，作为一种超越荣辱名利之现实价值观的精神境界，是古代士人安顿个体心灵之道。自魏晋南北朝以后，新的社会思潮改变着士大夫的人生追求、生活习尚和价值观念。儒家的道德教条和仪礼规范已失去原有的约束力，一种符合人类本性的、返归自然的生活成为新的追求目标③。魏晋文人生命自觉的超越意识开始觉醒，他们提出“越名教而任自然”（嵇康《释私论》），憧憬超然于物外的境界。

魏晋风流是在乱世的环境中对汉儒为人准则的一种否定。“汉儒提倡的名教是人生的执和障。而魏晋风流就是要破执除障，打开人生的新的窗户，还自我以本来的面目。”④ 而这种超越性的追求沿袭至宋元明清，一脉相承、

①② 陶渊明．陶渊明集［M］．北京：中华书局，2007．

③ 袁行霈．中国文学史［M］．北京：高等教育出版社，1999：232．

④ 袁行霈．中国文学史［M］．北京：高等教育出版社，1999：233．

不曾断绝，并逐渐演化成士人的自觉行为。

在人的自由天性备受限制乃至异化，个人价值趋向于实用性的同时，在艺术创作中士人反而更加自觉地试图超越世俗功利限定的樊篱，从外在功业向内心修养后退，寻求一种高度自由的精神状态，重新获得自我认同和肯定。陶渊明说自己："少无适俗韵，性本爱丘山。"① 白居易自言："无事日月长，不羁天地阔。"（《偶作二首》）面对名利的诱惑，李白蔑语："功名富贵若长在，汉水亦应西北流。"（《江上吟》）苏轼更是以"清远闲放，超然于尘垢之外"（《放鹤亭记》），开风气之先。旷达清放的士人风格，以追求人格的独立和不受羁束的"任情任性"为特征，成为士人群体当中重要的一派。

中国古典美学常常讲究境界，"旷"范畴以其远，以其阔，以其达，从大自然中生发出壮阔的生命意志，扩散出自由无拘的生命精神。然而，如何去追索这种自由壮阔、无拘无束的生命境界，古人又提出了一个重要的审美范畴——"静"，它既包括虚静的人生态度，也包括静观的处世之道。

二、静

魏晋士人将"清静"之界作为一种生存态度及把握艺术本质的功夫。唐代诗僧皎然《诗式》中正式明确"静"这一审美范畴。苏轼则将之引入文学艺术领域，落实到文学批评中，提出"空静说"。宋代及以后，"静"除对作家人格修养与作品道德内容的强调外，还有对静淡醇和的文学风尚与平和自然的审美境界的张扬。古人对于"静"范畴的使用灵活多变，或单用"静"一字，或用"清静""虚静""闲静""幽静""空静""简静""淡静""深静"等合体范畴，或沿用"静境""静处""静瑟""静穆""静观""静坐"等与之相关的名词和概念。这些范畴与概念共同构成了

① 陶渊明．陶渊明集［M］．北京：中华书局，2007．

"静"范畴的家族。

（一）"静"范畴之含义及历史嬗变

首先看儒家的"静"。孔子曰："智者乐水，仁者乐山。智者动，仁者静。""静"在儒学家心中的地位很高。后《乐记》中有"人生而静""乐由中出，故静"之说。徐复观认为"静"第一义是纯净。纯净便自然安静，这很符合"静"的本义。

静，《说文解字注》云："静，宷也。谓粉白黛黑也。按靓者、静字之假借。采色详宷得其宜谓之静。考工记言画缋之事是也。分布五色。疏密有章。则虽绚烂之极。而无淟涊不鲜。是曰静。"这是指物之静。而乐所表现的不仅指物之静，更指向了"性之德"，故性德是静。这就符合静的第二义，即"人心宷度得宜。一言一事必求理义之必然。则虽繁劳之极而无纷乱。亦曰静"①。这是指人之静。儒学家将物之静引申为了人之静，并更倾向于人之静，为达到纯净的人生境界不断追求。

"静"与道家哲学的联系也很密切。老子《道德经·十六章》有"致虚极，守静笃"，这里的"静"，老子解释为"归根曰静，静曰复命"。"根"就是"一""母"或"道"，"归根"就是从欲中解脱出来，而不为欲所烦恼，是为"静"。所以说"归根曰静"。静可以说是指向道的一种途径，老子有"清静而天下正"之说。《庄子》及后来的《淮南子》发展了《老子》中的"静"的思想，《庄子·庚桑楚》有"性者生之质也，性之动谓之为，为之伪谓之失"之说，是以性静为真，性动为伪。《淮南子》有"人性本静而嗜欲乱之"②。这些都是从人的本性来言及"静"的。同时，庄子又发展了老子的"致虚极，守静笃"，而至"无已""心斋""丧我""坐忘"，以虚静作为把握人生本质的功夫，并即以此为人生的本质，故而《庄子·天道》有"万物无足以饶心者，故静也。……圣人之心静乎，天地之鉴也，

① 许慎．说文解字注［M］．段玉裁，注．上海：上海古籍出版社，1988．

② 刘安．淮南子·俶真训［M］//百子全书．杭州：浙江人民出版社，1984．

万物之镜也。……夫虚静恬淡，寂寞无为者，万物之本也”。

“静”在魏晋时期进入审美领域，常见于诗评画论、人物品藻中。尤其在魏晋六朝，静与清的合体范畴“清静”，常被士人作为一种境界去追求，士人的清静之界不仅仅是一种理想的创作心境，更是被作为一种实在的生存态度及由之产生的艺术态度去实践。魏晋以后随着佛教的传入，人们更为注重“清静”。到了唐代，“静”开始明确作为一个美学范畴，有了新的发展。诗僧皎然《诗式》提出“辨体有一十九字”，第十八体就是“静”，释曰：“非如松风不动，林狖未鸣，乃谓意中之静。”① 宋人于此更是多有辨析和发挥。时有道学家周敦颐主静，称“圣人定之以中正仁义而主静，立人极焉”，“无欲故静”。心学家陆九渊也说，“此道非争竞务进者能知，唯静退者可入”。不仅如此，他们还将庄禅之说输入其中。黄庭坚《次韵答斌老病起独游东园二首·其一》之“万事同一机，多虑乃禅病。……小立近幽香，心与晚色静”，陈与义《寄题兖州孙大夫绝尘亭二首·其二》之“境空纳浩荡，日暮生泬寥。……丈人方微吟，万象各动摇”，都是在生活中悟“静”。

苏轼则将之引入文学艺术领域，落实到文学批评中，提出“空静说”。其《送参寥师》所谓“欲令诗语妙，无厌空且静。静故了群动，空故纳万境”，与老子所说的“归根曰静”，禅宗所讲的“必求静于诸动，故虽动而常静”。由此“安闲恬静，虚融淡泊”，显然存在着内在的联系。

由于宋代好“静”，必然尚“虚”。道家讲“唯道集虚”，是尚“虚”。佛教和禅宗更将之与“空”“无”相等同，要求虚以照有，虚含万象；故称“心如虚空，不著空见”，“虚空其怀，冥心真境”。早在中唐，皎然《诗式》就已提出“境象非一，虚实难明”，说“可以偶虚，亦可以偶实”。宋人“怀虚静之趣以乐其内，赏清旷之境以奖其外”，似与“偶虚”更有会

① 于民. 中国美学史资料选编［M］. 上海：复旦大学出版社，2008：228.

心。诚于中而形于外，这“静”“虚”也不可判然两分，“虚淡”“淡静”“简静”等范畴在文学批评中屡屡出现。①

宋代理学家讲“虚心”以“穷理”，由周敦颐在《太极图说》中提出，所谓“圣人定以中正仁义而主静”，心纯而无欲是其“静”的主要内容。对此，二程颇不满意，提出“敬”字予以修正，所谓“涵养须用敬，进学则在致知”。以后朱熹“恐人差入禅去，故少说静，只说敬”，并称此为“圣门之纲领，存养之要法”②。“敬”者，警也，畏慎肃警之义，吕祖谦释以“心庄则体舒，心肃则容静”，朱熹释以“整齐严肃”，要旨皆在于让人心中有一定的主宰，不像主静者一味反观内省，失了操持。

不过，这不等于说二程与朱熹就绝对排斥“静”，程颢多讲“静坐”“静观”，如程颐重视诗歌“兴起人志意”的作用，尝说：“兴于诗者，吟咏性情，涵畅道德之中而歆动之”，认为这种“兴起”得之于人的静观，此即《秋日偶成》所谓“万物静观皆自得，四时佳兴与人同”。邵雍提倡“情累都忘”，“因闲观时，因静观物”③。以对敬静存养功夫的重视，复追求性情的怡悦和人格的完善。除对作家人格修养与作品道德内容的强调外，还有对静淡醇和的文学风尚与平和自然的审美境界的张扬。

宋代随世道与学术的移易，禅宗、心学的兴起，“闲”与“静”的妙处被人发现并引入文学批评，如张戒《岁寒堂诗话》卷上就曾说：“渊明‘狗吠深巷中，鸡鸣桑树颠’，‘采菊东篱下，悠然见南山’，此景物虽在目前，而非至闲至静之中，则不能到，此味不可及也。”故“深静”被人用以指诗风的深沉恬淡。

清人则谈论得更具体深入。毛先舒《诗辩坻》卷三说：“诗本无定法，意不可以讲法”，“法老则气静，学邃则华敛，才高则辞简，意深则韵远”，

---

① 汪涌豪. 中国文学批评范畴及体系［M］. 上海：复旦大学出版社，2007：160.
② 陈献章. 陈献章集：上册［M］. 北京：中华书局，1987：157.
③ 汪涌豪. 中国文学批评范畴及体系［M］. 上海：复旦大学出版社，2007：203.

看到了沉至内敛的文之活法大有助于作品的行气和整体气象①。正如清初黄图珌论词曲时说："心静力雄，意浅言深。景随情至，情繇景生。吐人所不能吐之情，描人所不能描之景。华而不浮，丽而不淫，诚为化工之笔也。"②

（二）"静"范畴之合体范畴

作为古典美学的一个重要范畴，"静"范畴的余绪及合体范畴主要有"清静""虚静""闲静""幽静""空静""简静""淡静""深静"等。与其内涵关系最近的主要有以下三种关系：

首先是静与道。魏晋时期，老庄之学兴起。《庄子·天道》云："万物无足以铙心者，故静也。"《礼记·乐记》曰："人生而静，天之性也。感物而动，性之欲也。"对于常人来说，只有虚心，拥有一颗清静之心，才能怀道深远。王弼对此有更精到的说明。王弼说："致虚，物之极笃；守静，物之真正也。"又"归根曰静，故曰静。静则复命，故曰复命也。复命则得性命之常，故曰常也"③。也有士人为了更接近道的主旨，以清静为其与人对话方式，如同道之为道；损之又损，其对话亦是简之又简。甚而有的士人在外在形体上也开始注重清静原则。如"庾公造周伯仁，伯仁曰：'君何所欣说而忽肥？'庾曰：'君复何所忧惨而忽瘦？'伯仁曰：'吾无所忧，直是清虚日来，滓秽日去耳。'"④ 这是形体之瘦反映心灵之静。由此可看出魏晋士人将"清静"之界作为一种生存态度及把握艺术本质的功夫。

其次是静与明。通过对清静之界的追求，艺术家更能敏锐地体察万物，包容万物，以达到一种"明"的效果，故《庄子·天道》有"圣人之心静乎，天地之鉴也，万物之镜也"。而这种"明"，如徐复观所说，是发自与宇宙万物相通的本质，所以此"明"即能洞透到宇宙万物的本质；这种"明"是"外物""外生""外天下"之后的绝对的静彻澄明，是一种"无

---

① 汪涌豪．中国文学批评范畴及体系［M］．上海：复旦大学出版社，2007：276.

② 黄图珌．看山阁集闲笔：卷三［M］．上海：上海古籍出版社，2013.

③ 王弼．老子注十六章［M］//百子全书．杭州：浙江人民出版社，1984.

④ 刘义庆．世说新语插图本［M］．沈海波，评注．北京：中华书局，2007.

己”“无功”“无名”的自由心境。① 而心境愈自由，就愈能虚而待物，得到美的享受。所以，在魏晋时期，士人常常能够以清静之心接纳宇宙生灵。可以说，山水泉林作为大自然的一部分，非常符合清静修禅的哲理。据宋代郭熙的《林泉高致》所说：“余因暇日阅晋唐古今诗，什其中佳句，有道尽人腹中之事，有装出人目前之景，然不因静居燕坐，明窗净几，一炷炉香，万虑消沉，则佳句好意亦看不出，幽情美趣亦想不成，即画之主意亦岂易！及乎境界已熟，心手已应，方始纵横中度，左右逢源。”文人雅士在看待万物及艺术创造中往往以超越于世俗之上的清静之心去了悟，就能使清静之界逐渐由生存心境沉淀为一种艺术心境，达到“明静”的心境。

再次是静与空，中国传统诗学的审美态度理论是“虚静”说，其本质是排除妄念，保持空明的心境。论及禅与诗歌审美的创造心理，苏轼的“空静说”最妙。苏轼《送参寥师》：“上人学苦空，百念已灰冷。剑头惟一吷，焦谷无新颖。胡为逐吾辈，文字争蔚炳。新诗如玉屑，出语便清警。退之论草书，万事未尝屏。忧愁不平气，一寓笔所骋。颇怪浮屠人，视身如丘井。颓然寄淡泊，谁与发豪猛。细思乃不然，真巧非幻影。欲令诗语妙，无厌空且静。静故了群动，空故纳万境。阅世走人间，观身卧云岭。咸酸杂众好，中有至味永。诗法不相妨，此语更当请。”这里所云“空静”并非诗的意境，而是指诗人的审美创作心态。按大乘学的理解，“空”非虚无，而只是说万法无有自性，即是“不真”，禅宗进一步以心为“空”。至于“静”，大乘佛学亦不孤立来看，而是于动中求静，用“中观”方法来认识“静”范畴，僧肇大师的《物不迁论》专论动静的统一性：“寻夫不动之作，岂释动以求静，必求静于诸动。必求静于诸动，故虽动而常静。不释动以求静，故虽静而不离动。”苏轼借了大乘般若学的空观、动静观来谈诗歌创作，进一步发展了诗的审美创作心理理论。正因心态之“静”，方能了然“群动”；正因心态空明，方能涵纳“万境”，这并非消极的静观，而是积极的创作心态。而且，具有鲜明的审美性质。

① 徐复观. 中国艺术精神［M］. 桂林：广西师范大学出版社，2007：63.

（三）“静”范畴的审美文化特征

作为中国古典美学的重要范畴之一，“静”范畴的审美文化特征体现在它的精神性特征、词格审美特征以及超越性审美追求上。

第一是“静”的精神性特征。“静”本义多为安宁“静处”“静境”，与动相对。宋代沈括著《梦溪笔谈》提到古人诗有“风静花犹落”之句，谓无人能对。王荆公对“鸟鸣山更幽”。元对“蝉噪林逾静，鸟鸣山更幽”，上下句只是一意：“风静花犹落，鸟鸣山更幽”，则上句乃静中有动，下句动中有静。当然，这“静”不仅指人和物的外在形态的非运动性，还在于心态的静，即内心恒定宁静，便能写出目前幽静之境，得冷静幽瑟之趣，则静辞能化作动辞使用，而又化虚为实，化动为静，由意境的“静”最终指向人的内在精神世界，是意之静、心之静。清代况周颐撰《蕙风词话》卷三评《蜕岩摸鱼儿》中“扫花游落红”一阕：“并是真实情景，寓于忘言之顷，至静之中，非胸次无一点尘，此景未易会得，静深中生明妙矣。”又如金圣叹批六一词写静一句“帘影无风，花影频移动”，认为“花影移动只是无情，正为极静”，正是指创作主体特殊的精神状态，以及在这种状态指导下作品整体质性上的内敛和深厚。

静还体现了道的特征，并不断接近道。艺术家达到清静之界也即意味着不断接近道而最终实现生命的价值。而在很大程度上，文人从事艺术创作时所需求与追求的心理境界与坐禅所呈现的心理状态颇为相近，即刘勰所谓的“陶钧文思，贵在虚静”①。画论形容画家创作的最佳状态说“心手两忘”，坐禅时也会“坐忘”，那时就会进入虚静状态，画家心随笔运，一气呵成，满纸静气，妙不可言，瑞士思想家阿米尔（Amiel）说：“一片自然风景是一个心灵的境界”②，是可谓心能造境。而水墨画家的排斥色彩，就基于水墨画是文人的一种“心视”艺术，其黑色有静默感，有利观者避开纷嚣的表象，体会到内心的宁静，此静气乃是天地间的真气。水墨画讲

---

① 黄侃. 文心雕龙札记［M］. 上海：上海古籍出版社，2000.

② 宗白华. 美学散步［M］. 上海：上海人民出版社，1981.

究“有处恰是无，无处恰是有”①，也即禅宗所讲“色不异空，空不异色”。

第二是“静”的词格审美特征。唐代徐寅著《雅道机要》在论及《叙体格》说：“诗有十一不，一曰不时态，二曰不繁杂，三曰不质朴，四曰不才调，五曰不囚缚，六曰不沉静，七曰不细碎，八曰不怪异，九曰不浮艳，十曰不僻涩，十一曰不文藻。凡为诗者，先须识体格。未论古风，且约五七言律诗，惟阆仙真作者矣。辞体若淡，理道深奥，不失讽咏，语多兴味，惟知前项十一不则得之矣。”② 可能是因诗词越到后来，论者推尚沉郁重拙过当，乃至流于滞涩晦昧，时人提出“沉静”“深静”，既是对滑利脱易的轻俊词风的反拨，也是将诗词引向真正的深厚混成的词境。

对此，况周颐《蕙风词话》卷二有专门讨论：“词境以深静为至。韩持国《胡捣练令》过拍云：‘燕子渐归春悄。帘幕垂清晓。’境至静矣，而此中有人，如隔蓬山。思之思之，遂由浅而见深。盖写景与言情，非二事也。善言情者，但写景而情在其中。此等境界，唯北宋人词往往有之。持国此二句，尤妙在一‘渐’字。”③ 由此可见，况氏推尚词须“深静”的宗旨。他特别推崇韩词中“渐”这个字表明，合理适当的锤炼可使此景愈加显出其沉静深厚的面目。况氏还进一步称“词有穆之一境，静而兼厚、重、大也。淡而穆不易，浓而穆更难。知此，可以读《花间集》”。提出“静穆”一词，更接于浑成精微的理想境界的作品品格。

与况氏同时，陈廷焯《白雨斋词话》也标举“静”这一范畴，但他多受“文气说”及传统哲学中“静和者养气”，称读人词“须息心静气，沉吟数过，其味乃出。心粗气浮者，必不许读碧山词”④。

---

① 恽格．南田画跋［M］．上海：上海人民美术出版社，1987.

② 徐寅．雅道机要［M］//宋秘书省续编到四库阙书目·文史类．北京：商务印书馆，1956.

③ 况周颐．蕙风词话　人间词话［M］．王幼安，校注．北京：人民文学出版社，1960：24.

④ 陈廷焯．白雨斋词话［M］．杜维沫，校点．北京：人民文学出版社，1959：72.

“深静”再一次获得比较集中的讨论，是在王国维处实现的。王氏对“深静”的讨论不仅仅以词学批评为背景，他将这种对美的基本判断引入《人间词话》，称“无我之境，人惟于静中得之；有我之境，于由动之静时得之。故一优美，一宏壮也”。他认为人只要通过“静”，即通过忘掉自己，以无利害私欲之心，不观物之关系，但观物之本身，就能产生优美的境界。而因物大不利于人，人的生活意志为之破裂，意志因之遁去，这破裂和遁去之“动”造成的“知力”的“独立之作用”的结果就是“静”。此所谓“有我之境，于由动之静时得之”，它产生壮美之情。虽然它的归结点在“境界”的状况，但与况周颐所论仍有异曲同工之妙。①

第三是“静”的超越性审美追求。无论作为生存态度的清静之界还是作为艺术态度的清静之界，都是一种诗化生命的体现，尤其是在魏晋六朝特定的时代对自我生命的一种肯定与超越。这时的诗人是以无我之心观物，在体味到自然生机的同时领悟宇宙的一片静谧幽寂和静寂中蕴含的永恒生命，从而达到与自然纯然合一的清闲幽寂的境界。魏晋士人执着于此，欣喜于归隐田园，追寻清静之界。而这又能否达到生命的超越？中国的生命超越世界就是仁或道，而“静”这一范畴，儒道两家都涉及了。

在南朝时，还出现了家族归隐的现象。这种归隐并非迫不得已，出于危难之考虑，或如谢安做山中宰相，待价而沽，而是纯粹的息心沉机，安顿灵魂，有如戴逵《闲游赞》所说的“然如山林之客，非徒逃人患、避争斗，凉所以翼顺资和，涤除心机，容养淳淑而自适者耳”。这种清静之界表现在人身上就是一种孩童般的率性而为的自然状态，是一种自适自得的境界。再以陶渊明和苏轼为例，他们的审美的生活、闲居的生活和诗人的审美志趣相融，生命境界已是审美境界。生命不再是苟且偷生的无奈，纵欲无度后的怅惘，而是一种与自然亲切、融合的诗化生命。日常的生命出现

---

① 汪涌豪. 中国文学批评范畴及体系［M］. 上海：复旦大学出版社，2007.

了诗的情趣，“出则渔弋山水，入则言咏属文”① 是六朝士人向往和追求的生活，无论是坐茂树以终日，还是濯清泉以自洁，士人们希求着自适和自得，而这正是一种真正超然的审美化的生命境界。

中国古典美学中的“静”范畴在古代诗论、书画赏评等领域具有独特的审美价值，深沉的静观伴随着自由的审美，静穆的观照带来了艺术的腾飞。实际上，无论是以“旷”之胸襟体物，还是以“静”之态度观物，凝结在背后的主体情感都渗透着一种寒凉之意，这就是古典诗学中另一个关涉审美心胸的范畴——“冷”。

三、冷

中国古典诗学中的“冷”范畴，总体表达了一种寒凉之意，既可以表达客观自然环境的“寒冷”，也可以传递诗人主观情感或心理态度的“冷淡”。东汉许慎的《说文解字》里这样解释“冷”：“寒也。从仌，令声。”直接将“冷”和“寒”等同了。而以“冷”为核心的描述性词组也不少，比如以“冷”为前缀的“冷酷”“冷漠”“冷清”“冷艳”“冷僻”“冷淡”“冷静”“冷冽”等；以“冷”为后缀的“清冷”“阴冷”“湿冷”“森冷”“寒冷”“僵冷”“齿冷”“冰冷”等。

（一）心理态度之“冷”

在文学作品和书法绘画中的“冷”，比较常见的是创作主体的主观感情在客观事物上的投射，表达的是当下创作主体的心理、态度和思想。“冷，冷落，闲散；不热情，意含讥诮。”② 这是辞海中对“冷”的两种解释。而“冷”作为一种范畴，表达的是创作主体内心的一种“冷淡”之感。这种“冷淡”又分为两种：一种是内心的平静淡薄，闲散随意的为人处世心理；而另一种则是明确地对事物的是非曲直表明自己的立场态度，暗含一种不

① 房玄龄，等. 晋书·谢安传［M］. 北京：中华书局，1974.

② 夏征农. 辞海［M］. 上海：上海辞书出版社，2003.

屑、讽刺之意。唐代诗人李中《赠永贞杜翱少府》诗："爱静不嫌官况冷。""冷"字表达的是一种闲散随意、平静和气的态度，是"冷淡"的第一层含义。宋代诗人纪应炎《句》中有这样一句："三年南海清心坐，一任东君冷眼看。"① 这里的"冷眼"便是属于后者，即是一种内心活动的流露，具体说来是一种作壁上观的不屑。唐代诗人韩偓在《六月十七日召对自辰及申方归本院》里也用"冷"的内涵来表达自己的主观感情："坐久忽疑槎犯斗，归来兼恐海生桑。如今冷笑东方朔，唯用诙谐侍汉皇。"表达的是一种讥诮和看不起。

中国古典美学中，诗词等文学作品常常与书法绘画相结合，两者互为补充，共同为抒发创作主体的内心情感而服务。除了在文学作品中，在画作上，"冷"范畴也被许多画家所欣赏并广泛运用，这一点在文人画上表现尤其突出。绘画与文学作品的不同之处在于，创作主体一般不直接在绘画中表达自己的思想或是显露自己的情感，而是通过画中的意境给读者自己品味作者想要表达的"冷感"。在绘画作品中将这种"冷感"表达得最简洁而畅快的要属明末清初的画家八大山人了。一只白眼望天的瘦鸟；一截虬根盘曲的老树；一块凌空伫立的怪石……八大山人用寥寥几笔便给看客一种满目萧索、幽涩冷寂的感觉，这也是八大山人用画意表现出来的"冷感"，冷眼望天，冷眼观世人。八大山人一生孤冷清苦，明朝灭亡后，国毁家亡，心情悲愤，在一首题画诗中，八大山人更直言自己的画作"墨点无多泪点多"②，八大山人的"冷感"由内而外涌出，这种"冷感"简直是满目疮痍、疾风萧萧的触感。

（二）自然环境之"冷"

自然环境中的"冷"往往不是通过直接描写体现的，而是比较多地通

① 黄子高．粤诗搜逸·卷三［M］．上海：商务印书馆，1936.

② 题画诗全文："墨点无多泪点多，山河仍是旧山河。横流乱世杈椰树，留得文林细揣摹。"

过侧面描写给人一种“寒冷”之感，从而传达创作主体的“冷”感。诗人孟郊的《寒地百姓吟》：“冷箭何处来，棘针风骚骚。”用冷箭比喻刺骨的寒风，体现自然环境之冷。陆游的《霜冷》一诗：“梅花消息动江边，渐见新春换故年。莫道孤翁心似铁，夜来霜冷透青毡。”也是形容冬季霜重风冷的气候环境。宋朝诗人仇远的《五更》：“丑夜方向寅，被衾冷如铁。”也是如此。除了冬季给人生理上的“冷”的刺激和感受以外，自然环境的“冷”的多样性也被众多的文人发现并使之成为增强文学作品魅力的一剂良药。诗圣杜甫的《秋兴八首》之七借露珠的剔透冰冷展示了凌晨时分太阳还未升起之“冷”——“波漂菰米沉云黑，露冷莲房坠粉红”，宛然一幅晨雾莲花图。

自然环境之“冷”给创作主体带来许多灵感和感触。凄美寒凉的月夜、大雪纷飞的塞北、暮色苍茫的江畔、幽深寂静的山林……无一不是常常出现在创作主体诗文书画中的意境。柳宗元《江雪》诗云：“千山鸟飞绝，万径人踪灭。孤舟蓑笠翁，独钓寒江雪。”描绘出孤零零的一条小船上，坐着一个身披蓑衣、头戴斗笠的老翁，在大雪覆盖的寒冷江面上独自垂钓的冷寂画面，这也是寒冷的大雪给作者带来的新的创作灵感，使作者融情入景。与自然环境的“冷”相映照的，往往是寒月、暮色、幽林、晨雾等自然意象，以自然写人文，也是情景交融。自然环境的“冷”：一是表现环境的恶劣，从而凸显作者为之抗争、锻炼风骨的决心和坚毅；二是描写自然，以凄冷的事物衬托创作者内心的孤凄、悲戚之感。

（三）文学批评之“冷”

“冷”范畴不仅作为诗文书画中为增强作品艺术魅力和审美价值的情感体现，而且作为文学批评中的一种，有其独特的语意表达。

尽管古人对“冷”有敏锐的感触，常常将其用于映照人物的内心活动和情感态度，但是在文学批评上用“冷”字却是比较少见的。明代陆时雍在《诗镜总论》中评价唐代诗人刘长卿的诗句“‘鸟似五湖人’①，语冷而尖，巧还伤雅，中唐身手于此见矣。”② 明确用“冷”来评价诗句中的语言，这里的“冷”是与“怪”有相通之处的，暗含了讽刺、讥诮的意味。明代李东阳著的《麓堂诗话》将诗分类，并说“作凉冷诗易，作炎热诗难；作阴晦诗易，作晴霁诗难；作闲静诗易，作繁扰诗难。贫诗易，富诗难；贱诗易，贵诗难。非诗之难，诗之工者为难也。”③ 直接将诗分属性，有凉冷、炎热之别。再到后来，《金圣叹读批水浒》说水浒第三十六回：“此篇于宋江恪遵父训，不住山泊后，忽然闲中写出一句不满其父语，一句悔不住在山泊语，皆作者用笔极冷，寓意极严处，处处不得漏过。”这里“冷”不单单指文章语言，而且还有谋篇布局在内了，指的是“冷静”、周全。清代李渔撰写的中国戏曲理论专著《闲情偶寄》中提到选剧的要法：“冷静之词，文雅之曲，皆其深恶而痛绝者也。然戏文太冷，词曲太雅，原足令人生倦，此作者自取厌弃，非人有心置之也。”④ 已经将戏曲分为冷热、俗雅。由此可见，“冷”在文学批评里常常与“热”相对，但是何为“热”又没有统一的判断标准。因此文章是否“冷”，不仅可以分析文章的语言文字，还可以参考创作主体的下笔行文的特点和心理情状等。

(四)“冷”的美学审美特征

尽管“冷”有内外之别，但是古人往往以外写内，寄情山水，融情入景，在描绘自然环境的同时抒发心理态度和思想感情，其实并无内外之别。无论是在诗词歌赋等文学作品中，还是在书法绘画等艺术作品中，“冷”范畴都表现出它的含义广博、民间偏向和观照暖热。

“冷”范畴的含义广博主要表现在“冷”具有的通感效果。通感指文学

---

① 出自《送侯御赴黔中充判官》：“不识黔中路，今看遣使臣。猿啼万里客，鸟似五湖人。地远官无法，山深俗岂淳。须令荒徼外，亦解惧埋轮。”

② 陆时雍. 诗镜总论［M］. 李子广，评注. 北京：中华书局，2014：32.

③ 丁福保. 历代诗话续编［M］. 北京：中华书局，1983.

④ 李渔. 闲情偶寄［M］. 上海：上海古籍出版社，2000：45.

艺术创作和鉴赏中各种感觉器官间的互相沟通。运用通感能增强文学作品的文采，给读者更大的想象空间。在“冷”范畴的运用中，这种通感效果是很明显，同时也是很有效的。比如唐代著名诗人白居易的乐府诗《琵琶行》中的一句：“冰泉冷涩弦凝绝，凝绝不通声暂歇。”这句诗用冰冷的泉水因寒冷而凝固成冰的艰涩的感觉来比拟音乐上的迟郁顿挫，新奇又有意趣，仿佛就在读者的耳边，感染力很强。这是听觉与触觉之间的通感。又如杜牧的《秋夕》：“银烛秋光冷画屏，轻罗小扇扑流萤。天阶夜色凉如水，卧看牵牛织女星。”用“冷”字来形容画屏，其实并不是强调触觉，而是强调“银烛秋光”投影在画屏上给房间里带来了一种凄冷孤清之感，实际上指的是视觉的“冷感”，这是视觉与触觉之间的通感效果。在文学作品中，这种感觉的互通互补效果给文学作品带来了新的艺术魅力，而“冷”范畴被文人喜爱的原因有一部分便在于此。

此外，“冷”范畴的含义广博还表现在“冷”本身具有的情感体现。“冷”本是一个形容词，描述的是一种感觉，以“冷”来表述思想感情是很适合的。宋朝高似孙的诗句：“带月归来仙骨冷，梦魂全不到梨花。”读者读后，顿觉愁冷入骨，清冷至极。

“冷”范畴的审美特征还表现在它的观照性。“冷”即是“寒”“冰”“凉”，与此相对应的是“热”“烫”“暖”。中国古代文人是排斥“热”，趋向“冷”的。早在上古时期，古人就有“隐居山林”“幽居”的观念存在。这是因为繁华世界太过“热”，“热”从另一角度来说暗含着“吵闹”“喧嚣”的意义，处于“热”环境，便无法冷静求知、思考自我、思考人生的缘故。《荀子·正论》高度肯定隐士的地位，称：“天下无隐士，无遗善。”隐居风气盛行到今天，仍然被许多人视为逃离庸碌尘世的喧嚣浮华的一种最常见的途径，可见隐居的确是求“冷”的一种好方法。隐居或幽居追求的便是一种不受干扰、不理世俗的宁静安详，所谓“心静自然凉”，这也是古代人追求“冷”的一种突出的表现。而挖掘到深处，隐居的主观因素是求“冷”，客观因素却是黑暗腐败的政治环境和佛道两家的影响。《新唐书》将古人隐居者分为上中下三等，说一等隐者“身藏而德不晦”；二等隐者“挈治世具弗得伸”；三等隐者“资槁薄，乐山林”①。怀才不遇，便隐居山林，这是政治上难以展才。佛道两家对隐居的偏向也是很明显的。道家始祖老子提出“无为而治”，倡导一种消极避世的隐逸观。隐居山林、远离尘嚣是佛家认可的修行途径。可以说，佛道两家对“冷”有一种特别的感情，这绝大部分是由“冷”扩展出来的“冷静”的意义所形成的，古代佛道两家的思想对许多文人产生了深远的影响，促进了文人的“求冷”隐居行为。

“冷”范畴还有一个显著的特征——民间偏向。前文已经提到过的古代盛行的隐居、幽居的社会风气虽然政治的因素较强（政治上怀才不遇等），但却是广泛存在民间的一种潮流。古人常常从隐居山林的智者处得到思想的透悟和升华，就是山野渔樵也常常有聪慧高明的言语来警示世人，可见在不单在高堂，在民间也有一种求“冷”的思想潮流存在。

从另一方面来说，“冷”的民间偏向性更多地体现在与封建礼教所推崇倡导的“雅正”相对立。儒家经典《周礼》早就提出维护封建统治，教化人伦的“雅乐正声”，这种“雅乐”保守中正，恪守古乐传统。古代文人追求自由和个性，不少文人偏爱“冷”的画风、诗风，而与儒家推崇的“雅正”文风有所区别。画家如同前文提到的八大山人，八大山人的“冷逸”画风传达出作者在寒荒中的抗争。“冷”诗风的代表要属中唐的鬼才诗人李贺，有学者统计出现“寒”“愁”等幽冷意象的李贺的诗作占其诗歌总数的三分之二②，李贺的诗句想象奇特，有不少诗句还描写了神仙鬼魅、生老病死，诗风幽冷奇诡。如《南山田中行》中的诗句：“石脉水流泉滴沙，鬼灯如漆点松花。”给人一种清冷幽寂之感。不过，尽管“冷”的民间文风偏向与庙堂之高的“雅正”风气相对立，但是这种“冷”却不被儒家所排斥，

---

① 欧阳修．列传第一百二十一隐逸［M］//宋祁．新唐书．北京：中华书局，2000.

② 张晓芳．浅谈李贺诗歌中的幽冷意象［J］．天中学刊，2005，20（4）：83－85.

而是两者同时存在的。

“冷”不仅仅表达的是创作主体的生理感受，更多的是表达心中的“冷感”，即创作主体的情感态度，“冷”的美学是中国古典美学的一个分支，在豪放或阴柔的风气中更偏向阴柔，但是却又比阴柔更清静。“冷”范畴为中国古代美学增添了独特的艺术魅力，张扬了创作主体的态度和个性，它的使用是中国古代文人追求情感态度的自由抒发的体现。

如果说诗体本体论涉及的是对诗体创作客观规律的认识，那么诗体心胸论则关注的是诗人主体精神、态度的问题。中国古典诗学向来有“诗言志”的传统，不同时代人们对“志”有不同的解读，或以之为人的志向、胸怀抱负，或视之为人的思想情感，这两种看法都表明了“志”的主体性、个体性。一方面，“志”涉及了人的心胸态度；一方面，“志”又因人而异，传递了不同的内容。然而，“志”缺乏具体的审美内涵和特性，终究只是一种抽象的理念，故不能和“旷”“静”“冷”平行，成为经典的诗体美学范畴。

旷，既有时间之久、空间之远的含义，更有深层的内涵，还指涉创作主体心胸之旷达不羁、无所牵绊；静，不论是老子的“涤除玄览”，庄子的“心斋”“坐忘”，还是宗炳的“澄怀味象”，根本的追求都是虚静的人生境界和静观的人生态度；冷，既是对外部景象的客观摹写，也是对内心体验的忠实叙述。心胸论中的“静”“冷”“旷”分别对应了本体论的“空”“清”“远”，唯有“静”方能参透“空”，唯有“冷”方能了悟“清”，也唯有“旷”的心胸才能拉开诗人与俗人的距离，成就“远”的诗意人生，而这些正是诗歌创作的前期准备。

第三节　诗体创作论

古代中国是一个崇尚诗歌的国度，“不学诗，无以言”（《论语·季氏》），从某种程度上来看，古诗是华夏文明的记录者与传播者，在漫长的历史长河中，流淌的不仅仅是无数精妙绝伦的诗篇，还有许许多多别具一格、自成一家的创作原则与审美标准，并经过一代代的传承与发展，积淀为一套诗学的审美范畴体系。就创作论方面而言，诗人的审美取向既有其矛盾性的一面，如贵“巧”守“拙”并行不悖，又有其趋同性的一面，如求“险”尚“奇”独辟蹊径。

一、贵“巧”

巧为形声字，从工，丂声，本义指技艺高明、精巧。东汉许慎的《说文解字》说“巧，技也”①；《广韵》云“能也，善也”；《韵会》解释说“射者工于命中曰巧”。“巧”字随着使用频率的增长，其在原生意义的基础上引申出了一系列合体概念，如巧任（技巧、技能）、巧便（灵便、灵巧）、巧工（技艺高超的工匠）、巧手（灵巧、灵活的手或表示技术高明的人）、巧冶（优良的冶金工人）。杜少陵《新婚别》云“巧手莫为无麦饼”；《淮南子·说林训》“巧冶不能铸木，巧工不能斫金者，形性然也”。亦有如巧夺天工（比喻做工比织女更巧）、巧妙（精美灵妙、灵巧高妙）、巧捷（机灵敏捷）等合体形容词。汉代刘安《淮南子·俶真训》道：“置猿槛中，则与豚同，非不巧捷也，无所肆其能也。”与此同时，“巧”亦有巧笑（美好的笑容）、巧丽（美妙华丽）、巧媚（形容姿态美好）等意义链，如《诗·卫风·硕人》言“巧笑倩兮”。《宋史·宦者传三·童贯》：“童贯，少出李宪之门。性巧媚，自给事宫掖，即善策人主微指，先事顺承。”②

“巧”除了具有描述人技术高明、姿态美好等外在特征的引申词外，还有一系列用于形容言语及思维逻辑的相关名词与概念，且它们在理论阐发、文学创作、日常交际中占有重要意义。如在先秦时期就被广泛用于言语评价的巧言（表面上好听而实际上虚伪的话）、巧辞、巧说（用花言巧语欺骗

① 许慎．说文解字［M］．北京：中华书局，1987：100.

② 辞源［M］．北京：商务印书馆，2004：954.

人）、巧辩（诡辩）、巧语虚言（花言巧语）等。“巧辞”表示（人）善于言辞或巧妙的言辞。《史记·仲尼弟子列传》曰：“子贡利口巧辞，孔子常黜其辩。”“巧辞”亦有言辞虚伪之意，如晋·葛洪《抱朴子·时难》言：“于是弘恭、石显之徒，饰巧辞以构象似，假至公以售私奸。”其次，“巧”亦有表示思维逻辑的后序链，如巧思（精巧的构思、设计）、巧诈（机巧诈伪）、巧谲（机巧诡诈）、巧心（机巧之心）、巧佞（奸诈机巧）、巧媚（机灵而善谄媚）。《庄子·天地》言：“功利机巧，必忘夫人之心。”宋陈亮《类次文中子引》载：“汉高帝之宽简，而人纪赖以再立；魏武之机巧，而天地为之分裂者十数世。”

可见，“巧”自先秦时期开始语义就不断扩大，并逐渐产生了诸如巧辞、巧拙、巧丽、巧似、纤巧、细巧、清巧、工巧、机巧等后序概念，形成了一个蔚为大观的以“巧”为核心的审美范畴家族和系列，展示了其独特的审美特征。

第一是融通性特征。指的是“巧”范畴具有融合通达性，能够与其他范畴相因相生、相辅相成。这一特征在老子的“大巧若拙”思想中体现得最为显著。在我国文人士大夫的创作思维及文艺评论中，巧拙常被视为一对相互对立的审美范畴，分别代表着精妙的人工美与朴实的自然美，体现在文本创作中即“巧即不拙，拙即不巧”。如清代况周颐《蕙风词话·附录》言：“盖重者轻之对，拙者巧之对，大者小之对，轻巧小皆词之所忌也，重在气格。”明代谢榛《四溟诗话·下》：“诗太拙则近于文，太巧则近于词。宋之拙者，皆文也；元之巧者，皆词也。”宋代罗大经《鹤林玉露》卷三谓：“作诗必以巧进，以拙成。故作字惟拙笔最难，作诗惟拙句最难。至于拙，则浑然天全，工巧不足言矣。”然，巧拙虽似对立，亦可相因相生、相辅相成。老子曰：“大直若屈，大巧若拙，大辩若讷。”其“大巧若拙”思想实则在一定程度上反驳了“巧即不拙，拙即不巧”的创作思想，体现了“巧拙”的融通性，表达了创作如能顺乎自然，藏巧于拙，亦能达到“大巧”与“真美”相得益彰的理想境界，使文学作品精巧且朴实自然。在古今艺术创作中，受到“大巧若拙”思想影响而能做到巧拙相得益彰的大有人在。如杜甫的《曲江二首》中，“穿花蛱蝶深深见，点水蜻蜓款款飞”两句描写，可谓工细之极，但其工而不见刻削之痕，细却并非详尽无遗。又如“雷声忽送千峰雨，花气浑如百和香”，语平意奇，巧拙有致。故宋代范温会在《潜溪诗眼》这样评杜诗：“老杜诗凡一篇皆工拙相半，古人文章类如此。皆拙固无取，使其皆工，则峭急无古气，如李贺之流是也。”①李白在诗歌创作中亦追求“清水出芙蓉，天然去雕饰”。在追求诗歌纯朴自然之时，李白并非割裂了巧与拙的联系，而是巧妙地做到“以巧入诗，以拙见诗”——达到“巧”寓于“拙”而又不为“拙”所束缚的境界。叶燮在《原诗》中亦评：“又尝谓汉魏之诗不可论工拙，其工处乃在拙，其拙处乃见工。”可见，巧拙这种既对立又相因相生的辩证关系正是“巧”范畴融通性的最佳例证，且这种巧拙并举的理论对我国的文艺创作极富指导性意义。

第二是阴柔性、细巧性特征。主要指“巧”范畴具有细巧美、阴柔美色彩。在中国古代美学中，“巧”与表示阳刚的崇高美、壮美相对，其偏向于阴柔一面，多与“小”“细”“清”“纤”等单体词汇构成具有细巧、阴柔美色彩的合体范畴，如“细巧”“纤巧”“清巧”等。“巧”的阴柔、细巧特征，在古代文艺创作中屡屡出现，尤其是在山水画创作及评论中。如唐代张彦远《历代名画记》谓：“曲庭，善山水。格不甚高，但细巧耳。”明代谢榛《四溟诗话·下》言：“予在广陵，见司马端明画山水，细巧之极，绝似李成。”可见，“巧”于山水创作中偏重于以细巧的笔法勾勒出山水的阴柔之美。另外，在文学领域，“巧”也较偏重于纤巧、阴柔美，这一特征在宋代的婉约词中表现得较为显著。宋婉约派词人总好以“水”“月”

---

① 王大鹏. 中国历代诗话选［M］. 长沙：岳麓书社，1985：286.

等细腻的意象及婉转缠绵的言辞来表达儿女情长，总体上呈现的是一种细巧、阴柔美。从绘画中的“细巧”及词作创作中的“纤巧”可见，“巧”范畴具有较多的阴柔韵味。

第三是主观性、契机性特征。古语有道“无巧不成书”，于文学创作而言，其中的“巧”包含四层意思。第一层意指“精思”。“精思”之后才能洞察对象的底蕴，使事物“了然于心”，然后形诸文字。故“精思”乃“成书”之前提。宋姜夔《白石道人诗说》言：“诗之不工，只是不精思耳。不思而作，虽多亦奚为?”第二层为“巧思”，即巧妙构思、设计。如果说结构的精巧为文学作品的躯体，那么内容、情节的精巧则为文学作品的灵魂，使作品得以展开与延续。骥德在《曲律杂说》中说“入曲三昧，在‘巧’之一字”，就指出了“巧合”于作品实体的重要性。第三层为“巧辞”。创作时如只有巧妙的构思还不足以成就得意之作，还要有准确、生动的文辞表达技巧才能使书的主旨、篇章结构、文字表达等工于精、巧。陆机《文赋》“其会意也尚巧，其遣言也贵妍”正强调了“巧思”“巧辞”于文学创作的重要意义。第四层为“契机性”，意指成书的灵感、契机。陆机《文赋》曰：“方天机之骏利，夫何纷而不理？思风发于胸臆，言泉流于唇齿。”当创作者长期苦思冥想而不得要领时，如能偶得创作灵感或契机，即可豁然开朗，达到神思涌现、妙语不断的理想境界，正如“机缘巧合”一说。从上述四层意思看，前三层属于作者的个人努力，具有较强的主观色彩，后一层的“契机性”则较多地表现出一种“巧得天赋深思”的韵味，具有客观性。从总体上看，“无巧不成书”中的“巧”凸显了主观性与契机性的巧妙融合，强调了文学创作既要有深厚的文学功底及创作经验，又要有偶然的创作灵感与机遇，其对我国的文学创作及理论阐述具有重要意义。

作为中国古典美学的核心范畴之一，“巧”范畴不仅具有独特的本质属性，且在艺术创作及文论批评中极富指导性意义，引领着历代文人学者创作出了数不胜数的不朽名作，推动着我国的文化不断前进与超越。

“巧”范畴的深远影响，第一个方面表现在“巧似”。“巧似”，犹“形似”，亦即“巧构形似”。刘勰《文心雕龙·物色》云：“窥情风景之上，钻貌草木之中；吟咏所发，志惟深远；体物为妙，功在密附。故巧言切状，如印之印泥；不加雕削，而曲写毫芥。故能瞻言而见貌，即字而知时也。”① 钟嵘《诗品·宋参军鲍照》亦云：“其源出于二张，善制形状、写物之词。”② “巧似”为一种体物手法，意为写物时穷形尽相，力求形象逼真，让人有如临其境及耳闻目睹的亲切之感。作为一种“情必极貌以写物”③ 的艺术手法，其在历代的文艺中都有所体现，且地位日益凸显。“巧似”手法从先秦的“零星”出现，如《卫风·硕人》《郑风·大叔于田》到西汉时期的“蔚然成风”；又如司马相如的《子虚》《上林》、枚乘的《七发》再至南朝时期“发展高峰”。这一发展历程，足以印证其对我国文学艺术创作的深远意义。特别是在南朝那个“山水诗”的年代，“巧似”作为一种“情必极貌以写物”的艺术手法可谓发挥到了极致，从一种艺术手法演变成了一种艺术创作风尚——这在刘勰、钟嵘的批评著作及谢灵运、颜延之、鲍照、何逊等人的创作即可得到有力的证明。《颜氏家训·文章》载：“何逊诗实为清巧，多形似之言。”④ 梁代钟嵘《诗品·宋临川太守谢灵运》云：“其源出于陈思，杂有景阳之体。故尚巧似，而逸荡过之，颇以繁芜为累。”⑤ 刘勰《文心雕龙·物色》亦载：“自近代以来，文贵形似。”⑥同时，作为诗作的艺术姐妹之山水画也深受“巧似”说的影响，并留下了许多不朽之作。

至于理论方面，受“巧似”说影响的也不乏其人。苏轼在《书鄢陵王

①⑥ 黄叔琳. 增订文心雕龙校注［M］. 北京：中华书局，2005：567.

② 司空图，袁枚. 诗品集解；续诗品注［M］. 郭绍虞，集解，辑注. 北京：人民文学出版社，1963：47.

③ 黄叔琳. 增订文心雕龙校注［M］. 北京：中华书局，2005：65.

④ 王大鹏. 中国历代诗话选［M］. 长沙：岳麓书社，1985：23.

⑤ 司空图，袁枚. 诗品集解；续诗品注［M］. 郭绍虞，集解，辑注. 北京：人民文学出版社，1963：29.

主簿所画折枝二首·其一》中说："论画以形似，见于儿童邻。赋诗必此诗，定知非诗人。诗画本一律，天工与清新……"① 苏轼并非直接反对"形似"，而是主张以形似为基础，追求神似的升华，也即其后所阐发的形神兼备的"传神论"。

"巧"范畴的深远影响，第二个方面表现在"巧辞、巧文"。"巧"自先秦时期开始就较多地应用于言语评论中，且地位突出。《尚书·皋陶谟》载："能哲而惠，何忧乎驩兜，何迁乎有苗，何畏乎巧言令色孔壬?"《论语·公冶长》载："子曰：'巧言、令色、足恭，左丘明耻之，丘亦耻之。'""巧言、巧辞"在初始时带有贬义色彩，意指表面上好听而实际上虚伪的话，为古人所深恶痛绝。然，随着人们对说话技巧的日益重视，"巧辞"被赋予了"善于言辞"及"巧妙的言辞"两种褒义意义。《礼记·表记》曰："情欲信，辞欲巧。"《史记·仲尼弟子列传》曰："子贡利口巧辞，孔子常黜其辩"。"巧言""巧辞"的应用并不止步于言语评论、日常交流中，其亦逐步渗透到理论阐发及文学创作中。如宋代大文豪苏轼就从"文"的角度出发，对孔子的"辞达"说进行了调整和发挥。他在《答谢民师推官书》说："孔子曰：'言之不文，行而不远。'又曰：'辞达而已矣。'夫言止于达意，即疑若不文，是大不然。求物之妙，如系风捕影，能使是物了然于心者，盖千万人而不一遇也；而况能使了然于口与手者乎！是之谓辞达。辞至于能达，则文不可胜用矣。"②

苏轼的新"辞达"观不仅要求作家对客观事物的"理""了然于心"，还要"了然于口与手"，即强调要充分利用巧妙的言辞和艺术手段来准确、生动地描写客观事物。可以说，苏轼在对"辞达"说进行调整的过程中，把"巧辞"引入到了文艺创作思维的轨道上来，使其具有了艺术性与文学性。"巧辞"在理论方面亦有诸如"锤字""炼字"等一类的词语，强调了

---

① 蒋凡，郁沅. 中国古代文论教程［M］. 北京：中国书籍出版社，1994：223.

② 蒋凡，郁沅. 中国古代文论教程［M］. 北京：中国书籍出版社，1994：220.

文学写作的语言加工。如唐代诗人杜甫自称："为人性僻耽佳句，语不惊人死不休。"（《江上值水如海势聊短述》）作为一个重要的古典理论概念，"巧辞"给了古今文人学者强大的精神支柱和无穷的创作渊泉。从史学典籍《尚书》《史记》《战国策》《左传》等，到戏曲戏剧名著《西厢记》《牡丹亭》《救风尘》等，再到著名小说《世说新语》《三国演义》《水浒传》《红楼梦》等，都能找到"巧辞"说的影响足迹，且从前述文本分析可发现"巧辞"思想"不仅存在于主体创作构思之中，亦勃动于作品文本中的精神实体，极富学理价值"①。

受老子朴素的自然辩证法思想的影响，中国古人对事物很少以绝对的是非对错来评判，而是以一种中和的观点对矛盾的两极进行调整，使其完美融合，并行不悖。对"巧"这一美学范畴，亦是如此。古人一方面重视诗文中技巧的使用，一方面也不排斥它的对立面"拙"的存在，相反地，在某些特定的场合和时代，"拙"反而比"巧"更受推崇。

二、守"拙"

"拙"是形声字，从"手"，"出"声，本义是没有技巧。东汉许慎的《说文解字》云："拙，不巧也。"②《广雅》云："拙，钝也。"③《墨子·贵义》曰："不利于人谓之拙。"④《离骚》有："理弱而媒拙兮。"⑤《老子》有："大巧若拙。"⑥《抱朴子》云："每动作而受嗤，言发口而违理者，拙人也。"⑦ 可见，在这些中华元典中，"拙"一般是作为贬义的意思出现的，与受推崇的"巧"相对，有"欠缺""愚钝"之义。"拙"范畴往后成为我

---

① 郭守运. 古典美学"机"范畴探微［J］. 文学评论，2010（2）：128－131.
② 许慎. 说文解字［M］. 北京：中华书局，1963：256.
③ 王念孙，等. 广雅疏证［M］. 北京：中华书局，1983：90.
④ 墨子. 墨子［M］. 李小龙，译注. 北京：中华书局，2007.
⑤ 屈原. 楚辞［M］. 聂石樵，校注. 北京：商务印书馆，2004：17.
⑥ 老子今注今译［M］. 陈鼓应，注译. 北京：商务印书馆，2003：243.
⑦ 葛洪. 抱朴子外篇：上［M］. 杨明照，校笺. 北京：中华书局，1991：547.

国古代文人文艺和人生追求的精神理念和审美准则之一，与老庄的自然哲学和人生智慧相关，也与文士们在历史剧变和人生苦难中所体验到的生存裂缝有关。因而在中国传统艺术创作中，艺术家们对“拙”的追求也可以说是弥合生存裂缝、契合天地自然以葆养身心的审美追求。

（一）“拙”范畴的审美嬗变

“拙”在魏晋南北朝时期进入审美领域，开始展示在大量的文学理论中。南朝时期刘勰的《文心雕龙》已经论及“拙”范畴，如“辞巧理拙”；“拙辞或孕于巧义，庸事或萌于新意；视布于麻，虽云未贵，杼轴献功，焕然乃珍”；“巧犹难繁，况在乎拙？”“故魏武称张子之文为拙，然学问肤浅，所见不博”；“凡巧言易标，拙辞难隐”；“故善附者异旨如肝胆，拙会者同音如胡越”；“附会巧拙”；“理拙而文泽”，等等①。在刘勰看来，“拙”是一个与“巧”相对立的贬义词。“拙”与“巧”及其他同样表示“技巧”的词语往往通过对比的关系而出现，如“辞巧”与“理拙”、“拙辞”与“巧义”、“巧言”与“拙辞”、“善”与“拙”、“理拙”与“文泽”。总而言之，此时的“拙”基本上还只有贬义这一层意思。但也不完全绝对，“拙辞”可以“孕于巧义”　“焕然乃珍”，预示着“拙”的含义将得到新的发展。

钟嵘在《诗品》中论道：“次有轻薄之徒，笑曹刘为古拙，谓鲍照羲皇上人，谢朓今古独步。而师鲍照终不及‘日中市朝满’，学谢朓劣得‘黄鸟度青枝’。徒自弃于高明，无涉于文流矣。”②“笑曹刘为古拙”，可见在当时的审美准则里，“拙”还不被推崇。而“笑曹刘为古拙”者被钟嵘称为“轻薄之徒”，可见钟嵘对于曹操、刘祯的诗歌风格的肯定，但也还不能说明“古拙”的诗歌风格符合钟嵘的口味，他主要是为了批评社会上过于雕

① 刘勰．文心雕龙［M］．詹英，校注．上海：上海古籍出版社，1989：645，1001，1205，1422，1538，1610，1611，1634.

② 钟嵘．诗品［M］．周振甫，译注．南京：江苏教育出版社，2006.

砌辞藻的诗风。

到了唐代，皎然《诗式》中有“情多而不暗，暗则蹶于拙钝”①。也仍然把“拙”当作一个贬义词来用，“拙钝”合体，表达的不仅是“没有技巧”，还包含有“没有灵气，不生动”的意思。韩愈在他的文论中使用了“拙涩”“辞鄙而义拙”“凡外重者内拙”等语，尤其“拙”与“涩”连用最多，可见，在韩愈看来，“拙”也跟“没有灵气和生机”等意思相关。白居易则写了不少涉及“拙”的词句：“拙直不合时，无益同素餐。”“我受狷介性，立为顽拙身。”“我为郡司马，散拙无所营。”此外，更有两首直接以“拙”为题的五言诗：《养拙》② 和《咏拙》③，表明了自己的人生态度和价值选择：抛弃名利、远离浊世、守拙抱朴、返璞归真。诗人认为“所禀有巧拙”，并且“不可改者性”，“同出天地间，我岂异于人。”可见“拙”成为一种人生态度和精神追求，和道家契合天地、回归自然的思想不可分割。“拙”到了白居易这里，不仅不再是“没有灵气和生机”，反而是与天地同流的人生大智慧。

到了宋代，陈师道《后山诗话》提出“宁拙毋巧，宁朴毋华，宁粗毋弱，宁僻毋俗，诗文皆然”④，把“拙”作为诗文创作的一大审美准则。这不仅说明“拙”作为一种审美风格开始受到重视，而且说明了“拙”的含义呈现出两翼并飞的发展趋势。一方面，它是褒义的，表示“自然浑成”的文学品格；另一方面，它是贬义的，表示“缺乏技巧”的形式不足和“义理匮乏”的内容缺陷。在同一本论著中，陈师道也用“语虽拙而意工”“失之拙易”等语批评前人的诗作。说明“拙”不代表完全放弃技巧、一味追求俗白，而是要自然浑成而不随意松散，要内容厚实而不呆板生涩。

叶少蕴《石林诗话》也认为“诗终篇有操纵，不可拘用一律”，否则就

① 何文焕. 历代诗话［M］. 北京：中华书局，1981：27.

② 白居易. 白居易诗集校注［M］. 谢思炜，校注. 北京：中华书局，2006：481.

③ 白居易. 白居易诗集校注［M］. 谢思炜，校注. 北京：中华书局，2006：552.

④ 何文焕. 历代诗话［M］. 北京：中华书局，1981：311.

会“伤于拙”①，太过于呆板。葛立方《韵语阳秋》云：“今之人多作拙易语，而自以为平淡。”② 可见，“拙”与“平淡”虽相近，却有不同的品质。“平淡”受推崇，“拙易”则受贬抑。这从反面证明了，真正受宋人推崇的“拙”，具有“平淡自然”的质素。姜夔《白石道人诗说》云：“拙而无委曲，是不敷衍之过。”③ 说明“拙”还容易走向“呆板无变化”的极端，宋人尚韵，气韵生动、有流动转变，才有生气。这个意义上的“拙”，是贬义，用了“没有技巧”的本义。

此外，宋代严羽有“盛唐人……有似拙而非拙处”④ 之说，也说明了“拙”审美范畴的矛盾性，即“拙”不是一种绝对价值和普遍选择，需要把握好限度。一方面要追求“拙”审美范畴中“自然浑成”的质素，一方面又要避免其“缺乏技巧”“内容呆板”的缺陷。这样矛盾的审美范畴，在我国古典美学中比比皆是，如“俗”“工”“奇”等。对这些审美范畴的认同与否定，体现了不同诗人不同的精神气质和个人性情。

到了元代，杨载《诗法家数》将“宁粗毋弱，宁拙毋巧，宁朴毋华。忌俗野”⑤ 作为“作诗准绳”之一，明显是对于宋人陈师道“宁拙毋巧”的诗文创作主张的认同和沿袭。与前代一样，“拙”仍保留了其矛盾性——褒义与贬义并行不悖，吴师道就在他的《吴礼部诗话》中贬抑“浅拙”之作。

到了明代，徐祯卿《谈艺录》揭示了“工”与“拙”的矛盾关系：“工拙之间，相去无几，顿自绝殊。”“或因拙以得工，或发奇而似易。”⑥ 认为“工”“拙”之间，并无绝对界限，说明了“拙”这一审美范畴本身

① 何文焕. 历代诗话［M］. 北京：中华书局，1981：411.
② 何文焕. 历代诗话［M］. 北京：中华书局，1981：483.
③ 何文焕. 历代诗话［M］. 北京：中华书局，1981：680.
④ 何文焕. 历代诗话［M］. 北京：中华书局，1981：695.
⑤ 何文焕. 历代诗话［M］. 北京：中华书局，1981：728.
⑥ 何文焕. 历代诗话［M］. 北京：中华书局，1981：769.

就有极大的张力，它不仅与“巧”“工”构成对立统一的关系，其自身内部的不同质素也形成对立统一关系。谢榛在《四溟诗话》中转引《鹤林玉露》的话：“诗惟拙句最难。至于拙则浑然天成，工巧不足言矣。”① 还认为：“拙句不失大体，巧句最害正气。”“拙”以其“浑然天成”的品质，成为“大体”。谢榛将“拙”推向了至高地位，压倒了“巧”。谢榛还论述了他关于“拙”的诗歌创作理论：“作诗有相因之法，出于偶然……一夕，读《道德经》：‘大巧若拙。’‘巧’‘拙’二字，触其心思，遂成《自拙叹》……夫因朴生文，因拙生巧，相因相生，以至今日。其大也无垠，其深也叵测，孰能返朴复拙，以全其真，而老于一邱也邪?”② 和白居易一样，谢榛关于“拙”的人生智慧得自老庄思想，认为只有“返朴复拙”，才能“全其真”，绽露真实的存在，获得本然的生命。但谢榛的“拙”思想不仅限于人生理念，更渗透到诗歌创作理论中，成为一个诗学范畴。其“作诗有相因之法，出于偶然”“因朴生文，因拙生巧”的诗歌创作理论，比前人更加清晰明确。说明“拙”作为一个审美范畴，不仅意义在逐渐发展、逐渐丰富，其领域也在不断扩大，从人生理念渗透到文学理论。这种现象在我国古典美学中很常见，“远”“老”“大”“奇”“厚”“润”等审美范畴也经历了这样的发展历程。

到了清代，“拙”仍与“工”“巧”对举而出现，其含义视语境而定，并无绝对。如“是朴非拙……急宜判分，毫厘千里”③，“愈工愈拙”④。这充分证明了“拙”这一审美范畴的使用方式的灵活性，这是其本身包含着互相矛盾的质素所导致的。

可见，审美范畴“拙”经历了长期的历史嬗变，随着时代的发展不断

---

① 谢榛，王夫之. 四溟诗话；姜斋诗话［M］. 北京：人民文学出版社，1961：9.

② 谢榛，王夫之. 四溟诗话；姜斋诗话［M］. 北京：人民文学出版社，1961：128.

③ 司空图，袁枚. 诗品集解；续诗品注［M］. 郭绍虞，集解，辑注. 北京：人民文学出版社，1963：164.

④ 谢榛，王夫之. 四溟诗话；姜斋诗话［M］. 北京：人民文学出版社，1961：165.

被赋予新的内容，其领域也兼容人生智慧和文学理论两个方面。其本身包含的多种矛盾质素各自发展成熟，形成了“拙”这一范畴的巨大张力，使其使用方式具有极大的灵活性和复杂性。一方面，“拙”表示了“缺乏技巧”“拙劣呆板”的缺陷和不足；另一方面，在老庄思想的影响下，窥探到生存裂缝、陷身于人生苦难中的文人士大夫们渴望得到解脱，于是，“拙”的“自然天成”“契合天地”“葆养身心”的含义被挖掘出来并发展成熟，成为文士们的精神追求和审美准则之一。

（二）“拙”范畴的审美展开

作为古典美学的一个重要范畴，“拙”范畴的后序及合体范畴很多，与此内涵关系最近的主要有以下三种关系。

首先是拙与巧。当“拙”与“巧”或“工”对举时，它们的关系是对立的，但都不是绝对价值。尚拙抑巧，或者崇巧贬拙，都出现过。诗人和文论家对于“拙”和“巧”的理解和界定也不尽相同，有时还认为“拙”与“巧”相去不远，可以互相转化。老子就说：“大巧若拙，大辩若讷。”说明“拙”与“巧”的含义，不仅需要在它们的辩证关系中去理解，而且需要采用一种发展变化的观点。“拙”本身就是充满不同质素、具有极大张力的一个审美范畴。总体来看，历史上“拙”在于“巧”的不断斗争中，地位逐渐上升，其含义不再仅仅限于贬义。“拙”的新质素——“自然浑成”的内涵的发现，不仅使其自身含义大大丰富，也获得更多正面因素，甚至压倒“巧”审美范畴，成为不少文士的最高精神追求和审美准则。历朝历代，都有诗人和文论家以“拙”贬抑他们不欣赏的诗文，“拙”在那里，用作“拙劣”“拙涩”“拙易”等义。与此并行不悖，“拙”审美范畴的新的、正面的质素不断被发现，其使用领域也渐渐兼容了人生理念和创作理论两个方面。南北朝的钟嵘开始贬抑一味追求“辞巧”的诗风，撬动了“巧”的绝对价值的地位。唐代白居易关注现实的同时，高举老庄思想，以“拙”为安身立命之道，表明了契合自然的人生态度和精神追求。宋人陈师道标举“宁拙毋巧”，“拙”的地位之高前所未见。元代杨载遥相呼应，明确将“宁拙毋巧”作为作诗准绳之一。明人徐祯卿看出“拙”与“工”——也即“拙”与“巧”之间不仅有对立关系，也可以互相转化，它们的对立关系，是一种动态的对立，而非静态的对立，是富于张力的。谢榛则呼应陈师道和杨载，崇拙贬巧，认为只有“返朴复拙”，才能“全其真”，绽露真实的存在，获得本然的生命。他的“拙”思想不仅限于人生理念，更渗透到诗歌理论中，用作一个诗学范畴，提出了“作诗有相因之法，出于偶然”“因朴生文，因拙生巧”的诗歌创作理论。总而言之，在与“巧”的对立关系中，“拙”的含义不断发展更新，越来越丰富，越来越立体化。

其次是拙与真。在老庄精神的影响下，史上不少文人士大夫认为只有抱朴守拙，才能保其真。道教代表人物葛洪就在《抱朴子》中说：“弃细人之近恋，捐庸隶之所欲；游九皋以含欢，遣智慧以绝俗。同屈尺蠖，藏光守朴；表拙示讷，知止常足。然后咀嚼芝芳，风飞云浮；晞景九阳，附翼高游；仰栖梧桐，俯集玄洲。孰与衔辔而伏枥，同被绣于牺牛哉！”① 表明了弃绝功名利禄、回归自然天地的人生态度和价值追求。在葛洪看来，只有放弃了欲望和知识，活得像自然界的动植物，才能达到契合天地、保全自我的目的。葛洪又说：“且大贤之状也至拙……独可散发高枕，守其所有已，绝不曲躬低眉，求其所未须也。”② 称“大贤”为“至拙”，弃绝一切功名利禄，不“求其所为须”，才能“守其所有”——也即守住最本真的生命状态，萧然自足。这是就“拙”范畴在人生理念的领域来讲的，而陈师道、杨载、谢榛等人在诗歌理论方面极力崇拙抑巧，也出于对“自然本真”的喜好。他们认为过分地追求机巧，对于抒发真实性情是不利的。正如谢榛所说：“返朴复拙，以全其真。”总而言之，诗人们崇拙，往往是为了

---

① 葛洪．抱朴子外篇：上［M］．杨明照，校笺．北京：中华书局，1991：47.

② 葛洪．抱朴子外篇：上［M］．杨明照，校笺．北京：中华书局，1991：499.

“求真”“全真”“保真”，追求本真的生命和性情。

再次是拙与古。历史上发生过多次文学复古运动。南北朝苏绰倡导质朴的诗文风格，贬抑魏晋，师法虞夏。唐代陈子昂则贬抑追求藻饰的齐梁诗风，追踪汉魏风骨。而汉魏风骨，即有“古拙”的公论。明代前后七子崇尚苍凉高古的诗风。“质朴”“古拙”“高古”屡屡成为历代文人纠正时人过分雕砌的做法的审美准则。明代陆时雍在《诗镜总论》中对于“拙”与“古”“朴”等范畴的关系有不少论述：“汉人朴而古……朴之至，妙若天成。”“‘相去日以远，衣带日以缓’，其韵古……凡情无奇而自佳，景不丽而自妙者，韵使之也。”“《河中之水歌》，亦古亦新，亦华亦素，此最艳词也。所难能者，在风格浑成，意象独出。”“古人言简……言简要而有归，局卷舒而自得。”① 认为古意出自“拙朴自然”，师法古人是为了去除过分的藻饰，回归本然的形态。每当“过分追求机巧”成为社会上的风气，就有一批有识之士高举师法古人，回归朴拙的旗帜，荡涤社会上的庸俗风气。“拙”与“古”的这种关系不仅体现在文学主张上，也体现在中国的哲学思想中。不满“天下皆知美之为美”“皆知善之为善”的老子主张回复到“民老死不相往来”的虞唐时代，实际上就是以古为拙朴本真导致的复古思想。

（三）“拙”范畴的审美意蕴

作为中国古典美学的重要范畴之一，“拙”范畴具有多重审美意蕴，亦即其所内含的文化特征。一般而言，诗学范畴的审美特征，一方面是它的普遍特征，即蕴含的中国文学范畴的共性，如模糊性、兼通性、超越性、衍生力等；另一方面是它的审美个体特征，即它自身独有的、区别于其他范畴的个性，如矛盾性、精神性、自然性等特征。

第一是“拙”的矛盾性。在中国古典美学中，存在着这样一些特殊的范畴：它们的含义并无绝对，并不是一种绝对价值。在使用这些范畴时，

① 周维德. 全明诗话［M］. 济南：齐鲁书社，2005：5109，5110，5111，5115.

文论家们的态度可能是褒扬，也可能是贬抑，由他们个人的性情和喜好所决定。这样的范畴有“俗”“工”“奇”“野”“华”“平”“涩”“浅”等，充分显示出中国古典美学范畴的灵活性和多义性。“拙”也是这样一个矛盾复杂的美学范畴。在褒义方面，“拙”呈现其“自然浑成”的质素；在贬义方面，则复杂得多，有“拙涩”“拙易”“笨拙”“疏拙”“拙劣”“拙钝”等用法，总体上来说有“缺乏技巧”“内容枯涩”“形式呆板”等义。不仅“拙”本身显示出极大的矛盾性，它和与之相对的范畴之间的关系也呈现出动态的对立关系。“拙”与“巧”的矛盾贯穿“拙”范畴发展始终，诗人和文论家们始终在“拙”与“巧”之间徘徊不定。这反映了“人为”与“天然”两种人生理念和审美准则之间的斗争。这种矛盾性使“拙”范畴具备极大的张力，使其在发展过程中焕发出源源不断的生命力。此类张力极大的审美范畴也启示了我们文艺创作理念和方法的限度，正如孔子所说——“过犹不及”。

第二是“拙”的精神性。“拙”的审美价值，是跨越人生理念和文艺理论两个领域的。“拙”体现的不仅仅是对于文艺创作中技巧的取舍和把握，而且是对人的安身立命、保全本真的追求和渴望。中国文人和艺术家所崇尚的“拙”最终指向人的内在精神世界，那是一个自然天成、宁静萧然、古拙苍莽的天地。

以明朝为例，朱元璋采取一系列恐怖政策残酷镇压知识分子。王冕、戴良、倪瓒、杨维桢等人，皆或直接或间接地死于朱元璋之手。天才诗人高启在明初兴冲冲地写下：“我今幸逢圣人起南国，祸乱初平事休息。从今四海永为家，不用长江限南北。”结局却是被他所谓的“圣人”腰斩于市，年仅 38 岁。在这种恐怖气氛之下，许多文士纷纷装疯卖傻、装聋作哑、表拙示讷，最典型的莫过于郑板桥的“难得糊涂”。他还写过许多咏竹的经典诗句“任尔东西南北风”“我自不开花，免撩蜂与蝶”，表示与世无争，隐藏自己的锋芒。对比魏晋南北朝时期的文人，明朝文人更加痛苦，严密的监视网令他们连选择隐居的自由都没有，高启就曾因为对朝政失望、流露出退隐山林的想法而招到朱元璋的猜忌。没办法逍遥自在，为了保全性命，就只能表拙示讷，隐藏锋芒。可以说，“拙”的意义在明代得到了新的发展。在唐代白居易那里，“拙”还主要是出于契合自然、葆养身心的目的，而到了明代的文人这里，“拙”就成为保全性命的生存需要了。痛苦敏感的文士们目睹严酷的生存裂缝，寻找到“拙”的人生理念，以此获得生命的根基、安顿自己的心灵。这使得“拙”这一范畴的内涵和意义得到进一步的发展，甚至是本质性的突破。除了逍遥洒脱，后世文人获得了另一种逃离俗世、自我解脱的途径——表拙示讷、隐藏锋芒，清代朱耷就标榜自己的“口吃”和“哑”，表明自己对尘世的“无言”。

第三是“拙”的自然性。“拙”有两个方面的意思，一方面它是贬义的，表示缺乏技巧、枯涩呆板，常常用作“笨拙”“拙直”“拙钝”等合体范畴；另一方面，它又是褒义的，表示超越机巧、契合自然。而中国古代哲学中，自然是气息流动、生生不息的，是一个没有闭合的过程，而不是一个实体。“守拙”是为了效法天地、契合自然，说明“拙”的生命形态，不是静止呆板的，而是气息生动、充满灵气的。在我国文学史上，出现过许多吟咏植物的诗篇，诗人们并不单单将植物当作一个客观对象去描绘，而是物我同一、天人合一，将自己的性情与植物的形态融合为一处，通过赞颂植物，表达了自己对于植物式的生命形态的钦羡和向往。如郑燮咏竹的“千磨万击还坚劲，任尔东西南北风”，王冕咏梅的“不要人夸颜色好，只留清气满乾坤”，周敦颐咏莲的“出淤泥而不染，濯清涟而不妖”等，都说明了植物式的生命是宁静自足而不是静止呆板，是一种与天地精神和自然品质暗合的朴拙的生命状态。老子在《道德经》中说：“致虚极，守静笃。万物并作，吾以观复。夫物芸芸，各复归其根。归根曰静，静曰复命；复命曰常，知常曰明。不知常，妄作凶。知常容，容乃公，公乃全，全乃天，天乃道，道乃久，没身不殆。”① 可见老子已经观察到万物都有“归根复命”的本性，这正是得以“全”，得以“久”，得以“没身不殆”的原因。万物的虚静，不是静止不动，而是回环往复。而主张契合天地、回归自然的“拙”显然就不是静止呆板了，而是充满灵气、充满生机的。

综上所述，“巧”与“拙”在中国诗学体系的建构中，有着各自不可替代的地位和价值，古代文人一方面追求“巧”的机缘天成、灵活多变，一方面也向往“拙”的古朴天真、自然而然，当然，有时也会求新求变，对按部就班的程式化规则、标准，做出一些反叛的举动，比如从古体诗到近体诗转型中的求“险”与尚“奇”倾向。

三、求“险”

儒家诗教历来提倡“温柔敦厚”，意为温和宽厚，如《礼记·经解》云：“孔子曰：‘入其国，其教可知也。其为人也温柔敦厚，诗教也。’”孔颖达疏曰：“温，谓颜色温润；柔，谓性情和柔。”即诗歌形式必须和缓，内容必须具有教化风俗的作用，其中要蕴含伦理道德，使接受者不仅得到美的享受，更重要的是能使其性情得以陶冶，变得温和宽厚。于此，“温柔敦厚”成为历代衡量诗歌创作标准之一。然而，当个人遭逢苦痛经历，或者时代急遽变化、社会风尚转型之际，诗人们心中积存着复杂的情绪，“文质彬彬”和“怨而不怒”的诗歌教条无法满足他们的情感宣泄之需要，诗人们寻找到一种激切的诗歌形式来表达，“险”“逸”之诗歌便应运而生。

险，从阜，佥声。从“阜”，即与地势有关，本义为地势高低悬殊，难以通过。《说文》曰：“险，阻难也。”《左传·成公二年》有“苟有险，余必下推车”之语，后引申为奇特、怪异。《南史·周弘正传》有“险衣来者以赏之”一语。险衣，即是奇异的服装；又有“险妆”之说，意为怪异的

① 老子今注今译［M］. 陈鼓应，注译. 北京：商务印书馆，2003：134.

妆扮。在古代诗歌创作中，若用辞、表意、用韵不合常理，奇特，且具有一种突兀感，就是“险”，即所谓的“不平”。可见，“险”于诗人心中，表现出来的是情感的跌宕起伏，激越迫切。“险”在诗歌中以辞、意、韵的形式，产生“险急”“奇险”“险怪”“险丽”“险峻”等审美感受。

从魏晋开始，人们对文学的审美特性有了自觉的追求。清代沈德潜《说诗晬语》卷上说：“诗至于宋，性情渐隐，声色大开，诗运一转关也。”① 从诗歌发展史上看，南朝时期不同于魏晋时期，诗人此时更加追求艺术形式的完善，注重发挥语言的表现力，在诗歌艺术的探索和创新上发挥了十分积极的意义。人们开始关注各种文学体裁及其风格特点，并有了比较明确的认识。文学批评家钟嵘著有《诗品》，对历代作家和作品风格进行品评。其在《诗品》卷中评价诗人鲍照道：“然贵尚巧似，不避危仄，颇伤清雅之调。故言险俗者，多以附照。”② 鲍照诗歌的突出内容，是表现寒门之士对门阀社会的不满与抗争，风格昂扬激越，慷慨怨愤。然而把这种风格评价为“险”，不只是钟嵘一家之见。萧子显《南齐书·文学传论》也说：“今之文章，作者虽众，总而为论，略有三体……次则发唱惊挺，操调险急，雕藻淫艳，倾炫心魄……斯鲍照之遗烈也。”从钟嵘和萧子显的评论来看，“险”指的是情感的尽情发泄，语调的激昂，“不避危仄”“操调险急”。在注重“文人之雅致”的南朝刘宋时期，鲍照诗歌被视为“险”“险俗”是有一定原因的。

经过魏晋南北朝对艺术经验的积累，诗歌在唐代上升到后人难以企及的高度，对“险”的表现特征有了更全面的定义。“险”，除了情感的尽情宣泄，还与声律、意象和造境有关，因而诗歌鉴赏也产生了“险急”“奇险”“险怪”“险丽”“险峻”等审美感受。中唐“韩孟诗派”提出“不平则鸣”说，抓住了诗歌抒情的特质，并强调“笔补造化”，发挥创造性的文

---

① 王夫之，等. 清诗话［M］. 上海：上海古籍出版社，1978：532.

② 钟嵘. 诗品［M］//何文焕. 历代诗话. 北京：中华书局，1981：14－15.

思，使诗歌呈现出雄奇怪异的风格。这种“险”是有意为之的，表现在诗人作诗着眼于力量的雄大、词语的险怪和造境的奇特，并把它们作为品评诗歌的标准。“韩孟诗派”中的卢仝就被后人评为“险怪百出”。被称为“鬼才”的李贺，更把这种诗风发挥得淋漓尽致。

诗分唐宋，宋代诗人追求在唐诗外另辟诗境。创造“山谷体”的黄庭坚，在声律和意象上讲究出奇制胜，形成“大拗大救，奇崛劲挺”的特点。如其诗“莺嘴啄花红溜，燕尾点波绿皱”就被明代王世贞评价为“险丽”。元代诗人杨载在其《诗法家数》中更明确提到：“七言古诗，要铺叙，要有开合，有风度，要迢递险怪，雄俊铿锵，忌庸俗软腐。”① 杨载在其诗歌创作也积极实践自己的主张，使其七言歌行呈现出劲健雄健的风格。

古人对“险”的审美意义自有一番认识：“诗有杰起险作，左穿右穴。如‘古墓犁为田，松柏摧为薪’……又‘去时三十万，独自还长安，不信沙场苦，君看刀箭瘢’，此为例也。”② 前句诗歌不以“沧海桑田”为句，却以“古墓”“松柏”两个奇险的意象来表现世事变迁之大，在相同类型的诗歌中脱颖而出。而“君看刀箭瘢”则用新奇的形式来体现战斗的激烈和悲壮。元代陈绎曾在《诗谱》记载：“（谢灵运）以险为主，以自然为工……（谢惠连）酌取险怪自然之中，而句句为之。”③ 郭璞的诗作也以“构思险怪而造语精圆”为后人称道。由此可见，“险”已经成为诗歌审美家族中的一种。

“险”范畴的提出和发展，与诗人追求诗歌内容和形式的创新完善息息相关。而在诗歌的审美领域中，诗辞、诗意、诗韵是其重要的批评对象。因此在“险”范畴的观照下，诞生了“险辞”“险意”“险韵”。

---

① 杨载．诗法家数［M］//何文焕．历代诗话．北京：中华书局，1981：729.
② 遍照金刚．文镜秘府论：南卷［M］．北京：人民文学出版社，1975：134.
③ 陈绎曾．诗谱［M］//丁福保．历代诗话续编．北京：中华书局，1983：630－631.

（一）险辞

语辞，是诗歌的血肉筋脉。对于诗歌创作而言，遣词选辞至关重要，合适的语辞能起到画龙点睛或起死回生的巨大作用。就“险”的审美情趣而言，它体现在诗歌创作中的用辞有两种不甚相同的风格。

一为“险急”，指的是“操调险急”。鲍照有诗：“箫鼓流汉思，旌甲被胡霜。疾风冲塞起，沙砾自飘扬。”（《代出自蓟北门行》）该诗描绘的霜雪漫天、沙砾飘扬的场景，在恶劣的生存环境中显示出一股昂扬豪迈之气，使人读之如听急管繁弦，一气呵成，畅汗淋漓，有奇峻险危之感。“胡霜”“疾风”“沙砾”的意象奇崛险怪，然而正是这些奇矫凌厉之辞让诗人心中的激越之情、不平之气得以宣泄。钟嵘在《诗品》中对鲍照诗这样评价：“然贵尚巧似，不避危仄，颇伤清雅之调。”即是说鲍诗言辞不合声调规律，不合清正温雅的诗调。钟嵘的观点上有偏颇，“险急”着眼点不在于是否符合清雅之调，而是采用的“险辞”能否传达诗人当时的情感与能否为诗歌营造出紧张的氛围。明代陆时雍说：“鲍照才力标举，凌厉当年，如五丁凿山，开人世之所未有。当其得意时，直前挥霍，目无坚壁矣。骏马轻貂，雕弓短剑，秋风落日，驰骋平冈，可以想此君意气所在。”① 清雅是诗歌的一种风格，而险急同样是诗歌风格之一。批评者不能只以一种审美标准去否定另外一种审美风格。用辞的“险急”贵在以张扬的、外露的表现方式与波澜起伏的情感要素使诗人和读者产生共鸣。“操调险急”与又一美学范畴——“波澜”，有此共通之处，可互相参照。欧阳修在《六一诗话》中评价韩愈说：“盖其得韵宽，则波澜横溢，泛入傍韵，乍还乍离，出入回合，殆不可拘以常格。”波澜横溢就是跌宕起伏。新奇生动的词语搭配运动不息的韵律，“险急”打破了常有的诗歌规律，诗歌因此变化多端，一波未平一波又起。

① 陆时雍．诗镜总论［M］//丁福保．历代诗话续编．北京：中华书局，1983：1407．

二为“险奇”，即“险怪奇诡”。古人作诗常讲“炼字”，一个不拘囿于常规的字能为诗歌增色不少，带来的不仅是眼前一亮的感觉，更重要的是为营造多层次的意境、深化诗歌主题而提供坚实的载体。李贺有诗：“骨重神寒天庙器，一双瞳人剪秋水。”（《唐儿歌》）“斫取青光写楚辞，腻香春粉黑离离。”（《昌谷北园新笋四首·其二》）“漆灰骨末丹水沙，凄凄古血生铜花。”（《长平箭头歌》）“剪”“斫”“血”字字险怪、锐利、凄冷，完全打破了“温柔敦厚”的诗教传统。李贺才华横溢，可惜一生郁郁不得志。高远的人生理想与残酷的现实环境决定了内心敏感的诗人不能靠温和诗歌抒发心中的愤懑。“险奇”风格恰好让诗人得以宣泄。狠、瘦、硬的险奇风格幽凄冰冷，却完全没有让诗歌流于怪奇、畸形，而是为李贺自己的诗歌创造出一种独特的魅力：遣词造句的诡刺狠透，修辞设色的冷艳幽奇。难怪谢榛感叹其“险怪如夜壑风生，暝岩月堕”①。后人杨维祯的“铁崖体”继承了李贺的“险奇”诗风，如《奔月卮歌》：“神犀然光射方诸，海水拆裂两明珠……”“刳胎乃堕欢伯计，玉斧椎开桃扇核……按剑或为龙鬼夺，掷手自戏仙人杯……”风格奇诡险怪，夺人目睛，辞采上标新立异，形成险崛奇丽的诗风。

有倡导者，自然有批评者。刘勰在《文心雕龙·定势》说：“自近代辞人，率好诡巧。原其为体，讹势所变。厌黩旧式，故穿凿取新，察其讹意，似难而实无他术也，反正而已。”在刘勰眼中，诗歌用辞力避熟语，有意不合常理，以“险”为妙的创作手法其实是诗人因才力不济才出此下策而已。其实不然，无论是“温和”还是“诡巧”，都只是表现手法而已，本身并不存在高下之分。在抒发个人情感上，“险急”（或诡巧）有时更能动人心魄。不过，“厌黩旧式，故穿凿取新，察其讹意，似难而实无他术也”也有一定道理。若诗人只求标新立异，忽视“险”的情感内涵，往往容易流于或艰

① 谢榛．四溟诗话［M］//丁福保．历代诗话续编．北京：中华书局，1983：1217.

涩难读，或阴森恐怖。所以，“险”的最高境界应为平中见险，亦即清代沈德潜所道的“古人不废炼字法，然以意胜而不以字胜，故能平字见奇，常字见险，陈字见新，朴字见色”①。

（二）险意

中国古典诗歌的创作特别讲究“立意”，如杜甫有《奉和严中丞西城晚眺十韵》一诗所云：“政简移风速，诗清立意新。”诗歌所描写的客观对象固然不可缺少，但诗人不单单“取象”，还需在此基础上“得意”，诗歌因此不流于徒有形式美，而是内外兼修，提高诗歌的艺术审美境界。于此，诗歌“险”范畴中的“险辞”只是创作的第一步，以“险辞”达“险意”才是目的。故此，诗评家认为：“凡诗立意，皆杰起险作，傍若无人，不须怖惧。”②

韩愈在《调张籍》一诗中写道：“我愿生两翅，捕逐出八荒。精诚忽交通，百怪入我肠。刺手拔鲸牙，举瓢酌天浆。”此诗言辞可谓雄奇，如大鹏振翅高飞，超越八荒；“拔鲸牙”“酌天浆”，遣词新奇，可贵的是立意奇险雄猛，气势之大，意境之奇发挥到极致。韩愈的诗歌还有：“是时新晴天井溢，谁把长剑倚太行”（《卢郎中云夫寄示送盘谷子诗两章，歌以和之》）和“周纲凌迟四海沸，宣王愤起挥天戈”（《石鼓歌》）等诗句。“他选取大量‘险怪’自然景物入诗，不仅使诗歌有新奇炫目之感，而且也营造出奇险怪异的境界。”③

当然，“险”是有一定的法度，若一味追求奇险之辞，漠视诗歌究竟是否拥有最终的奇险之意，那必然沦为文字游戏而已。以“险辞”来构建“险意”，因韩愈的才气逼人而大放异彩。然而，韩愈后期的诗歌越发倾心

① 沈德潜．说诗晬语［M］//叶燮．原诗　一瓢诗话　说诗晬语．北京：人民文学出版社，1979：241．

② 遍照金刚．文镜秘府论：南卷［M］．北京：人民文学出版社，1975：140．

③ 李彦华．浅析韩愈诗歌险怪奇崛的艺术境界［J］．辽宁师专学报（社会科学版），2010（3）．

于险怪的辞语，相对忽视了“诗意”的艺术表现，如“昼蝇食案繇，宵蚋肌血渥”（《纳凉联句》），“獠羞赢蟹并，桑蠖见虚指”（《城南联句》），“叉牙妨食物，颠倒怯漱水”（《落齿》），用辞险僻怪异，难以卒读。

可见，有“险辞”并非就有“险意”。首先，只有“险辞”而无“险意”就沦为刘勰所说的“似难而实无他术”之地。“险辞”仅仅作为“险意”的载体，而“险意”才是感情抒发的关键。其次，“险辞”必定围绕“险意”展开，或生搬硬套，或强词夺理，或穿凿附会，“险意”便为“死意”。唐代徐寅道：“备物象，语带容易，势须紧险。”（《雅道机要》）其中的“势须紧险”即紧紧扣题，突出不平常。就“险辞”与“险意”来说，前者必须紧扣后者，这就是“取境之时，须至难、至险，始见奇句”①。以宋代梅尧臣的诗可略见一斑。梅尧臣虽然与韩愈的年代相距甚远，但梅诗师承韩诗是有一定道理的。梅诗继承了韩诗的“险绝”，立意奇险，如《猛虎行》中“掉尾为旗纛，磨牙为剑铓。猛气吞赤豹，雄威蹑封狼”。猛虎的凶猛，残暴远非狼豹可比。若此诗到此结束的话，就又落入只有险辞而无险意的窠臼。梅诗可谓得到韩诗的精髓，以“险辞”达“险意”。诗的后半段写到猛虎为其食人行为的辩解。“食人既我分，安得为不祥。麋鹿岂非命，其类宁不伤。满野设置网，竞以充圆方。而欲我无杀，奈何饥馁肠。”虎食人本来出于生存的需要，无可厚非，人类也不是设置陷阱来捕杀其他动物吗？这首诗似乎有一种让世人对自身行为进行反思的劝解。诗的“险怪”并不在于让读者感到恐怖、心灵受到震撼，而是有所思、有所悟，这才是诗歌艺术的高妙境界。

（三）险韵

诗歌本来配以音乐来歌唱，但随着诗歌与音乐的逐步分离，诗歌独立成为一种文学样式。即使如此，诗歌仍然讲求韵律，因为韵律使诗句的音

---

① 皎然．诗式［M］//何文焕．历代诗话．北京：中华书局，1981：31.

响节奏和谐流畅又起伏回环，从而悦耳动听，增强诗的音乐美和感染力。① 而下面谈到的“险韵”则对上述韵律的作用有一定的偏离，但这种偏离并非实质上的，只是审美感受有差别。

“险韵”，即韵字生僻难押的诗韵。历代诗话著作对“险韵”有不同的理解。钟嵘《诗品》谈到的“不避危仄，颇伤清雅之调”，亦即不避危险偏仄，很伤害清新雅正的调子。“雅正”为古代诗歌所追求的风格，温柔平缓，如谦谦君子。声调多似禅院钟声，使烦躁的心得以平静。诗歌用韵也该如此，读来朗朗上口，绝无拗口之感。然而，“伤清雅之调”只不过是钟嵘一家之言，他似乎并不懂得“险韵”个中的精妙。

而宋代陈正敏的认识可谓到位：“东坡在岭南有暾字韵梅诗三首，皆韵险而语工，非大手笔不能到也。”② 其中提到的三首诗如下：“松风亭下荆棘里，两株玉蕊明朝暾。”（《十一月二十六日松风亭下梅花盛开·其一》）“蓬莱宫中花鸟使，绿衣倒挂扶桑暾。”（《十一月二十六日松风亭下梅花盛开·其二·再用前韵》）“松明照坐愁不睡，井花入腹清而暾。”（《花落复次前韵》）“暾”字韵本为险韵，历代诗歌押此韵不多，东坡却连押三首，韵脚用得精妙到位，证明“险韵”本非下等，而是以诗人才力的高下来决定其等级。

“险韵”运用是否恰当跟诗人的才力有极大关系。用得恰当，则“奇崛有骨，譬如栈道驰马，无异康衢”③，不恰当则言辞尖刻、突兀，读之不畅则有损诗歌的音乐美。无疑，“险韵”自身存在薄弱之处。韵律讲求和谐稳顺，韵脚既要符合诗歌情感，也要兼顾诗歌的音乐性。而它本身的意义较弱，语境意义较强，以至诗人的才力有所欠缺的话，只能取其一端，那“险韵”的运用就毫无意义了。梅尧臣非常推崇韩愈诗中的险韵，称“吾交

---

① 袁修钧．格律诗及其押韵［M］//夏承焘．诗词常识．北京：中华书局，2009：63.

② 陈正敏．遁斋闲览［M］．北京：商务印书馆，1930：14.

③ 谢榛．四溟诗话［M］//丁福保．历代诗话续编［M］．北京：中华书局，1983：1227.

评韩诗，险韵古莫双”（《古柳》）。当代有学者认为：“韩愈《病中赠张十八》用的是上平声三江韵，韵约五十个，为窄韵。由于是窄韵，又不傍出，免不了掺入冷僻字，读起来就有拗峭不平感，因而也就又奇又险了。”①

险韵极为难用，除影响诗歌的流畅度外，因其韵脚所对应的字数有限，所以加入险僻字。陆龟蒙的《寄吴融》一诗就有“织作中流万尺篊”，其中的“篊”为水草名。又如韦庄“汧水悠悠去似絣”（《汧阳间》），其中的“絣”为古代氐族人用杂色线织成的布。这两字艰涩难懂，更不要说去理解诗句的意蕴了。

“险”是中国古典诗学中一个特定的具有变革性的审美范畴，它不仅从外在的表现形式上对固有的审美标准做出挑战和反叛，从内在而言，也是诗人尚“奇”的文化心理使然。

由此观之，中国古代诗歌创作中的“巧”与“拙”看似矛盾的两极，实则浑然一体，过于贵“巧”，不免失之轻浮，一味守“拙”，又不免流于迂腐，二者对举，相辅相成，相伴相生，方能“化腐朽为神奇”，实现自然混成的高蹈境界。至于“险”，当然不只是求新奇险怪，而是推陈出新，另辟蹊径，在传统之外开辟一片天地，让诗歌作品能够最大限度地抒发诗人的激愤之情，同时读者也可以更深入地体会诗人悲苦的内心世界。无论对之赞赏也好，不屑也好，它打破了“怨而不怒”“哀而不伤”的诗教传统，拓宽了诗人情感抒发的道路，丰富了古典诗歌的艺术表现力，为中国古代诗歌美学增加了独特的一种审美品类。

第四节　诗体题材论

一般而言，古代诗人向外擅长于对客观事物的把握，向内亦敏感于对内心世界的审视，审视内心，提炼出一系列有关审美心胸的创作理论；把握世

---

① 唐春生. 梅诗师韩之奇险论［J］. 重庆师院学报（哲学社会科学版），1994（4）.

界，则挖掘出诸多可歌可咏、可吟可诵的题材篇章。在古典诗学题材方面，历代诗人已继承并开拓出诸多领域，有的因其具有典型的普适性和概括性，渐渐凝结为具有美学价值的诗体范畴，比如“穷”“瘦”和“悠”。

一、穷

穷，作为古代文人士大夫的现实境遇和普遍命运，是历代诗歌文本中最常见的创作题材之一。中国自古以来就有“诗言志”的传统，诗歌成为社会现实的映照。而“穷”之入诗，不仅体现为一种诗歌题材，更体现为一种创作意趣的追寻、一种精神理念的探求，即在有限的生命时间和狭隘的生存空间中寻求自由和超脱，完成由“穷”向“达”的飞跃。

穷是形声字，从穴，躬声。躬，即身在穴下，表示在逼仄空间里的窘困、无可施展的状态，本义是穷尽、完结。东汉许慎的《说文解字》解释云：“穷，极也。”①《小尔雅·广诂》也云：“穷，竟也。”屈原《九歌·云中君》曰：“横四海兮焉穷?”②《山海经》③ 中的《大荒南经》也有“赤水穷焉”之句，而《吕氏春秋·下贤》则有“与物变化而无所终穷”的说法。此外，穷还有“阻塞不通”的意思，在这个层面上，“穷”跟“通”或“达”相对。屈原《天问》篇云：“阻穷西征，岩何越焉?”《庄子》中的《杂篇·列御寇》云：“夫处穷闾厄巷，困于织屦，槁项黄馘者，商之所短也。”王勃《滕王阁序》曰：“岂效穷途之哭?”这个意义又引申为不得仕进，不能显贵的意思，《孟子·尽心上》篇云：“穷则独善其身，达则兼善天下。”又《让王》篇云：“古之得道者，穷亦乐，通亦乐。”王勃《滕王阁序》亦云：“穷且益坚，不坠青云之志。”而“生活困难，无依靠”这个意义，是后来才产生的。在古代（特别是上古），缺乏衣食金钱，叫“贫”，

---

① 许慎. 说文解字 [M]. 徐铉，校定. 北京：中华书局，1963：67.
② 屈原. 屈原集校注 [M]. 金开诚，等校注. 北京：中华书局，1996：95.
③ 山海经 [M]. 方韬，译注. 北京：中华书局，2011.

不能显贵叫“穷”。“贫”的对立面是“富”，“穷”的反义是“通”或“达”。如《庄子·德充符》篇云：“死生存亡，穷达贫富，贤与不肖，毁誉，饥渴，寒暑，是事之变，命之行也。”“穷达”对举，“贫富”对举，是很明显的。“困穷”连用时，包括有“贫困”的意思，后来大约到隋唐时期“穷”单用也渐渐能表示“贫”的意思了。

（一）穷苦：诗人现实生命的书写

穷，是古代文人士大夫常见的现实生命经历。王谠《唐语林》云“诗人多穷薄之士”，点出了诗人与“穷”的渊源。诗人穷困不得志的现象，在我国第一位爱国诗人屈原身上就体现出来了。作为楚国士大夫，屈原忠君爱国，却在追求正义与光明的道路上颠沛流离，首开文人士大夫的穷途之歌。他的《怀沙》之赋云：“任重载盛兮，陷滞而不济；怀瑾握瑜兮，穷不得余所示。”痛感理想道路的幽昧和人生道路的坎坷：“修路幽拂兮，道远忽兮。”司马迁的《史记·屈原列传》① 对屈原有一段精辟的议论：“夫天者，人之始也；父母者，人之本也。人穷则反本，故劳苦倦极，未尝不呼天也；疾痛惨怛，未尝不呼父母也。屈平正道直行，竭忠尽智以事其君，谗人间之，可谓穷矣。”最终，处于穷途末路的屈原选择自沉汨罗江自杀。此后，“穷”作为文人士大夫的普遍命运，伴随着中国文学史的发展，成为诗歌辞赋中长盛不衰的话题之一。如嵇康生于乱世，宁死不仕，由于生活贫困与好友向秀锻铁以自给；李白有绝世诗才和济世之志却仕途困窘；李贺在贫困、疾病和仕途穷愁的几重压迫下英年早逝；杜甫一生穷苦，人谓“惜哉命之穷，颠倒不见收。青衫老更斥，饿走半九州。瘦妻僵前子仆后，攘攘盗贼森戈矛”②；陆游因才气超人、刚正不阿而屡遭谗言，宦海浮沉，仕途坎坷。明代王世贞的《艺苑卮言》云：“子云寂寞玄亭，元亮徘徊东

① 司马迁．史记［M］．北京：中华书局，1982.

② 胡仔．苕溪渔隐丛话：卷十一［M］．廖明德，点校．北京：人民文学出版社，1962：69.

篱，子美踯躅浣花，昌龄零落穷障，寄食人手，共衣酒家。”[①] 道出了诗人普遍穷困不得志的现实遭遇。

国家不幸诗家幸，艺术是痛苦的花朵，穷僻困苦催生了艺术佳作。首先，“穷”的命运和遭遇为诗人提供了艺术创作的素材，如韩愈曾经论道：“郊穷饿，不得安养其亲，周天下无所遇，作诗曰：‘食荠肠亦苦，强歌声无欢。出门即有碍，谁谓天地宽！’”[②] 其次，“穷”促使诗人产生创作动力，钱塘木讷公称赞瞿佑“世谓‘诗必穷而后工’，岂信然哉！及谪居塞外，羁穷困约之中，吟咏不废”[③]。再次，“穷”的生存处境使诗人对于生存和生命的思考更加深刻，诗人从对个体命运的思考，转向终极性的生命空间和时间的思考。困窘逼仄的生存空间使诗人发出“穷愁重于山，终年压人头”（李群玉《雨夜》）的悲叹。此外，“穷”常常使诗人产生在广阔空间中的孤独感和在有限岁月里的无力感。他们为此兴叹，茫然四顾：“或托言于短韵，对穷迹而孤兴。俯寂漠而无友，仰寥廓而莫承。譬偏弦之独张，含清唱而靡应。”[④] 又如宋代史蒙卿《有感》诗云：“途穷那免哭，哭罢一高歌。白日催年急，青山阅世多。浮生从潦倒，遣恨不消磨。何许南来雁，殷勤掠暝过。”鲍溶《山中寒思》亦云：“山深多悲风，败叶与林齐。门遥非世路，何人念穷栖？哀风破山起，夕雪误鸣鸡。巢鸟侵早出，饥猿无声啼。晨兴动烟火，开门伐冰溪。老树寒更瘦，阴云晴亦低。我负自力求，颜色常低迷。时想灵台下，游子正凄凄。”这些诗歌的创作，无一不浸透着诗人的泪水，传递着辛酸和迷惘。

---

① 王世贞. 艺苑卮言：卷八［M］//丁福保. 历代诗话续编. 北京：中华书局，1983：1080.

② 王定保. 唐摭言：卷六［M］. 北京：中华书局，1960：71.

③ 瞿佑. 归田诗话：序［M］//丁福保. 历代诗话续编. 北京：中华书局，1983：1233.

④ 遍照金刚. 文镜秘府论［M］. 北京：人民文学出版社，1975：172.

（二）穷趣：诗人生命的艺术悲歌

吟穷咏苦之作的增多，从诗歌鉴赏的角度来说，体现出诗人对“穷”产生了从不自觉到自觉的审美意识，使“穷”从一种现实遭遇转化、升华为一种审美乐趣，如“野外罕人事，穷巷寡轮鞅”（陶渊明《归园田居》其二）、“自乐固穷心，天意在何处”（于濆《富农诗》）、“君子当固穷，无为仲由滥”（李咸用《西门行》）、“吾道有谁同，深居自固穷”（郑谷《深居》）等。穷，不仅仅是一种被动的生命境遇，在诗人的审美创造中，也可以成为一种主动的人生选择。古人有“贤者退而穷处”的说法。《史记·老子韩非列传》记载，楚威王以厚币迎庄周为相，庄周哂之，不愿当衣食无忧但毫无自由的“郊祭之牺牛”。庄子自谓：“我宁游戏污渎之中自快，无为有国者所羁，终身不仕，以快吾志焉。”为“穷”成为一种自主选择开了先河，为后世不愿为名利所羁绊而丧失本性的文人提供了一种人格典范和生命范式。

大约于东晋时“穷”就成为一种审美对象。穷中自有乐趣，穷而回归本性。一些诗人“守拙归园田”，如陶渊明般在种豆南山、采菊东篱的穷约生活中觉出“此中有真趣”。陶渊明的晚年，生活越来越贫困，贫病交加，时常要靠朋友周济，但江州刺史檀道济馈以粱肉，却被他挥而去之。他辞官回乡22年一直过着贫困的田园生活，而固穷守节的志趣，老而弥坚。嵇康生于乱世，对于时局的清醒认识使他远离政治，在诗文、琴画和药酒中构筑自己的精神天地。他在诗文中谈到对穷达的欣赏：“老子、庄周，吾之师也，亲居贱职；柳下惠、东方朔，达人也，安乎卑位。吾岂敢短之哉！又仲尼兼爱，不羞执鞭；子文无欲卿相，而三为令尹，是乃君子思济物之意也。所谓达能兼善而不渝，穷则自得而无闷。”① “穷达有命，亦有何求？”表示要效仿先贤固守穷节，自在自得。

---

① 嵇康．与山巨源绝交书［M］//戴明扬．嵇康集校注．北京：人民文学出版社，1962：112.

现实中的“穷”是多方面的，诗人在作品中，通过自己的文字去审视和打量“穷”，并进行自我解脱。首先，是经济的穷困，如：“久客得无泪，故妻难及晨。”（杜甫《促织》）“囊空恐羞涩，留得一钱看。”（杜甫《空囊》）“食荠肠亦苦，强歌声无欢。出门即有碍，谁谓天地宽！”（孟郊《赠崔纯亮》）“穷庐三月已淹留，白草黄云见即愁。满袖尘埃何处洗，李家池上海棠洲。”（吴开《优古堂诗话》）其次，是仕途的阻滞，如：“阳和不散穷途恨，霄汉长怀捧日新。献赋十年犹未遇，羞将白发对华簪。”（钱起《赠阙下裴舍人》）再次，是理想的失落和时光流逝的感伤，如：“叹凤嗟身否，伤麟怨道穷。”（李隆基《经邹鲁祭孔子而叹之》）“弹剑徒激昂，出门悲路穷。”（李白《赠从兄襄阳少府皓》）“日暮穷途泪满襟，云天南望羡飞禽。”（钱起《七盘岭阻寇闻李端公先到南楚》）最后，是人情的穷薄，如：“公门暇日少，穷巷故人稀。”（王维《酬严少尹徐舍人见过不遇》）“一朝谢病还乡里，穷巷苍苔绝知己。”（李颀《行路难》）“穷巷悄然车马绝，案头干死读书萤。”（杜甫《题郑十八著作虔》）“山深多悲风，败叶与秋齐。门径非世路，何人念穷栖？”（鲍溶《山中寒思》）

“穷”之入诗，不仅使诗歌文本对于诗人的现实遭遇的揭示更为广阔，对于诗人的精神世界的展现也更为深刻，这表现在诗人由现实中具体的穷困，转而对生存中抽象的穷困的发现和思考。诸葛亮《诫子书》云：“年与时驰，意与日去，遂成枯落，多不接世。悲守穷庐，将复何及？”王勃诗云：“送送多穷路，遑遑独问津。悲凉千里道，凄断百年身。心事同漂泊，生涯共苦辛。无论去与住，俱是梦中人。”（《别薛华》）漂泊和贫病使诗人产生一种微妙的时空感，发现生存与生命之穷困无依。邵谒《自叹》诗云：“白日九衢中，幽独暗如漆。流泉有枯时，穷贱无尽日。”与自然之时空广阔悠远相对比，人的生存与生命显得孤独无靠，让人感慨自己与天地之间的隔阂。此处可见，“穷”的文学表达手法，反映了在中国文学史上，艺术家惯常以“指责物的无情以衬托人的穷困孤独”之艺术技巧。

从对具象的穷困的感悟和体会，到对抽象的穷困的发现和思考，是一个较为重要的转变，体现了诗人洞察事理的自觉和思考的深入。同时，直面宇宙真实面目的姿态也使得诗歌的抒情主人公的形象更加鲜明。唐代陈子昂面对不可把握、不可理解的时空，吟出千古绝唱："前不见古人，后不见来者，念天地之悠悠，独怆然而涕下。"作者虽然仍身处悠悠天地而无所依托，他自身的形象却已经茕茕独立，与天地对峙了。

（三）穷节：诗人情操的伦理坚守

穷，既是中国古代士人的生活之穷苦、人生之穷栖，也是其生命品格的清高展示，如《后汉书·马援传》云："丈夫为志，穷当益坚，老当益壮。"穷困之中的生命坚守，体现了中国古代诗人的伦理情怀和道德境界。

首先，诗人并不因生存环境的穷困而自甘堕落，如薛雪《一瓢诗话》评价杜甫云"杜浣花一举一动，无不是忠君爱国悯时伤乱之心，虽友朋杯酒间，未尝一刻忘之"，仍注重持守高尚品格："颠沛不苟，穷约不滥，以稷契自期，公岂妄矜哉?"① "达则兼济天下，穷则独善其身"是我国古代许多文人士大夫的人生信条。刘勰《文心雕龙》的《程器》篇云："穷则独善以垂文，达则奉时以骋绩。"陈岩肖《庚溪诗话》也说："度华厦而既爽，入穷阎而亦清。无雌雄之或异，信造物之均平。"认为保持清心，无论是"华厦"还是"穷阎"，都没有什么高低之分，造物是均平无差异的。这种心态被认为是智者的心态："穷达天命，智者不忧。"（吴兢《满歌行》）《优古堂诗话》载东莱先生吕居仁诗云："忍穷有味知诗进，处事无心觉累轻。"强调了个人性情的修养而不是着眼于现实环境，认为处于穷之中也可成为达人，去除朝不保夕、患得患失的心态。

这种观念的进一步发展，就是豁达超脱、怡然自得的精神境界。张志和的《渔父歌》云"江上雪，浦边风，笑着荷衣不叹穷"，完全摆脱了现实

① 薛雪．一瓢诗话［M］//叶燮．原诗　一瓢诗话　说诗晬语［M］．北京：人民文学出版社，1979：108.

的羁绊，达到舒卷自如的境界。这种乐观豁达的心态，常常是在自然山水中获得的。广阔的自然世界，若与之对举，则使人产生渺小卑微感，若融入悠悠天地间，则“悠悠天地间，委顺无不乐”（张九龄《杂诗五首·其二》）。此外，古代文人士大夫十分重视友朋交游。唐代孟棨《本事诗》（事感第二）云：“韩秀才（韩翃）穷甚矣，然所与游必闻名人。”也反映了诗人虽穷困而交友谨慎的伦理倾向。

《孟子·尽心上》曰“穷则独善其身，达则兼善天下”，体现了儒家士子的厚德伦理。而杜甫穷而有兼济天下之广阔胸怀，在穷中体现他一贯的悲天悯人的情怀：“安得广厦千万间，大庇天下寒士俱欢颜。”（《茅屋为秋风所破歌》）获得很高的人格评价，人谓“宁令吾庐独破受冻死，不忍四海赤子寒飕飕”（王安石《子美画像》）。其精神境界又较之“固穷而独善者”高了不止一筹。

其次，古代士人把现实的穷途，转化为诗文之穷趣，也表现为诗歌创作中的孜孜追求，使得诗文创作中洋溢着悲剧性的审美旨趣。

古人认为“穷”与诗文之间具有千丝万缕的关系。古人有“诗能穷人”的观点，认为“究其质情，诚有合者。今夫贫老愁病，流窜滞留，人所不谓佳者也，然而入诗则佳。富贵荣显，人所谓佳者也，然而入诗则不佳。是一合也。泄造化之秘，则真宰默雠；擅人群之誉，则众心未厌。故呻占椎琢，几于伐性之斧，豪吟纵挥，自傅爰书之竹，矛刃起于兔锋，罗网布于雁池。是二合也。循览往匠，良少完终，为之怆然以慨，肃然以恐”①。并总结出了好的文章与九种穷困生存状态的关系，称为文章九命：“一曰贫困，二曰嫌忌，三曰玷缺，四曰偃蹇，五曰流窜，六曰刑辱，七曰夭折，八曰无终，九曰无后。”韩愈也云：“和平之声淡薄，愁思之声要妙，欢愉之辞难工，穷苦之言易好。”认为穷困的生存状态对佳作的产生具有催化的

① 王世贞．艺苑卮言：卷八［M］//丁福保．历代诗话续编．北京：中华书局，1983：1081.

作用。

同时，“穷”对于诗歌风格的影响也不可忽视。历代诗话常以孟郊为例，阐述了“穷”对于诗歌风格的重要影响。《说诗晬语》里评论道：“孟东野诗，亦从风骚中出，特意象孤峻，元气不无斫削耳。以郊、岛并称，铢两未敌也。元遗山云：‘东野穷愁死不休，高天厚地一诗囚；江山万古潮阳笔，合在元龙百尺楼。’扬韩抑孟，毋乃太过。”① 把孟郊称为“高天厚地一诗囚”，正与孟郊自谓“出门即有碍”相呼应。《诗镜总论》有更为详尽的阐述：“孟郊诗之穷也，思不成伦，语不成响，有一二语总稿衷之沥血矣。自古诗人，未有拙于郊者。独创成家，非高才大力，谁能办此？郊之所以益重其穷也。贾岛衲气终身不除，语虽佳，其气韵自枯寂耳。余尝谓读孟郊诗如嚼木瓜，齿缺舌敝，不知味之所在。贾岛诗如寒齑，味虽不和，时有馀酸荐齿。”② 认为孟郊与贾岛的诗的风格跟“穷”有相通之处，都具有“味不和”的酸涩特点。而明代的瞿佑更是认为读孟郊的诗可直接推论到其穷苦终身的遭遇，他在《归田诗话》里说：“诵东野诗，而服前人穷苦终身之论；诵晏元献诗，则叹斯人富贵气象之豪。”③ 将“穷”的诗歌风格和诗人生平之间的关系联系得更紧密。瞿佑的这种联系不是特例，他还评价说：“范文正公守延安，作《渔家傲》词曰：‘塞上秋来风景异，衡阳雁去无留意。四面边声连角起，千障里，寒烟落日孤城闭。浊酒一杯家万里，燕然未勒归无计。羌管悠悠霜满地，人不寐，将军白发征夫泪。’……句语虽工，而意殊衰疯，以总帅而所言若此，宜乎士气之不振，所以卒无成功

---

① 沈德潜．说诗晬语：卷上［M］// 叶燮．原诗 一瓢诗话 说诗晬语．北京：人民文学出版社，1979：208.

② 陆时雍．诗镜总论［M］//丁福保．历代诗话续编．北京：中华书局，1983：1421－1422.

③ 瞿佑．归田诗话：序［M］//丁福保．历代诗话续编．北京：中华书局，1983：1233.

也。欧阳文忠呼为‘穷塞主’之词，信哉!”① 瞿佑和欧阳修都认为这首词透出“穷困哀愁”的气象，甚至会产生消磨士气的负面作用。

再次，古代士人通过对“穷”本身的直面书写，显示了诗人生命对真实世界的烛照，呈现出了“贫贱不能移”的崇高审美品格。

叶朗认为：“以审美观照来说，如果观照者不能摆脱实用的功利的考虑，就不能发现审美的自然，就不能从有限的一草一木一山一水中把握宇宙无限的生机，就不能得到审美的愉悦。以审美创造来说，如果创造者不能从利害得失的观念中超脱出来，他的精神就会受到压抑，他的创造力就会受到束缚，他就不能得到创造的自由和创造的乐趣。”② 正是在穷困的生存环境下，文人士大夫思考生命真谛和自然奥秘，力求摆脱有限和狭隘，追求自由和超脱。在这种精神探索中，产生了自己对于世界、对于人生的独特理解。在大量的诗文创作和文学评论中，出现了许多文人士大夫在“穷”的现实背景下对现实世界与人生的看法，这种看法，常常上升到世界观和人生观的高度，产生审美之穷。

审美之穷的滥觞，得益于三个要素的参与：一是诗人的自我修养。古人有“固穷”“贤人退而穷处”的说法，认为“达人能固穷，朝夕恒晏如”。以恬淡闲适的心态看待一切，进行自身品格和性情的修养，便可成为“达人”。二是自然山水的审美参与。摆脱现实生活环境的窘迫，摆脱“出门即有碍”的束缚羁绊，回归大自然，在“天人合一”中扩展人生境界，是穷困文人与艺术家们惯常的选择。三是诗词文赋的抒情功能。诗云“所畜惟骚雅，兼之得固穷”（尚能《中秋旅怀》）。历代失意文人都寄情于诗文，以其穷困失意为诗文创作的素材、动力、灵感和意趣追寻，在诗词文赋中构筑独特的精神世界。

---

① 瞿佑. 归田诗话：序［M］//丁福保. 历代诗话续编. 北京：中华书局，1983：1251.

② 叶朗. 中国美学史大纲［M］. 上海：上海人民出版社，1985：116.

由此可见，无论是穷与自我修养、自然山水还是诗词文赋的关系，都体现了诗人力图在穷的现实处境中构筑另一个精神世界以安顿灵魂，通往“达”的精神境界。他们不再关注当下的名称，忽略富贵的诱惑，坚守审美心胸的纯正清雅，从伦理层面完成了自我超越。

对于穷通之理的思考与追问，是处于穷困之中的文人士大夫常会生发的玄思，如“世上穷通理，谁人奈此心”（耿湋《赠严维》）、“穷通若有命，欲向论中推”（孟浩然《晚春卧病寄张八》）、“君问穷通理，渔歌入浦深”（王维《酬张少府》）等。对于穷通命运的思考，有时也不免带上宿命论的色彩，如：“穷达有定分，慷慨复何叹”（欧阳建《临终诗》）、“穷达自有时，夫子莫下泪”（高适《效古赠崔二》）、“穷通与修短，造化夙所禀”（李白《月下独酌四首·其三》）、“穷达天应与，人间事莫论”（姚合《武功县中作三十首·其十》）等。而更多的，是在穷达对举中获得一种慷慨豁达的心态，如“穷达皆为身外名，公侯可废刀头取”（卢纶《冬日登城楼有怀因赠程腾》）、“穷达尽为身外事，浩然元气乐樵渔”（刘沧《题桃源处士山居留寄》）、“穷达都判了，休闲镊白髭”（许棠《写怀》）、“穷达他年如赋命，且陶真性一杯中”（李咸用《冬日喜逢吴价》）、“声名都是幻，穷达未能忧”（李中《江馆秋思因成自勉》）等，表现出安贫乐道、怡然自得的精神境界。

“穷”，是古代诗人的普遍境遇，在现实世界中表现为经济的穷困、仕途的阻滞、人情的穷薄，在诗歌的审美世界里则成了以穷苦、穷趣、穷节为核心的题材范畴，这既是诗人对现实生活的高度概括，也不乏对自身命运自嘲式的解讽，由此，又催生了另一个与诗人自身遭际密切相关的诗学范畴——“瘦”。

二、瘦

“瘦”作为一个诗学审美范畴，最早在魏晋时期就进入了中国文人的审美视野。纵览魏晋时期的诗文歌赋、书法画卷，“瘦”的丽影比比皆是。古代文人对“瘦”的审美意蕴的理解和应用非常广泛，不仅使用“人瘦”“马瘦”“鹤瘦”等表达形态之意，也多见其使用“诗瘦”“梅瘦”“石瘦”等传递象征之韵，偶尔也用如“西湖瘦”“雪花瘦”等比拟之说。在不同的文学艺术领域内，“瘦”的审美含义也不尽相同，呈现出丰富的诗美趣味。概括而言，“瘦”范畴在古典诗学方面的审美韵味，由不同的子范畴承担其审美功能，主要表现为诗人艺术人生中的“诗肩瘦”、诗词风格技法中的“瘦硬”及诗人审美人格修养的“瘦健”等。由不同子范畴构成的“瘦”美范畴集群，共同呈现了中国诗人通过自身的内在探索和体验、领悟自然宇宙等外部世界的审美途径。

（一）诗肩瘦：诗人的悲剧咏叹

中国的文字，是具有灵性和丰富意味的。具有诗性情怀和智慧的中国诗人，对于文字的使用往往具有极大的灵活性，文字在诗人们的笔下具有多重象征意味。“瘦”字创制于何时目前很难详细考证。在《周礼·廛人》中的“瘦”字，是文字学界所能发现的较早的文字记载：“久则瘦臞腐败。”瘦是形声字，内涵本意是“少肉”，一般用来形容人的外形。“瘦”字的引申义是“纤细，峭削”，如张彦远《法书要录》就有“胡书体肥，钟书体瘦”之说。但是在诗人的笔下，“瘦”字的外延含义灵活多变、意义丰富。

古代文人选取“瘦”字作为以身体物的核心词汇之一，既是一种偶然，也是一种必然。两汉魏晋时期的“贵生”“养生”之观念，以及通过服食五石散等药物寻求飞升的黄老之术，都使得当时的文人以“清瘦”“清俊”“矍”作为外在形象的典型。推而广之，当时社会上也形成了“外枯而中膏，似淡而实美”（苏轼评陶渊明诗）的审美思潮，以及诗人以身体道，在俯仰之间“游心太玄”的体悟方式。

魏晋以后，“瘦”字更加频繁地出现在诗歌文本、志怪小说中。就唐代而言，在目前发现的5.5万余首唐诗中，“瘦”字就被使用了近1000次，使用频率仅次于“月”和“花”等字。历代诗人在诗词曲赋等文体的创作中，经常用“瘦”字来表现人物的精神面貌，因而从诗人角度来看，“瘦”主要用来抒发一种自叹自悯、悲凉难言的审美心理，即通过对自身消瘦、瘦弱的外形的描写，展示生存环境的恶劣、内心的孤独无依，呈现出一种病态的、感伤的美学风格。

具体而言，在历代诗人的诗歌创作中，“瘦”字的频繁使用可以归纳为以下几种审美情怀：一是诗人或因疾病或因贫困而憔悴瘦弱、孤单凄凉的境遇，如白居易诗“卧疾瘦居士”（《自咏》）、“贫闲老瘦人”（《雨后秋凉》）等，写出了诗人境况的凄美；二是诗人通过描写形容消瘦来表现与心爱之人别离之后的寂寞和思念，如“朝思暮想，自家空恁添清瘦”（柳永《倾杯乐》）、“香肌瘦几分，搂带宽三寸”（王实甫《别情》）、“新来瘦，非干病酒，不是悲秋”（李清照《凤凰台上忆吹箫》）等句；三是诗人因为时光的流逝，美好年华如水逝去而惆怅哀伤之句：“人非风月长依旧，破镜尘筝，一梦经年瘦”（冯延巳《忆江南》）、“旧日花前常病酒，敢辞镜里朱颜瘦”（冯延巳《鹊踏枝》）；四是诗人为了作出美妙诗句而终日苦吟，不惜自伤己身而憔悴瘦弱，李白就曾在《戏赠杜甫》诗中道：“为问因何太瘦生，只为从来作诗苦。”苏轼也有“遥想后身穷贾岛，夜寒应耸作诗肩”（《是日宿水陆寺寄北山清顺僧二首》之二）的诗句。这些词句中的“瘦”字的使用，渲染了一种凄冷孤独的审美意蕴，特别容易引发阅读者的悲剧性美感体验。因而从接受美学的角度来说，“读者”在阅读这些“瘦”字诗词的时候，其参与性审美联想便自发建构出一个贫病交加、清冷漂泊、瘦骨伶仃的文学人物形象，加深了“病瘦”的审美体验。

由于苏轼诗词的巨大影响，在他之后，“诗肩瘦”一词成为表达诗人窘迫、清瘦、孤独形象的经典语词。禅师比苏轼年龄小35岁，他的诗多受苏轼影响。他在53岁时曾有题壁诗云：“霜须瘴面老垂垂，瘦搭诗肩古佛衣。灭绝尚嫌身是累，此生永与世相违。残经倦读闲凭几，幽鸟独闻常掩扉。

寝处法华安乐行，荡除五十二年非。”宋末元初词人陈允平《昼锦堂》云：“嗟眼为花狂，肩为诗瘦。唤醒乡心，无奈数声啼鸟。”此两首词中的“瘦搭诗肩”“肩为诗瘦”很明显化用了苏轼的诗句，表达的意思和苏轼的原意基本相同。

当然，化用得最好的诗人应该算曹雪芹。他在《红楼梦》第五十回《芦雪广争联即景诗暖香坞雅制春灯谜》中写贾宝玉与众姊妹相聚于芦雪广饮酒赏雪时所吟诵的《折红梅诗》，其中就有“诗肩瘦”一词：“酒未开樽句未裁，寻春问腊到蓬莱。不求大士瓶中露，为乞嫦娥槛外梅。入世冷挑红雪去，离尘香割紫云来。槎枒谁怜诗肩瘦，衣上犹沾佛院苔。”一般人很容易把这首诗当作儿女情长的诗来解，但是从“诗肩瘦”的典故来看，作者在其中一方面隐藏了对大观园内少男少女们不幸命运的悲悯，另一方面也暗含了贾府破败后贾宝玉出家为僧的悲剧命运的伏笔。

“瘦”的本义，其内涵即为少肉、病弱、不健康，故而形成了如瘦骨嶙峋、瘦弱、病瘦等常见词汇。在中医中，“留瘦”指久病而体瘦，如《素问》中的《三部九候论》篇就有“奇邪之脉，则缪刺之。留瘦不移，节而刺之”的观点。由此可见，诗人自主性地通过运用“瘦”来表示他们长期经受各种各样的痛苦而身心俱伤。“诗肩瘦”一语的形成，昭示着诗人的审美期待，即采用摹写形体病瘦和刻画物态瘦弱的笔法技巧，来书写和表现诗人自身的弱小、无助、孤独、绝望等审美体验，进而引发自身和读者们对人生、命运的深层思考，以及对个人在茫茫时空中的莫名悲伤，深刻蕴含着痛苦、凄楚、哀痛和惆怅等复杂的审美感受。

（二）瘦硬：诗艺的别样观照

“瘦”字，在中国古代诗人那里受到青睐，在文学史上，大量的“病瘦”之词的使用，使之成为诗词创作的主题之一。不过，诗人们并没有仅仅停留在自怨自艾的状态，而是在艺术创作中，逐渐从害怕、反抗病瘦，转变为漠视、接受或反抗，并最终发展出一种乐天知命、瘦硬清癯的审美心态，将之作为一种审美价值的自我选择。同时，在古代文艺作家那里，“瘦硬”也同时作为一种诗艺技巧，得到了不少诗人的肯定和重视，并逐渐演变成为一种以“瘦硬”为目标的审美创作技法。

“瘦硬”作为诗艺技法，在另外一个角度上，也体现了古代诗人的一种思维方法，即以特定的书写对象来象征丰富的审美意象，以及这些意象所蕴含的“言外之意”，放弃对于真假判断和事实叙述的追求。因而有国外的学者认为：“中国人高度重视个性，并且按照他们的思维方法来具体叙述表象内容，所以他们自然爱好以具体形式表达的复杂多样性。他们信赖感觉和依附感觉的立场，使他们对现象的复杂多样性尤为敏感，从而替代了对事物法则的把握，替代了对事物抽象地孕育着的统一性的把握。”①

北宋大文豪苏轼在评价唐代诗人孟郊和贾岛的诗歌时用了“元轻白俗，郊寒岛瘦”② 一语，可谓精辟绝伦。在这里，“瘦”与一般物象之瘦不同，既是指贾岛诗歌创作的一种风格，也是说明其诗歌创作的用字笔法技巧。贾岛的诗多用幽冷奇峭的意象，加上反复地琢磨提炼，从而创造出一种幽清、瘦硬的诗学风格。姚合的《别贾岛》诗有“野客狂无过，诗仙瘦始真”句，戴复古的《望江南》词有“贾岛形模元自瘦，杜陵言语不妨村”句，都是从诗学批评的角度鉴别贾岛其人其诗的形状和诗风。由此可见，瘦硬是贾岛诗歌的主要特征，也是他生命审美的追求。如贾岛《欲游嵩岳留别李少尹益》诗：“孤策迟回洛水湄，孤禽嘹唳幸人知。嵩岳望中常待我，河梁欲上未题诗。新秋爱月愁多雨，古观逢仙看尽棋。微眇此来将敢问，凤凰何日定归池。”诗中用了“孤策”“孤禽”“仙人”等奇僻清冷的意象，加上“嘹唳”的寒声营造了一种冷涩的气氛与清冷的瘦气。贾岛的诗多表现一种荒凉冷落的场景，使人产生一种孤独寂寞、单薄消瘦的感觉。诗可

① 中村元．东方民族的思维方法［M］．林太，马小鹤，译．杭州：浙江人民出版社，1989：141.

② 苏轼．祭柳子玉文［M］//苏轼文集：第63卷．北京：中华书局，1986：1 938.

知人，贾岛的诗风和写诗笔法，和他的个人经历有着密切的联系。贾岛早年贫寒，落发为僧，法名无本，后来还俗又屡次不第。他一生贫困潦倒，官低职小，禄不养身。贾岛被人称作“诗囚”，又被称为“诗奴”，一生不喜与常人往来，《唐才子传》称他“所交悉尘外之士”①，因天分不足而作诗苦吟，唯在字句上狠下功夫。故此，其诗精于雕琢，喜写荒凉、枯寂之境，多凄苦情味，自谓“两句三年得，一吟双泪流”。

贾岛这种苦吟之下的凄冷、瘦硬之风格，因为遣词用句过分雕刻润饰因而有损诗歌的自然流畅，在当时就招致了一些批评，也影响了后人对其诗歌价值的评判。但是，贾岛的笔法风格对后世的诗词创作及批评却产生了较为广泛的影响。宋代的张先、苏轼、黄庭坚等人都或仿效或吸收这种创作的技法。刘熙载在《艺概·词曲概》里曾经提到：“宋子京词是宋初体，张子野始创瘦硬之体，虽以佳句互相称美，其实趣尚不同。”② 刘熙载在比较宋祁与张先词风的差异时认为，以宋祁为代表的宋初体与张先首创的瘦硬体虽然都有精妙的佳句，但是它们的创作意趣是完全不同的。这里的“瘦硬”从“创作的内容上来说是指摒弃以往词的温软艳丽，而着眼于士大夫的骨气豪爽，展现的是士大夫们的生活情趣，从而使创作显得更有大丈夫的气概；而从创作风格上来说瘦硬与温柳的婉丽不同，主要突出的是词的工切自然，有骨力”③。虽然张先与晏殊都是婉约词的代表，但是张先所创作的表现士大夫生活闲趣的词作已经与以往温柔婉艳的宫廷词作有非常大的区别，它们打破了传统上词的风月场上“伶人体”的低下地位，把它提升到士大夫诉说心声应和酬唱的“大夫体”。因而，陈廷焯也曾指出：“张子野词，古今一大转移也。”④

---

① 傅璇琮. 唐才子传校笺［M］. 北京：中华书局，1989：332.

② 刘熙载. 艺概［M］. 上海：上海古籍出版社，1978：107.

③ 木斋. 论张先词古今一大转变及“始创瘦硬之体”［J］. 山西大学学报（哲学社会科学版），2005（1）.

④ 陈廷焯. 白雨斋词话［M］. 杜维沫，校点. 北京：人民文学出版社，1959：11.

自从张先继承贾岛“瘦硬”笔法并开创“瘦硬”词风后，苏轼、黄庭坚等对此都有所接受和发展。苏轼的词主要倾向于豪迈奔放的“硬”，例如他的《江城子·密州出猎》以“左牵黄”“右擎苍”“挽雕弓”“射天狼”的英雄形象展现了他希望驰骋疆场、建功立业、以身报国的豪壮情怀，有一种穿透万物的坚硬骨力。黄庭坚词的“瘦硬”则是一种新奇冷峭的瘦硬，一种奇辟巧创的风力骨瘦。黄庭坚的创作重在创新，无论是诗歌还是词文，都力求新变，他在《赠谢敞王博喻》里曾经提到“文章最忌随人后”。因此，他的词往往能巧用比喻，务去杂言，在新奇的意象中创造瘦硬的意趣境界。例如他的《定风波·次高左藏使君韵》，以“漏天”“乘船”“鬼门关”等冷涩的意象表现了作者被贬的落魄，但后面的“气岸”“上华颠”“风流犹拍古人肩”等词句则又表现了他虽是被贬但却依然傲然不屈、虽败犹荣的高昂精神风貌。黄庭坚的诗自成一家，时称“山谷体”，而在创作词的时候，作家采用同样的写作技法，体现了奇险生硬的“山谷”气息。黄庭坚写诗提倡“以学问为诗”，学习杜诗、韩文的“无一字无来处”，提倡以故为新，变俗为雅，提倡“点铁成金”和“夺胎换骨”之说。他工于炼字和用典，用语好奇尚硬，力求出人意表，其诗词多创制拗句和拗律，讲究语意老重和规模宏远，笔势险奇，风格清隽瘦硬。赞赏者谓之“山谷之诗可以移王、欧之席，而其盘空硬语，更高踞于梅、苏之上，所谓江西诗派也”①；讥诮者则谓“其横空排奡，奇句硬语，以为得杜衣钵，此所谓旁门小径也”②。无论或褒或贬，黄庭坚对于“瘦硬”笔法风格的艺术拓展是有着重要贡献的。

古代中国诗书一家，书画同源，因而“瘦硬”的诗艺技巧除了表现在诗词歌赋及其批评之外，还表现在书画艺术的创作中。书画艺术上的瘦硬

① 田雯．芝亭集序［M］//傅璇琮．古典文学研究资料汇编：黄庭坚和江西诗派卷．北京：中华书局，1978：266.

② 周亮工．书影［M］．上海：上海古籍出版社，1981：46.

是指字体或者图景工巧纤细，但又雄浑有力，在隐隐约约中透出骨力与秀硬。董逌在《广川书跋》里以“瘦硬通神”准确地概括了褚遂良书法的技法风格。而与褚遂良同为初唐“楷书四家”的薛稷其书写风格与褚遂良非常相似，杜甫在《观薛稷少宝书画壁》对他也是以“骨瘦硬朗”称之。杜甫在《李潮八分篆歌》中云：“苦县光和尚骨立，书贵瘦硬方通神”，历来名气很大，成为当时书坛的标准。宋徽宗赵佶更是创有“瘦金体”（亦名“瘦筋体”）书法字体，瘦硬挺拔，在文人雅士中获得颇多赞誉。

由此可见，“瘦”范畴，就其与“硬”结合而形成的子范畴“瘦硬”而言，在这里包含着三种审美意味：一是指技法上的冷硬骨瘦，即通过语义上的隐晦曲折和语言上的俭省奇僻等方式使用作诗笔法；二是指风格上超凡脱俗、清奇倔强和沉郁老练的诗学取向；三是指意境上的孤寒冷清、幽僻涩古的氛围的营造。北宋以后，中国封建文化逐渐走向僵化和弱化，以“瘦硬”作为诗艺技巧和笔法风格的现象逐渐增多，这种倾向和情形，既体现了中国艺术思维范式的固定和成熟，也体现了“瘦”范畴的进一步诗学拓展。

（三）瘦健：诗品的伦理倾向

作为文艺范畴之一的“瘦”，在古代诗学伦理方面也蕴含着重要的审美文化内涵。它姿态万千，变化多样，精锐含蓄而极具张力，不仅体现在诗人的生命悲叹、诗艺技巧上，也体现在一些诗人的审美价值追求上。它独特的审美内涵历来被古代文人重视和借用，反映在人物品藻、伦理内省和人格修养层面，则主要是以“瘦健”这个合体范畴的面目出现。

中国古代文学中的诗歌作品里面，存在着“健”“劲”“硬”这三种侧重点不同而本质内涵却互通的原生性范畴。这种相通性表现在诗文书画中则是刚健骨气的精神气质，在这三者中“健”起到主导性的作用。中国古代的文人墨客历来追求风骨昂然、刚健瘦硬的君子般生命范式。“乾”在卦象中指的是上天，《系辞下传》曰“夫乾，天下之至健也”；《大象传》解释《乾》卦说“天行健，君子以自强不息”①。中国古人认为，上天是刚正纯健的，君子要想立于天地，就要合乎天道，顺应时运，就必须拥有天一样纯洁刚健的本性，自立自强，培养起凛然的骨气。《周易》又云：“文明以健，中正而应，君子正也。唯君子为能通天下之志。”君子作为儒家思想精粹化的集合，是与上天息息相通的，其精神内核必然与上天的刚正劲健合二为一。随着儒家学说的蓬勃发展以及地位的逐渐提升，尤其是成为中华民族的主流思想以后，君子精神特别是君子精神中的刚正劲健便成了古代人们永恒追求的精神境界与生命信念。而在魏晋时期弥漫整个社会的人物品藻风气中，士人们自觉地将苍劲有力的“瘦”之气与刚正挺拔的“健”精神相互融合起来，形成了“瘦健”的审美概念，即后世所谓“瘦骨清像，魏晋风度”。在《世说新语》中有一段关于肥瘦的对话：“庾公造周伯仁，伯仁曰：‘君何所欣说而忽肥?’庾曰：‘君复何所忧惨而忽瘦?’伯仁曰：‘吾无所忧，直是清虚日来，滓秽日去耳。’”② 在这里瘦是指不被外物束缚身心，而保持内外洁净怡然，颇有庄子那虽然消瘦但超脱于世的风貌。“瘦”与“健”虽然分属两个不同的审美范畴，但是它们的关系却是密不可分的。“瘦”因“健”而丰，“健”由“瘦”而美。“健”使“瘦”拥有了坚挺刚强、骨风凛然的硬朗气质，使瘦的内涵更加的多样化。

瘦健，在此时表现了古代诗人超凡脱俗、孤高傲世的清气。诗人秉持审美之瘦的意识，却也不做病态之语，而是瘦而有骨、瘦而有神，以瘦健为标准，在诗词中也塑造了一系列的瘦人、瘦鹤、瘦竹、瘦梅、瘦石等多种多样的文学意象。

“瘦健”的文学意象，是诗人清高孤傲精神的自我写照，也是在无法直抒胸臆的时候，或者在“而今识尽愁滋味，欲说还休；欲说还休，却道天凉好个秋”的难言之境，寻找的一种“替语”、借语的写作技巧。以瘦竹为

---

① 黄寿祺，等．周易译注［M］．上海：上海古籍出版社，2007：5.

② 徐震堮．世说新语校笺［M］．北京：中华书局，1984：50.

例，“瘦竹凌风弄碧漪，山光云影共熹微”（文天祥《赠鉴湖相士》）、“瘦竹如幽人，幽花如处女”（苏轼《书鄢陵王主簿所画折枝二首》）、“写取一枝清瘦竹，秋风江上作渔竿”（郑板桥《予告归里，画竹别潍县绅士民》）等诗句，不但用瘦竹呈现环境的清幽秀美，更重要的是呈现诗人清高正直、崇尚林泉的淡泊之心。文天祥、苏轼、郑板桥等诗人，是中国诗人中具有瘦硬、正直等君子伦理情操的典范。这些文艺作品中的瘦竹，是古代文人瘦健俊逸、骨气凛然的审美情操的物化，在几千年的文化浸染中，已经成为君子伦理的文化符号。

此外，古代诗人一般都钟爱奇石，因为奇石中蕴含着自然造化、生命逸气，故而硬中有奇、石中有趣。可见，在一些诗人的眼中，瘦健的奇石就是诗人本体生命品格的外在投影乃至于化身。由之，古代诗歌描写瘦石、奇石的诗作也非常普遍。例如，叶梦得《为山亭晚卧》（“瘦石聊吾伴，遥山更尔瞻”）、林景熙《过吴门感前游》（“白虎气销遗瘦石，彩虹影冷卧斜阳”）等诗，通过写石之瘦、石之硬、石之冷、石之奇，展示内心的清冷倔强、瘦健逸气之情趣。在整个中国古代赏石诗词的创作中，“瘦”字是其中极为常见的字眼之一，这种情况表明了“瘦”成为诗人审视自然和自身的一个重要审美价值属性。李渔在《闲情偶寄》中说：“言山石之美者，俱在透、漏、瘦三字。此通于彼，彼通于此，若有道路可行，所谓透也；石上有眼，四面玲珑，所谓漏也；壁立当空，孤峙无倚，所谓瘦也。”① 古代诗人之所以爱赋诗作画鉴赏丑石，就是因为它自有一股冷瘦、傲岸、清逸之气质。诗词中的丑石的瘦健形状，不仅象征着审美客体不因自己形貌丑陋而自卑自贱，相反仍勇敢地傲然而立，不需凭依，自由体验宇宙造化的生命气息，而且也象征了审美主体乐于追求自我价值，敢于不与世俗同流，耽于穷处高卧的高蹈之品行。

---

① 李渔．闲情偶寄·窥词管见［M］．北京：中国社会科学出版社，2009：139.

值得一提的是，尽管“瘦健”的审美伦理倾向得到许多诗人的认同，但并不是所有的诗人或艺术家都认同这种美学价值，更不能说所有的诗人都会选择运用“瘦硬”的笔法风格来展示自我的审美取向。事实上，历代诗人“居庙堂之高”或“春风得意马蹄疾”之际，更多的是采用骈俪诗风，选用的文字华彩浓妆，台阁体诗即是其中代表。进一步说，从雅俗文学的视野来看，“瘦”字诗也略偏于“下里巴人”一侧，往往更多地展示在下层知识分子和落魄不第诗人的诗词作品之中。

“穷”与“瘦”是中国古典诗歌中反复出现的两大表现内容，从表面上看，它们是诗人对自身悲剧性命运的如实摹写，从内在情感体验来说，始终有一股绵绵情愫萦绕其中，这种情愫有时是对自身、对国家的悄怆忧愁，有时又是超然物外的闲适自得，在诗体美学范畴里，这样的一种情感体验被诗人书写为“悠”。

三、悠

“悠”本义为忧，东汉许慎《说文解字》中解释：“悠，忧也。从心攸声。”《诗经·小雅·十月之交》中有“悠悠我里，亦孔之痗”，愁思让人劳心伤神。《诗经·周南·关雎》有“悠哉悠哉，辗转反侧”，《楚辞·初放》有“悠悠苍天兮”，表现为忧国伤民、忧愁情感，甚至忧感于宇宙苍穹，可见，“悠”在早期典籍中均表悲怆忧郁之情。后“悠”由动词义逐步延伸出形容词义，主要发展出“长、远”与“闲适”两组意义。西汉李陵《苏武李陵赠答诗》曰“临河濯长缨，念子怅悠悠”表达忧思的绵长深远，晋陶渊明《饮酒》中“采菊东篱下，悠然见南山”的千古佳句则道出了“悠闲、悠游”这种安恬自得的明朗心态。“悠长”“悠远”“悠闲”“悠远”等词较“愁”本义具有明显的超越性，其丰富深厚的意味不单是文学内涵的深化，更是文人自身所具备或所追求的生命感悟及心灵体验，呈现深层次的人文内涵。

（一）“悠”的审美特质

古诗论中以“悠”为主体的审美艺术精神与其词义相关，但对其内在意蕴有所突破，逐步呈现出独有的审美内核特征。

作为审美范畴，“悠”与“闲逸”有共通之处。“闲逸”有平淡自然的语义，讲究心境的超脱放逸，同“悠”安恬自适的审美品格具有一致性。如刘长卿《送道标上人归南岳》诗曰“悠然倚孤棹，却忆卧中林”，陆游《野兴》诗云“莽莽宽野间，悠悠旷达身”，皆表现出人格独立、心灵自由的“闲逸”生存状态。宋蔡启《蔡宽夫诗话》中评陶诗“悠然见南山”谓“此其闲远自得之意，直若超然邈出宇宙之外”，表现出“诗重自然”的隐士人格的悠游适顺。清杨夔生《续词品》云“轻逸”，则有“悠悠长林，蒙蒙晓晖”，亦道出“悠”的洒脱之感。

值得注意的是，在古代诗词作品及其相关批评理论中，“悠”大量以叠词形式出现。从审美体验看，“悠悠”进一步加深了“悠”蕴内涵，深化“山水悠悠”的自然之趣与“悠悠往事堪怜”的愁思苦味，具有更为厚重的审美价值。文人喜好依托山水外物来表现主体心境，试图在认识对象的同时也认识自己，求得心田的慰藉与解脱。唐韩偓《寒食夜》有“清江碧草两悠悠”句，刘梦得《伤愚溪》有“溪水悠悠春自来，草堂无主燕飞回”句，皆以诗人与画家的眼光捕捉动人的自然之美，清悠婉丽，从中发现生命的情趣。除却山林之美，以“悠悠”表悠长思绪，意味更为深切。如唐陈子昂作《登幽州台歌》云“念天地之悠悠，独怆然而涕下”，诗人将心中抑郁悲凉之情寄托于苍茫天地，悲怆之情可观可感，味之不尽。“恨悠悠”“思悠悠”等情境更为凄切，如唐贾至《送陆协律赴端州》中有“春心将别恨，万里共悠悠”，宋李錞《李希声诗话》曰江子之梦中作诗云“春情离恨总悠悠”，陈岩肖《庚溪诗话》中传刘君作“停骖一望思悠悠”，等等。唐代司空图《二十四诗品》中，“悠悠”达五次之多。《自然》卷云“薄言情悟，悠悠天钧”，“悠悠”本辽阔遥远之义，却道出了万物运行流转不息的规律，实已超越凡人肉眼单纯所见景物的远、阔，人本身内在自然品性亦随性而发。《含蓄》卷“悠悠空尘，忽忽海沤”之句，细细玩味，也暗蕴着一花一世界、一叶一菩提的意味，方能“不著一字，尽得风流”。除此，《清奇》卷中“空碧悠悠”、《流动》卷中“悠悠天枢”亦均体现超脱凡俗，思索宇宙苍穹之感。《委曲》卷中“悠悠花香”则显得轻柔可人，有盈盈可感之美态。“悠悠”以延伸音节与意蕴的表现形式进一步强化了诗词的表现功能。

（二）“悠”的范畴拓展

“悠”范畴的生成性，使之具有丰富的合体范畴，在诗论词论、书画批评中，“悠”合体范畴涉及诗词意韵品格等各个方面。

首先，“悠”含有诗意“悠长”的审美境界，亦作“悠柔”“悠远”，多层次的美学意味一起构造出独特而鲜明的意趣。宋朝时，陈辅《陈辅之诗话》评王建宫词“意味深婉而悠长”；杨万里《诚斋诗话》品老杜“明年此会知谁健，醉把茱萸仔细看”，亦谓“意味深长，悠然无穷”。诗意悠长，是意蕴与诗品相应所表现的文风。诗人将忧思苦闷及明朗自由的心境用远淡笔力呈现，化愁苦之思或自然超脱之趣为诗韵，让人产生悠悠深思之感。苏轼《东坡诗话》品“悠然见南山”一句“境与意会，最有妙处”“用意深微”，蔡梦弼《杜工部草堂诗话》也肯定了其“殆若天成，兹为可贵”，可见诗意的无限延绵确能为后人所细细把玩品味。至元朝，诗意“悠长”又有精到见解。范德机《木天禁语》以五言诗为体例，云“含蓄无限意，自然悠长”，言“前日风雪中，故人从此去”为“辞简意味长，言语不可明白说尽，含糊则有余味”。到了明朝，谢榛《四溟诗话》言宋孝武帝所作“思君如日月，回环昼夜生”乃“意味悠长”，言无名氏“人生不满百，常怀千岁忧。昼短苦夜长，何不秉烛游”为“感慨而气悠长也”。他所说的“悠长”，更直接抒怀诗中蕴含的宇宙人生观，既有言辞意味之悠长，又有心灵的悠深感喟。陆时雍《诗镜总论》则言何逊诗“语气悠柔，读之殊不尽缠绵之致”，其“悠柔”之境，意味诗意缠绵悠长之义。杨慎《升庵诗话》则言“悠远”，评唐彦谦绝句“讽谕悠远似李义山”，意皆相通。诗风神韵的悠远，大有“言有尽而意无穷”的审美观感。

诗意悠长之境作为诗歌艺术精神的独特追求，道出了诗人内在生命的体验方式，使诗品具有闲适雅意，意蕴无穷。借用顾芳论小令之说，所谓“风情神韵，正自悠长”，确是如此。

其次，“悠”有“悠游”“悠然”之说，文人通过诗词来寄予和表现气度的悠然，塑造悠游人生境界，表现出精神自由的闲暇之美，具有典型的生命美学意义。“悠游”也作“优游”，学者张丽明对其释义为“人的生活方式是清闲无为，闲养自娱”①。在为文中，南宋严羽《沧浪诗话・诗辩》论诗“大概有二，曰优游不迫，曰沉着痛快”，北宋《王直方诗话》评诗亦有“意优游而不迫切”之说，以“优游不迫”论诗，阐明诗意悠然的艺术性，既表现温婉敦厚的诗歌内涵，同时也隐喻着文人清闲自得、从容不迫的心理观景。“悠然”是“悠游”意旨的延伸，悠游从容在心态上表现为精神满足之乐，在诗词作品中则具有从容娴静、阴柔婉约的笔力美与内蕴美。元范德机在《诗学禁脔》中评李商隐“亦拟城南买烟舍，子孙相约事耕耘”诗句“有悠然源泉之意”；至明朝，董其昌《画禅室随笔》中有“轩畅闲雅，悠然远眺”之说，陆时雍《诗镜总论》论陶渊明《饮酒》诗有“悠然乐而自得”之意，认为“读陶诗，如所云‘清风徐来，水波不兴’，想此老悠然之致”。在创作角度与欣赏角度来看，“悠然源泉”“悠然远眺”与“悠然之致”均显示出文人无为自在的精神意味，为文时表现出审美客体的开阔性与审美主体心胸的广阔感，格调清新高远。王思任评价《世说新语》“泥沙既尽，清味自悠”，王世贞在《艺苑卮言》中评陶潜诗“清悠淡水，有自然之味”，与悠然之味相容相通。清朝时，沈德潜《说诗晬语》论五言

① 张丽明．严羽“优游不迫”“沉着痛快”审美风格论析说：兼论其与入神之关系[J]．红河学院学报，2006，4（3）：34－37.

古诗“超然而起，悠然而止”方为“真”，评王龙标绝句“昨夜风开露井桃”一章“悠然可思，此求响于弦指外也”，从诗辞创作到诗意品味均以“悠然”为度，体现出诗词文风的闲暇美与情绪体验的超然性，即“优游”心境。田同之《西圃词说》提到沈谦论作词要点时曰“词要不亢不卑，不触不悖，蓦然而来，悠然而逝”，宋翔凤《乐府余论》提到于湖念奴娇词云“悠然心会，妙处难与君说”，亦皆推崇“悠然”的创作方式与自由闲暇的阅读观感。

再次，“悠”亦有声色范畴的意义。戏曲中有“曲悠情高”的说法，诗文中则讲究诗韵“悠扬”，具有内蕴相通的“悠长”（区别于诗意悠长）、“悠韵”等艺术精神。声色“悠扬”见于宋朝范温《潜溪诗眼》论诗韵“悠扬宛转”，古人为文既讲究言辞内在意蕴，亦“欲其谐和、委婉和悠长”，所谓“诗以声为用者也，其微妙在抑扬抗坠之间”①。为文“悠扬”，俱用字悠远与声气昂扬为一体，如明朝谢榛在《四溟诗话》中评“栋”字，曰其“去而悠远，气振愈高，其声扬也”。黄子肃《诗法》亦有“寄兴悠扬之句，思之所至……得之于自然”的说法，提倡言辞应“悠然”而重自然，方能寄予诗歌所应有的精神内涵。此外，至清朝，沈德潜《说诗晬语》中有“悠扬曳语”之说，杨夔生《续词品》也提到“声之悠扬相应处，即用韵处也”。

“悠长”较“悠扬”更注重声韵的长远，令情感得到延伸，力求用语简约达到如曼妙音乐余音袅袅的境界。如南北朝刘勰《文心雕龙·隐秀》对“临河濯长缨，念子怅悠悠”（西汉《苏武李陵赠答诗》）赞曰“动心惊耳，逸响笙匏”，有婉秀悠长的意味。清代李渔在《闲情偶寄》曰“暗谱悠扬之曲”“昆调悠长”“悠扬大套之词者”“悠长引子”，等等；袁枚在《随园诗话》中强调为诗“声韵之贵悠长也”，都表现古代文人对声韵独特的审美追

---

① 汪涌豪．“声色”范畴的意义内涵与逻辑定位［J］．北京大学学报，2010，47（3）：20－26．

求。何为“悠韵”？明朝陆时雍在《诗镜总论》中评诗句“携手上河梁，游子暮何之”具有“韵悠”，谢榛在《四溟诗话》赞赏李杜诗“格高似梅花，韵胜似海棠。欲韵胜者易，欲格高者难”，即阐释了高明的悠韵之境：意味深远，格高韵足。此前，明徐祯卿在《谈艺录》中评《国风》“七情杂遣，并自悠圆”，其“悠圆”意取诗意悠然声调圆润，应属“悠韵”内涵的外延。

（三）“悠”的文化审美内涵

经历长期发展，“悠”在突破自身内涵的基础上，与外在情境以及诗人心境相交融合，呈现出“悠思心境”与“悠然情趣”两种层面的文化审美内涵。从审美心境的发生机制看，“悠”文化意蕴多讲究对审美理想的追求，具有强烈的情感性，可谓道出了无数文人心中那一声叹息与一丝释然，形成显著的风格艺术景观。

其一，审美主体直观所虑或肉眼所观下的“悠思”心境。直观忧思中“悠”与“忧”属同义范畴，于前文提及，意指直接抒发内心的愁苦。宋许顗《彦周诗话》品老杜《衡州诗》中“悠悠委薄俗，郁郁回刚肠”一句说“此语甚悲”，此乃对于忧情的直观领会。心境体悟有更深的意蕴，是山川海河之“悠”（长远辽阔）的客体作为发生机制触动审美主体心境之“悠”。《诗经》中除有直抒胸臆的感喟外，亦有“瞻彼日月，悠悠我思；道之云远，曷云能来”（《诗经·邶风·雄雉》）之句，即由日月星辰、远道长路所引发文人的绵长愁思。乐府琴曲《别鹤操》有“山川悠远兮路漫漫，揽衣不寐兮食忘餐”句，此中“悠远”亦是将自然山川的悠远移情至主观心境的漫漫凄楚。唐崔颢《黄鹤楼》中“黄鹤一去不复返，白云千载空悠悠”之“白云空悠”，唐王建《望夫石》中“望夫处，江悠悠，化为石，不回头”之“江悠悠”，均超越肉眼之“悠”隐含着深层次的蕴藉，反映出文人借景抒怀的精神超越。悠思心境多与文人境遇相关，他们或怀才不遇，或忧国忧民，或感喟生命之渺茫，便将受现实所困的忧思寄情于山水，以抒发对生存局限的挣扎与无奈之情。另有元吴师道在《吴礼部诗话》中提到“有长乐张励深道长句……‘空远望兮中感百，思悠悠兮情恻恻’”，亦由空望、远望目中之境感喟缠绵悱恻的心中情思。

从“悠”于此的语境与含义可知，它不仅仅指代客观物象的遥阔，更多地传递着悠长而深远的精神境界，具有时代性与精神性象征，基本流露出文人消极悲观的生命观感，却有哀而不伤之味。

其二，审美主体亲身体悟或毕力所求的“悠然”情趣。“悠然”可解作“悠游闲淡”，指代闲适的心境。这种心境并不是随波逐流，而是在审美主体看破尘俗后不为尘嚣所惑的自在自得。道家中有“无为而自由”的放逸，可看作审美主体重视心灵“闲”与“思”的交递融合，表现为在闲适的情境中思索超越凡俗的生命真谛，或在思想畅游体验中感悟身心释怀的悠游。两种审美历程所追求或达到最终结果，即是心境“悠然”的至高境界。这种独特的意境，含豁达广阔的内在蕴味，以晋陶渊明的山水田园诗为代表，如《归园田居五首》中曰“衣沾不足惜，但使愿无违”“相见无杂言，但道桑麻长”“山涧清且浅，遇以濯吾足”等，从举止开始趋向精神超越之美，终得“久在樊笼里，复得返自然”的悠然境界。而诗句“悠然见南山”中“悠然”更是直接表现出自由的精神世界：在亲近大自然的过程中，通过性情所向的躬耕行为达到内心的闲暇悠游，映射出审美主体内在本质的空明澄澈。可见，投身于大自然的山清水秀与自悠心态具有相通性。唐卢仝《叹昨日三首之二》中亦有“平生心事消散尽，天上白日悠悠悬”，以悠悠青天白日作为心事殆尽过后空明心境的外在流露，体现出愉悦的生命境界。唐李益《竹窗闻风早发寄司空曙》诗云“微风惊暮坐，窗牖思悠哉。开门复动竹，疑是故人来”，其“思悠”之境也是审美主体胸怀明阔、思想纵横悠游之境。

悠、闲的风度和气质被还原出内心的本原状态，显露出审美主体精神上的隐逸情感意趣，具有自然性和超功利性。“悠然”情趣超脱于肉体境遇，常寄情于悠游山水的生活体验，使心灵神思自由纵横，表现气平神和的精神向往，追求内外和谐的自由统一，有超然淡泊之美感。

俗话说“苦难出诗人”。“穷”与“瘦”是中国古代绝大多数诗人面临的现实境遇，仕途的不畅、理想的幻灭带来人生的困顿窘迫，诗人援以入诗，浅吟低唱，或吟忧郁不得志之悠长愁苦，或唱归园田居之悠然闲适，生发出“悠”这一更深层次的诗体美学范畴，集中展示了他们游走在艺术与现实间的矛盾性心理感受，赋予其悲剧性的审美体验，成为诗学批评中一种别样的审美趣味。从文化的角度看，这三个范畴蕴含着古代文人本体内在的人生感悟和生命追求，是文人们脱俗心迹和清高人格的审美写照，同时也是他们仰观俯视、体验自然造化的一种思维方式，用看似羸弱的形体承载起丰盈的生命境界，吐露绵绵不绝的情思，体现了中国诗性思维的关联性、象征性、复杂性等特征。

第五节　诗体风格论

风格，是指一个时代、一个民族、一个流派或一个人的文艺作品所表现的主要的思想特色和艺术特点，是作家通过其创作个性彰显出来的独特而稳定的艺术风貌和艺术格调，也是一个作家成熟的标志。作为中国古代一个高度发达的文体，诗体风格也呈现出丰富多彩的面貌，历代文论家、诗人也对此做过不同的分类，比如晚唐司空图的《二十四诗品》将诗歌风格分为 24 种，每种又以 12 句四言诗加以解释说明，宋代严羽的《沧浪诗话》则分为 9 种，称之为九品。如何为诗歌风格分类，其实是一个见仁见智的问题，从古至今并无统一标准，此处选取 4 种具有范畴意义的诗体风格加以阐述。

一、深

深是形声字，从水，罙声，本义是古水名，河流名。东汉许慎的《说文解字》解释云："水。出桂阳南平，西入营道。"可见"深"的本义是水，它的词义经引申，表述日益多样。《孟子·滕文公上》曰："面深墨。"此处的"深"，是"甚也"的意思。《礼记·乐记》中亦有言："穷高极远，而测深厚。"其注解为："深厚，山川也。"宋代王安石在《游褒禅山记》中云："问其深，则好游者不能穷也。"这里的"深"则说明从上到下或从外到内的距离，是指事物的深浅程度。《老子》曰："有国之母，可以长久。是谓深根固柢，长生久视之道。"可见固本之深。《虞初新志·秋声诗自序》中："遥闻深巷中犬吠。"在苏轼《石钟山记》中亦有曰："郦元以为下临深潭，微风鼓浪，水石相击，声如洪钟。""深"，乃距离之大也。《易·系辞》中有："夫易，圣人之所以极深而研几也。""深"，则引申为玄妙，深奥。蔡元培在其《图画》中评价道："……而又含有音乐及诗歌之意味，故感人尤深。"此处的"深"，是指深刻、深远。姜夔有诗句曰："纵豆蔻词工，青楼梦好，难赋深情。"（《扬州慢·淮左名都》）"深"，是情感的深厚、亲密。由此可知，"深"的词义渐渐引申，不仅如此，"深"的内涵意义也随着文化、历史时期和个人经历的变化而不断改变、深化。由时间意义上的历时久，如白居易《琵琶行（并序）》"夜深忽梦少年事"，到空间距离上的深浅，如王安石《游褒禅山记》"入之愈深，其进愈难，而其见愈奇"，到幽深情境的刻画，如欧阳修《醉翁亭记》"望之蔚然而深秀者，琅琊也"，以及心理情感的抒发，如《报刘一丈书》"即长者之不忘老父，知老父之念长者深也"。总而言之，"深"主要表示了时间上之"历时久"、空间上之"距离远"、心理上之"情意浓"三个层面上的人文意义。

（一）"深"范畴的历史流变

除了引申的词义和内涵之外，"深"还进入了审美文化领域，出现在众多诗评、画论以及诗歌鉴赏之中。在南宋严羽的《沧浪诗话·诗辩》这一章中有云："诗之品有九：曰高、曰古、曰深、曰远、曰长、曰雄浑、曰飘逸、曰悲壮、曰凄婉。”① 这里，严羽提出诗的风格有九类：高、古、深、远、长、雄浑、飘逸、悲壮、凄婉。“深”作为九类之一，就从诗歌的形象思维和艺术性方面，进入诗歌的审美领域。此外，在南北朝刘勰的《文心雕龙》中也有所反映，如卷五《辨骚篇》：“《招魂》、《大招》，耀艳而采深华。”《招魂》和《大招》的外观华艳而又有内在的美，辞采深华。辨骚篇，它不仅仅限于评价屈原的《离骚》，也评论了《楚辞》中的大部分作品。卷二十七体性篇中：“子云沉寂，故志隐而味深。”从诗歌体性方面看，扬雄的个性深沉、寂寞，其作品往往也是隐逸志向，而味深是说扬雄创作的意境和风格，独特而有深意。这就从作家的个性入手分析了其创作风格的形成。卷三十《定势篇》中：“箴铭碑诔，则体制于宏深。”用宏深来表述箴、铭、碑、诔的体制，宏大而深刻。卷三十五《丽辞篇》中：“自扬马张蔡，崇盛丽辞，如宋画吴冶，刻形镂法，丽句与深采并流，偶意共逸韵俱发。”所谓“深采”是说辞采的丰富与深意。汉代扬雄、司马相如、张衡、蔡邕等特别爱好骈俪；他们的作品，犹如古代宋国的绘画、吴国的冶铸，在作品上精雕细刻，使骈偶句子和丰富的文采交相辉映，相对的意义和高雅的韵味并驾齐驱。

此外，唐代皎然著有《诗式》，并提出了“诗有四深”：“气象氤氲，由深于体势；意度盘礴，由深于作用；用律不滞，由深于声对；用事不直，由深于义类。”② 姜夔在《白石道人诗说》中有言：“意格欲高，句法欲响，只求工于句、字，亦末矣。故始于意格，成于句、字。句意欲深、欲远，句调欲清、欲古、欲和，是为作者。”③ 由此可知，意格想要高雅，句法想要响亮，只是在字、句上下功夫是不够的，所以要开始于意格，形成于句、字；诗句的意境想要深远，句调想要清新、古朴，主要看的是创作者的风

① 严羽．沧浪诗话校释［M］．郭绍虞校释．北京：人民文学出版社，1961：4.
② 于民．中国美学史资料选编［M］．上海：复旦大学出版社，2008：226.
③ 于民．中国美学史资料选编［M］．上海：复旦大学出版社，2008：310.

格和个性。可见，作为意境的深厚体现的正是诗人的内涵与素养。《文镜秘府论》中云：“……有人评古诗，不取其句，但多其意，而古人难能。予曰：不然。旨全体贞，润婉而兴深，此其所长也。”深于体势、深于作用、深于声对、深于义类，此“四深”则概括、简要地体现出诗歌创作的审美追求与思想境界。“凡诗咏春，即取春之物色；咏秋，即须序秋之事情。或咏今人，或赋古帝，至于杂篇咏，皆须得其深趣，不可失义意。”这就说明作者重视诗歌的意境，凡事凡物都需要有很深的旨趣，才有创作的意义。①空海法师认为古诗的长处在于意旨完整而体式高雅，语言温润深婉，触物兴词，发挥得淋漓尽致，体式“深”也进入审美文化领域。

简而言之，“深”与深厚、深邃、深稳、深妙、深沉、深婉、深远、深趣等概念，以及对“深”这个境界的塑造，如景深、词深、采深、味深、体深、意深等，日益体现在古代文人诗词文赋创作与诗评画论批评领域的各个方面，形成其范畴群。

宋代尚韵，在中国古代有关韵的论述中，北宋诗家范温的《潜溪诗眼·论韵》占有一个突出的位置。其中，他从书画的韵推及至诗文上的韵，“以文章言之，有巧丽，有雄伟，有奇，有巧，有典，有富，有深，有稳，有清，有古。有此一者，则可以立于世而成名矣……”由此可见，“深”作为一种诗文创作的意境和态度，已经成为古代文人士大夫们创作的一种风格和审美倾向。宋代王得臣《麈史》有言：“杜子美善于用事及常语，多离析或倒句。则语峻而体健，意亦深稳。”用深稳一词来形容杜甫的诗歌，不仅是对杜甫诗歌的肯定，也是对杜甫为人的一种肯定。杜甫向来以忧国忧民、系念国家安危、以天下大任为己任的爱国情怀为世人称颂，“深稳”更是其爱国情操的一种体现。例如，杜甫的《春望》：“国破山河在，城春草木深。感时花溅泪，恨别鸟惊心。”国家虽然已遭破坏，但是山河仍在，可

① 遍照金刚. 文镜秘府论校注［M］. 王利器，校注. 北京：中国社会科学出版社，1983：346，387.

见明无余物矣；草木深，则说明无人矣。花儿泪落，鸟儿惊心。寥寥数字，便道出国将不国的残败寥落景象，对国家的伤逝之情表现无遗。宋代诗人强幼安有《唐子西文录》曰：“过岳阳楼，观杜子美诗，不过四十字尔，气象闳放，涵蓄深远，殆与洞庭争雄，所谓富哉言乎者。”可见杜甫诗歌意境的深远涵蓄，四十字尔，字字有力，气象开阔。

不仅如此，范温认为柳宗元的诗歌出彩之处乃是其深远，于是提出了其功效与作用之说。在其《潜溪诗眼·论韵》中曰：“子厚诗尤深远难识，前贤亦未推重，自东坡发明其妙，学者方渐知之。”深远难识，说的正是柳宗元诗歌的奇妙之处，他独特的心性气质以及极强的哲学洞察力。面对沉重的人生忧患，他读佛书、游山水，并幻想归田，只希望能得到超脱。苏轼评柳诗：“忧中有乐，乐中有忧，盖绝妙古今矣。”由此可知，这忧中有乐、乐中有忧道出了柳诗“忧之深”的奥秘，可谓“深远”。在宋代欧阳修的《六一诗话》中有评论道：“圣俞、子美齐名于一时，而二家诗体特异。子美笔力豪隽，以超迈横绝为奇；圣俞覃思精微，以深远闲淡为意。”可见在宋代，“深远”一词被用来体现诗歌的意境。《文心雕龙》卷四十六物色篇中有云：“自近代以来，文贵形似，窥情风景之上，钻貌草木之中。吟咏所发，志惟深远，体物为妙，功在密附。”文人士大夫吟咏诗词文赋所作的感慨，有意于表现意境的深远，并以其为上。以李商隐的《无题》诗为例，它向来以寓意深远、晦涩难懂著称，而且一直以来都没有准确、明晰的解说。诗人根据意识流动的需要，把内在的情感体验外化为一串串具有情感逻辑的意境，使诗歌呈现委婉深曲的朦胧美，似是而非、多重意义，深厚而缠绵。又如，郭熙在其《临泉高致·山水训》中提出了“三远”说，“山有三远，自山下而仰山颠，谓之高远；自山前而窥山后，谓之深远；在近山而望远山，谓之平远……高远者明了，深远者细碎，平远者冲淡……”①

---

① 沈子丞. 历代论画名著汇编［M］. 北京：文物出版社，1982.

这里的“深远”，是从绘画中的美学境界方面入手，由山前探析到山后，不拘于事物的表面，而着意于事物背后的意境。

（二）“深”范畴的审美文化特征

“深”范畴里的个体因具有不同的意蕴而存在性质的差异，在文本、文论、书画理论等里面它的意义也有所不同，因而“深”范畴具有多重审美文化特征。

首先，作为古典美学范畴，“深”范畴具有较强的广延性，其涵盖能力比较强。“深”的基本含义是指水，水深。随着词义的引申，“深”的内涵引申至深厚、幽深、深情、深稳等，外延至意深、景深、词深、采深、体深，上升为诗词文赋的评价术语。一方面，古代文人士大夫们常常在创作的时候，用“深”来表现时间的持久、距离的遥远、环境的幽深、情意的深厚、处事的深稳、意境的深远等。王昌龄《失题》诗云：“时与醉林壑，因之堕农桑，槐烟渐含夜，楼月深苍茫。”又如常建的“曲径通幽处，禅房花木深”，一个深字，写出山林小寺的幽静与神秘。北宋欧阳修所作的《蝶恋花》：“庭院深深深几许？杨柳堆烟，帘幕无重数。”庭院深和挂念情深，虚实相融，辞意深婉。另一方面，“深”与远、幽、情等结合形成合体范畴，出现在许多诗评、画论中。

其次，作为古典美学范畴，“深”范畴具有一定的人文价值。在某种意义上说，人追求个体的完善是从无到有、从浅到深、不断充实自身的一个过程，这也就说明了追求人格完善的过程就是这样一个不断深入的过程，以获得其意义内涵。例如，杜甫的忧国忧民，同情民间疾苦，充分表现在其诗歌创作中，意境得到深化，人格得到升华，为历代士人所敬仰，对士人们人格的形成上有不可估量的影响。如杜甫的《哀江头》：“明眸皓齿今何在？血污游魂归不得。清渭东流剑阁深，去住彼此无消息。”

再者，“深”范畴不仅是一个美学范畴，而且可以归结为幽和美。一方面，在古人看来，大自然有很多幽深、奇妙的景色，是人们赏心悦目不可缺少的对象，文人士大夫也多好游于此。鲍照诗曰：“鹿鸣思深草，蝉鸣隐高枝。”又如杜甫《江畔独步寻花七绝句·其三》：“江深竹静两三家，多事红花映白花。”暂且不去理会诗句里蕴含的现实意义，单单从诗句字与词之间的结合来看，可谓是意境深远，妙不可言，清新自然。附上诗歌的背景意义，诗人们创作的意图与感情基调亦不言而喻，透露出诗人的情感意境。另一方面，对创作主体而言，作者需要一颗深稳的心，赋予为文创作社会内涵、现实意义以及一种意境。众所周知，但凡是能用诗歌语言、内涵打动世人的作品都能久久不失其色，为世人所称颂。这就需要作者的独特的视觉、深稳的个性与深远的意境。

最后，“深”还有其独特的文化意义和情感意义。中国古代文人士大夫不论是在对诗文创作的艺术境界的研究或艺术风貌的评价中，还是在诗文创作的过程中，包括情感的表达上，都经常会用到“深”。“深”有对时间和空间距离意义上的超越，用情思的无限想象来超越现实的有限意义，把情思寄予身边景物。中国传统素来崇尚以和为贵，重视人情交往，礼轻情意重。“桃花潭水深千尺，不及汪伦送我情”，李白用千尺桃花潭水来感念汪伦的用情至深，道其意者，而不直言其深，而从意中见其深也，言有尽而意无穷，可见其中情意的深厚。杜甫《江畔独步寻花七绝句·其五》：“黄师塔前江水东，春光懒困倚微风。桃花一簇开无主，可爱深红爱浅红。”喜爱之情亦表露无遗。

“深”从文字学的角度来看，有时间上之“历时久”、空间上之“距离远”、心理上之“情意浓”三重含义，可与“浅”“短”“薄”等相互对应，而作为一个美学范畴、一种诗体风格而言，“深”更强调诗歌韵味之悠长、情感之厚重，故可与“淡”相对应。

二、淡

“淡”本义与“咸”相对，指“味淡或味道不浓，不咸”。许慎《说文解字》云：“淡，薄味也。从水炎声。”① 经过发展，“淡”最终成为一个重要的美学范畴。从古典诗学角度来看，“淡”主要指诗歌艺术风格乃至审美境界的“恬淡”“冲淡”“平淡”“淡雅”，而这种艺术风格和审美境界又由于朝代的更迭、社会思潮的蔓延和文人心态的转变而出现差异。②

（一）道家与儒家之“淡”

“淡”最早见于春秋时期的道家著作《老子》。《老子》第三十一章云：“兵者不祥之器，非君子之器，不得已而用之，恬淡为上。”老子虽最早提出“淡”，但并非指出“淡”的本义，而是将“淡”视为一种君子之道，告诫君子在不得已使用兵器时要“恬淡为上”，即要淡然处之。老子《道德经》第三十五章又云：“执大象，天下往。往而不害，安平太。乐与饵，过客止。道之出口，淡乎其无味，视之不足见，听之不足闻，用之不足既。”在这里，“道之出口，淡乎其无味”意思是大道用言语来表达，是平淡而无味儿的，又赋予了“淡”另一种含义。“淡”范畴在《老子》里，主要指对道的感受、体验和把握。

先秦道家典籍中，“淡”范畴主要见于《庄子》，如“汝游心于淡，合气于漠，顺物自然而无容私焉，而天下治矣”（《庄子·应帝王》），“夫虚静恬淡寂漠无为者，天地之平而道德之至也……夫虚静恬淡寂漠无为者，万物之本也”（《庄子·天道》）。庄子将“淡”视为“天下治”“天地平”“道德至”的途径，更指称“恬淡寂漠”为“万物之本”，这里的“淡”一方面指出万物之本质为“虚静恬淡”，强调个人心境、神气如果顺应自然万物，世上人人如此，那么天下就会太平；又进一步把“淡”提升到形而上的境界，与无为之道相契合，本质上属于一种淡泊无为、顺应自然的精神境界。其他如：“平易恬淡”“虚无恬淡”“淡而无为”（《庄子·刻意》）、“恬淡无为”（《庄子·胠箧》）之“淡”皆是如此。可见，庄子所理解的

---

① 许慎．说文解字［M］．北京：中国书店，1989.

② 陈文洁．古典诗学“淡”范畴的审美考察［D］．广州：华南师范大学，2013.

“淡”范畴比老子更广泛，老子局限于把“淡”视为是对“道”的体验、把握过程中的一种态度和感受；而庄子则不仅把“淡”看作自然万物的本性，且将其视为个人的“养神之道”（《庄子·刻意》），强调纯粹不杂、静一不变的心境，阐明一种淡泊无为的精神境界。这种对“淡”的体验和把握，不再囿于只对虚无缥缈的“道”的把握，而应用到了现实当中的自然界与个人生活中，大大扩展了“淡”的范畴，开启了后世诗学对“淡”范畴的审美把握的大门。

对于“淡”，先秦时期儒家将其视为一种有德之人为人处世的准则，如：“君子之道，淡而不厌，简而文，温而理。知远之近，知风之自，知微之显，可与入德矣。诗云：‘潜虽伏矣，亦孔之昭。’”（《礼记·中庸》）这里的“淡而不厌”是说君子并不刻意取悦他人，初看他的为人处世之道过于冷静平淡，日子久了却心生敬意了，强调将“淡”视为一种达到道德境界的途径。又如，《庄子·山木》里提到一则故事，孔子不解自己为何在各国游学受到这么多的排斥与侮辱，而陷入这样的困境，亲友却越来越疏远他，于是向桑雩请教。桑雩以林回的故事启发孔子：“子独不闻假人之亡与？林回弃千金之璧，负赤子而趋。”林回舍弃千金背负婴儿逃亡让许多人不解，他用“君子之交淡若水，小人之交甘若醴”来解释自己的行为，说明君子与别人间的友谊淡得像清水一样，而小人恰恰相仿，君子为人淡泊却心地善良，容易亲近，小人热情谄媚却利断义绝。大凡无缘无故而接近的，那么也会无缘无故地离你而去。孔子因此醒悟，深受启发。在儒家看来，“淡”是君子的一种外在表现和内在修养，不刻意奉承别人，与人交好，而是外表维持淡泊，强调内心的交流与沟通。

可知，儒家之“淡”指有修养、有道德的人或行为，这一内涵符合儒家对政治、社会、生活中存在的大量为追逐利益而去刻意与人交好的“小人”的不齿意味，“淡”成为儒者把自己与“小人”区分开来的标准，对人待事选择“淡若水”，摒弃“甘若醴”，以一种与“小人”截然不同的姿态，来指引自己“修身”的方向，达到一种淡而不漠的境界。

由此，儒家之“淡”与其倡导的“入世”准则挂钩，虽“入世”却不完全融于世，而是在乱世的污流中保持自己的一份清净淡泊，以自己所守持的准则去改变这个世界，讲究的是待人处世的清净淡泊却心灵亲近。道家之“淡”在老子那里囿于对虚无缥缈的“道”的把握，在庄子那里则升华为个人的“养神之道”以及一种近乎完美的精神境界，与道家倡导的“出世”相通。二者虽然对“淡”的把握范畴有差异，也未将其应用到诗歌领域，但对后世倡导“以淡为美”的诗歌领域有着不容小觑的启发作用。

（二）魏晋玄学之“恬淡”

魏晋南北朝时期流行的玄学成为左右文人心态的哲学思想。融合先秦道家和儒家两家思想的魏晋玄学，一方面崇尚事物自然、本心的状态，另一方面强调为人待物心态的虚淡。当这种哲学思想渗透入文人的生命观、价值观当中，他们的作品就不可避免地折射出这种对自然本质的偏爱和崇尚，“淡”的审美范畴也就应运而生了，而且这个范畴在诗歌领域得到推崇：“淡淡流水，沦胥而逝。”（嵇康《四言诗十一首·其一》）“绿池泛淡淡，青柳何依依。”（潘岳《金谷集作诗》）这些诗作无不透露出自然之物波澜不惊、悠缓淡然的本质，而且折射出诗人安恬淡泊的情怀。“淡”在他们看来，是庄子“恬淡寂寞无为”的万物观和儒家“清净淡泊”的处世观的完美糅合，不再互相分割独立，而是质朴、自然、恬淡的代称，是具有美学意义的审美范畴。

刘勰《文心雕龙·明诗》提出“在心为志，发言为诗”，“人禀七情，应物斯感，感物吟志，莫非自然”。正如他所言，当万物之自然天性与人内心之情感相呼应、相契合时，这种物与人合的感触是最自然、质朴、恬淡的美，这种自然、质朴、恬淡正是魏晋“淡”的审美观的体现。魏晋南北朝朝代更迭频繁，政局混乱、腐败，社会动荡不安，许多文人不仅目睹，还亲身经历官场的黑暗残忍，又无力拯救人民于水火之中，实现“治国平天下”的理想，只能被现实逼回“修身”的境地，选择归隐，远离乱世。这些放弃仕途的文人，流连往返于山林水泽之间以排遣心中苦闷，渐渐心态平和恬淡，恢复无欲无求的自然本性；或弃文从耕，在安贫中独享清幽宁静。他们的诗歌所呈现出来的风格，自然是与他们心境一致，显得质朴恬淡。钟嵘《诗品》对于陶渊明诗歌的评价便可以看出这一点，《诗品·宋徵士陶潜》云：“其源出于应璩，又协左思风力。文体省净，殆无长语。笃意真古，辞兴婉惬。每观其文，想其人德。世叹其质直。至如‘欢言酌春酒’、‘日暮天无云’，风华清靡，岂直为田家语邪？古今隐逸诗人之宗也。”钟嵘评陶渊明诗“文体省净”“笃意真古”“辞兴婉惬”，可以看出陶渊明诗歌风格该是干净质朴、情真意切的，而“每观其文，想其人德”，“叹其质直”，则可以看出，陶诗确是诗人本性的写真。

清刘熙载在《艺概》中说：“五言尚安恬”，又说“安恬者，前莫如陶靖节”。① 陶渊明诗确是安逸恬淡的典范。其诗歌语言质朴纯净，字字句句流露出一股享受归隐田园生活的安逸和清心；诗歌内容平淡日常，却处处充满着诗意、趣致；诗人感情真切单纯，对黑暗官场的厌恶、对安恬农耕生活的偏爱溢于言表。其诗意境虽恬淡轻悠，却充满着耐人深思的哲理。这正是“淡”范畴审美的深层体现。“少无适俗韵，性本爱丘山”（《归园田居·其一》）“商歌非吾事，依依在耦耕”（《辛丑岁七月赴假还江陵夜行涂口》）是诗人对自由、宁静的归隐生活的向往，“采菊东篱下，悠然见南山”（《饮酒·其五》）“晨兴理荒秽，带月荷锄归”（《归园田居·其三》）是这种随心所欲、安逸恬淡的生活的践行，而“问君何能尔？心远地自偏”（《饮酒·其五》）“人生似幻化，终当归空无”（《归园田居·其四》）则是作者发出的深沉感慨，言语平淡而意蕴绵厚。正是因为身居山林、田园之间，远离丑恶动荡的乱世，陶渊明才看透万物荣尽枯至，四季更迭轮回，

① 刘熙载．艺概·诗概［M］．上海：上海古籍出版社，1978：70．

明白世间一切生死荣辱都会“幻化”“空无”，唯有一颗自由、不受羁绊的心，一份恬淡、安然的生活才是人生的真谛。

陶渊明保留了儒家士子推崇的入世“淡泊”心态，带着这份心态“出世”，选择归隐山林田间，渐渐领悟了老庄哲学的“夫虚静恬淡寂漠无为者，万物之本也”，将这二者融合，构建起他独特的事物观、人生观，并且形成了独具一格的诗歌风格——以安逸恬淡、质朴纯净为特点的田园诗，不仅为唐代山水田园诗的出现、发展、繁荣开辟了道路，而且对“淡”的审美范畴的扩展和延伸奠定了坚实的基础。

（三）唐宋诗学之“平淡”

唐宋诗学中的“淡”范畴远溯于庄子，近承于陶潜。司空图《二十四诗品·冲淡》云：“素处以默，妙机其微。饮之太和，独鹤与飞。犹之惠风，荏苒在衣。阅音修篁，美曰载归。遇之匪深，即之愈希。脱有形似，握手已违。”“冲淡”是司空图提出的一个重要的审美标准，在司空图看来，“冲淡”意指诗歌的恬静淡远境界，诗歌重在传达其自然平和，与外物相协的主旨，从而体现出一种阴柔之美。《庄子·马蹄》云：“同乎无欲，是谓素朴。”提出了“素”的内涵，而《庄子·刻意》又云：“故素也者，谓其无所与杂也；纯也者，谓其不亏其神也。能体纯素，谓之真人。”故“素处”是指君子平素居处无知无欲的淡泊心态。而“默”则出自《庄子·在宥》“至道之精，窈窈冥冥；至道之极，昏昏默默”，意为默默无为，虚而待物。而“妙机其微”强调静则心清，心清则可洞察宇宙万物一切微妙变化；“饮之太和”，指饱含天地之元气，而与自然万物同化。鹤本仙鸟，独与之俱飞，亦谓与自然相合、和造化默契也。其实“冲”就是“浑”，其实质都是“虚”。“返虚入浑”，“浑”是虚的体现；“饮之太和”，即是元气充满内心，进入到“道”的境界。① 这些都是庄子“虚无恬淡”“恬淡无为”

① 文苑工作室. 解读《二十四诗品》冲淡[EB/OL].(2009-03-09)[2019-09-26]. http://blog.sina.com.cn/s/blog_5e7501760100cq43.html.

思想的反映，是庄子之“淡”的进一步延伸和发扬。

纵观唐代，大力将“淡”范畴应用于诗歌领域的主要是山水田园诗派的诗人，此派诗人如王维、孟浩然、韦应物等一方面继承了陶渊明“安逸恬淡”的诗风，另一方面融入个人独特的心境和感情，他们的诗歌对“淡”的诠释呈现出“合而不同”的特点，而其中又以韦应物之诗风备受后人推崇。清代翁方纲在《石洲诗话》中云：“王、孟诸公，虽极超诣，然其妙处，似犹可得以言语形容之。独至韦苏州，则其奇妙全在淡处，实无迹可求。”韦诗之淡，“无迹可求”，于平淡中见雅致，清新中显别韵，大致可分为两类：一是诗句中直接用“淡”，此类诗句甚少，根据《全唐诗》统计出来的只有六首，“幽独自盈抱，阴淡亦连朝。”（《闲斋对雨》）“东风散馀沍，陂水淡已绿。”（《西郊游瞩》）“道心淡泊对流水，生事萧疏空掩门。”（《寓居沣上精舍，寄于、张二舍人》）“方愿沮溺耦，淡泊守田庐。”（《秋郊作》）“于焉日淡泊，徒使芳尊盈。”（《县斋》）“乃知甘醴皆是腐肠物，独有淡泊之水能益人。”（《汉武帝杂歌三首·其二》）这类诗诗人以“淡”言“淡”，或状写平淡之物以寓心境，或直抒胸臆，表达淡泊情怀。第二类是诗句中不言“淡”，但诗歌色彩浓淡相宜，以平常之景寄寓个人感情。明代陆时雍《诗镜总论》云：“诗之所贵者，色与韵而已矣。韦苏州诗，有色有韵，吐秀含芳，不必渊明之深情，康乐之灵悟，而已自佳矣……世称韦柳，则以本色见长耳。实际内欲其意象玲珑，虚涵中欲其神色毕著。”如其著名的《滁州西涧》：“独怜幽草涧边生，上有黄鹂深树鸣。春潮带雨晚来急，野渡无人舟自横。”叙写平淡无奇的自然景物“幽草”“黄鹂”等，融入自己独特的情感“怜”（怜惜）、“深”（深情），赋予景物以人情，意境冲淡闲适。

“平淡美”是宋代诗学的主流思想。宋诗之“淡”与“理趣”相联系。所谓理趣，指寄寓在诗歌形象中的人生哲理，宋诗理趣形成的文化根源主要不是理学，而是佛门的禅机。在禅僧特别活跃的宋代，诗人则有充分的条件以禅丰富其诗的创作和诗的理论。① 宋诗与禅理，禅趣的结合不仅体现了宋代禅宗发展对其他文化领域的渗透影响，更构成了宋代文化不可忽视的一部分。被誉为宋诗“开山始祖”的梅尧臣提出“平淡”的主张：“作诗无古今，唯造平淡难”（《读邵不疑学士诗卷》），认为作诗要“因事有所激，因物兴以通”②，提倡诗歌的价值不在绚丽的技巧，而在平淡质朴、触物生理的内容。苏轼把司空图《二十四诗品·冲淡》诠释为“质而实绮，臞而实腴”（《与苏辙书》），“质与绮”“臞与腴”按常理是对立的概念，然而“冲淡”即是质从绮来，臞从腴中得，平淡之中内蕴丰富，追求一种简古淡泊、意蕴深厚的诗歌境界。苏轼在官场沉浮几十年，多次的失意使其在思想上趋向于禅宗所论述的淡泊的人生境界，并将这种心态融入诗歌创作当中，其诗歌看似淡泊，实则内蕴丰富，包含了他对人生、事物看法的深入和转变。如《东坡》：“雨洗东坡月色清，市人行尽野人行。莫嫌荦确坡头路，自爱铿然曳杖声。”前两句写景淡雅宜人，后两句以物喻理，表明自己不怕人生道路的坎坷，愿随遇而安，长醉山水之间。他在《与侄书》说道：“凡文字，少小时须令气象峥嵘，彩色绚烂。渐老渐熟，乃造平淡。其实不是平淡，绚烂之极也。”因为历经人间风雨，所以才能将满腔心语以淡语叙出，他推崇韦、柳诗“发纤秾于简古，寄至味于澹泊”（《书黄子思诗集后》），道理正是如此。

宋代诗学的“淡”范畴，主要指“平淡有味”，即要求去诗歌浮华外表，追求诗歌色彩的浅淡，但要求意境含蓄深远，寓意深厚。魏庆之《诗人玉屑》：“欲造平淡，当自组丽中来，落其纷华，然后可造平淡之境。”摒弃绚丽浮华的诗歌语言和风格，以平淡的外衣，将人生感悟、事理寓意与个人感情深深地包罗起来，这就是宋诗所追求的“平淡美”。

---

① 吴文静. 浅谈宋诗的特点［J］. 南昌教育学院学报，2010（3）.

② 郭绍虞，王文生. 中国历代文论选（二）［M］. 上海：上海古籍出版社，2001.

（四）明清诗文之“高淡”

明清时期发展最为鼎盛的文学是话本、戏曲、小说等通俗文学，诗、文则经过隋唐五代的快速、繁荣发展，至唐宋时期日臻成熟，到了明清，文人们对于诗文则大多只在前人的基础上做修补和改进，使其更加完善、丰富，在风格、体制上则无法做出重大的变革。诗学领域的“淡”范畴，也经由明清诗论家深化、扩展。在诗论家们看来，“淡”一方面指诗歌总体风格的“平淡”“冲淡”，这为明清许多诗论家所大力赞赏、倡导；另一方面，清朝有些诗论家将“平淡”的诗作看作是品格高淡的诗人的反映。这实则延续了将儒家倡导的淡泊如水的君子品格融入诗学“淡”的范畴中，使得“每诗以人见，人又以诗见”。

明代中对“淡”范畴论述得较多的是王世贞。王世贞倡导文学复古运动，认为“文必秦汉、诗必盛唐”①，要求“一师心匠”。并且他认为，唯有这样，创作方法才能“由工入微，不犯痕迹”，达到“气从意畅、神与境合”（《艺苑卮言》）的地步。这表明他认可诗作要自然、无造作，浑然天成。他赞赏陶渊明的“问君何为尔？心远地自偏”“此中有真意，欲辩已忘言”（《饮酒·其五》）二句，称其“清悠淡水，有自然之味”，于平淡浅近的诗句中捕捉诗人的心境和感情，如流水般透明清澈，读起来清浅易懂。与王世贞倡导的“清淡自然”不同，李东阳更赞同诗作要带有渺远神秘的气息。其在《麓堂诗话》中明确提出：“诗贵意，意贵远不贵近，贵淡不贵浓。浓而近者易识，淡而远者难知。”诗歌贵在平淡渺远的意境，作者的感情和意图非“俗人”所能轻易读懂，而只有才思敏捷的“知者”才可以看透，这也是他身处高位以文人自居自然而然产生的一种高傲的心态。谢榛则非常欣赏唐代大诗人杜甫“浓淡相宜”的诗歌风格。其在《四溟诗话》中一方面认同杜甫浓淡深浅兼备的律诗，“律诗虽宜颜色，两联贵乎一浓一

① 于民．中国美学史资料选编［M］．上海：复旦大学出版社，2008：350.

淡”，而对唐代山水田园诗众代表诗人的总体平淡的风格做出了批评，认为“八句皆淡者，孟浩然韦应物有之。非笔力纯粹，必有偏枯之病。”由此提出“作诗虽贵古淡，而富丽不可无。譬如松篁之于桃李，布帛之于锦绣也”①，实则强调诗歌要有亮点，要有吸引人的地方，以“古淡”衬“富丽”，凸显诗歌的中心，而不可淡之太过，咂然无味。

清代诗人一方面继续认可、深入探讨诗歌的平淡之风，另一方面把文人高雅、淡泊的品性同这种平淡的诗歌风格联系起来，认为诗如其人，从而大力倡导诗作要写出个人的心境，写出个人的特色，从这方面看来，看似推崇平淡诗风，实则倡导淡泊做人。袁枚在《随园诗话》中常常以人之处境、品性来比拟诗之风格，如“诗宜朴不宜巧，然必须大巧之朴；诗宜淡不宜浓，然必须浓后之淡。譬如大贵人，功成宦就，散发解簪，便是名士风流。若少年纨袴，遽为此态，便当笞责”；又以诗闻人，“杭州符郎中，名曾，字幼鲁，诗主高淡。嵇相国为余诵其‘三日不来秋满地，虫声如雨落空山’”，“巢县汤郎中，名懋纲，性高淡，如其吟咏。《早起》云：‘老杏着东风，红芳几回变。何必远寻春，日日墙头见。昨夜雨无声，地上青苔遍。早起快登楼，钩帘进双燕。’”② 宋诗人陆放翁诗风前后期相差甚大，由前期的气势磅礴转到后期的平淡古朴，翁方纲概括其原因为“优游镜湖、耶溪间，久领林泉之乐。笔墨之清旷，与心地之淡远，夷然相得于无言之表”（《石洲诗话》），同样，沈德潜认为“高景逸（攀龙）、归季思（子慕）五言，雅淡清真”，是因为这两人是“仁义之人”，因此“其言蔼如也”③。大凡诗歌气质风格清淡者，其作者也必不离其外，叶燮《原诗》里提到的“其心如日月，其诗如日月之光。随其光之所至，即日月见焉”说的就是这种情况。

---

① 谢榛．四溟诗话［M］．宛平，校点．北京：人民文学出版社，1961．

② 袁枚．随园诗话［M］．顾学颉，校点．北京：人民文学出版社，1982．

③ 贾文昭，等．中国古代文论类编：上［M］．合肥：安徽大学中文系文学研究室，1982：353－354．

清代学者叶燮在《原诗·内篇》中说道："夫诗，纯淡则无味，纯朴则近俚，势不能如画家之有不设色。古称非文辞不为功；文辞者，斐然之章采也。必本之前人，择其丽而则、典而古者，而从事焉，则华实并茂，无夸缛斗炫之态，乃可贵也。"继承了司空图《二十四诗品》中"冲淡"的审美观，他所谓的"淡"主要指诗歌总体风格简淡质朴，而有一二处色彩点缀其中，可以是华丽的文辞，也可以是蕴含丰富的思想，这是明清时期众多诗人所推崇的"淡"之妙处。同时，叶燮又强调诗歌"无夸缛斗炫之态"是"可贵的"，点明创作主体心态与诗歌气质一致的可贵性，这又是融合时代潮流观点中对"淡"范畴把握的亮点。

综上，中国古典诗学中的"淡"范畴于不同时代的文人有不同的诠释方法，但总体上是强调平淡无华的诗歌风格，这点是不变的。源于先秦道家、儒家的"淡"，虽然后来成为诗学领域的审美范畴，但是庄子所说的"虚静恬淡"的心境、儒家强调的"淡泊如水"的修身准则，还隐隐地体现于诗歌之中。与"淡"相似，起源于道家，在儒家思想中也有所表现的一个重要的美学范畴还有"柔"，与此同时，它也是古代诗词领域一种重要的风格倾向，更是文人对宁静恬淡的精神境界、淡泊高洁品性的追求目标，并且生生不息地延续着。

三、柔

"柔"是形声字，东汉许慎的《说文解字》解释为："木曲直也，从木矛声，耳由切。"清代段玉裁的《说文解字注》："木曲直也。洪范曰：木曰曲直。凡木曲者可直，直者可曲曰柔。"《广雅》："柔，弱也。"《诗经·大雅·崧高》诗云："申伯之德，柔惠且直。"这里的"柔"指的是人的性格柔和、柔顺。《礼记·内则》里的"问所欲而敬进之，柔色以温之"则是温和之意。"柔"作为动词有安抚之意。《尚书·舜典》曰："柔远能迩，惇德允元。"《诗经·卫风·硕人》喻美人之手纤细柔嫩："手如柔荑"。

在道家的美学思想中，“柔”备受推崇。老子认为“人之生也柔弱，其死也坚强。草木之生也柔脆，其死也枯槁。故坚强者死之徒，柔弱者生之徒”①。人活着的时候身体是柔软的，而死后身体就变僵硬，植物生长之时也是“柔脆”的，枯萎后就变得干硬枯槁了。所以，在老子看来，柔弱的东西属于生长一类，“柔”与生命力相连，最富生命气息。“天下莫柔弱于水，而攻坚强者莫之能胜，以其无以易之。”② 天下最柔弱是水，但是攻坚克强的东西却没什么可以胜过水。“天下之至柔，驰骋天下之至坚。”③ 因此要“专气致柔”，聚集精气以致柔和温顺，回到婴儿的无欲状态。“柔”不是柔弱，而是看似柔弱却内涵丰富，能穿越任何坚硬的东西。堤坝很坚固，但是在洪水的坚持下，它总有一天会被冲破，水滴石穿也是这个道理。

“柔”在儒家的思想体系中体现得更加明显。儒家主张“仁者爱人”，而这“仁”作为儒家的主要思想主张，其实也是儒家思想中“柔”的体现。汉代扬雄《法言·君子》云：“或问君子之柔刚，曰：君子于仁也柔，于义也刚。”“孔子曰：‘入其国，其教可知也；其为人也，温柔敦厚，《诗》教也。’”④ 孔子认为《诗经》具有“温柔敦厚”的品格。这一学说在后来被后人发展为“柔厚说”。“温柔敦厚”是指温和宽厚。清代田同之的《西圃词说·柴虎臣论词》中柴虎臣云：“旨取温柔，词取蕴藉，昵而闺帷，勿浸而巷曲，浸而巷曲，勿堕入村鄙。”又云：“语境则‘咸阳古道’‘汴水长流’，语事则‘赤壁周郎’‘江州司马’，语颢则‘岸草平沙’‘晓风残月’，语情则‘红雨飞愁’‘黄花比瘦’，可谓雅畅。”旨在温柔，词要“蕴藉”。

在儒家思想中，“柔”常与“刚”并提，构成儒家审美思想的一部分，刚柔并济是中国的审美理想。《周易·说卦》云：“立天之道曰阴与阳，立地之道曰柔曰刚”“发挥于刚柔，而生爻”。《尚书·洪范》中也有“沉潜

---

① 老子. 道德经·第七十六章 [M]. 延边：延边人民出版社，2007.
② 老子. 道德经·第七十八章 [M]. 延边：延边人民出版社，2007.
③ 老子. 道德经·第四十三章 [M]. 延边：延边人民出版社，2007.
④ 礼记 [M] //陈澔，注. 上海：上海古籍出版社，1987.

刚克，高明柔克”之说法，认为高明的人以和柔成事，还提出君子“三德：一曰正直，二曰刚克，三曰柔克”，可见“柔”这一思想在儒家的思想中作为一种做人的准则或者说是对内心修养的追求。

在后来的文学发展过程中，“柔”逐渐被引入文学艺术领域。在历代的诗话词话中，有各种与“柔”相关的风格术语。“详总书体，本在尽言，言所以散郁陶，托风采，故宜条畅以任气，优柔以怿怀”①；“优柔”如宋代魏泰《临汉隐居诗话》谈道：“诗主优柔感讽，不在逞豪放而致怒张也。”明代陆时雍《诗镜总论》：“《小雅》婉娈，能或庶几《风》体优柔，近人可仿。”清代沈德潜《说诗晬语》卷上云：“苏、李《十九首》后，五言最胜，大率优柔善人，婉而多风。”“柔曼”如清代王夫之云“晋、宋以后，柔曼移于壮夫”，②“柔婉”如“沈伯时论作词之法，谓音律欲其协，不协则成长短之诗，下字欲其雅，不雅则近乎缠令缠令之体。用字不可太露，露则直突，而无深长之味，发意不可太高，高则狂怪，而失柔婉之意”，“丰柔”如“温飞卿词，丰柔精邃”等。

刘勰的《文心雕龙》论及体性说“气有刚柔”，论及“定势”曰“然文之任势，势有刚柔”“刚柔以立本，变通以趋时”，“养气”则要“故宜从容率情，优柔适会。若销铄精胆，蹙迫和气，秉牍以驱龄，洒翰以伐性，岂圣贤之素心，会文之直理哉”。在刘勰看来，“气”与“势”皆有“刚”“柔”之分，而“优柔以怿怀”。可见，刘勰非常重视“柔”这一范畴。

在这些概念当中，“优柔”在历代诗话词话中出现得最频繁，到明时成为一个诗文体式的范畴。《国语·周语下》中的“布宪施舍于百姓，故谓之羸乱，所以优柔容民”，南朝宋鲍照《河清颂》中的“儒训优柔，武节猋鸷”，以及清代周亮工《书影》卷七中的“而责己重以周，待人轻以约，优柔谆切，怨而不怒，忧而不敢疏也”，这些“优柔”指的是宽和温厚，这是

① 刘勰. 文心雕龙·书记［M］. 北京：中华书局，2014.

② 谢榛，王夫之. 四溟诗话　姜斋诗话［M］. 北京：人民文学出版社，1961.

儒家思想中“仁”的体现。而在《北史·郑道昭传》中“伏惟陛下，钦明文思，玄鉴洞远，垂心经素，优柔坟籍”，“优柔”则是指从容探索、品味。清代沈德潜《说诗晬语》卷上云“苏、李《十九首》后，五言最胜，大率优柔善人，婉而多风”，这里的“优柔”则是优雅和谐，乃和谐之美。明代贺贻孙在《康上若诗序》中提出“风人之感慨，即其优柔。感慨者其词，优柔者其旨”，即想达到“优柔”的效果，“感慨”必须要深。明人陆时雍《诗镜总论》云：“《小雅》婉娈，能或庶几。《风》体优柔，近人可仿。”王昌龄《芙蓉楼送辛渐》：“寒雨连江夜入吴，平明送客楚山孤。洛阳亲友如相问，一片冰心在玉壶。”该诗优柔委婉，真挚动人。

清代姚鼐明确地将作品的风格概括为“阳刚”和“阴柔”两大类。他认为“其得于阴与柔之美者，则其文如升初日，如清风，如云，如霞，如烟，如幽林曲涧，如沦，如漾，如珠玉之辉，如鸿鹄之鸣而入寥廓；其于人也，漻乎其如叹，邈乎其如有思，暖乎其如喜，愀乎其如悲。观其文，讽其音，则为文者之性情形状举以殊焉”①，他用“清风”“云”“霞”“烟”这一类柔和的意象来描述阴柔之美。“阴柔”是一种女性之美，用词的风格来说，婉约派的词属于“阴柔”之美。他认为“文章之原，本乎天地。天地之道，阴阳刚柔而已”“得乎阴阳刚柔之精，皆可以为文章之美”②。

“柔”的审美文化特征也具有多样性。首先，“柔”与“阴”相联系，体现的是“柔”的女性化特征。“柔”还具有包容性与调和性，体现的是一种和谐之美，其强烈的生命气息则表现了自身审美文化特征中的生命特征。

“柔”是一种阴性之美，具有其女性化特征。相对男性，女性向来被视为柔弱，与“柔”“优柔”相联系。古典诗词中写女性的闺怨闲愁、离愁别绪的作品或者借女性之口言情的作品一般都会被评为“柔”。如阴柔、柔

①② 姚鼐．惜抱轩诗文集：卷四海愚诗钞序［M］．上海：上海古籍出版社，1992．

丽、柔婉、柔曼、柔媚等一系列的风格术语，都反映了一种阴性美，也体现了“柔”这一范畴的女性化特征。“柔曼”指舒缓柔和或矫揉造作；“柔婉”指柔和婉约，这两个词都是形容女子的姿态容貌，而在文学评论当中也可以用作对作品进行评价。在“柔”的范畴当中“柔情”“柔肠”“温柔乡”等都与女性有关。而“柔”的女性化特征主要表现为阴柔。在中国审美思想中，“柔”一般与“阴”相连并称阴柔。阴柔之美可追溯到屈原的《离骚》，屈原以被冷落的女子自比，通篇皆香草、美人。花间词派以风格柔丽著称，周济《介存斋论词杂著》评两人词云：“飞卿严妆也，端已淡妆也。”柳永作为婉约词派代表人物，在秦楼楚馆为歌妓作词、填词，其作品更是走向通俗化、“优柔”化。

“柔”具有包容性与调和性，“柔”属“水性”，因此具有包容性与调和性。儒家讲到做人的时候有“温柔”，“柔克”为“三德”之一，“柔”是儒家“中庸”思想的体现。而“柔”之意境讲究含蓄，这就体现了“柔”的包容性与调和性。“柔”这一范畴极具包容性，它和“婉”“丽”“厚”“淡”“和”等范畴相互交汇，形成了它独特的范畴体系。从段玉裁的《说文解字注》“洪范曰：木曰曲直。凡木曲者可直，直者可曲曰柔”来看，“曲”与“直”互相转换谓之“柔”。刚柔并济是中国的美学追求。孙过庭的《书谱》云：“质直者则径侹不遒，刚狠者又掘强无润，矜敛者弊于拘束，脱易者失于规矩，温柔者伤于软缓，躁勇者过于剽迫，狐疑者溺于滞涩，迟重者终于蹇钝，轻琐者染于俗吏。”① 在书法美学中，过于“刚狠”则干硬不润，而过于“温柔”又“软缓”，过刚过柔，美感不足，只有刚柔并济才达到美的境界。而“柔”相对“刚”而言，在其中起着调和的作用，以柔克刚，老子认为“强大处下，柔弱处上”，“柔”能胜“刚”。

“柔”在道家的思想中具有强烈的生命特征。老子认为“柔弱者生之

---

① 孙过庭．书谱［M］//于民．中国美学史资料选编．上海：复旦大学出版社，2008：196.

徒”，柔弱的东西才是最有生命力的一类。强大的东西容易遭受毁灭，而“柔弱者处上”。这个，我们只要联系到实际生活中的就可证明，当台风来临时，倒下的不是柔弱的小草而是高大的树木。“柔”之意境轻灵飘逸，在这意境当中营造人或物的和谐之美，体现的也是一种生命的美感。

“柔”与“刚”是中国哲学思想中一对相生相伴的矛盾体，而在诗歌美学领域也有一个有着阳刚之气的范畴与之相对应，代表着两种截然不同的诗歌风格，这便是“劲”。

四、劲

中国古代文艺理论并没有很早就确立“劲”的重要地位。在早期的典籍中，“劲”还远没有成为古典美学范畴之一。许慎《说文解字》对“劲”的解释是：“劲，彊也。从力巠声。”① 《字林》亦解释云：“劲，强也。”“劲”的本义是强劲有力，指向人或物的力量、力气。时至今日，“劲”还一直沿用着它的本义，常见词组有劲拔、劲敌、劲风等。古代大量文学文本对“劲”的使用就是将其作为描述事物强劲猛烈的形容词或动词。《战国策·宋策》道“夫梁兵劲而权重”，又如《战国策·秦策一》云“不如与魏以劲之”，这些文章中的“劲”字均是对本义的使用。

古代文人不仅关注外部客观世界，更倾心于主观精神境界的提升。“劲”在后来的使用过程中意义又有了引申。古人崇尚公正刚直，于是“劲”作为事物力量上的强劲有力引申为人品格上的刚劲正直。该含义在先秦典籍中早已出现。如《荀子·儒效》曰：“行法志坚，不以私欲乱闻；如是，则可谓劲士矣。”“劲”很快就成为人物品评的用字。《三国志·魏志·韩暨王观等传评》：“王观清劲贞白。”《旧唐书·儒林传上·李善》：“方雅清劲，有士君子之风。”对该含义的大量运用表明古代文人对劲直品格的推

① 许慎. 说文解字［M］. 徐铉，校定. 北京：中华书局，1963：292.

崇，也表明“劲”开始进驻人们的内心世界，为新的审美风格的形成提供了可能。

到了魏晋南北朝时期，“劲”开始进入了审美领域，出现在人物品藻和诗评画论中。魏晋时期的人物品藻非常注重才性的品评，自然包括文艺才能。既是对人物才性的点评，也是对文艺的批评。三国时期刘劭在《人物志·九征》中云：“质素平澹，中叡外朗，筋劲植固，声清色怿，仪正容直，则九征皆至，则纯粹之德也。”文品如人品，看似洒脱不羁的人们内心始终根植着这种“筋劲植固”的品性。刘勰的《文心雕龙》集其大成，进一步讨论了文学风格与作家品性的关系。《文心雕龙·风骨》曰：“鹰隼乏采，而翰飞戾天，骨劲而气猛也。文章才力，有似于此。”这里用老鹰的骨骼强壮来概括创作的才华和能力，认为文章要写得既在内容上能起风教作用，又要文句上富有骨力，即便缺少辞采，也好像是飞集文坛的老鹰。可见在当时文人看来，气概雄健、骨力劲直的“劲”风格在创作中有着重要的地位。古代文人将“劲”作为一种内在人格追求的精神理念，并将其精髓注入文艺作品和文艺理论当中，由此形成“劲”这一审美格调。

如果说“劲”在魏晋时期的文艺批评领域开始得到新生的解释，那么到了唐代，“劲”正式进入文艺评论当中，明确作为一个美学范畴。在唐代张彦远的《历代名画记》中，“劲”用于评点绘画作品。如其中评顾恺之之迹：“紧劲联绵，循环超忽，调格逸易，风趋电疾，意存笔先，画尽意在，所以全神气也。”① 以“劲健”一词为例，本义是指强健有力，如《后汉书·西域传·鲜卑》中道：“（鲜卑）称兵十万，才力劲健，意智益生。”但到了司空图的《二十四诗品》那里，“劲健”成了各种诗歌美学风格之一，认为诗人应该心神坦荡，气势充盈，作品饱含纯真，培育刚强，积累质朴品德，保持明洁心胸。如果像天体稳健不息地运行，诗歌就能达到浑厚劲

① 张彦远．论顾陆张吴用笔［M］//历代名画记：卷二．杭州：浙江人民美术出版社，2011.

雄的境界。“劲”范畴在这里成为诗歌与天地共存，和大自然呼吸相通的统帅，意即让真切内容充实作品，用刚强的气势来统帅始终。这种明确追求“劲”艺术审美风格的论述赋予“劲”以明确的范畴概念。另外，诗僧皎然在《诗式》中认为“诗有四不”，其中就提到诗要“力劲而不露”，这里是将人的力量之劲提升为诗歌的品格之劲，自觉地认同“劲”范畴在诗歌创作实践中的地位。

宋代文人喜好游山玩水，寄情于诗词书画，这一时期的文艺理论成就很高。“劲”大量进入文艺评论当中，特别是在书画评论领域当中有了新的发展。《六一诗话》评：“（石曼卿）其气貌伟然，诗格奇峭，又工于书，笔画遒劲，体兼颜、柳，为世所珍。”当时的文人主张运笔有力，做到将力转向毛笔上任其挥洒，随心而动，体现了“劲”恰恰是不拘常规，变化万象的“劲”。明清时期“劲”范畴已经进入成熟的理论总结阶段。尤其在诗话、词论中“劲”使用频繁。清代《蕙风词话》是对词学理论的总结，同时对历代词人及其名篇警句进行剖析评点。“劲”范畴不仅进入词作评点，还成为词论体系中的标准。如谈到词与曲作法不同时，认为“填词则不然，过拍只须结束上段，笔宜沉著。换头另意另起，笔宜挺劲”①。另外，随着小说戏剧的发展，出现了许多小说和戏剧的理论评点，“劲”范畴也开始涉足该领域。

“劲”范畴经历了长期的历史嬗变，随着时代的发展不断被赋予新的内容。尽管在文艺理论批评中，“劲”往往不是以单字的形式出现，但以“清劲”“遒劲”“劲健”等与之相关的概念共同构成了“劲”范畴的体系，给整体泛滥着阴柔妩媚之风，过分追求形式的文坛带来强劲的风气。在中国文艺精神中，“劲”的审美内核始终是追求雄浑劲健的力量之美，力图坚守文人知识分子坚忍不拔的品格。

---

① 况周颐．蕙风词话：卷一［M］．上海：上海古籍出版社，2009.

（一）“劲”范畴的诗学功能

古典美学范畴中“劲”的形成，是文艺创作实践以及自觉的理论表述相结合的产物。在中国古代，文艺理论总结往往滞后于创作实践，实际上“劲”在诗词中已用得很多。“劲”范畴的出现具体表现在创作实践中，包括诗歌作品中“劲”的频繁使用，以及其在诗歌中烘托环境、寄托情感上所起的作用。

“劲”范畴首先表现在构建意象符号的功能性很强。古代诗词中出现大量由“劲”构成的意象：劲草、劲秋、劲风等。这些意象都是为作者的主观情感服务的。另外，“劲”大量用于形容所描述的事物，这种现象在状物诗词中表现明显，如张南史的《竹》“叶细枝劲，霜停露宿”，齐己的《新笋》“直上心终劲，四垂烟渐宽”，陆肱的《松》“雪霜知劲质，今古占嘉名”等。古代文人对这类植物有着特殊的情感，在他们眼里，梅花孤傲瘦劲，松柏坚强不屈，甚至认同“宁可食无肉，不可居无竹”的精神。“劲”是这些植物精神的主心骨，它们以其自强不息、清华其外、淡泊其中的形象，千百年来一直为世人所钟爱，同时也成为一种人格品性的文化象征。对各种植物的写真其实就是对人自身品格的写真，寄托了文人士大夫坚贞劲直、不愿与世俗同流合污的高尚情操。因此，“劲”范畴在古典文学中不仅仅是一种审美范畴，更是一种普遍的文人意识和理想追求。

在大量的咏怀诗词中，文人更是直抒胸臆，如赵希蓬的《满江红》“劲节刚姿，谁与比、岁寒松柏”就极力表白这种“劲”的精神。作为一种在不断传承中被文人所认可的精神品格，它不仅以“劲”字直接出现为特征，也可以由其他相关的词语来完成，所以在古典诗词当中，“劲”范畴不仅是一种普遍的审美风格，更是一种挥之不去的人格和情操。

但在古典诗词中，“劲”更多的是用来形容风的强劲猛烈，是作为环境描写的一部分，更是对情感的渲染。所谓“疾风知劲草”，只有经过严峻的考验，才显出谁是坚贞不屈的人。与劲风有关的诗句有王维《观猎》中的

“风劲角弓鸣，将军猎渭城”。诗一开头不写人，先全力写风呼和弦鸣。风声与角弓声彼此相应，使人想象到“马作的卢飞快，弓如霹雳弦惊”的射猎场面。劲风中射猎，声势强劲，然后引出“将军猎渭城”。这种写法，“直疑高山坠石，不知其来，令人惊绝”①。但劲风不一定都引出高昂的情绪，也常常带出哀婉忧愤的情感。陆游的《夏夜》云“月高栖鹊重移树，风劲流萤自入檐”，看似写意的环境描写，引出的却是“长夏迢迢秋尚远，孤愁冉冉病相兼”。同时，“风劲”常出现在战争诗中，作者有感于世事纷争、报国无门、背井离乡等人生无奈，此时的劲风便显得肃杀凄婉，给作品营造出悲慨的气氛。从这个角度去看，“劲”范畴的特征有了一定的复杂性，这自然是文人外部世界与主观心理相互作用而形成的特殊体验。

其次，“劲”范畴在使用上灵活多变。在文学文本和文艺批评领域，古人对于“劲”范畴的使用灵活多变，可以单用“劲”一字，但更多是用清劲、遒劲、瘦劲、劲健等与之相关的词语和概念。在司空图撰的《二十四诗品》还没有对“劲健”做出描述以前，刚、直等字眼其实已经是对劲的诠释。“劲健”一品已与我们这里的“劲”意思接近。这些范畴与概念共同构成了“劲”范畴的体系，为古典美学创造雄浑刚劲的美。

“劲”在历史发展过程中不断丰富自己的内涵，在主体论、创作论和风格论等方面形成了独特的内涵。从主体论上看，“劲”一方面要求创作主体的品格“谡谡如劲松下风”②，另一方面又要求创作主体创作要持之以恒；从创作论上看，古人强调笔力劲健，“如冰凌石骨，质劲不华”③，下笔时思想的取向、材料的选择和字句的锤炼，基本上涵盖整个创作过程；从风格论上看，“劲”形成了自己的风格体系。以两宋大量的诗话为例，遒劲、清劲、瘦劲、端劲、圆劲、劲健、劲怒等风格的形成，共同构成了文论中对

① 沈德潜. 说诗晬语笺注：卷上［M］. 北京：人民文学出版社，2013.

② 刘义庆. 世说新语·赏誉［M］. 重庆：重庆出版社，2011.

③ 王世贞. 艺苑卮言：卷五［M］. 南京：凤凰出版社，2009.

刚劲雄浑审美风格的概括。书画理论也是如此。

最后，“劲”范畴具有固守中求突破的特征。“劲”是相对稳定的。古代文人坚守“清风劲节”的内心世界，但唯有这样，才能外扩出千变万化的文艺世界。没有固守就没有奔放。宋代人对“劲”有特殊的审美追求。黄庭坚在《山谷集》里这样评价苏轼的书法：“其书姿媚……至酒酣放浪，意忘工拙，字特瘦劲……至于笔圆而韵胜，挟以文章妙天下，忠义贯日月之气，本朝善书，自当推为第一。”① 张世南也认为书法讲究笔力的雄浑奔洒。《游宦纪闻》卷四云：“笔力遒劲可爱。”他们追求的美感不在于下笔用墨的精雕细琢，而在于它表达出作者的气节和所蕴含的风骨，所以一旦下笔便感觉潇洒豪迈，俊秀刚劲。固守是变化的根源，正如传统文化的继承和创新。“劲”是两宋山水画论、书论的重要范畴，两宋文人倾心于书画，而草书、行书成就高于楷书，山水画大量盛行，均说明宋代文人心态上趋向于洒脱豪迈，不过分追求那种建功立业，将外显的积极进取的“劲”内衍为性情的清高孤傲，把更多的精力花在文艺创作上。

（二）“劲”范畴的多重文化内涵

作为中国古典美学的重要范畴之一，“劲”范畴具有多重文化内涵，一方面符合儒家积极进取的思想，另一方面又保有自身的个性，在提倡雄浑劲健的审美风格的同时，又流露出悲慨的气质；“劲”要求文人固本、性直，但不代表应该守旧保守，它体现了文化的继承和发展。

第一，“劲”是儒、道思想交互的产物。儒家思想主张建功立业、积极进取，强调社会责任，要求文人士大夫“养浩然之气”。唐代李乂在《元日恩赐柏叶应制（景龙四年）》中云：“劲节凌冬劲，芳心待岁芳。”做人就应当像寒风中挺立的竹节，不畏挫折，不怕权贵，坚忍执着，这种精神也就是“劲”的内涵之一。另一方面，古代文人又深受道家思想的影响，主张

① 黄庭坚．四部丛刊三编　山谷琴趣外篇［M］．上海：商务印书馆，1936.

“保身”，淡泊名利，修身养性，关注主体内心世界的独特感受。因而古代文人往往能做到“达则兼济天下，穷则独善其身”。“劲”成为坚守内心，坚贞高洁的情感内核。“劲”是文人一种普遍意识，具有民族特性，延续至今，上升为整个民族的精神品格和理想追求。

第二，形成“外劲内悲”的情感体验。这是外在客观条件与主观心理相互作用而形成的特殊体验。“劲秋”一词在古代文学文本中很常见，意指肃杀的寒秋。陆机的《文赋》云：“悲落叶于劲秋，喜柔条于芳春。”所谓风入秋而后劲，作为一种自然现象也可以理解为积蓄着悲凉情绪的内心往往更能爆发强劲的能量，因为它是经历过哲理思考的劲气迸发。从屈原开始，中国古代文人就被投射下阴柔、甚至病态的文化阴影。中国文化属于阴性文化，中国人缺的正是刚劲豪放的气概。尽管很多文人追求刚劲的品格和文风，如苏轼的词一改词的阴柔之气，变得豪放雄劲。但由于不可避免地受到道家太阴文化哲学思想的深刻影响，豪迈劲健的背后始终隐含着悲慨的格调。中国古代大量以战争为题材的诗词，均为作者有感于世事纷争、报国无门、离乡背井等人生无奈。中国古代的文学史也就是一部战争史，每个朝代免不了战争，战争在文人心里投下了巨大的阴影。以宋词为例，它的发展与当时的国家形势不无关联。宋代国力不振，统治者缺乏唐代那种建功立业积极进取的精神，内忧外患使得文人乃至整个社会都不可避免地染上凄楚哀婉的色彩。宋人的思维方式更偏向内敛的沉思，宋词中的“劲”也由雄劲转向瘦劲，由宏丽转向质朴。这种“外劲内悲”的审美心态深刻地影响了文人对世界的观照，他们更多关注内心世界，钟爱给人以美感又能引发哲理思考的事物。诗词书画便成了他们寄情的场所。

另外，“劲”作为一种固守的精神品格和文艺气象，实质是追求自身的超越，在不变中力求突破。中国传统文化是一个不断继承与发展的过程，只有立定脚跟，才有创新的可能。一方面，“劲”范畴在不同的历史阶段其文学风格是有所不同的，尽管本质内涵始终是追求雄浑劲健的气象；另一方面，“劲”强调的是将坚劲的骨力转化为笔端洒脱自如的神采，我们没有理由拒绝这种变动的自由，而这自由的根基却是文人坚守的情操。

尽管“劲”范畴没有单独被古代文论者所重视，但由于它在后来大量诗词、文论、画论中被广泛引用，其作为古典美学范畴的地位是值得肯定的。它并不仅仅是一种外显的审美风格和创作方法，而且已内化为建立在中国哲学思想基础上的一种民族文化品格，具有深厚的文化内涵，企图超越世俗纷争和人生羁绊，达到洒脱刚劲的精神境界。

综上所述，中国古典诗歌风格驳杂，难以一概而论，“深”与“淡”、“柔”与“劲”，两对相互对应的风格，实际上正各自代表了中国文化阳性与阴性的一面，“深”之韵味深长、情感深厚，“劲”之遒劲有力、雄浑劲健对应的正是中国文化深沉博大的阳刚一面，而“淡”之恬淡冲和，“柔”之低回婉转对应的也恰恰是中国文化平和从容的阴柔一面。

第六节　诗体鉴赏论

诗歌，尤其是格律诗是中国古代一种异常发达的文体。这种发达不仅表现在数量巨大、质量上乘的名篇佳作上，还表现在经过历代诗人、文论家积累沉淀下来的一系列审美鉴赏经验之中。从美学范畴的视角来看，诗体的鉴赏论包括了两个重要的方面：一是强调诗歌自然浑成品性的“浑”，二是追求诗歌率真野趣天性的“野”。

一、浑

浑，形声字，从水，军声，本义是大水涌流声。东汉许慎的《说文解字》中解释为“浑，混流声也”①；《玉篇》亦云“浑，水喷涌之声也”；《荀子·富国》曰“财货浑浑如泉源”；《文选·张协·七命》曰“溟海浑

① 许慎．说文解字集注下［M］．蒋人杰，编纂．刘说，审订．上海：上海古籍出版社，1996.

濩涌其后”。在《文镜秘府论》中也有诗云“游风索索，逝水浑浑”“千途浩浩，万里浑浑”。可见“浑”乃大水流动之声。班固《幽通赋》“浑元造物，流不处兮”，李善注引“曹大家曰：浑，大也”，《孙绰·天台赋》“浑万象以冥观”。

从诗学鉴赏的角度来看，“浑”强调一种整体性、自然性、壮美性，如浑厚、浑圆、浑朴、浑成、雄浑……凡是用“浑”的，都有一种生来如此的意味，浑然一体，表里如一，“浑”能表达出一种充实的完整，一种天生的完满，而不是人为的拼凑，体现的是文学作品无可挑剔的形式和内在美的高度融合，而且这种美更多的还是波澜壮阔之美。

作为古典美学的一个重要范畴，以“浑”为核心范畴，衍生出的子范畴共同构成了一个范畴集群。它们分别强调了“浑”的风格的不同侧面。

其一是“浑成”。最早见于晋葛洪《抱朴子·畅玄》：“恢恢荡荡，与浑成等其自然；浩浩茫茫，与造化钧其符契。”① 浑成在这里是“天然生成”的意思。宋代的沈括在《梦溪笔谈·艺文一》中曰：“韩退之《雪诗》：‘舞镜鸾窥诏，行天马度桥。’亦效此体，然稍牵强，不若前人之语浑成也。”② 较早将其引入诗歌理论批评。《文镜秘府论·南卷》评价古人作诗手法：“但古人后于语，先于意。因意成语，语不使意，偶对则对，偶散则散。若力为之，则见斤斧之迹。故有对不失浑成，纵散不关造作，此古手也。”宋代的惠洪在《冷斋夜话》中评点陶渊明“采菊东篱下，悠然见南山”句曰：“其浑成风味句法如生成，而俗人易曰‘望南山’，一字之差，遂失古人情状，学者不可不知也。”③ 明代的谢榛亦言：“托物寓意，贵乎浑成，犯题亦可。”④ 谢榛对“浑”这种风格范畴把握得尤为深刻，在《四溟诗话（上）》说：“七言绝句，盛唐诸公用韵最严，大历以下，稍有旁出者。

① 王明. 抱朴子内篇校释［M］. 北京：中华书局，1985.

② 沈括. 梦溪笔谈［M］. 长春：时代文艺出版社，2001.

③ 惠洪. 冷斋夜话［M］. 上海：上海古籍出版社，2012.

④ 谢榛. 诗家直说笺注：卷一［M］. 李庆立，等笺注. 济南：齐鲁书社，1987.

作者当以盛唐为法。盛唐人突然而起，以韵为主，意到辞工，不假雕饰；或命意得句，以韵发端，浑成无迹，此所以为盛唐也。宋人专重转合，刻意精炼，或难于起句，借用傍韵，牵强成章，此所以为宋也。”在谢榛看来，宋代文人过于专注于诗歌的炼字、炼句，刻意求精，难以达到唐人的浑融贯通。浑成常指文学艺术作品等自然、浑然一体，不见雕琢的痕迹。

其二是“浑然”。浑然的内涵非常丰富，如《后汉书·文苑传·赵壹》：“浑然同感，孰温孰凉？邪夫显进，直士幽藏。”① 此处指糊涂不分明貌。宋《蔡宽夫诗话》云：“杜子美《收京诗》以樱桃对杕杜，荐樱桃事，初若不类，及其云‘赏因歌杕杜，归及荐樱桃’，则浑然天成，略不见牵强之迹，如此乃为工耳。”宋代蔡梦弼所著《杜工部草堂诗话》评点杜甫诗云：“至若‘穿花蛱蝶深深见，点水蜻蜓款款飞’，‘深深’字若无‘穿’字，‘款款’字若无‘点’字，皆无以见其精微如此。然读之浑然，全似未尝用力，此所以不碍其气格超胜。”金代王若虚《滹南诗话》卷中言：“山谷之诗，有奇而无妙，有斩绝而无横放，铺张学问以为富，点化陈腐以为新，而浑然天成，如肺肝中流出者，不足也。”这里浑然都指文学作品具有的质朴纯真貌。明代谢榛在《四溟诗话》则言：“《离骚》语虽重复，高古浑然。汉人因之，便觉费力。”“妙则天然，工则浑然，二体之法，至矣尽矣。”“浑然”指“融合一体，圆美和合，完整纯一，不露圭角，无饾饤之迹”②。浑然是对艺术作品无雕琢之迹，既浑朴自然而又有别于自然的艺术追求。其实质就是在追求文学作品的质朴纯真时更加重视在创作中把人的力量融入进去，体现出人的主观能动性。浑然之美是人为的而且是“工”必至于“精”方可达到的一种境界，体现了儒家所追求的积极有为的审美境界。

其三是“雄浑”。司空图最早把“雄浑”引入诗歌批评范畴。在《二十四诗品》中，司空图把“雄浑”列为二十四诗品开宗之第一品，可见这一

---

① 范晔. 后汉书［M］. 上海：上海古籍出版社，1986.

② 李庆立. 谢榛研究［M］. 济南：齐鲁书社，1993.

风格在我国古典文艺美学中的地位。“大用外腓，真体内充。反虚入浑，积健为雄。具备万物，横绝太空。荒荒油云，寥寥长风。超以象外，得其环中。持之匪强，来之无穷。”① 在这里，“雄浑”体现了一种奋发、有为、强力的意志，有儒家所追求的豪迈雄壮的人生理想和审美境界。宋代的严羽也把“雄浑”列为论诗九品之一；明代的谢榛在《四溟诗话》中论诗曰：“韩退之称贾岛‘鸟宿池边树，僧敲月下门’为佳句，未若‘秋风吹渭水，落叶满长安’气象雄浑，大类盛唐”，“气象雄浑，不下太白绝句”。“雄浑”体现出的是一种“具备万物，横绝太空”的巨大充实之美。

其四是“浑厚”。宋代陈岩肖《庚溪诗话》云：“吕居仁作《江西诗社宗派图》，以山谷为祖，宜其规行矩步，必踵其迹。今观东莱诗，多浑厚平夷，时出雄伟，不见斧凿痕，社中如谢无逸之徒亦然，正如鲁国男子善学柳下惠者也。”宋代蔡绦《蔡百衲诗评》：“王摩诘诗浑厚一段，覆盖古今；但如久隐山林之人，徒成旷淡。”“李太白诗，逸态凌云，照映千载；然时作齐梁间人体段，略不近浑厚。”元代刘埙《隐居通议·文章一》：“故文涉浮靡者，一皆黜落，独取深醇浑厚之作。”② 都是说诗文质朴而厚重，不纤巧浮靡。严羽《沧浪诗话》中说：“盛唐诸公之诗如颜鲁公书，既笔力雄壮，又气象浑厚，其不同如此，只此一字便见吾叔脚根未点地处也。”“浑厚”一词，大意是自然含蓄，厚重充实。强调的是艺术创作中即强调诗歌具有“浑”之外，仍需要从内容上充实，且有气象，求其“厚”，不过分求工，不失自然之色也。追求以含混不清、不露痕迹的艺术手段，而达到一种淳朴自然，蕴藉深厚的艺术境界。

其五是“浑沦”。《列子·天瑞》：“气形质具而未相离，故曰浑沦。浑沦者，言万物相浑沦而未相离也。”③ 在这里指宇宙形成前的迷蒙状态。宋

---

① 于民. 中国美学史资料选编［M］. 上海：复旦大学出版社，2008：249.

② 刘埙. 隐居通议：卷十三［M］. 北京：商务印书馆，1937.

③ 张湛. 列子注释［M］//中外名人研究中心. 诸子百家经典集粹. 合肥：黄山书社，1997.

代吴曾《能改斋漫录》："崔记教坊任智方四女皆善歌，其中二姑子，吐纳悽惋，收敛浑沦。"明代郎瑛《七修类稿·事物四·古图书》："林循印，龟纽，篆法纽制，浑沦淳厚，真汉物也。"这里的"浑沦"是自然、质朴之意。明代谢榛《四溟诗话》云："历观十四家所作，咸可为法。当选其诸集中之最佳者，录成一帙，熟读之以夺神气，歌咏之以求声调，玩味之以裒精华。得此三要，则造乎浑沦，不必塑谪仙而画少陵也。"明代王世贞《艺苑卮言·卷七》又云："客居禅宇，假佛书以开悟。暨观太白少陵长篇，气充格胜，然飘逸沉郁不同，遂合之为一，入乎浑沦，各塑其像，神存两妙，此亦摄精夺髓之法也。"这里的"浑沦"有完美意思，它不是像雄浑风格的宏大气象，而是诗歌的无可挑剔的形式和内容美的高度融合。

其六是"浑化"。明代谢榛《四溟诗话》云："作诗譬诸用兵，慎敌则胜。命题虽易，不可率然下笔。至于浑化，无施不可。""夫有一字之悟，一篇之悟，或由小以扩乎大，因著以入乎微，虽小大不同，至于浑化则一也。"清代况周颐《蕙风词话·附录》亦云："止庵谓问涂碧山，历梦窗、稼轩，以还清真之浑化，乃倒果为因之说，无是理也。""浑化"在这里不再是讲一种艺术风格，而是艺术创造上的整体追求，即浑然化一，能融为一体的境界。

其七是"浑雅"。宋代时天彝《评唐百家诗选》云："储光曦而下，王建、崔颢、陶翰崔国辅皆开元、天宝间人，词旨浑雅，盖一时风气所钟如此。"清代刘熙载《艺概·诗概》论唐诗云："惟彼胸襟与手法俱高，故不以精能伤浑雅焉。"清代恽敬《与黎楷屏书》："莲水出于子才之门，而其诗浑雅。"这里的浑雅既有质朴高雅之美，又具有浑厚和雅、气质高华的审美特点。

作为中国古典美学的重要范畴之一，"浑"范畴具有多重审美特征，它深刻地反映了中国文人的艺术追求，渗透了中华民族的文化意识。其美学特征包括以下三点：

第一是“浑”的整体性特征。“浑”，段玉裁《说文解字注》曰：“郦善长谓二水合流为浑涛，今人谓水浊为浑。”“二水合流为浑”这种说法，体现了浑的整体性特征。“浑融”，即是浑合、融合之意，将所寄之情与所咏之物如二水合流一样，交融汇合，不留痕迹。从文人创作心理来看，“天人合一”是中国传统哲学的一个基本命题，也是中国传统文化的一个基本精神。“天人合一”作为一种综合思维模式，注重万物的联系，强调宇宙的有机统一，由此出发，中国古典艺术形成了以追求整体生命为根本目标的美学精神，所谓的“浑然天成”“浑而无迹”“情景交融”等艺术命题，都体现了中国古典美学的整体性。

第二是“浑”的自然性特征。在儒家的仁者与万物同体、道家的万物与我为一的境界浸染下，文人与自然、人世形成了浑然一体的和谐关系，孕育了艺术化的浪漫气质。晋代葛洪《抱朴子·畅玄》：“恢恢荡荡，与浑成等其自然；浩浩茫茫，与造化钧其符契。”① 浑成在这里便有天然生成的意思，注重的是其自然性，有一种生来如此的意味，没有人为的拼凑。在文艺创作中，文人提倡应该恪守自然本性，寻求自然的最高境界之美，因此，文艺创作必须剔除人为的雕琢和华伪，才能达到“浑而无迹”的美学效果。

第三是“浑”的壮大特征。“雄浑”范畴最能代表“浑”范畴所隐含的大，代表着一种阳刚之美，是一种劲健、恢宏的美学和艺术品质。在《二十四诗品》中，司空图把“雄浑”列为二十四诗品之首，包含着作者对诗歌审美风格的追求。它融合了老庄同乎自然本体的最高的美和“真体内充”的充实之美，代表了诗歌创作的理想境界。其中的“具备万物，横绝太空”，此句最能反映“浑”范畴的“大”、壮美之特征。中国艺术有“以大为美”的传统，如庄子的奇幻世界里北冥之鲲，翼若垂天之云，都尽力

① 葛洪. 抱朴子内篇校释［M］. 王明，校释. 北京：中华书局，1985：86.

表现宏大的宇宙之美。可见司空图之“雄浑”更重视一种巨大的力量感和充实感。老子《道德经》也有“浑兮其若浊”。

总而言之，“浑”范畴及其由此衍生出的一系列子范畴群，如浑然、浑厚、浑雅、浑化、浑沦、雄浑等，共同指向了诗歌创作应达到的自然天成、浑化无迹的完美境界，而这一境界的实现程度有赖于诗人自我天性的释放程度，这就涉及另一个重要的范畴——“野”。

二、野

“野”本义指郊外，《说文解字》云：“野，郊外也。从里，予声。埜，古文野，从里省，从林。”引申为“荒野”“民间”“界限”等。后来，“野”变为形容词，如“野生”“野蛮”“野老儿”等，并在文化时代的流变中得到不断的发展和巩固，最终成为一个重要的美学范畴。

“野”作为我国文化传统的一个基本命题，最早出现于儒家经典。孔子云：“质胜文则野，文胜质则史。文质彬彬，然后君子。”这也是前辈时贤在探讨作为先秦美学核心问题的文质关系时常引用的材料。学界在对“文”与“质”关系和内涵及孰轻孰重等问题展开激烈争论的同时，往往忽略了另一个具有美学意义的范畴——“野”。

在儒家《论语》等典籍中，“野”曾多次出现，如：“先进于礼乐，野人也；后进于礼乐，君子也。如用之，则吾从先进。”（《论语·先进》）“野哉，由也！君子于其所不知，盖阙如也。”（《论语·子路》）“旅师，掌聚野之耡粟、屋粟、闲粟。”（《周礼·地官司马·旅师》）“辨其国中，与其都鄙，及其郊野。异其男女，岁登下其死生。”（《周礼·秋官司寇·司民》）

对“野”的含义进行归纳可见，“野”的本义为“郊外”，引申为国城之郊野的人，或与“国人”相对，抑或泛指村野之人、农夫，也引申为粗鲁、野蛮、不讲文明之意。

接下来，我们再深入探讨“野”范畴的诗学内涵，挖掘诗性的野之美。

首先是“文”“野”之分。先秦时期的儒家“野”是与“文”“礼”相对的，其多指为粗鲁、不文雅的行为或人，这与儒家文化推崇仁义礼孝的崇高思想是密切相关的。作为孔子思想的核心“仁”“义”都与“礼”息息相关，孔子极其重视礼教，认为人应当严格遵守礼数，因而提出了“不学礼，以无立”，这可以说是一种克服“野”的过程。人们通过学习高尚的仁义思想，以此作为封建道德的最高原则，摆脱原本的野蛮、粗俗人性，趋向于文明与崇高，从而成为一名君子。儒家之“野”还带有阶级性和地域性特征。相对于“国人”而言，“野人”是在国城之郊野居住的市民；那些举止文明的统治者则为“君子”，受统治者则为“野人”，这足以可见“野”带有明显的阶级性特征。同样地，统治者以自己的区域为文明中心，视民间为“荒野”，带有明确的地域性特征。

与儒家之“野”不同的是，道家庄子之“野”更多的是一种人性的本真、放逐与无奈，精神自由上的共同追求与灵魂放逐。“道法自然”是道家的主旨，“法天贵真”是庄子的思想精髓，强调人性的本真在世界上是独一无二、至高无上的地位，强调质朴、与自然相通、使人本性不受外在事物拘束的重要性。《逍遥游》中明确地告诉了人们庄子的人生追求，那就是游于无极之野、无何有之乡，游于逍遥之境。漫游是庄子一生当中主要的生活方式。这种漫游可以是实质意义上的漫游，也可以指精神上的漫游，如《庄子·齐物论》所言“天地与我并生，万物与我为一”，这将是一种无奈的叹息之后彻彻底底的解放，天地、万物都好像和我合为一体，与大自然形成了一种和谐的共存关系，这也是庄子最终所达到的理想境界，获得了真正的精神自由。

然而，“‘文’的僵化与教条给‘野’的发展转变带来契机，为了对抗‘文’的强制性，人们利用了‘野’与‘文’对立的特征，使‘野’以反叛者的形象走进了文化、审美的领域，自然形态的‘野’与人文形态的

‘野’相继成为人们肯定的对象。”① 庄子所见的“野”已不是荒凉、偏僻的，而是质朴、天然的。以庄子为开端，文人视野中的“野”由文明的对立物变为文明的反叛者。

其次是“疏野”之说。司空图在《二十四诗品》中提出“疏野”一词：“惟性所宅，真取不羁。控物自富，与率为期。筑室松下，脱帽看诗。但知旦暮，不辨何时。倘然适意，岂必有为。若其天放，如是得之。”② 自魏晋玄学思潮后，“疏野”成为一种文学创作的追求，成为诗学的审美范畴。“疏野”的特点为真率自然。“惟性所宅，真取不羁”，是说随本性，取大自然之天真、本性，无世俗之种种羁绊。“控物自富”之“控物”为“拾物”，即可自由取物。“与率为期”，只求与真率相约为期，而无任何约束。大自然的文学素材丰富多彩，文学创作者的心态也应任随本性、无所顾忌，随性地收取各式各样的景象，以真率自然为创作要求，祛除多余的雕饰，寄寓质朴、纯真的思想情感，表达“疏野”之人恬静舒适、与世无争的生活态度与生活方式。简而言之，“疏野”一品是继老庄思想后，后世文人追求天性与自然融为一体、不拘泥于世俗礼法的性格特征。

随着“野”字在中国古代诗词、文论、画论中的频繁出现，“野”字的诗学地位也得以确定，逐渐形成了一种文人化的趣味、品格。自宋代后，文人对“野”字的推崇热情更为高涨，出现了一系列的审美性的子范畴：疏野、野逸、野率、野朴、野陋等，令“野”的文化地位得以提升。

对“野”的偏爱，顺理成章地成为文人发泄现实忧郁愤懑情绪的渠道。大自然的无忧无虑之境，与现实社会的不公、黑暗形成了鲜明的对比，从而文人更钟爱于心境的真率、任性，“野”的感受，不仅是物境之“野”，更是心境之“野”，此时的“野”不再是过去的鄙俗粗野、不合礼仪的含义，而是心灵上的不受束缚。文人亦自称为野人、野士，体现了远离朝廷、

① 赵鑫．审美范畴的“野”的文化阐释［J］．徐州教育学院学报，2006（2）：102.
② 于民．中国美学史资料选编［M］．上海：复旦大学出版社，2008：250.

超然仕途的审美情趣，或是放浪纵恣、不失天性的审美趣味，一种未经人工雕饰的自然状态。

唐代白居易诗：“不知疏野性，解爱凤池无?”（《答裴相公乞鹤》）宋代苏舜钦诗：“自嗟疏野性，不晓世涂艰。”（《诏狱中怀蓝田高先生》）元代夏文彦诗：“（孙位）举止疏野，襟韵旷达。”（《图绘宝鉴》卷二）“疏野”两字，更足以表达文人放纵不拘的审美情趣，散淡之心境跃然纸上。疏野是环境的，是自然的，一心一境，倘若适意，即理想之审美意境也。天真自然，合乎自然之道的人的本性。“野”作为文人的高级趣味，日益成为文人的自觉意识和存心体会，并成为中华民族传统文化的宠儿。

再者是“野趣”之求。例如，有学者曾统计并探讨过杜甫对“野趣”的追求：“喜用‘野’字是杜诗的一大特点，惯用带‘野’字与之有关的意象，是杜甫诗歌创作中的一大奇观。据不完全统计，杜诗中仅冠以‘野’字意象的诗作就有近百首。”① 举例如下：

“江清歌扇底，野旷舞衣前。”（《艳曲·其一》）

“少陵野老吞声哭，春日潜行曲江曲。江头宫殿锁千门，细柳新蒲为谁绿。”（《哀江头》）

“豺狼在邑龙在野，王孙善保千金躯。”（《哀王孙》）

“杜子将北征，苍茫问家室。维时遭艰虞，朝野少暇日。”（《北征》）

“细草微风岸，危樯独夜舟。星垂平野阔，月涌大江流。”（《旅夜书怀》）

“野哭千家闻战伐，夷歌数处起渔樵。卧龙跃马终黄土，人事音书漫寂寥。”（《阁夜》）

“蜀主窥吴幸三峡，崩年亦在永安宫。翠华想像空山里，玉殿虚无野寺中。”（《咏怀古迹五首·其四》）

---

① 安建军. 试论杜甫秦州诗的野美特征［J］. 天水师范学院学报，2002（3）：38.

“野径云俱黑，江船火独明。晓看红湿处，花重锦官城。”（《春夜喜雨》）

“野船明细火，宿鹭起圆沙。”（《遣意二首·其二》）

“江山如有待，花柳更无私。野润烟光薄，沙暄日色迟。”（《后游》）

透过这一系列的“野”意象，表现了杜诗的风格特征：沉郁顿挫与萧散自然相互交映。杜甫生活在一个动乱的时代，个人的坎坷遭遇，悲慨满怀，然仁者之心、儒家涵养所形成的中和处世的心态，使其悲怆之情得以抑制，从而变得缓慢、深沉、低回起伏。“少陵野老吞声哭”“野哭千家闻战伐”等，一个“野”字足以淋漓尽致地表现出战乱的萧条、惨痛景象。

除沉郁顿挫外，杜甫还有萧散自然的诗歌风格。胡震亨说杜甫的诗“精粗巨细，巧拙新陈，险易浅深，浓淡肥瘦，靡不毕具”（《唐音癸签》卷六），“野润烟光薄”“星垂平野阔”等，更多地表现了大自然安静明秀的景象，细腻的景物，闲适的情趣，融人、景于一体，追崇心灵的恬静舒适。

作为中国文化的奇葩之一的书法艺术，其审美艺术，一种是文人式的“雅正”，另一种便是与之相对的庶民式的“野趣”，两者既相对独立，又相互转换、渗透。“野”是“雅”的母体，“雅”是“野”的升华；“雅”成为一种模式之后，会有新的具有鲜活生命力的“野”去冲破和发展雅文化。历代书法文人更是在笔法技巧基础之上，通过流畅的线条、奔涌的笔势、开放的章法，于汪洋恣肆之间追求生拙质朴、野趣盎然的审美趣味，笔墨率真中存野趣。

书法艺术是心灵的艺术，东汉书法与书法理论家蔡邕更是说：“书者，散也，欲书先散怀抱，任情恣性，然后书之。”（《笔论》）书法应该首先舒展人的心境，再恣意发挥情感，然后落笔挥洒任意，用线条的形式表现自我的心境，这种心境更多的是和“野”结合在一起，抑制不住自然的野性，一种浑然天成的旷野之风气扑面而来，推崇更为高尚的“野趣”之审美旨趣。“野趣”成为一种文人重要的心理归属和审美情调的惯用提法。

最后，是“野逸”之寻。“野逸”与先秦时期的庄子思想有一脉相承的联系，文人因其强烈的忧患意识和愤懑的感伤情怀，产生更加渴望回归大自然、回归恬静、回到物我相忘的精神追求。纯朴闲适、放纵不羁的隐逸生活成为不少文人一生的向往与追求。“野逸”之诗如：“剧谈怜野逸，嗜酒见天真。”（杜甫《寄李十二白二十韵》）“先生性野逸，无羁检。”（陆龟蒙《甫里先生传》）“余以身居野逸，为文不免类欧（欧阳修），且喜且惭。”（吴敏树《记钞本〈震川文〉后》）生活上的窘迫，令文人更易寄情于山水、忘情于山水，以此理想来暂时遗忘现实生活中的种种艰辛与苦楚。宋代的“永嘉四灵”，其诗作多为琐细的日常生活，注重抒发主观情感体验，描写山水小景及其闲情野趣，词风清瘦野逸，以平和冲淡见长。永嘉自古便是山水之乡，钟灵毓秀，风景优美，从而为文人提供了独具优势的客观条件，受环境的熏陶，主观情绪上更易产生“野逸”之寻，主客观的相互作用，迸发了一系列的“野逸”审美追求与审美旨趣，包含有江湖之趣、枯淡之趣、闲放之趣、林业散逸之趣等“野逸”意象。

“清狂野逸”通常是古代文人自许或相互欣赏时常用的词汇，与杜甫所说的“疏”和“狂”相近。宋代文人常自称“疏狂”，主体恃才傲物，自信又自负，放纵性情，执着追求。既疏于仕宦，则不妨狂放些，在山水与声色中流连、痴迷，喜爱诗意的狂想和酒意的狂醉，从中享受审美的愉悦。以极简洁的景物描写，传神地写出了闲适生活的宁静野逸之趣，表现出一种冷漠遁世的心理倾向与静穆空寂的诗歌情调。

就“野”范畴的文化审美特征而言，随着“野”文化的不断变化、丰富，已逐渐形成了一定的文化审美特征，具有反叛性、中心化与多元性的特点。“野”一开始的属性，就是与“文”“礼”相对，这体现了一种反叛性的审美特征。以至后代文人不满当朝者的腐败、奢靡，蔑视功名富贵，不肯趋炎附势，在科举制度文化根深蒂固的时代里，一反世俗思想，辞官归隐的遁世生活成为更多文人的崇高生活品质的追求。

而很多时候，求异、求新的前进心理反映了人的回归与反思思想。从先秦时期儒家文化粗俗的“野”文化，逐渐上升至魏晋时期的“疏野”、唐宋时期的“野逸”等古典文学审美文化趣味的中心地位，得到许多文人志士的文化审美旨趣的追崇，显现出“野”之文化审美趣味的中心化特色，得到越来越多人的追崇与喜爱。后代文人对“野”文化进行不断扩展，其涵盖意义也有所变化，出现了“疏野”“野趣”“野逸”等异构同质的多元化的文化审美意象，用以阐释不同“野”的文化审美意象。

具有多重文化审美趣味的“野”，突出地反映了诗人对自由天性的渴求，对现实生活与传统文化的反叛，无论是“疏野”还是“野趣”，追求的都是一种不假藻饰、回归本真的状态，它和“浑”一样带有自然而然的意味，所不同的是境界之大小，“野”更多地偏向小桥流水、田园风光之柔美静谧，而“浑”则更倾向于边关明月、塞外狼烟之壮美辽阔，这恰恰与古典诗歌典型的两种风格遥相呼应。

小　结

中国古代诗歌文体的范畴，数量众多，蔚为大观。作为诗歌大国，中国的诗歌理论也是极其发达而丰富的。就诗体而言，古代文论范畴几乎都是与诗体范畴相关，由此形成了较为丰富的理论体系。

汪涌豪先生对中国文学的批评范畴进行了归纳和分类。首先，从历史发展及作用的角度，他把历代文学批评范畴分为：①反映客观内容、实在基础和各个环节的基本性，被古人赋予终极性意义且贯穿整个文学发展始终的起主导作用的一类范畴；②或就创作主体做某种特性规定，或从客体角度揭示其本质属性的二类范畴；③从更具体的方面揭示创作与批评的诸种关系和联系（如品格、艺法范畴等）的三类范畴。[1] 其次，从范畴的序列

① 汪涌豪. 中国文学批评范畴及体系［M］. 上海：复旦大学出版社，2007：7.

化特征的角度把范畴分为纵向统属型的起始范畴、上位范畴、下位范畴以及横向映射型的前位范畴、后位范畴。① 最后，按照范畴的逻辑体系，在元范畴的统领下，将范畴分为本原性范畴、创作论范畴、作品形态和风格论范畴、鉴赏与批评论范畴等②。本章正是遵循这样的规律，进行诗歌文体范畴的微观考察和精细分析。

从诗体本体论出发，沿着心胸论、创作论、题材论、风格论直到鉴赏论，中国诗歌文体批评范畴的脉络是极其清晰而明确的。由此可见，诗体范畴的整体性、丰富性、家族性和半系统性，展示了古代中国文艺家的高妙智慧，也成为东方诗学的主体构成。

---

① 汪涌豪. 中国文学批评范畴及体系 [M]. 上海：复旦大学出版社，2007：113 - 114.

② 汪涌豪. 中国文学批评范畴及体系 [M]. 上海：复旦大学出版社，2007：598.

第二章 | ◆

词学范畴论

就中国古典文学而言，词是仅次于格律诗的第二大文体，也是古代文学中最擅长抒情、最有民族韵味的文体之一。

由于在古代文学中，词为“诗余”，与诗体有着天然的联系。在填词、制词过程中，词人将诗文笔法运用于词作的情况颇为常见，因此传统诗文批评的诸多概念、范畴，常常被评论者用以论词。词这一体裁的兴起比古诗要晚，词学批评紧随其后，至李清照词“别是一家”之论出，方得正名。

第一节　词学本体论

词学本体论范畴，是就词体的存在而设的文学批评范畴，规定和体现了词“别是一家”的内在独立性，也从理论层面将诗论与词论进行区别和显化。

一、真

（一）“真”为词骨①

词自唐五代产生以来，一直被正统士大夫视为“艳科”。所谓“诗庄词媚”，诗歌表现家国大事，寄思感怀，是正统文体；而词纤弱柔美，甚至艳情，在一些人看来不登大雅之堂。《花间集》是我国历史上第一部词集，内容大多为男女艳情，其风格浓艳纤佻自不必说，更为后世词的品格定了基调。对《花间集》之艳情，况周颐虽也承认，却并不止步于此。他认为艳情风格只是表层：“花间至不易学。其蔽也，袭其貌似，其中空空如也。所谓麒麟楦也。”② 这是谈学词的问题。况周颐认为时人学花间词往往只学到纤靡的样貌，而内在空虚，是虚有其表，并表明花间词虽然有艳丽的字句，但内在神韵是不浅薄的。那么况周颐注重花间词内在的什么品质呢？是真情。他曾记录与王鹏运共赏欧阳炯词：“《花间集》欧阳炯《浣溪沙》云：‘兰麝细香闻喘息。绮罗纤缕见肌肤。此时还恨薄情无。’自有艳词以来，殆莫艳于此矣。半塘僧鹜曰：‘奚翅艳而已，直是大且重。’苟无《花间》词笔，孰敢为斯语者。”③ “大且重”的评价虽是由王鹏运口中说出，但记录在《蕙风词话》中的这个评价是为了印证况周颐的观点。而况周颐所谓的“重”“大”包含了沉着真挚的情感。他评论荣諲《南乡子》“似个人人玉体香”一句说：“‘似个’句艳而质，犹是宋初风格，花间之遗。”这个评论很关键。“质”就是质直，就是直陈，就是情感真挚地表达。由是，况周

---

① 况周颐及“真”范畴研究，亦可参考：蔡文静. 论况周颐的词骨之“真”［J］. 柳州师专学报，2016，31（6）：59－61；曹保合. 况周颐的“重、拙、大”词论［J］. 温州师范学院学报：社科版，1995（5）：10－15.

② 况周颐. 蕙风词话·蕙风词笺注［M］. 俞润生，笺注. 四川：巴蜀书社，2006：110.

③ 况周颐. 蕙风词话·蕙风词笺注［M］. 俞润生，笺注. 四川：巴蜀书社，2006：103.

颐奠定了“真”范畴在词学中的本体地位。

“真”对词来说意义何在？况周颐说：“真字是词骨。情真、景真，所作必佳，且易脱稿。”① 这里的“骨”类似于刘勰提出的“风骨”。叶朗在他的《中国美学史大纲》中对“风骨”分析说：“‘风’侧重于‘情’，即作者的主观情怀。‘风’的形成，是情感活动和形象思维的结果。‘骨’侧重于‘理’，来自充实的思想内容和严密的逻辑思维活动。”② 所谓“建安风骨”，“风骨”指的就是作者的情怀、襟抱与深厚复杂的思想情感。此外，“词骨”之“骨”还有骨干的意思。词的文辞为皮肉，精神情感为骨干。况周颐讨论苏、辛词说：“东坡、稼轩，其秀在骨，其厚在神。初学看之，但得其粗率而已。其实二公不经意处，是真率，非粗率也。”③ 初学者仿效苏、辛词，往往注重字句的粗放，却忽略了苏、辛词的广大情怀的根本是在二人丰富沉厚的内在精神、博大的情怀。“真”不等同于“直”。只求词句的直白只能说是“直率”，由内而外的性情流露才能说是“真率”。

在皮肉（文辞）和骨干（精神）二者之间，况周颐明显把骨干放在了第一位，认为“骨”是词作的根本层面。强调“真字是词骨”，就是将“真”作为词最核心的品质。“真”更强调主观情感、心意的真实。况周颐谈作词说：“作词不拘说何物事，但能句中有意即佳。意必己出，出之太易或太难，皆非妙造。”④ 王国维《人间词话》中谈境界也有相似的观点：“境非独谓景物也。喜怒哀乐，亦人心中之一境界。故能写真景物、真感情者，谓之有境界。否则谓之无境界。”词与诗一样，都有抒情功能。词人作词正是为了将自己的万般情感由词的形式抒发出来，而非为博得艺术以外的与艺术无关的东西。坚持抒写自己的真心实意是作词应当坚持的原则。因此况周颐对于学词之法，对“取径于谁”这个问题持比较开明的立场。

---

① 况周颐. 蕙风词话·蕙风词笺注［M］. 俞润生，笺注. 四川：巴蜀书社，2006：44.
② 叶朗. 中国美学史大纲［M］. 上海：上海人民出版社，1985：234.
③ 况周颐. 蕙风词话·蕙风词笺注［M］. 俞润生，笺注. 四川：巴蜀书社，2006：90.
④ 况周颐. 蕙风词话·蕙风词笺注［M］. 俞润生，笺注. 四川：巴蜀书社，2006：78.

他认为两宋词无论南北，无论清空致密、豪放婉约，都可从中汲取营养，但“吾有吾之性情，吾有吾之襟抱，与夫聪明才力。欲得人之似，先失已之真，得其似矣，即已落斯人后，吾词格不稍降乎”。最重要的一点是不可亦步亦趋，要善变化，以大师为门径，展示自我的内心。这既是学词时需要注意的原则，也是一切词人作词的旨归。

（二）“真”是评词的最高标准

王国维的“一代有一代之文学”是文学史上影响颇大的观点，“唐诗”“宋词”“元曲”“明清小说”是惯常的提法。王国维本着进化论的观点，认为文学样式应依据由盛而衰的路径演化。一种文学题材的鼎盛时期一般是在其产生之后的一段时间内，随后就不断衰落。因此，词经历了两宋这个高峰之后，就只有一泻千里。也正因如此，与况周颐同时期的许多学者肯定唐五代和两宋的作品，而对元、明词的评价都不高，有不少人甚至全盘否定。况周颐专心治词学，对各代词都有深入了解。他也推崇两宋，但并不忽视元、明。在元代词人中，他服膺刘文靖词性情朴厚，又引王鹏运的评价：“《樵庵词》朴厚深醇中，有真趣洋溢，是性情语，无道学气。”① 这是肯定刘文靖词中透露出的质朴深厚的真性情。他又评价张信甫《蓦山溪》云：“以清遒之笔，写慨慷之怀，冷烟残照，老马频嘶，何其情之一往而深也！”② 看中的是词人一往情深的人生执着。词衰于明，明词纤弱少骨、粗浅流俗，至清代浙派出现才有了词学的中兴，这是许多清代词家的判断。

况周颐并不认同这种观点，他在《蕙风词话》卷五开篇明确提出：“世讥明词纤靡伤格，未为允协之论。明词专家少，粗浅、芜率之失多，诚不足当宋元之续。唯是纤靡伤格，若祝希哲、汤义仍、施子野辈，偻指不过

① 况周颐. 蕙风词话 · 蕙风词笺注 [M]. 俞润生，笺注. 四川：巴蜀书社，2006：247.

② 况周颐. 蕙风词话 · 蕙风词笺注 [M]. 俞润生，笺注. 四川：巴蜀书社，2006：216.

数家，何至为全体诟病。洎乎晚季，夏节愍、陈忠裕、彭茗斋、王姜斋诸贤，含婀娜于刚健，有风骚之遗则，庶几纤靡者之药石矣。”① 他承认纤靡风格在明代是存在的，但这并非明词的主流。如夏完淳、陈子龙、王夫之这样的文人并不能用纤靡来概括，他们的作品含风骚遗韵，有博大胸襟和深厚情感，这恰恰与人们印象中的明词风格相反。具体到某一词家，况周颐给屈大均“落叶词”的评价是“哀感顽艳，亦复可泣可歌”。“哀感顽艳”，据钱钟书的解释，是“听者无论愚智美恶，均为哀声所感”，指的是各种人都能被文中的真情流露所触动。而况周颐自己的解释则结合了“拙”，是“若赤子之笑啼然”②，实际上指的也是如赤子啼哭般发自肺腑的真情。

二、灵

“灵”是中国古典美学中一个极富生命力和表现力的范畴，它直指人的禀赋性情，也关涉艺术的意境风格，在古代诗话、词话中经常出现，由此衍生出一系列子范畴，如空灵、灵性、灵活、灵通等③。

（一）空灵

在诗文评论中，经常运用“空灵”一词。冯班的《钝吟杂录》谓：“词尚空灵，妙在不离不即，若离若即，故赋少而比兴多。”空灵，意为清新灵活。词曲是以空灵为宗主的，在清代李渔的《闲情偶寄·词曲上·词采》中也说道：“说话不迂腐，十句之中定有一二句超脱；行文不板实，一篇之内但有一二段空灵，此即可以填词之人也。”以空灵与否来判断一个人能否成为填词之人，可以看出“空灵”在词曲评论中的重要地位。空灵，崇尚

① 况周颐. 蕙风词话·蕙风词笺注［M］. 俞润生，笺注. 四川：巴蜀书社，2006：353.

② 况周颐. 蕙风词话·蕙风词笺注［M］. 俞润生，笺注. 四川：巴蜀书社，2006：397.

③ 李紫梅. 中国古典美学“灵”范畴探略［D］. 广州：华南师范大学，2012.

清新灵活，反对过于追求实质。这就是词曲少用赋而多用比兴的缘故。赋倾向于陈述事实，制造气势。比兴则使用兴起、比喻、对比等手段，更灵活地调动词人的内在情感，使词句随性而发，使艺术形象如“空中之音、相中之色、水中之月、镜中之像”般透彻玲珑。不必遵循严谨的格律和相同的字数，长短结合，骈散相间，却能使灵活之感游刃于字里行间。

在“灵”的范畴中，“空灵”是较为常见的。在《历代诗话词话汇编》和“中国古籍全录”网中搜索“空灵”一词，共有57条内容不同的记录。把这些记录汇总并剔除重复的内容之后，对其分类，统计每一类别的记录总数，结果如表2－1所示：

表2－1　含“空灵”二字的记录类别

类别	诗词理论	诗词品评	书画品评	人物品藻	形容心境	表示地名	其他
记录总数/条	4	21	4	2	8	12	6

其中，有关“空灵”的诗词理论主要出现在蔡嵩云《柯亭词论》、江顺诒《词学集成》和沈祥龙《论词随笔》中。使用“空灵”二字进行诗词品评的则主要体现在况周颐《蕙风词话》、唐圭璋《唐宋词简释》、薛砺若《宋词通论》和刘熙载《词概》等多种图书中。“空灵”在诗词理论和诗词品评方面的意义有所不同。

首先是诗词理论方面。谈及“空灵”在诗词理论方面的体现，先简述词论家对于“空”与“灵”关系的一些看法。

南宋著名词人、词论家张炎在《词源》中明确指出：“词要清空，不要质实。清空则古雅峭拔，质实则凝涩晦昧。姜白石词如野云孤飞，去留无迹。吴梦窗词如七宝楼台，眩人眼目，碎拆下来，不成片段。”① 可见，张炎论词，主张“清空”，反对“质实”。他认为姜白石词如《疏影》《暗香》

① 张璋，职承让，等．历代词话：上［M］．郑州：大象出版社，2002：192.

《扬州慢》《琵琶仙》等“不惟清空，又且骚雅，读之使人神观飞越”。

北宋以来的恋情词，情调软媚或失于轻浮，而姜夔的恋情词则往往把缠绵缱绻的爱恋细节过滤掉，从而实现了把恋情雅化，赋予其高雅的情调。如《踏莎行》一词：“燕燕轻盈，莺莺娇软，分明又向华胥见。夜长争得薄情知？春初早被相思染。别后书辞，别时针线，离魂暗逐郎行远。淮南皓月冷千山，冥冥归去无人管。”这首恋情词把缠绵温馨的爱恋细节等“质实”的内容过滤掉，避免了妩媚轻艳，而用魂牵梦萦的情愫、清冷的色调营造出清雅、空灵的韵味。冷色调一般会给人清凉、清灵之感，而“淮南皓月冷千山”一句，更是创造出了词史上少见的冷感。

清代田同之在《西圃词说》中指出：“《乐府指迷》云：‘词要清空，不要质实。’此八字是填词家金科玉律。清空则灵，质实则滞，玉田所以扬白石而抑梦窗也。”① 沈义父在《乐府指迷》中也称：“梦窗深得清真之妙，其失在用事下语太晦，人不可晓。”② 张炎批评吴文英词质实，是就其用事下语过于晦涩方面说的。如《声声慢·陪幕中饯孙无怀于郭希道池亭，闰重九前一日》的“檀栾金碧，婀娜蓬莱，游云不蘸芳洲”中，“檀栾金碧，婀娜蓬莱”是形容郭家园亭如蓬莱仙境。檀栾，指竹子；金碧，形容亭台色彩金碧辉煌。婀娜，指园亭像美好的仙境。这两句比较“质实”，而“檀栾”又令人费解。较之姜白石词之流畅空灵，吴梦窗词则显得凝滞晦涩，读来有受阻断不畅之感。此谓“清空则灵，质实则滞”。

清代周济也认为：“初学词求空，空则灵气往来。”③ 另一词论家沈祥龙在《论词随笔》中称：“词宜清空……清则丽，空则灵。”④ 从中可以看出，词论家对词作的“空”或者“清空”的要求，是为了达到作品“灵”的效果。逐渐地，“空灵”成为词论家对词作意境、风格的审美追求之一。

---

① 张璋，职承让，等．历代词话：下［M］．郑州：大象出版社，2002：1238.
② 张璋，职承让，等．历代词话：上［M］．郑州：大象出版社，2002：200.
③ 张璋，职承让，等．历代词话：下［M］．郑州：大象出版社，2002：1487.
④ 张璋，职承让，等．历代词话：下［M］．郑州：大象出版社，2002：1847.

沈祥龙在《论词随笔》中再次谈道："词得屈子之缠绵悱恻，又须得庄子之超旷空灵。"① 对此，现代美学家宗白华在《中国艺术意境之诞生》中做出如下阐述："中国艺术意境的创成，既须得屈原的缠绵悱恻，又须得庄子的超旷空灵。……超旷空灵，才能如镜中花，水中月，羚羊挂角，无迹可寻，所谓'超以象外'。"② 中国古典诗词讲究意境，意境是由情景交融的意象生发出来的、具有丰富的象外之意和言外之情的艺术空间。赋诗填词若能"超旷空灵"，所产生的意境则会因象外之意而显得旷远广大。江顺诒《词学集成》中写道："词以空灵为主，而不入于粗豪。"蔡嵩云《柯亭词论》中也有"词尚空灵，妙在不离不即。若离若即，故赋少而比兴多"③ 的论述。两者均提倡词的"空灵"。前者认为词应凸显清空灵动的特点，避免陷入粗放。后者同样崇尚词的空灵，妙在若即若离，并认为比兴可使词产生空灵之境。

陆机诗歌过分注重修辞，雕琢太重而呈现出繁缛的风貌。沈德潜在《古诗源》中谈道："士衡诗亦推为大家。然意欲逞博，而胸少慧珠，笔又不足以举之，遂开出俳偶一家。西京以来，空灵矫健之气，不复存矣。"从字里行间可以看出，陆机诗歌"繁缛"，而失去了"空灵"。刘勰《文心雕龙·熔裁》中说他"缀辞犹繁"。由此也可看出，诗论家、词论家对作品风格和意境之"空灵"的追求及对"繁缛"诗风的批评。

概言之，"空灵"是中国传统艺术的一种境界和风格。诗歌词作须"空灵"而非"质实"，不能只限于对客观、对现实的摹写，而应以超脱淡泊的精神、清空流畅的技巧，使诗歌或词曲作品产生"空灵"的艺术境界，使读者在深沉幽渺、可神会不可指实的意境中领悟到一种无限的事外之远致。

其次是诗词品评方面。对前文统计的 21 条内容进行分析，可知在诗词

---

① 张璋，职承让，等. 历代词话：下［M］. 郑州：大象出版社，2002：1843.

② 宗白华. 艺境［M］. 北京：北京大学出版社，1987：156－161.

③ 张璋，职承让，等. 历代词话：上［M］. 郑州：大象出版社，2002：654.

品评方面，“空灵”主要用于品评“意境或风格”（共14条），以及“文笔或言辞”（共7条）。下面将选择其中一部分进行分析。

“空灵”用于品评“意境或风格”的例子如表2-2所示。

表2-2 “空灵”用于品评“意境或风格”的记录

序号	作品名称	作品内容（节选）	评点内容（节选）	评点出处
1	苏幕遮·碧云天（范仲淹）	碧云天，黄叶地，秋色连波，波上寒烟翠。山映斜阳天接水。芳草无情，更在斜阳外	一片空灵境界	唐圭璋《唐宋词简释》
2	踏莎行·拨雪寻春（毛滂）	拨雪寻春，烧灯续昼。暗香院落梅开后。无端夜色欲遮春，天教月上宫桥柳	（词风）空灵自适	薛砺若《宋词通论》
3	水调歌头·明月几时有（苏轼）	我欲乘风归去，又恐琼楼玉宇，高处不胜寒	尤觉空灵蕴藉	刘熙载《词概》
4	渔家傲引（洪适）	半夜系船桥北岸，三杯睡着无人唤。睡觉只疑桥不见。风已变，缆绳吹断船头转	意境亦空灵可喜	况周颐《蕙风词话（新校本）》

第一个例子中，天连水，水连山，山连芳草；天带碧云，水带寒烟，山带斜阳。上下相连、远近相接，显得悠然旷远、意境空灵，宛如一幅山水画。第四个例子表现的是午夜泊船，微醉而眠，醒来之后误以为桥却不见的意外和欢喜之情，颇似“旧时茅店社林边，路转溪头忽见”的惊喜。这是眼前所见的，而不在眼前的则是词作表达内容之外的空灵、空阔的意境。

综合来看，具有“空灵”意境或风格的诗词有这些特点：一是写景优美诗意，情景交融，叙事流畅自然。二是作品读来令人遐思绵绵，把人的情思引向作品之外的更加悠长、旷远的空间，而不是仅仅止于眼前的作品。

“空灵”用于品评“文笔或言辞”的例子如表2－3所示。

表2－3　“空灵”用于品评“文笔或言辞”的记录

序号	作品名称	作品内容（节选）	评点内容（节选）	评点出处
1	鹧鸪天·彩袖殷勤捧玉钟（晏几道）	从别后，忆相逢，几回魂梦与君同。今宵剩把银釭照，犹恐相逢是梦中	“剩把”与“犹恐”四字呼应，则惊喜俨然，变质直为宛转空灵矣	唐圭璋《唐宋词简释》
2	秦楼月·楼阴缺（范成大）	隔烟催漏金虬咽，罗帏黯淡灯花结。灯花结，片时春梦，江南天阔	善用空灵之笔，不言愁而愁随梦远矣	俞陛云《唐五代两宋词选释》
3	阮郎归·天边金掌露成霜（晏几道）	兰佩紫，菊簪黄，殷勤理旧狂。欲将沉醉换悲凉，清歌莫断肠	得此结句（清歌莫断肠），便觉竟体空灵	况周颐《蕙风词话（新校本）》

上述例子中，《鹧鸪天·彩袖殷勤捧玉钟》一词是以相逢抒别恨，即两人久别重逢时，抒发分开时的想念之情。“剩把”与“犹恐”将微妙的感情表现得极为生动：两人在证实今宵重逢不是梦境，主人公的情态宛在读者眼前。此四字互相呼应，空灵宛转。《阮郎归·天边金掌露成霜》中“清歌莫断肠”五字一改前面实写的“悲凉”，使全词的意境由“沉着厚重”转为空灵，把“悲凉”淡化，而将读者的感觉引向更为宽广、悠扬的境界中。

作品由一个一个的言辞组成，意境是言辞连缀之后所产生的审美意义。因此，诗词“空灵”的文笔或言辞是形成“空灵”意境或风格的重要因素。

（二）灵活

谈及诗词风格、诗词言辞和文笔，除上文所述之“空灵”之外，“灵活”是古人用于品评诗词、形容诗词风格的另一美学范畴。

通过查阅《历代诗话词话汇编》以及“中国古籍全录网”的资料，综合分析之后，发现用“灵活”品评“诗词言辞和文笔”的例子如表2－4所示。

表2－4 用“灵活”品评“诗词言辞和文笔”的记录

序号	作品名称	作品内容（节选）	评点内容（节选）	评点出处
1	霜天晓角·湖上泛月归（姚成一）	烟抹，山态活。雨晴波面滑	尤饶有韵致，词笔灵活可喜	况周颐《蕙风词话（新校本）》
2	西江月·明月别枝惊鹊（辛弃疾）	七八个星天外，两三点雨山前。旧时茅店社林边，路转溪桥忽见	笔调灵活、不假雕琢	艾治平《宋词名篇赏析》

姚成一“烟抹，山态活。雨晴波面滑”描述了轻烟笼罩山头、雨后湖涨水滑之景。“抹”是灵活之笔，勾勒出轻烟笼山的动人姿态，颇有韵味。辛弃疾《西江月》着意描写明月清风、疏星稀雨、鹊惊蝉鸣、稻花飘香、蛙声一片的山村夏夜风格，优美如画。整首词流畅自然，没有雕琢，没有堆砌，笔调相当流利灵活。

言辞是诗词的骨干，作品通过言辞表情达意。对于采用怎样的言辞来体现灵活，词论家沈祥龙《论词随笔·词中虚字》中有这样的表述：“词中虚字，犹曲中衬字，前呼后应，仰承俯注，全赖虚字灵活，其词始妥溜而不板实。不特句首虚字宜讲，句中虚字亦当留意。”① 从中我们可以看出灵活的言辞对于改变词作呆板凝滞的重要性。沈祥龙还举了姜白石《齐天乐》的例子：“‘庾郎先自吟愁赋，凄凄更闻私语。’‘先自’、‘更闻’，互相呼应，余可类推。”文人夜吟，自己已是愁情满怀，更哪堪又听到如窃窃“私

① 张璋，职承让，等．历代词话：下［M］．郑州：大象出版社，2002：1846.

语”的蟋蟀悲吟！诗词中的虚字，“更闻”与“先自”相呼应，使词作显得灵活不呆滞，将词意推进一层。

清代词论家江顺诒在《续词品二十则·善改》中有这样的描述：“机忌其滞，笔贵乎灵。已安一字，仍然数茎。”① 就是说文笔需灵活、机灵，并且要不断琢磨、改动，为了达到“语不惊人死不休”的目的而“吟安一个字，捻断数茎须”，也就是炼字。

对于炼字，沈祥龙《论词随笔》中云：“炼字贵坚凝，又贵妥溜。”② 妥溜，意指“顺溜、顺畅”，其实也就是“灵活”的意思，这也是在表达诗词作品言辞灵活的重要性。王国维《人间词话》有言：“‘红杏枝头春意闹’，著一‘闹’字，而境界全出。‘云破月来花弄影’，著一‘弄’字，而境界全出矣。”“闹”和“弄”两个动词的使用使得意象的组合变得生机盎然，同时赋予意象感情色彩。又“春风又绿江南岸”之“绿”字，“僧敲月下门”之“敲”字，“人比黄花瘦”之“瘦”字，皆是用灵活之笔带出的审美感觉全然不同的例子，可谓“仅着一字，尽见风流”。因此，灵活、妥溜的言辞是诗词的“眼”，往往仅用一字却使整篇作品活起来，也就是一字灵活，而境界全出。

言辞灵活的诗词作品，又会产生意境的灵动之美。“灵动”是另一美学范畴。意境的灵动之美是指诗词表现出来的万物生生不息的活力，就像自然万物那样具有“灵”，体现出动态美。灵活的言辞如落入泉中的一粒石子，给清泉带来新的活力，体现出灵动之势。如“烟抹，山态活。雨晴波面滑”“云帆片片趁风开，远映碧山来”和“红杏枝头春意闹”都是这样的例子。

而对于诗词作品的“灵活”的风格，杨夔生在《续词品》中有这样的阐述：“天孙弄梭，腕无暂停。麻姑掷米，走珠跳星。荷露入握，菊香到

---

① 张璋，职承让，等．历代词话：下［M］．郑州：大象出版社，2002：1687.

② 张璋，职承让，等．历代词话：下［M］．郑州：大象出版社，2002：1846.

瓶。如泉过山，如屋建瓴。虚籁集响，流影幻形。四无人语，佛阁一铃。”①用多个比喻把“灵活”的风格表现出来。如织女操作梭子，动作不停；如麻姑投掷大米，动作连贯；又如清泉穿过山坡等。整首词连续流畅，不能拖沓累赘。如苏轼《江城子·密州出猎》：“老夫聊发少年狂，左牵黄，右擎苍。锦帽貂裘，千骑卷平冈。为报倾城随太守，亲射虎，看孙郎。酒酣胸胆尚开张，鬓微霜，又何妨。持节云中，何日遣冯唐？会挽雕弓如满月，西北望，射天狼。”这首词气势雄豪，感情纵横奔放，令人“觉天风海雨逼人”。词人使用一连串表现动态的词，如“发”“牵”“擎”“卷”“射”“挽”“望”等，如天孙弄梭、走珠跳星，非常连贯，一泻千里，如一江春水滔滔直下，慷慨豪迈，“一洗绮罗香泽之态，摆脱绸缪宛转之度”，酣畅淋漓，读之令人耳目一新，很好地体现了词风灵活的特点。

（三）性灵

在古典美学的评论中，“性灵”的使用频率比较高。袁枚论诗也是因“性灵说”而著称的。中国古代文学理论历来坚持“诗言志”的传统，时至魏晋，“缘情”的五言诗才有所发展，于是就有了陆机的“诗缘情而绮靡”的观点。“诗缘情”确立了创作主体之情感在创作中的重要地位，开启了中国古代文学理论看重情感的传统。而“性灵”关注的就是人内在的心灵世界，指人的精神、思想、情感、性情等。蒋斗南的《诗品目录绝句》曰：“晋世风概稍存，宋、齐之间，教失根本，士以简慢歙习舒徐相尚，文章以风容色泽放旷精清为高，盖吟写性灵，留连光景之文也，意义格力无取流焉。”文章之所以风容色泽、放旷精清，是因为能够吟写“性灵”，也就是内在的情感，即从诗文中可以体会到诗人的内在的精神气质、独特个性和思想高度。而明代《诗镜总论》中云：“倪隐君元镇，高风洁行，为我明逸人之宗。读其词，足以陶性灵，发幽思。”此则从作品对读者的影响评论，

① 张璋，职承让，等．历代词话：下［M］．郑州：大象出版社，2002：1497．

表明诗人可以通过作品陶冶内在的思想和情感，引发思考。“性灵”既反映了作品的主体内在，也作用于作品接受者的情感。“人亦照谱按格，发舒性灵”；“皆性灵语，雅与元人为近”；“文章之体，标举兴会，发引性灵”；“伎俩虽多性灵恶”等都表现出评论家对“性灵”的重视，即是对情感地位的提升，不再把文学仅仅当作美刺讽喻的社会教化工具，开始关注人内在情感的发泄和个性的展现。

《现代汉语词典》中，对“性灵”解释为“人的精神、性情、情感等”。这其中包含了“性灵”较常用的两种含义：一是指内心世界，泛指精神、思想、情感等。如《晋书·乐志上》：“夫性灵之表，不知所以发于咏歌；感动之端，不知所以关于手足。”二是指“聪明、智慧”之意。如唐代段安节《乐府杂录·琵琶》：“纲尝谓侪流曰：‘教授人亦多矣，未曾有此性灵弟子也。’”

在文学中，“性灵”一词多出现于文学创作的主张和文学批评中。

首先是创作主张方面。由“性灵”所衍生出来的文学应“独抒性灵，不拘格套”的创作主张，最早是由明代文学家袁宏道提出的。袁宏道与其兄袁宗道、弟袁中道，被称为“公安派”（他们是湖北公安人），是活动于明万历中后期的一个文学革新流派。

性灵说是公安派文论的核心，它的提出与当时“前后七子”过分强调效法古人、模拟因袭之风强盛有关。这些作品徒有古诗的形式，内容却空泛，少见作者的真性情。为改变文坛积弊，袁宏道在给其弟袁中道的诗集作序时，首次明确提出了“独抒性灵，不拘格套”这一创作主张：“弟小修诗，……大都独抒性灵，不拘格套，非从自己胸臆流出，不肯下笔。有时情与境会，顷刻千言，如水东注，令人夺魄。”这里的“小修”是袁中道的字，他早年的诗文作品富有创造精神，不拘俗套，直抒胸臆，展现真性情。这是颇受袁宏道推崇的。

何谓“性灵”？袁宏道的好友江盈科为他的《敝箧集》作序时，称引他的话说："诗何必唐，何必初与盛，要以出自性灵者为真诗尔。"① 为了更好地说明"性灵"，他作此解释："夫性灵窍于心，寓于境。境所偶触，心能摄之，心所欲吐，腕能运之。"② 从中可以看出，"性灵"是指人的自然、真实的感情，是对即兴感情、即时情景的抒发。它不受传统的束缚，强调彰显自我的真实性情，才能产生"顷刻千言，如水东注，令人夺魄""情至之语，自然感人"的效果。

对于公安派的不足之处，王夫之《姜斋诗话》批评道："以信笔扫抹为文字。"钱谦益《列朝诗集小传》也说："机锋侧出，矫枉过正。"现代文学家林语堂认为："（公安派）主张自抒胸臆，发挥己见，有真喜，有真恶，有奇嗜，有奇忌，悉数出之，即使瑕瑜并见，亦所不顾，即使为世俗所笑，亦所不顾，即使触犯先哲，亦所不顾。"这些都说明，公安派在"独抒性灵"的同时，存在矫枉过正的问题。如果文学创作一味地信笔为之，"宁今宁俗"，则容易流于俚俗，作品的审美意义也将受到影响。

清代文学家袁枚论诗以"性灵说"著称。他说："自《诗三百》至今日，凡诗之传者，都是性灵，不关堆垛。"袁枚倡导的"性灵"主要包含两方面的含义：一是性情，二是灵机。袁枚认为，"诗者，心之声也，性情所流露者也"，诗歌是作者性情的自然流露。同时，袁枚论诗注重灵机，即诗人自身的灵思以及作品显现的灵气。袁枚所著《随园诗话》《续诗品》等对其"性灵说"有明确深刻的阐述，成为词学研究的重要论述。

其次是文学批评方面。"性灵"一词也早已使用于文学批评当中。在刘勰的《文心雕龙·情采》中，称文章之作在于"综述性灵，敷写器象"。颜之推《颜氏家训·文章》也称："文章之体，标举兴会，发引性灵。"意在文学作品要抒发个人的情感，表现个人的审美情趣。

近代词人况周颐论词突出"性灵"，讲求"性灵流露"与"书卷酝

---

①② 蒋凡，郁沅．中国古代文论教程［M］．北京：中国书籍出版社，2009：297.

酿”。他在《蕙风词话》中多次用“性灵”阐明其文学思想。例如，他认为“造句要自然……其道有二：曰性灵流露；曰书卷酝酿”，说明是否流露性灵影响着文学创作的情感自然。又如，“词宜有性灵语”，强调词作应表现性灵，不能刻意雕琢。再如，“（咏物）自性灵中出佳”“以性灵语咏物，以沉著之笔达出，斯为无上上乘”等。可以看出，况周颐重视性灵的抒发、内心情感的表达，词人需做到“性灵流露”才可出上乘佳作。这些都很好地印证了他“以吾言写吾心，即吾词”，强调“真字是词骨。情真、景真，所作必佳”的思想。

在诗词品评方面，况周颐认为清人纳兰容若“其所为词，纯任性灵，纤尘不染”。如《如梦令·正是辘轳金井》：“正是辘轳金井，满砌落花红冷。蓦地一相逢，心事眼波难定。谁省？谁省？从此簟纹灯影。”这首词写青年男女一见钟情的情景：落花时节，偶然邂逅之后不能忘怀，无限情思萦绕心头。全词感情真挚，发自性灵。

而谈及周邦彦词，况周颐则认为：“清真又有句云：‘多少暗愁密意，唯有天知。’‘最苦梦魂，今宵不到伊行。’‘拚今生、对花对酒，为伊泪落。’此等语愈朴愈厚，愈厚愈雅，至真之情，由性灵肺腑中流出，不妨说尽而愈无尽。”句中的“性灵”指的是内心世界。从“性灵肺腑中流出”的真情实感，熔铸于文学作品中，将会给读者带来更加强烈的感染力。

综上所述，可以看出在文学创作主张和文学批评中，“性灵”的主要含义有以下两种：一是指内心世界（泛指精神、思想、情感等）；二是指性情。“性灵”体现在文学创作中，是指作家应该抒发自身的真实情感，避免矫揉造作，这样才能更加打动人心，所创作的作品才能更具审美价值和意蕴。“性灵”体现在文学批评中与其前者的含义一脉相承，用“性灵”抒写的作品才能展现出“性灵”。这是对作品情感美、以情动人的审美要求。

性灵说首先是一种生命学说、心性学说，而当其由生命的向度向文学投射或渗入，方转化为一种文学批评言语。由此我们可以判知，“性灵”这一概念与唐宋派唐顺之的“精神”“神明”等概念在学脉上是一脉相承的，二者最终所指的是同一个东西，即心性主体，并以之与非本体性的“情”相区别。性灵说始于老庄虚静说，经阮籍、嵇康自由审美说的嬗变，由南北朝文学家开创了性灵文学的创作先河，至明清，由于提倡性灵说的文学家的努力，性灵文学成为文学创作的重要流派，性灵说成为文学创作的核心理论。

当代著名学者王英志认为，刘勰在《文心雕龙》中第一次提出“性灵”概念。他说：刘勰“《序志》篇本云：‘夫宇宙绵邈，黎献纷杂，拔萃其类，智述而已；岁月飘忽，性灵不居。腾声飞实，制作而已。’性灵指精神或禀性才能。”① 这种理解较为正确，并且与“综述性灵，敷写器象”“洞性灵之奥区，极文章之骨髓者也”等语中的“性灵”含义一致。庾信对这一含义又有深化，其关于“年发已秋，性灵久竭”“四始六义，实动性灵”“性灵造化，风云自然”中的“性灵”，与刘勰赋予“性灵”的含义是一致的。这些“性灵”当解释为心灵、精神、本性、自然生命意识乃至宇宙本体意识，其内涵主要指的是人性当中所具有的、要脱离或超越任何形式的羁绊与束缚到的精神意象，有时就指人特有的聪慧性，或慧黠之性，或天性灵智。即一方面，它要求打破外在规范的束缚，挣脱“我”之外的羁绊；另一方面，又要求漠视或超越人的身心各方面的欲望和需求。

总而言之，“性灵说”是“灵”修成的正果，“本性”是“灵”之“体”，即人本真之性的本体层面，“皈依本性”就是人向本真的回归。而“灵”的个性化，便是不拘俗套，追求本色，其内涵本身包含了与儒家正统诗教构成的强烈情理冲突，从而衍生到“性灵”并延续了文学的“缘情说”，走近自我。由此，“灵”范畴便有了其“任情适性”“自抒情性”的生命内涵。

---

① 王英志．性灵派研究［M］．沈阳：辽宁大学出版社，1998：164．

第二节 词学创作论

一、疏

在晚唐诗人、诗论家司空图的《二十四诗品》中用非常优美的四言诗描绘出“疏野”这一独特风格的诗境：“惟性所宅，真取不羁。控物自富，与率为期。筑屋松下，脱帽看诗。但知旦暮，不辨何时。倘然适意，岂必有为。若其天放，如是得之。”① 在此之前，“疏”这一审美范畴从魏晋六朝开始不断演变，已逐渐地在诗论和画论中形成了一定的理论体系。

“疏”具有非常活跃的生命力，不仅作为单体范畴活跃于诗文、画作与词曲当中，更通过“疏梅”“疏桐”“疏钟”等独具韵味的意象，形成“疏放”“疏朗”“疏宕”“疏达”等内蕴丰富的审美范畴。

（一）“疏”范畴的文学生成

《说文》云：“疏，通也。……疋者，破包足动也。孕则塞，生则通。”②《国语·周语》以“疏为川谷，以导其气”来注“通”。也就是说，疏其障，则足以导气，气导乃通也。“疏”在本意上实为通畅之意，后来在审美范畴里其意蕴不断得到丰富，形成了词和诗文等文学批评领域中非常重要的风格范畴。纵观“疏”范畴的发展，经历了由边沿化逐渐中心化的发展轨迹。

日本平安时代空海大师所著的日本汉诗学的第一部著作《文镜秘府论》，影响深远。他提出：“体大义疏，辞引声滞，缓之致焉。”文体宏大，但是义不周密，故云疏；辞虽引长，而声不通礼，故云滞也。该观点对义疏持否定的态度。盛唐时期，诗文创作气象浑成、神韵轩举，精神饱满、心态乐观的文人更为追求一种高朗俊大、繁华雄浑的风格范畴，其具体表

---

① 于民．中国美学史资料选编［M］．上海：复旦大学出版社，2008：250.

② 许慎．说文解字［M］．北京：中国书店，1989.

现为意象的密集、繁茂。而在后来的发展中，审美态度逐渐发生了改变。董其昌《画禅室随笔》指出：古人画，“有详处，必要有略处，实虚互用。疏则不深邃，密则不风韵。但审虚实，以意取之，画自奇矣”。此时，审美倾向于疏密并重，并不再一味地排斥“疏”这种艺术风格，但是“疏”仍然是依附着“密”并作为其补充而存在的，依旧不作为一个单独的审美范畴得到充分的关注和肯定。到了宋代，特别是随着宋明理学的发展，在文学创作中出现了追求变骇紧为疏奇、化整丽为错落的艺术自觉性。正如杨诚斋所言：“筛瓦巧从疏处透，跳阶误到暖边融”，便是宋人本色。① 到清代，审美要求更是发展成以疏为美、以疏为贵，“以疏为美，密则无态”②。

“疏”范畴的活跃性不仅表现在其在审美领域中展示的语言风格和独特的意境效果逐步成熟和发展，同时也体现在其丰富灵活的组合性和生命力。经过长期历史的嬗变，“疏”和各种物象进行组合，形成词体创作体系中一个个内涵丰富的意象，如“疏桐”“疏帘”“疏影”“疏雨”等。

（二）“疏”范畴的审美展开

“疏”范畴的意蕴开阔，与审美风格范畴的其他范畴相辅相成，既保持着“疏”范畴的特质，同时也延伸到其他范畴，形成相补相通的特性。

一是“疏”与“真”。词作追求的是情景备至，既追求意境的疏远辽阔，同时也努力做到情感的真率自然。杜甫状景写情极妙，但是亦有写情失之疏漏，若“读书难字过，对酒满壶频”，上句真率自然，下句为韵所束缚③。此联对仗缜密，严格遵守音韵之率，但是同时也失去了“真”，过分追求缜密，而限制了真实情感的抒发。因此，往往疏笔才能绘真情。清代夏敬观《蕙风词话诠评》亦提到：“密在字面，厚在意味。学得密处易，学得厚处难。密固近厚，欲真厚，不得专从密处求之。密而能疏宕，始能真厚也。”这个观点很直接地指出了，欲真厚，不得专从密处求之，必须达到

①③　谢榛．四溟诗话：上［M］．宛平，校点．北京：人民文学出版社，1961．

②　龚自珍．病梅馆记［M］//龚自珍全集．上海：上海人民出版社，1975．

“密而能疏宕”，乃真厚。因此，疏可至真。

此外词要有真气贯注，“涩之中有味、有韵、有境界，虽至涩之调，有真气贯注其间。其至者，可使疏宕，次亦不失凝重，难与貌涩者道耳”①。欧阳修之词以婉约风格著称，但是还有不少疏放开阔的作品，称之为“疏宕明快”词。欧公的《临江仙》抒发了发自肺腑的真挚、火热的感情，不加涂饰，直抒胸臆，表现出志气自若、疏放达观的抒情个性。《临江仙》云：“十年歧路，空负曲江花。闻说阆山通阆苑，楼高不见君家。孤城寒日等闲斜。离愁难尽，红树远连霞。”词中景象、物象不多，笔调极其疏放，感情浓郁而深沉。静则显和婉，动则显明快。同样，摩诘之诗，“必以意兴发端，神情傅合，浑融疏秀，不见穿凿之迹，顿挫抑扬，自出宫商之表可耳”②。因而，我们可以看出，“真”总是以“疏”为表现形态而出现。

二是“疏”与“远”。“疏”在本意上实为通畅之意。“远”的本意是空间的距离之远。这两个单体范畴常以并列式拼合成复合范畴“疏远”。疏而致远。在某一程度上，疏即远，远亦为疏。疏远多用来指明感情上的距离。如《警世通言·李谪仙醉草吓蛮书》：“李白情知被高力士中伤，天子存疏远之意，屡次告辞求去。”也见用于名词，指不亲近的人。如明代张居正《祭张龙湖阁老文》：“今天子拔之于疏远之中，而置诸左右，公之知故，莫不为公喜。”在清代冯班《钝吟杂录》中，作者用“尤极淡远清疏之致”的话语，点评了李方叔《虞美人》歇拍“碧芜千里思悠悠。唯有霎时凉梦，到南州”诗句。可见，“疏”“远”的风格范畴具有其一致性。在其意蕴、含义上，“疏”与“远”各自的侧重点又有不同。“疏”更强调的是客观事物之远距离，更多的是指横向、频率上的、平面距离的远。

作为一个复合范畴的“疏远”风格，在审美范畴中的地位经历了由边沿到中心的过程。北魏郦道元《水经注·伊水》：“余谓京（京相璠）论疏

① 冯班. 钝吟杂录［M］. 北京：商务印书馆，1937.

② 陆时雍. 诗镜总论［M］. 北京：中华书局，2014.

远，未足为证，无如（服虔）说之指密矣。”宋代陆游之《拟上殿札子》：“如其屈万乘之尊，躬日昃之劳，顾于疏远之言无大施用，姑以天地之度容之而已，是独言者一身之幸也。”皆用“疏远”意指不切实际或不着边际。而在《北史·序传·李仲举》中，“白皙美须眉，高简宏达，风调疏远。博涉经史，不守章句业。”“疏远”得到正面的肯定，表示疏淡超逸的风格。发展到近代，王国维《人间词话》曰：“余谓北宋词亦不妨疏远。若梅溪以降，正所谓切近的当、气格凡下者也。”此“疏远”指的是文字简短而意境超远，从文与意的辩证关系角度，对“疏远”这一范畴做出了最大的肯定。

三是“疏”与“简”。简，形声。从竹，间声。本义：竹简。古代书写了文字的狭长竹片。战国至魏晋时代的书写材料，是削制成的狭长竹片或木片，竹片称“简”，木片称“札”或“牍”，统称为“简”。《诗·小雅·出车》有云：“畏此简书。”“简”通常用于和“淡”拼合成复合范畴，来表述简朴淡泊。在《南史·谢弘微传》中：“弘微与琅邪王惠、王球并以简淡称。”作者将弘微与琅邪王惠、王球三人相似的风格归纳为“简淡”。

清初戴名世的《〈方百川稿〉序》就指出：“要其文淡简，亦非凡近之所能识。”基于“疏”与“简”的基本义，两个单一范畴也经常组合在一起，共同构成“疏简”的风格范畴，始初用来评价人的散漫、随便。元代辛文房在谈到唐才子李颀的时候，便讲其“性疏简，厌薄世务，慕神仙，服饵丹砂”。发展到宋，疏简便有了萧疏挺拔之意。苏轼在《墨君堂记》中写道：“独王子猷谓竹君，天下从而君之，无异辞……君又疏简抗劲，无声色臭味可以娱悦人之耳目鼻口。”其中以疏简谓竹君。由盛唐至宋的发展过程中，造词疏简而不求切当，意繁浓不如简淡。疏中所蕴蓄着澎湃情绪经过沉淀后的深沉，在心境闲散中，亦展现了人生的悟解，所以疏简而丰腴，意闲而语健。这种疏简的文字风格，从艺术渊源上看，是东方的格调和情趣，来自中国古典诗文的风范韵致。尤其在陶渊明、韦应物的澄淡，柳宗元的清峭孤瘦及明人小品的趣味里，可窥见这文脉的传承。

四是“疏”与“密”。“疏”“密”一直相对而言，代表着截然不同的两个艺术风格。在盛唐，气象浑成，一派繁华昌盛，故常常通过密集的意象追求绮丽繁茂的诗风。而发展到了宋朝，宋词更加追求的是一种疏逸与空灵，以达意繁而体疏。但是在很多时候，疏与密是辩证地统一在一起的，多运用疏密相闲之法进行创作。在唐代张彦远的《历代名画记》中讲到“若知画有疏密二体，方可议乎画”，如果只是倾向于某一方面的话，就会如明代董其昌在《画禅室随笔》中提到的“疏则不深邃，密则不风韵”，唯有做到“审虚实，以意取之”方可达到“画自奇矣”的效果。在具体的创作中，“疏”和“密”也经常出双入对，形成交错多变的艺术效果，如“鲜光叶上动，艳彩花中出；疏桐映兰阁，密柳盖荷池”“春残叶密花枝少，睡起茶多酒盏疏”等作品。

（三）“疏”范畴的多层面价值指涉

作为中国词体创作审美范畴重要的内容之一，“疏”范畴具有非常丰富的内涵，无论是横向的、纵向的还是立体空间的，都最大化地将人的眼界、思想、精神世界延展到极致，开拓了一个更为广阔辽远又层次多样的审美世界。

从字面来理解，疏者，疏远之谓也。从物理特性上去理解“疏”，它可以从横向和纵向，也就是空间和时间两个角度进行探讨。疏者，远也，形容的是距离的远，与“密”相对。文学作品中往往用“疏”对意象进行修饰和描绘，以表达或疏达开阔或疏秀优美的景象，如“云淡星疏楚山晓，听啼乌，立河桥，话未了”“缺月挂疏桐，漏断人初静”“花岛红云春句丽，月梅疏影夜香闻”等。同时“疏”很多时候也应用于纵向的表达，多用于时间上，特别是在频率上的稀疏，表达的是不频繁，多为展现淡然悠哉的山居机趣，如“疏云雨滴沥，薄雾树朦胧”“千金买光景，但疏钟催晓，乱鸦啼暝”“故人云雨散，空山来往疏”等。无论是时间上还是空间上的“疏”，其实都是在表现着一种渐离的趋势或者状态，在扩张的空间中体验着阔达和疏朗的快意。

从情感的表达上而言，疏者，亲与之对也，特指情感疏远而不亲密，如“非令亲爱疏，谁使心神悄”“蟠木讵堪明主用，笼禽徒与故人疏”，“北阙休上书，南山归故庐。不才明主弃，多病故人疏”等。此中“疏”有的是由空间、时间距离而导致的，但更多的是由情感的隔阂、理念的差异而引致的。正所谓“道不同不相为谋”，故“疏”之。在作品《离骚》中，屈原不断地吟唱着：“何离心之可同兮，吾将远逝以自疏。”面对这个污浊横行的世界，面对楚主的不重用、不信赖，屈原最终未能实现真正的“远逝”而离开楚国。但是，在情感上，屈原已经潜意识地进行“自疏”了，和这个“世人皆醉”的世界划清界限，沉浸在自我的理想和信念中。除此之外，“疏”其实也是一种豁达别样的人生态度。“采菊东篱下，悠然见南山”，这是疏于仕宦的闲逸之情。“天子呼来不上船，自称臣是酒中仙”，藐视权贵，视之为粪土，这是文人不屈于权贵的一种疏狂。无论是对世俗的叛逆精神，还是对自然的向往，“疏”这种人生态度都让很多文人逸士找到了独特的一方心灵净土。

在意境上，作者利用绘景、写事的间隔之妙极力营造艺术效果上的疏离之美，借此增加意境的内涵容量，延宕和扩大所展现的范围，最大限度地利用了空间的无限性，引起读者的丰富想象，进行独特的艺术再创造。满则溢，疏则旷。无论是中国的诗词还是画作都非常注重留空，不像西方的油画那样满目盈眶。空达、疏阔是人文意蕴深厚的重大原因。因此，古人作诗往往正以风调高古为主，虽意远语疏皆为佳作。

“疏”这一范畴由产生到发展，无论是单一范畴还是合体范畴都充分地展现充满张力的意义空间。其强盛的生命力，使之能够与其他范畴进行有效的结合，不断拓宽审美风格的领域，不断地展现新的内涵。

二、老

“老”是会意字，甲骨文字形像一个手里拿着拐杖的老人形，本义是年老、衰老。东汉许慎的《说文解字》解释为：“考也。七十曰老。从人毛匕，言须发变白也。凡老之属皆从老。”① 这是“老”最原始的含义。例如：老人、老树、老屋。从这里可以看出原始意义下的“老”一般用作形容词，是对事物的进一步描述，而这描述的背后就包含着一种尊敬的意味。《周礼·地官·乡老注》中说道：“老，尊称也。”

到了宋代，“老”已经衍生出了一系列的概念，比如“老劲”“老硬”“枯老”“苍老”“老健”“宗老”等。其中“枯老”“宗老”多用于评论画作。宋代是个山水画很风行的年代，虽然山水画起于王维，在魏晋时期谢灵运等人也很崇尚山水，但是到了宋代，苏轼等人将山水画提高到了更高的境界。在画里，枯树和老树其实是同一种意象，同样给人一种苍健老硬瘦削但又充满力量的感觉。苏轼的著名画作《枯树怪石图》将枯树画进画里，米芾说：“子瞻作枯木，枝干虬屈无端，石皴硬，亦怪怪奇奇无端，如其胸中盘郁也。”② 这种枯木给人一种与景物的优美清丽不一样的审美感觉。苏轼更得“忘形得意”，即出绘画不拘于实景，而要富于想象力的心得。老树的这种特殊的审美意象还被后来的元代马致远在诗中运用得淋漓尽致，他的一句“枯藤老树昏鸦”真可谓“诗中有画”。在画里，还有一个概念叫作“宗老”，郭熙在《林泉高致·画诀》里描述道：“林石先理会一大松，名为‘宗老’。”这里所谓的“宗老”就是山水画里的标志，只有先定下它才能画其他的景物。“老”在宋朝除了用于描述树木以外，还用来描述石头。韩拙提出的画的“八格”里就有“石老而润”这一条。所谓老石就是“磊落雄壮，苍硬顽涩，矾头菱面，层叠厚薄”“崒屼嶙峋，千怪万状，纵横放逸，其体无定，而入皴纹多端也”③。老石的苍硬顽涩和老树的枝干虬屈相得益彰，共同构成了山水画的独特韵味。

---

① 许慎．说文解字［M］．上海：上海教育出版社，2003：224.

② 米芾．画史［M］//文津阁四库全书．北京：商务印书馆，2005：12.

③ 潘运告．宋人画论［M］．长沙：湖南美术出版社，2003：79.

南宋著名爱国词人辛弃疾的词作寄托了他的爱国热忱和英雄情怀，同时也饱含他壮志难酬的悲苦怨愤。在他词作的诸多情感之中，“老”情怀尤为突出。①

“老”是一种审美范畴，也是词体创作中常见的修辞技巧，表现了人们对生命的思考和对自然规律的探求。而“老”情怀则是一种内涵丰富的情感，可以体验，可以意会，可以言传。辛弃疾词作中的“老”情怀的主要内容有三：一是自觉宝刀未老雄心仍在的不服老；二是感慨衰老岁月蹉跎的落寞；三是想要闲居山野抛却纷争的安享晚年心态。

诗歌中一般为表现“老”情怀，多用“残烛”“霜鬓”“白发”“夕阳”等意象。辛弃疾词作的“老”情怀更多的是直接用“老”这个字眼来体现。辛弃疾现存六百多篇词作中，除去“父老”等无关“老”情怀的字词，直接用“老”字且关乎“老”情怀的词作愈百篇，另外以“白发”“白首”“白头”等意象来表述“老”情怀的词作四十多篇，再加上其他无明显字眼意象的但是表述的情感也是关乎“老”情怀的词作，足可见辛弃疾词作中“老”情怀是其创作中十分重要的情感表达的一种。表 2 – 5 为部分表述“老”情怀的词句。

表 2 – 5　辛弃疾词作文本中直接表露“老”情怀的部分词句

词句文本	词牌题目
白发苍颜吾老矣，只此地，是生涯。	江神子·博山道中书王氏壁
冉冉年华吾自老。水满汀洲，何处寻芳草。	蝶恋花·月下醉书雨岩石浪
少日春怀似酒浓，插花走马醉千钟。老去逢春如病酒。	定风波·暮春漫兴
老来情味减，对别酒、怯流年。	木兰花慢·滁州送范倅
莫遣旁人惊去，老夫静处闲看。	清平乐·检校山园书所见
今老矣，尚何堪？堪钓前溪月。	蓦山溪（饭蔬饮水）
吾老矣，探禹穴，欠东游。	水调歌头（文字觑天巧）

① 钟文志. 辛弃疾词作文本中“老”情怀探索［D］. 广州：华南师范大学，2013.

续上表

词句文本	词牌题目
还自笑，人今老；空有恨，萦怀抱。	满江红·和卢国华
偶然重傍玉溪东，不是白头谁觉老。	玉楼春（琵琶亭畔多芳草）
少年风月，少年歌舞，老去方知堪羡。	鹊桥仙·席上和赵晋臣敷文
谁念英雄老矣，不道功名蕞尔，决策尚悠悠。	水调歌头·和马叔度游月波楼
只因买得青山好，却恨归来白发多。	鹧鸪天·鹅湖归，病起作
清溪上，被山灵却笑，白发归耕。	沁园春·再到期思卜筑
莫嫌白发不思量，也须有思量去里。	鹊桥仙·送粉卿行
算枉了，双眉长恁皱，白发空回首。	一枝花·醉中戏作
笑白发如今，天教放浪，来往其间。	木兰花慢·题上饶郡圃翠微楼
白发空垂三千丈，一笑人间万事。	贺新郎（甚矣吾衰矣）
一壑一丘，轻衫短帽。白发多时故人少。	感皇恩·读《庄子》，闻朱晦庵即世
了却君王天下事，赢得生前身后名。可怜白发生！	破阵子·为陈同甫赋壮词以寄之
千骑而今遮白发，忘却沧浪亭榭。	贺新郎·又和
若教眼底无离恨，不信人间有白头。	鹧鸪天（昨日寒鸦一片愁）
白头自笑，年年送客，自唤春江渡。	御街行·山中问盛复之提干行期
今老矣，搔白首，过扬州。	水调歌头·舟次扬州，和杨济翁、周显先韵
平生塞北江南，归来华发苍颜。	清平乐·独宿博山王氏庵
……	……

辛弃疾的“不服老”带着满腔的凄凉，带着家仇国恨，无限凄凉。

醉里挑灯看剑，梦回吹角连营。八百里分麾下炙，五十弦翻塞外声。沙场秋点兵。

马作的卢飞快，弓如霹雳弦惊。了却君王天下事，赢得生前身后名。

可怜白发生！

《破阵子·为陈同甫赋壮词以寄之》①

辛弃疾少年戎马生涯，要说没有一点封侯追求那是假的。他出生入死，拼搏沙场，是为了要“了却”君王平定天下的大事——驱除金兵，收复中原，从而建立不朽功业。但是，现实与理想似乎永远都存在着矛盾。偶尔的心灰意冷，我们便可以从辛弃疾的词作中感受到那种“衰老无奈”的情怀：自己已经白发苍苍了。

一轮秋影转金波。飞镜又重磨。把酒问姮娥：被白发、欺人奈何。乘风好去，长空万里，直下看山河。斫去桂婆娑。人道是、清光更多。

《太常引·建康中秋夜为吕叔潜赋》②

这首词作于淳熙元年（1174），按理说辛弃疾此刻正值壮年，怎么会有如此消极哀老之作呢？原因在于辛弃疾的壮志未酬。正是这般壮志难酬以至于辛弃疾感觉自己碌碌无为，蹉跎了岁月，“老”情怀在词的创作中就自然而然地流露出来。正如辛弃疾自己在其他词作中所说“闲愁最苦”一样，此时的他南归已经十二年，抱负未能施展，只有岁月空转，自己平添诸多白发，“不是白头谁觉老”，这如何不让自己苦恼哀伤呢？白发倍增，举杯向着月中嫦娥发问该怎么办？辛弃疾自然知道嫦娥不能回答他，他只是在抒发自己无限的悲愤和凄凉。

倦客新丰，貂裘敝、征尘满目。弹短铗、青蛇三尺，浩歌谁续？不念英雄江左老，用之可以尊中国。叹诗书、万卷致君人，翻沉陆。

休感叹，年华促。人易老，叹难足。有玉人怜我，为簪黄菊。且置请缨封万户，竟须卖剑酬黄犊。甚当年、寂寞贾长沙，伤时哭。

《满江红（倦客新丰）》③

---

① 辛弃疾．破阵子·为陈同甫赋壮词以寄之［M］//辛更儒，选注．辛弃疾词．北京：中华书局，2013.

② 辛弃疾．太常引·建康中秋夜为吕叔潜赋［M］//辛更儒，选注．辛弃疾词．北京：中华书局，2013.

③ 辛弃疾．满江红·倦客新丰［M］//辛更儒，选注．辛弃疾词．北京：中华书局，2013.

这首词作中，辛弃疾以古人自比，叹其空有辅君治国之才而无所施，于是心中郁闷难发，不得不借酒消愁，凭色觅欢，强作达观。世道既不如愿，英雄既无用武之地，他颇欲卖剑换黄牛，以耕田种地为生。世事之不可说不可救，更使得辛弃疾伤情至极，失声痛哭。这是辛弃疾自我抒怀之作，意在抒发他怀才不遇、忧国伤时的感情。虽然说，辛弃疾在创作这首词时也许正当壮年，但是确实存在不被重用以至老死无为的担忧。

“倦客新丰，貂裘敝、征尘满目”这一句讲了唐代马周和战国苏秦的事迹，讲述了他们在得志之前的狼狈际遇，也是在讲辛弃疾自己此刻同样的不得意。“浩歌谁续?”这是用战国冯谖之典来抒发自己报国无门的愤懑不满。“不念英雄江左老，用之可以尊中国”，这一句词则十分直接地表达了辛弃疾的感情：难道就不念英雄豪杰白白地在江东老死吗？要知道任用他们，就可以使得国家有尊严、强盛啊！辛弃疾在这首《满江红》中自比古人，也肯定了自己是一个英雄。现在这个英雄却在一个无法施展抱负报效国家的地方渐渐老去，“白发空垂三千丈”，这是十分愤懑，也是十分悲哀的。

到了明清时期，“老”在诗歌文章评论中发挥着非常重要的作用，它不仅可以用于对诗歌的好评，也可以用在指出诗歌文章的不足之处上，如好评范围的有“老健”“苍老”等。明代王世懋在《艺圃撷余》中评论杜甫的诗：“多变态，其诗有深句，有雄句，有老句，有秀句，有丽句，有险句，有拙句，有累句。后世别为大家，特高于盛唐者，以其有深句、雄句、老句也。”杜甫的“老句”是特高于盛唐者，可见其中的“老”是非常高的评价。

李渔在《闲情偶寄·词曲下·宾白》中就认为文章取意“忌在老实”，认为要是取意老实就会让人“意懒心灰”。李渔还对此说明与诗歌“老实”相对的就是“尖新”，这种取意能让人耳目一新，欲罢不能。

第三节　词学题材论

一、愁

“愁”，是中国古典诗词中一个永远绕不开的题材，它是凝结在诗人情感深处的千回百转，弥漫在词人心头的浅吟低唱，无论是身处怎样境遇的诗人词人，都或多或少、或深或浅地发出了这样的喟叹。可以说“愁是人类特有心理现象，主要指的是人们郁结于心头的忧郁烦闷，作为人的一种情感，它丰富了我们多彩的精神世界，反映在文学作品中，它便成为具有审美价值的艺术情感”①。

词“委婉隽永、迂回曲直、一唱三叹之特质，具有女性之阴柔美。因此，词是具有传统女性化倾向的文学样式，也是女性文学最理想的抒情写意的表达形式”②。自古到今，很多男性诗人词人都得到了众多研究者的青睐，其实女性文学家的作品也是另一道并不逊色于男性文学家作品的旖旎风景。而在女性文学家当中，李清照和朱淑真就是两位不可忽视的典型代表人物。李清照和朱淑真在词中所抒写的愁思都具有很高的审美价值，而她们在词作中又抒写着怎样的愁思类型呢？

首先，在李清照和朱淑真词中都有抒写因寂寞或伤春惜春而发出的闺愁。在早期的少女时代，李清照和朱淑真是快乐无忧的，但随着慢慢地成长，尤其对于感情细腻而富有才气的她们来说更是避免不了闺中闲愁的缠绕。她们对于生活有着不一般的关切和敏感，因而也容易被生活中的事触动她们愁思的萌发。少女时期的李清照和朱淑真对未来充满着期待与好奇，但她们所面对的却是闺中百无聊赖的现实，这与她们的理想产生不协调的矛盾，从而使她们产生了闺中寂寞的闲愁。天生的才情使她们自然而然地

---

① 金玉新．古典诗词中愁情之浅见［J］．青年文学家，2009（11）．

② 舒红霞．女性审美文化：宋代女性文学研究［M］．北京：人民出版社，2004：5.

把这种情感奔泻在诗词上，以诗词的形式来发泄她们丰富的情感。她们二人巧合地著有词牌名同为《浣溪沙》的词作，而词中所写的内容又恰好映照着李清照、朱淑真闺中寂寞的影子。婚姻对这两位女文学家的人生都产生了举足轻重的影响，也给她们的精神世界增添了新的内容。李清照与赵明诚的婚姻是如意的，但婚后李清照常常因不能与夫君时时相守而感到独处闺房的寂寞。《醉花阴》《念奴娇》等词作描写了李清照在丈夫离家后闺中孤寂的思妇形象。朱淑真的婚姻则是造成她“断肠”之吟的直接原因，她并不能像李清照那样幸运地嫁给一个如意郎君，而是由于“父母不审”，“下家庸吏”①，夫妻之间志不同趣不合，因而在闺房中的朱淑真有的更多的是一种凄清的寂寞，这与李清照的思妇形象有一定的区别，所描绘的是一个所嫁非偶、命运坎坷的怨妇形象。在《减字木兰花》等词作中，词人所发出的幽怨声音扣人心弦。在二人的闺愁词作中，抒写的除了寂寞的愁思外，还有那伤春惜春的愁思。生机勃勃的春天赢得了众多人的怜爱，但眼看将要结束的春季与眼前事物的变化，使敏感的李清照和朱淑真两位女性不得不产生伤春惜春之情，她们有着对春天不舍的叹息，也有着对青春年华在不知不觉中流逝而去的感慨。美好景色与岁月的流逝引起了两位词人的惆怅之情，她们的词作见证着二者的细腻愁思。

在李清照和朱淑真的愁思词中还抒写着另一种非常引人注目的愁思类型，那就是情深意切的离愁。爱情在女性的世界观中占据着重要的地位，与心爱之人的离别使李清照和朱淑真因深深的相思而发出令人心酸的离愁之情。两人满腹离愁之苦，借词作的倾吐来抚慰那伤痕累累的心灵。对于李清照来说，能与志同道合的赵明诚结为伉俪是幸运的，这也给李清照的生活带来甜蜜的时光，但由于工作或政治等原因，夫妻二人不可避免地会有分离的时刻。李清照对远离的丈夫充满着不舍之情，离愁也就油然而生。

① 魏仲恭. 朱淑真诗集序［M］//冀勤，校点. 朱淑真集注. 杭州：浙江古籍出版社，1985.

李清照的一些词作如《一剪梅》写出她因夫妻二人的离别相思而愁，愁思显得凄婉幽怨。至于朱淑真，事与愿违的婚姻使“断肠”贯穿着她的一生，因此朱淑真产生离愁的对象不可能像李清照那样是丈夫。朱淑真是有着叛逆性格的女性，她敢于与封建礼教做斗争，在其词作中所描述的相思对象是她婚姻破裂后所遇到的但又被迫分离的心上人。她不忍离别，朝朝暮暮思念着那去了比天涯还要遥远的心上人，词中的离愁流露着朱淑真情爱之深、怀想之切与相思之苦，也充满着“断肠”之吟，引人为之而悲凉、而感动。

从李清照的词作中，还可以发现李清照除了有着女性的细腻柔情之外，还比朱淑真多出一份男性的豪气。李清照有不少的词作是抒写她那可以与陆游、辛弃疾等男性文学家相媲美的国愁之情。词作《南歌子》《永遇乐》等反映了李清照所抒写的国愁。从这方面来看李清照的视野要比朱淑真更宽广，这也是其与朱淑真词作中愁思类型的不同之处。毕竟她们有着不同的人生阅历，李清照对那时受难的国家有着一份不一样的情感，比朱淑真多出了一分关怀国家命运的胸襟。与国家分离的李清照不得不面对国家的战乱、人民遭受的苦难、与亲人的分离，这使她感慨万分、痛苦不堪，在词作中流露出心中对国家的那份深深的情感。另外，李清照晚年颠沛流离的不幸生活，更使她在感怀国家的同时也为自身的悲苦而感到异常的伤痛，那愁苦之深足以渗透每一位读者的心扉。①

二、华

中国美学在长期的历史发展中，产生了许多内涵丰富的美学范畴。“华”作为中国古典美学范畴之一，经历了长期的历史变化，为中国历代文人学者广泛使用，在诗话、词话等中国古典美学理论中频繁出现。古典美

① 梁美婷．李清照、朱淑真词作的愁思比较研究［D］．广州：华南师范大学，2010.

学领域中的“华”由实物的代指——花，逐渐演变为与花相关的事物，随后再演变为“华丽的”等多种意蕴，甚至成为中国的代名词。

古代文人士大夫常常将“华”用作表达对某事物或某人的看法以及情感态度，从而逐渐形成“华”这一范畴。在使用时，或单用“华”字，或用“荣华”“华美”“华发”等组合范畴，这些共同组成了“华”范畴的概念。

（一）“华”范畴的语义变化

“华”是会意字。从𠂹，从亏。“华”的本字，上面是“垂”字，像花叶下垂形，本义是花。东汉许慎《说文解字》解释道：“华，荣也。”如《尔雅·释草》中的“木谓之华，草谓之荣”；《诗·周南·桃夭》中的“桃之夭夭，灼灼其华”；《乐府诗集·长歌行》中的“焜黄华叶衰”。又如王安石《游褒禅山记》中的“今言华如华实之华者”。这些诗句都以“华”作“花”，表达作者对花的看法，或以花的命运来暗示人的命运。从《诗经》时代到宋代，“华”的本义“花”为许多文人雅士所使用。

随后，“华”延伸出与本义“花”相关的其他意蕴，开始在文人墨客的心中留下印记。如“华”被当作动词使用，即“开花”的意思，这在《淮南子·时则训》的“桃李始华”诗句以及“华而不实①”的常用成语中有所体现。又如“华”被赋予“当中剖开”的意思，《尔雅》中的“瓜曰华之”，《礼记·曲礼》中的“为国君者华之”中都有这样的表述。再如“华”被视为“昏花”的意思。《五灯会元》中，“僧问：‘拨尘见佛时如何?’师曰：‘莫眼华。’”在师父的回答中，以“华”替代“花”，告诫僧不要昏花，心底要保持净静。另外，除了被当作动词使用外，“华”还有名词性的与“花”相关的意思，即“轻浮柔弱如花的脉象”，如《素问》中的“脉至如华者，令人善恐”。以“花”本身不堪折的形态来表现人的身体

---

① 华而不实：只开花不结果。比喻外表好看，内容空虚。

状况，有拟人化的手法的意味存在。

在文人雅士使用“华”的过程中，“华”不断变化、发展，从而形成了更多元化的意蕴。除了本义“花”以及被引申开的、与“花”相关的意思外，“华”更多地被用作形容某物或某人的状态，或是表达诗人的情感。宋代司马光在《训俭示康》中曰“金银华美之服”；明代刘基在《诚意伯刘文成公文集》中曰“华堂之上”；明代高启在《书博鸡者事》中曰“华衣乘马”。又如“华彩”，即华美、光彩；“华服”，即华丽的服装；“华舆”，即华美的车辆或轿子；“华筵”，即华美的筵席。另外，“华”不仅用于形容没有生命的事物，还用于形容美女的光彩照人，如曹植《杂诗》“南国有佳人，容华若桃李”。自从这个意蕴诞生并传播开来，“华”在很多文人雅士的文章中，都被赋予了这个色彩鲜明的角色，用以形容各种美的事物和美女，给人以炫目的视觉感受。

（二）“华”范畴的词学分析

“华”常与“发”字组合，或是表现出头发花白的状态，或是表明某人已为老年人。这一组合的意蕴为诗人们广为使用，尤其是当诗人步入老年时，他们常常会发出时不我待的感慨。宋代苏轼在《赤壁怀古》中的千古名句“多情应笑我，早生华发”，《次韵韶守狄大夫见赠二首》之一中的“华发萧萧老遂良，一身萍挂海中央”；清代周亮工《次施尚白韵与陈伯玑》中的“谁谓故人来，相顾无华发”。这些诗句，无一不是“华”与“发”的组合，也无一例外地表现出了年华的逝去。

与“华发”相似的，在词学题材中还有“华年”（也用如“年华”）这一子范畴或子题材。然而，这两个意蕴组合的内涵却是截然相反的。“华发”表达的是白发的出现，甚至是诗人时不我待的慨叹。而“华年”表达的却是无限美好的青春岁月。一个是人生的开始，一个是人生的临终点。同样是“华”的引申意蕴，一个让人赞美，一个却让人感慨。宋代词人贺铸在《青玉案》中曰“锦瑟华年谁与度”，元代诗人元好问“佳人锦瑟怨华年”。苏轼、贺铸、元好问三位词人不约而同地都用“锦瑟华年”来比喻青春时代，或表达诗人对青春岁月的怀念，或表现年轻人在其当下岁月的让人抿嘴一笑的清愁。如陈洵《海绡说词》评《过秦楼（水浴清蟾）》曰：“‘梅风’三句，又历春夏，所谓‘年华一瞬’。”“华年”总是稍纵即逝，却又令人无限向往。

“华”还有“繁华”的词学用法，这个意蕴多用于表现繁荣热闹的场景，常常是城市或街道。贺铸《采桑子·罗敷歌》词云：“东南自古繁华地，歌吹扬州。十二青楼。最数秦娘第一流。”赵佶《醉落魄》：“今年华市灯罗列。”最有文化影响的，要数柳永的《望海潮》一词：

东南形胜，三吴都会，钱塘自古繁华。烟柳画桥，风帘翠幕，参差十万人家。云树绕堤沙，怒涛卷霜雪，天堑无涯。市列珠玑，户盈罗绮，竞豪奢。

重湖叠巘清嘉。有三秋桂子，十里荷花。羌管弄晴，菱歌泛夜，嬉嬉钓叟莲娃。千骑拥高牙。乘醉听箫鼓，吟赏烟霞。异日图将好景，归去凤池夸。

这首词一反柳永惯常的风格，以大开大阖、波澜起伏的笔法，浓墨重彩地铺叙展现了杭州的繁荣、壮丽景象，可谓“承平气象，形容曲尽”。这首词，慢声长调和所抒之情起伏相应，音律协调，情致婉转，是柳永的一首传世佳作。相传后来金主完颜亮听唱“三秋桂子，十里荷花”以后，便羡慕钱塘的繁华，从而加大了他侵吞南宋的野心。柳永扩大了词的内容的主要表现之一，就是他的词反映了都市的繁华与山川的壮丽。除歌咏杭州以外，柳永的词还歌咏过苏州（《木兰花慢》《瑞鹧鸪》）、扬州（《临江仙》）、成都（《一寸金》）、洛阳（《少年游》）和北宋都城汴京（《倾杯乐》《透碧霄》）等，为宋代都市的繁荣留下了形象的画面。

“华”也有“才华”之用，意即文采、文才。此意蕴出自《北齐书·崔瞻传》：“崔瞻文词之美，实有可称，但举世重其风流，所以才华见没。”

“华”常常与“才”组合，用于形容某人的才气洋溢或是其作品有文采。刘勰《文心雕龙》：“昔庾无规才华清英。”唐代牟融《送沈翔》诗：“谩有才华嗟未达，闲寻鸥鸟暂忘机。”宋代周密《玲珑四犯》词：“年少忍负才华？尽占断艳歌芳酒。”明代高启《酬谢翰林留别》诗：“顾余忝乡里，才华敢论美。”这个意蕴带有褒义的色彩，表现出诗人对才智之士的赞美之情。

“华”的意蕴，包括其本义“花”，以及与花相关的延伸意蕴，还有其他与花无直接关联的意蕴，总共有十几个，为数不少。由此可见，历代文学雅士对“华”的使用之多与广泛。也正是如此，“华”才逐渐形成中国古典美学中一个较大的范畴，并有丰富的内涵。

（三）“华”的文化特征

历代文人士大夫在丰富“华”范畴时，在题材创制与鉴赏评析中，更多地偏重其中几个意蕴，即“华丽”“繁华”“才华”。这三个意蕴从“华”范畴的雏形开始，直到清朝的完善，每个朝代都为文人们所使用。在大部分情况下，“华丽的”和“有文采的”被文人们用作描述诗人的才气和文章的措辞笔法；还有少数情况下，“华丽的”和“繁华的”被用于形容房屋和城市。有些是表现人的好，有些是表现物的美，这三个意蕴都是令人感到愉悦的。由此可知，“华”范畴蕴含着文人们对美好事物的赞美，他们更愿意用“华”来表达自己的喜爱之情。“华”的意蕴中也包含了中原地区，即古代的中国，这便已充分地展示了文人们对“华”的器重。“华”范畴蕴含了文人们深深的民族情感。

三、隐

“隐”，是中国古代文学中的一个“永恒”的主题，包括道隐、朝隐、林泉之隐、中隐、酒隐等多种不同的类型。在封建社会的传统体制中，文人们的思想与情感往往要受到来自各方力量的压制，这些力量主要是封建政治意识形态及由此生发出来的各种庸俗的、功利的价值观念。于是，这些文人们便产生了各种各样寻求解脱的思想或者是叛逆社会的行为。在长期的精神探索和实际行动中，中国古代的文人们便产生了以出世思想为世界观的隐逸文化。这种隐逸文化植根于中国先秦时期的老庄思想，老庄思想最讲究无心利禄、逍遥自由，以求心中的平静，这正是隐者所向往的境界。然而，文人们表现出的隐者心态在任何一个时代都没有像在元代那样表现得如此强烈和普遍，无论是朝臣权贵，还是潦倒文人，都在吟咏着“归去来兮”；无论是在传统的诗词文赋中，还是在新兴的散曲杂剧里，处处都可看到“钓翁”“樵夫”的身影。隐者心态在元代文人身上有着一定的普遍性，白朴可谓这方面的一个突出典型。

白朴是元代著名作家，幼年饱尝战乱之苦，天资聪慧，金亡后，放浪形骸，寄情山水，常以诗酒为乐，归隐林泉。其一生的创作涉及杂剧、散曲和词。词作是白朴文学创作的一个重要组成部分，然而近七百年来，人们关注最多的是他的杂剧与散曲，对他的词作却没有给予足够的重视。白朴一生未仕，他将艺术创作作为其生命的支点，留下了《梧桐雨》《墙头马上》等传世名剧，还留下了一部记录其生平行迹和精神历程的词集——《天籁集》①。《天籁集》原有词200余首，今仅存104首，均收录在唐圭璋《全金元词》② 中。与时代的精神相一致，白朴词总体思想基调偏于低沉，抒写避世之志与山林之趣的归隐情怀构成其贯穿始终的主旋律。③

（一）自洁

在长期颠沛流离的一生中，白朴始终坚持不与元代统治者同流合污，过着诗酒优游、遁世隐逸的一生。白朴之“隐”实质是保持自身高洁人格的理性之举，其对归隐的选择无疑流露出高风亮节的人格魅力。在中国古代文学中，以老庄为代表的道家学派影响了封建社会一大批失意文人，他

---

① 白朴．天籁集［M］//王文才．白朴戏曲集校注．北京：人民文学出版社，1984.

② 唐圭璋．全金元词：下册［M］．北京：中华书局，1979.

③ 梁春艳．从白词看白朴之“隐”［D］．广州：华南师范大学，2011.

们从道家的思想库里找到了逃脱政治风险的避风港湾和反抗现实的独特的斗争方式。庄子超尘脱俗的处世态度在白朴身上得到了充分的体现，这一点在白朴的词作中有较为明显的体现："对几树疏梅，十分素艳，一曲芳樽。谁堪岁寒为友，伴仙姿、孤瘦雪霜痕。"（《木兰花慢》）"我自纫兰为佩，君方剖竹分符。"（《西江月》）"且栽培松竹，伴人孤寂。"（《满江红》）"万木尽摇落，浓艳又芬芳。"（《水调歌头》）"玉肌消瘦，彻骨熏香透。"（《清平乐》）词人名为写物，实是明志，用"兰""海棠""水仙花"的幽香来喻自己的心志高洁，用"梅"之熬寒和"松竹"之挺拔喻己之顽强和正直。为了鞭挞黑暗现实和腐朽官场，白朴极力崇尚隐逸生活，他在《朝中措》中写道："燕忙莺乱斗寻芳，谁得一枝香。自是玉心皎洁，不随花柳飘扬。"借燕、莺寻芳为喻，指责邪恶之人的沽名钓誉和追权逐势，从而突出了自己的"皎洁""玉心"。为了保持自身人格的纯洁和独立，白朴以遁迹深山的巢由和归依田园的陶潜为楷模，采取了超然物外、寄情山水这样一种处世态度和抗元方式。

（二）自适

白朴出身官宦世家，与当时的许多元廷贵要有着密切的联系，并不像一般的元代士子那样缺少晋身之阶。然而，他却采取了绝意仕进、寄情山水这样一种游离于主流社会的处世态度。应该如何理解他这种选择的深层心理动机呢？白朴的好友王博文在《天籁集序》中以"放浪形骸，以期适意"来解释。"适意"即顺心满意，它作为一种生活理想，实质上显示的是一种人生价值取向。在元代文学中，"适意"的思想是一种有着特别意义的普遍意识。它所体现的是一种以个体为目标的价值取向，明显的有悖于正统的官本位文化精神。从积极的方面讲，它昭示着一种主体人格的回归，显示着士阶层与元蒙统治者的一种疏离倾向，但其末流则又往往堕入颓废虚无的泥沼。

"适意"思想本身不宜简单地说是消极还是积极，关键要看主体之

“意”的归旨所在。白朴所追求的“适意”，实质上是一种摆脱了社会约束的个性自由发展的精神状态，其着眼点不在于形式上的出世，而在于主体情意的快适畅达。

从白朴《沁园春》一词中，我们可略窥一二：“怕机事缠头不耐烦。对诗书满架，子孙可教；琴樽一室，亲旧相欢。况属清时，得延残喘，鱼鸟溪山任往还。还知否，有绝交书在，细与君看。”为政在他看来是“机事缠头”，毫无意义，自然是不“适意”的，因此他感到“不耐烦”。他将“适意”具体描述为“诗书满架，子孙可教；琴樽一室，亲旧相欢”和“鱼鸟溪山任往还”这样一种既有山水之趣，又不失天伦之乐的生活方式。而这一追求便是王博文所概括的“适意”。他在《水调歌头》中写道：“玩青山，歌赤壁，想高风……系住天边白日，抱得山间明月，我亦遂长终。何必翳莺凤，游戏太虚中。”在他看来，只要有苏轼那样的超旷心胸，不必“翳莺凤”出凡尘，“游戏”于俗世中，一样可以尽兴适意。“适意”虽以避仕为前提，但又与超脱尘俗的避世不可同论，超脱尘俗只是他的一种精神寄托而已。因此面对出家的道士，他说“惭愧山中宰相”（《水调歌头》）。看到钟山上当年隐者的故居，他写道：“老计菟裘，故应来就，林泉佳遁。怕烟霞笑我，尘容俗状，把山英问。”（《水龙吟》）对真正的高士隐者，他献上一份钦敬和向往，却依然不改其“尘容俗状”，只因为他“适意”的生活是在俗世之中。

白朴的“适意”之求，是要在俗世中追寻出世的自由感，在超旷的精神中融入俗世享乐的快适感。

（三）玩世滑稽

白朴一生未仕却又不避世俗，他向往出世却又称赏功名。两种矛盾的人生观念并存于其思想中，却也未见由此造成其剧烈的内心挣扎与精神痛苦。然而，入世与出世的价值取向和主体感受毕竟是两回事，二者是如何兼容于白朴的精神之中的呢？“玩世滑稽”便是这样一个可以巧妙地避开心理冲突的途径，其具体的表现形式便是“放浪形骸”。“玩世”是中国古代士人既不逃避俗世又不降低其价值追求的一种生存方式和处世哲学，它中和了儒、道思想的基本处世原则，化解了士人意欲超脱却又留恋俗世的困境。“玩世”的精神一直是古代文学中一个历久不衰的重要内容，历代不乏效法此道的文人学士。由于有着元代社会的特殊的文化土壤，这一精神在文学创作中得到了前所未有的突显。白朴对归隐的坚定选择，从其词作中所体现出的正是一种“玩世滑稽”的处世态度，这清楚地显示在白朴对古人的看法上。东方朔、严子陵、李白、苏轼等皆为历史上为人熟知的潇洒玩世滑稽者。对这类人，白朴一再表示其由衷的欣赏和追慕之意。下面两首《沁园春》便是突出的例子：

其一：（夜梦，就树摘桃啖之，于中一枚甘苦，觉而异之，因为之赋）。渺渺吟怀，望佳人兮，在天一方。问鲲鹏九万，扶摇何力？蜗牛两角，蛮触谁强？华表鹤来，铜盘人去，白日青天梦一场。俄然觉，正醯鸡舞瓮，野马飞窗。徜徉，玩世何妨，更谁道，狂时不得狂。羡东方臣朔，从容帝所，西真阿母，唤作儿郎。一笑人间，三游海上，毕竟仙家日月长。相随去，想蟠桃熟后，也许偷尝。

其二：（夜枕无梦，感子陵、太白事，明日赋此。）千载寻盟，李白扁舟，严陵钓车。故人偃蹇，足加帝腹，将军权幸，手脱公靴。星斗名高，江湖迹在，烂漫云山几处遮。山光里，有红鳞旋斫，白酒须赊。龙蛇。起陆曾嗟。且放我狂歌醉饮些。甚人生贫贱，刚求富贵，天教富贵，却骋骄奢。乘兴而来，造门即返，何必亲逢安道也。儿童笑道，先生醉矣，风帽欹斜。

两首词中的东方朔、严子陵和李白皆为历史上为人熟知的“玩世”之雄，白朴所称道的也正是其“玩世滑稽”的一面。两首词所写，一为梦思，一为醒悟，表达了共同的“玩世”以“适意”的思想。从作品中可看出，这一思想是建立在历史沧桑感和人生幻灭感基础之上的。第一首道为官者如鲲鹏，自以为庞然大物，两翼怒飞，扶摇直上，势如垂天之云、万物之力，似无与伦比者；至于蜗角，本极渺小，但在建立触、蛮两国后，互相争斗。二者皆自恃其能，到头来终是一场空幻。词人将世间的一切强弱大小、悲欢离合及兴亡盛衰之事，统而概之为“白日青天梦一场”。既然如此，“从容帝所”和“浪迹江湖”便无甚区别。就这样，“玩世”哲学轻而易举地摧毁了士人“志于道”而入世的神圣感觉，卸掉了士人心头“治国平天下”的沉重包袱。因此，士人也就无须把事功俗利看得太重，更无须“知不可为而为之”般的固执，从而以一种自由轻松的心态处于世间，隐居无妨，入仕也无妨。这应是白朴所谓“玩世何妨”的内在深意。

（四）消极避世

由于历史和阶级的局限性，白朴的处世态度有着明显的缺陷。白朴终身不仕，蔑视功名权贵，在山林恬适、诗酒优游的生活中过着遁世隐逸、悠然自得的一生。从白词观之，这是金元之际社会动荡、战乱不断、士人地位下降等社会历史的深刻反映，与白朴特殊的家庭背景及其悲苦的人生命运也是密不可分的。诚然，从某种程度上看，白朴的这种遁仕归隐是一种消极的避世思想，是一种适意的“玩世”心理，这与儒家积极入世的思想观念是相背离的。在强大的黑暗现实面前，他既不欲投身其中，又不敢积极反抗，而用“归隐”的消极方式以示抗争。他一味强调超脱尘世、逃避到主体本身的内心自由中去，而不知这只是一种主观幻想而已，并且又常滋生人生如梦的虚无感和及时行乐的玩世态度。当然，这些并非只是白朴一人的缺陷，而是封建社会失意文人所共有的消极心理，也是元代失意知识分子消极避世的普遍风气。

由于文体自身发展的阶段性和社会历史的时代影响，词作在元代开始走向衰微，但白朴词在当时的文坛上仍属于上乘之作。白朴的《天籁集》记录了在元代特殊文化历史背景下，词人作为一个士大夫文人复杂的心理历程。白朴辞荐避仕并不意味着他真正超脱了俗世和政治，其内心深处的功名意识和济世志向也未曾彻底消失，他选择隐逸之路的最根本原因在于其思想中的历史幻灭感及与此相联系的人生悲苦感。归隐是白朴人生的适意之求，以“玩世”的处世心态去追求“适意”的人生体验，使他化解了意欲超脱却又留恋俗世的心理矛盾，实质上反映了词人对其内心深处仕—隐矛盾与困惑的一种化解与超脱。白朴轻蔑功名利禄，向往归隐渔樵的生活。这种思想固然有虚无、消极的一面，然而消极中有牢骚、有愤慨，这不能不说是一种软弱的抗争。因此，从白词的角度深入地探究白朴之“隐”的精神内核，对于我们深入地理解和评价白朴的作品及其独特的人格魅力，加深对元代文人中普遍存在的适意玩世心理的认识，乃至研究金元之际知识分子的思想状况都有一定的意义。

第四节　词学风格论

一、艳

“艳”是中国古典美学尤其是词学中一条重要的艺术审美标准，具有极强的延展性和包容性，往往和其他范畴互相渗透结合，有“艳丽”“侧艳”“妖艳”“艳曲”“艳歌”等范畴群落。依照诗学的审美传统，“艳词”本是一个必须避忌的负面词语，而随着唐末以后诗人及词人的思之深、艺转精，新的内涵开始出现，“艳词”也脱离甚至是超越了原有的意义局限，转变为雕琢后的自然之美的审美追求，更成为古典美学上一道独特的风景线。

（一）“艳”范畴的意义生成

“艳”（亦作“豔”）是会意字，从豐，从色。豐，丰大。色，色彩，意为丰大而有色彩。本义是鲜艳、艳丽。许慎的《说文解字》解释道：

“艷，好而长也。”① 《左传·桓公元年》云“目逆而送之，曰，美而艳”，《楚辞·招魂》中亦云“艳陆离些”。又如《诗·小雅·十月之交》云“艳妻煽方处”；《玉台新咏·古诗为焦仲卿妻作》亦云“窈窕艳城郭”② 等。这些作品中的“艳”无不都是用以形容貌美的女子。至《后魏：文苑序》云“高祖驭天镜，锐情文学，盖以颉颃汉彻，掩跨曹丕，气远韵高，艳藻独构”③；《三国志》中又云：“信言不艳，贯居于好”④，“艳”意为文辞华丽。艳的范围开始从以人为对象拓展到物上，如文章、辞藻。可见，“艳”是用来表达对那些美好或华美的人或事物的赞美的。在中国古典美学的创作初期，艺术家们对“艳”的追求也可以说是反映人类对美好的人和事物的一种审美追求。

“艳”范畴在魏晋时期受到了一定程度的推崇，在审美领域有了更多层面的发展，被大量地运用在诗评画评、人物品藻中，这也是因为《诗经》、汉乐府民歌大多天真、朴实，而发展到两晋南北朝的诗文则争妍逞丽，一时间艳丽诗风风靡。“艳”主要指语言的华美、意象的丰满、内容的明白，带给读者以形象生动、回味无穷之感。《文心雕龙·杂文》云：“甘意摇骨髓，艳词动魂识。”⑤ 同样的，在《文心雕龙·辨骚》中亦云：“故才高者菀其鸿裁，中巧者猎其艳辞。”⑥ “艳词”亦作“艳辞”“艳词”，为艳丽的文辞之意，赞美文辞或文采。

国学大师刘师培曾在《南北文学不同论》中说：“曹植词赋……及其弊也，则采摘艳辞，纤冶伤雅。”这是对唐之前时期艳丽诗风的大加鞭挞。陈子昂也曾批判“彩丽竞繁，而兴寄都绝，每以咏叹”，提倡汉魏风骨。这是

---

① 许慎．说文解字［M］．上海：上海教育出版社，2003.
② 徐陵．古诗为焦仲卿妻作［M］//玉台新咏．上海：上海古籍出版社，2013.
③ 刘善经．四声论［M］//遍照金刚．文镜秘府论．北京：人民文学出版社，1975.
④ 陈寿．三国志［M］．北京：中华书局，2009.
⑤ 刘勰．杂文第十四［M］//文心雕龙．上海：上海古籍出版社，1989.
⑥ 刘勰．辨骚第五［M］//文心雕龙．上海：上海古籍出版社，1989.

随着“艳”范畴的发展而带来的一些不同时期的不同认识，“艳”在唐代成了“艳丽与浮艳”的代名词。

因此自唐代以来诗学传统多推崇朴拙自然，而力避纤艳、绮靡。如钟嵘对张华诗的评价：“其体华艳，兴托不寄。巧用文字，务为妍冶。虽名高曩代，而疏亮之士，犹恨其儿女情多，风云气少。”① 这其中显然有批评的意味。又如《新唐书·李戡传》云：“（李戡）常恶元和有元白诗，多纤艳不逞，而世竞重之。”② 也是反映世人对诗歌艺术风格上的细巧艳丽的厌恶之感。但晚唐诗歌又多入绮艳之风。同理，晚唐诗风之所以受到后人批评，主要原因也是忽略诗歌应具备的风骨与朴质的美学风貌，一味追求形式的绮华奇美：“世俗喜绮丽，知文者能轻之；后生好风花，老大即厌之。”③ 陆游《跋〈西昆酬唱集〉》中道：“祥符中，尝下诏禁文体浮艳。”可见批评家多批评浮艳，推崇理致而义深。

当然这种追求也不是一味反对不雕饰，“虽欲废词尚意，而典丽不得遗”④。可见这种推崇是雕琢之后的自然朴实，宋代文人对陶渊明的发现和推崇更是说明了宋人对平淡自然文风的审美追求。与诗学传统普遍的崇尚风骨朴健意识相反的是，词从初起就树立了“艳”科的藩篱，对传统诗学是一次突破和背离。词之初是用来“佐酒助欢”的工具，本没有深义可言，可是由于文人深厚的学养及词本身的幽微曲折，因而能产生深渺不尽之美。而中国诗学又有“香草美人”和“比兴寄托”之传统，“艳”情中融入“夫妇”与“君臣”的社会伦理观念之后，即词学向诗学回归后，词在“艳”的表层下不但随着词体技巧的加强产生了多层次的意蕴，而且多了寄喻之情。沈括的《梦溪笔谈·香奁集》道：“和鲁公凝有艳词一编，名《香

① 钟嵘. 诗品［M］. 上海：上海古籍出版社，2007.
② 宋祁，欧阳修，等. 新唐书·李戡传［M］. 北京：中华书局，2000.
③ 诗眼［M］//蔡梦弼. 杜工部草堂诗话. 上海：上海文瑞楼，1919.
④ 皎然. 诗有二废［M］//释皎然. 诗式. 北京：商务印书馆，1959.

奁集》。"① 此时的"艳词"常指描写情爱的诗词。唐顺之在《送陆训导序》中云"夫古声诗之义不传，而艳词丽曲哗于民间，此最教化者之所禁也"，及清代褚人穫的《坚瓠补集·詹天游》云"詹天游以艳词得名"②。这里的"艳词"也是在"华美之词"的定义的基础上增添了描写情爱的含义。

到了元明清时期，"艳"范畴的发展也趋向多元化。《吴礼部诗话》中云："正艳杏烧林，缃桃绣野，芳景如屏……斗草踏青，人艳冶、递逢迎"③。"艳"不仅意指茂盛、长势喜人，"艳冶"一词更是有妖艳、娇艳之意，不仅用在人身上，还把范围拓展到形容事物上。明代董其昌《画禅室随笔》之《书琵琶行题后》："余书此歌，用米襄阳楷法，兼拨镫，意欲与艳词相称，乃安得大珠小珠落研池也。"④ "艳词"已不是唐朝所批判的浮艳说之流，而是文辞美、音韵美的意思。清代李渔《闲情偶寄》之《词曲部·结构第一》道："若能设身处地，伐隐攻微，彼泉下之人，自能效灵于我，授以生花之笔，假以蕴绣之肠，制为杂剧，使人但赏极新极艳之词，而竟忘其为极腐极陈之事者。"⑤ "艳"被提升到与"新"同样重要的地位。

直至这时，"艳"范畴才被完全接受，被给予公正的眼光。诗人和词人们不只看到其消极的一面，更看到它极为正面的含义和审美内涵。"艳"范畴也在不断地吐故纳新、向前发展，受重视的程度也不断加深。

（二）"艳"范畴的作品意境

自词兴起以来，"艳"范畴就和其发展息息相关，不可分开，词更是有"艳词"之称。因为词起始之初以听为主、视觉刺激为辅的艺术形式而兴起，并以浓艳、通俗、娱乐性为其特色。欧阳炯的《花间集序》揭示了词的产生背景："绮艳公子，绣幌佳人，递叶叶之花笺，文抽丽锦；举纤纤之

---

① 沈括．香奁集［M］//梦溪笔谈：卷十六．长春：时代文艺出版社，2001.

② 褚人穫．坚瓠补集·詹天游［M］//坚瓠集．上海：上海古籍出版社，2002.

③ 吴师道．吴礼部诗话·杂说附·东坡诗话录［M］．北京：商务印书馆，1936.

④ 董其昌．书琵琶行题后［M］//画禅室随笔．济南：山东画报出版社，2007.

⑤ 李渔．戒荒唐［M］//闲情偶寄．北京：人民文学出版社，2017.

玉指，拍按香檀。不无清绝之词，用助娇娆之态……”① 词在这种色彩艳丽、绮绣满目的环境下，其内容书写美女与爱情，词汇自然艳丽醒目，如同妖娆歌女身上华丽的服装。下文主要从两个“艳词”代表作家及其代表作品中分析“艳”范畴的外部意境。

第一位是唐代温庭筠，为一失意潦倒的文人，“薄于行，无检幅，又多作侧辞艳曲”②。在温庭筠的时代，唐诗的发展达到了顶峰。在人人皆作唐诗的氛围下，大力作词是需要很大勇气的。温庭筠正是以其叛逆的精神去填“侧艳之词”的，或者是如苏轼般将其当成笔墨游戏去获得无穷乐趣。

他长期沉湎于花红柳绿的酒醉生活，作“艳词”，是在其充分接触下层民众生活的基础上发挥自己深厚的传统学识、涵养和积淀。其代表作《菩萨蛮》中道：“小山重叠金明灭，鬓云欲度香腮雪。懒起画蛾眉，弄妆梳洗迟。照花前后镜，花面交相映。新贴绣罗襦，双双金鹧鸪。”这首词开头两句描写“她”褪了色、走了样的眉晕、额黄和乱发，是隔夜残妆，让人不忍看。三四两句写刚起床时“弄妆”，用一“懒”字、一“迟”字由外表进入人物内心的描写。没有悦己者，女子连装扮都懒得动手，体现了独守空闺的女子的寂寞和无奈之情。下阕开头两句写妆成之后的明艳，极写其人之美，光艳照人。最后两句写穿衣时忽然看见衣服上有新贴的“双双金鹧鸪”，到此，全词戛然而止，无限怅然尽留在无言中。温庭筠在词中惯用金饰品、金鹧鸪等字来表现富丽，以表明女子容貌和形态的艳丽，也道出了温词符合大众审美的俗艳特色，实际上也反映了温词脱离民间的清新朴素而为精致艳丽的一面。

温庭筠“侧辞艳曲”之艳，内容常表现在女性的生活情事上，写她们的居住、服饰、容颜、体态、情感、心绪，这是题材之“艳”；而丽辞藻

---

① 欧阳炯．花间集序［M］//赵崇祚．花间集．杨景龙，校．北京：中华书局，2015.

② 宋祁，欧阳修，等．温皇甫二李姜崔［M］//新唐书：卷九十一列传第十六．北京：中华书局，2000.

句、光粉气、镂金错彩则是艺术表现之“艳”。再者，温庭筠词之艳丽处正是晚唐诗风，故但觉镂金错彩，炫人耳目，而乏深情远韵，然亦有绝佳而不为词藻所累、近于自然之词。因此温词即使是在“侧艳”的外貌下，也偶尔表现出“感士不遇”之“深意”，是有情感寄托的抒发。

第二位是与温庭筠相似的北宋词人——柳永。他也是一位失意潦倒，混迹于歌楼妓馆，眠香宿柳的浪荡公子。柳永之词艳，相比温庭筠，多是直白陈述，甚至有非常露骨的描述，以致招致后人的诟病。最值得关注的是柳永开始创作慢词，对增加的内容进行铺陈。因此从柳永开始，词发生了巨大变化，失去了短小之令词的“若隐若现”“欲露不露”的富含言外之意的语言特点，变为“柳词”——一种极为外露的现实的陈述。

如柳永的代表作《雨霖铃》：

寒蝉凄切。对长亭晚，骤雨初歇。都门帐饮无绪，留恋处、兰舟催发。执手相看泪眼，竟无语凝噎。念去去、千里烟波，暮霭沉沉楚天阔。

多情自古伤离别。更那堪、冷落清秋节！今宵酒醒何处？杨柳岸、晓风残月。此去经年，应是良辰、好景虚设。便纵有、千种风情，更与何人说？

此词表现作者离京南下时长亭送别的情景。上片记别，从日暮雨歇、送别都门、设帐饯行，到兰舟催发、泪眼相对、执手告别，依次层层描述离别的场面和双方惜别的情态，犹如一首带有故事性的戏曲，展示了令人伤心、让人不忍睹的一幕。由该词作可见，柳永长于铺叙、变错综复杂的词为浅露的写实，但柳永在相思怨别的作品中加入了秋士易感的因素，又使小词进入美人迟暮之感与秋士易感的双层深隐之中，增添了“艳词”的抒情意味和艺术表现之“艳”和“深”。

文人词以艳笔彩绘写词，词之形式由朴变深、变雅，在华美的表象下，更给读者造成多层深隐之美。而艳情之中又融入词人身世、社会、家国之叹，上接风骚，多具深慨之情。“艳词”看似浅显，实则深韵弥漫其间，可谓近天然之雕饰。“艳”范畴的意境也随“艳词”的发展而不断拓展、丰富。

（三）“艳”范畴之审美特质

中国古典美学是一个完整的系统，“艳”范畴身为其中的范畴之一，具有多种文化审美特征。它一方面具有中国古典美学普遍的审美体验特征，蕴含着中国文学范畴的共通性；另一方面又具有同其他范畴区分开来的个体性特征，如创造性、圆融性等。

第一是“艳”的创造性特征。“艳”最初是表明了对人或事物的美好赞扬，随着其内涵的不断丰富，也被用来指文辞的艳丽、写作美妙文章的才能或绮丽的文采。谢榛在《四溟诗话》中云：“东皋曰：‘尔童年爱作艳曲，声口似诗，殆非词家本色。初养精华而别役心机，孤此一代风雅何邪?’”①“艳曲”意指华美或极具文采之曲子。又有明代陆时雍的《诗镜总论》：“诗丽于宋，艳于齐。物有天艳，精神色泽，溢自气表。王融好为艳句，然多语不成章，则涂泽劳而神色隐矣。如卫之《硕人》，骚之《招魂》，艳极矣，而亦真极矣。柳碧桃红，梅清竹素，各有固然。浮薄之艳，枯槁之素，君子所弗取也。诗至于齐，情性既隐，声色大开。谢玄晖艳而韵，如洞庭美人，芙蓉衣而翠羽旗，绝非世间物色。”② 可谓将“艳”的多重含义点出：华艳、艳丽、艳采、艳诗、艳才等。

从美学的角度看，“艳”是一个内涵广阔的范畴，在漫长的时间和视野开阔的空间里，完成了从单一到丰富的转变，极富创造性。

第二是“艳”的圆融性特征。“艳”与诗词的发展兴盛可谓息息相关，而历朝历代诗人、词人对“艳”范畴的不同理解和不同运用，又让“艳”浮沉不定。魏晋及以前，“艳”范畴不断得以发展。唐代崇清贬艳，而通过唐末温庭筠又让“艳词”兴起，之后宋代词学兴盛，而到了明代，词学步

① 欧阳炯．花间集序［M］．北京：人民文学出版社，1961．

② 丁福保．历代诗话续编［M］．北京：中华书局，1983．

入衰微，填词好手变少。清初，词风延续明代余脉，以艳冶为尚，以绝艳闻名。清中后期词论家正是基于对词坛上的纤艳、尖巧、浮靡之风气的关注，呼唤洗尽铅华的天生丽质、妙造自然、真淳朴厚的作品。而自然本色则须在作品中注入真性情、真感情。

随着朝代的变迁、时间的推移，“艳”所受到的“待遇”也随之改变，但其发展却未停滞，其内涵不断丰富，同时也具有了相对于时代局限性的包容性，能够融合不同的事物，成为新“艳”。

第三是“艳”的统一性特征，即“艳”范畴与“朴”范畴的对立统一关系，二者是相辅相成、不可或缺的。《说文解字》云“朴，木素也”。“朴”指未加工的木材，在文学批评领域则指文章不经雕饰、朴拙的状态。“朴”还有敦厚质朴等意义，与“艳”范畴形成了鲜明的对比。诗学传统对“朴”和“艳”这一对范畴的态度多是推崇朴拙自然，而力避纤艳、绮靡，看似推“朴”贬“艳”。而发展到近代，随着“艳”和“朴”范畴内涵的不断丰富，对“朴”的推崇，实质上是指雕琢之后的自然朴实，并非完全去“艳”化，二者也从绝对的对立走向了统一。

古代诗词的发展是由“艳”返“朴”，再由“朴”到“艳”，又由“艳”回“朴”的否定之否定的一个过程。以才情博大诗词之“朴”正是由“艳”中而来，是繁华落尽、特具清淳的天然之美。以真情贯注其间，古典诗词则成为蕴含深厚的学养、功力，令人咀嚼不尽、玩味不厌的真品，也就此说明了“艳”和“朴”是紧密结合、不可或分的。

“艳”范畴实现了于质朴中的艳丽的真情流露，是发自内心的雕琢之艺术。在中国的艺术审美中，大自然、人及人类所创造的文明中无不体现出“艳”的审美内涵，凸显了“艳”范畴独特的审美价值。“艳”范畴的价值主要体现在追求主体对于对象形象的超越，在艺术上实现对有限生命的美的超越。因此，“艳”范畴对当代人的诗意生存仍然具有重要的指导意义。

二、浓

（一）“浓”的词源发展解释

“浓”，繁体为“濃”，从水，农声。本意为露多。东汉许慎的《说文解字》解释曰：“浓，露多也。”《诗·小雅·蓼萧》亦云：“零露浓浓。”后延伸为“稠密；厚；多”，如“浓密”；又特指液体或气体中所含某种成分多，与“淡”“薄”相对，或指程度深，如“浓睡不消残酒”（李清照《如梦令》）。

“浓”字在诗文中应用较为广泛。视觉可浓，如“染柳烟浓，吹梅笛怨，春意知几许”（李清照《永遇乐》）；嗅觉可浓，如“直待秋风，香比余花分外浓”（李纲《丑奴儿》）；知觉可浓，如“凭高双袖晚寒浓，人在月桥东”（晏几道《燕归梁》）；移之于文艺，则语言、格调可浓；延之于人心，则情致、兴味可浓。

人类对生存环境的认识，首先应当是从对自然的直觉认识开始的。“浓”字用于诗文中，也应当是首先产生于对自然的描摹需要。造化奇妙，天空大地、一花一草、山山水水，其色泽、气味、质地等皆呈现出各自的独特之处，作用于人的眼、耳、鼻等感官，带来的感触自不一般。有浓有淡，有疏有密，有深有浅，而浓自是其中的一种。自然可浓，花浓，绿浓，春色浓，“浓绿万枝红一点，动人春色不须多”（王安石《咏石榴花》）。

当人的思维渐渐发展，能够由具象到达抽象，能够从对外象的描摹中抽离出来，转而向人的自身挖掘、关注内心的喜乐伤悲的时候，审美就不再只关乎自然，也逐渐涉及对情感的关注。人的情感也是多样的，有乐不可言，有愁肠寸断，有欣喜若狂，有哀莫大于心死，还有许多莫能言及的情愫。于是，“淡”可用来形容内心的洒脱，“浓”也可用来形容某种感情的浓烈与不可自拔。情可浓，愁浓，欢浓，相思浓，“尘海茫茫浓百感”（鲁迅《辛亥残秋偶作》）。

可见，无论是在对自然的描摹还是对情感的刻画上，“浓”字都有自己的诗句。

（二）“浓”的文学印痕

春秋战国时期的楚辞表现出很明显的“浓”的特征。当时的楚国艺术很多与祭神有关，作品中时常充满了奇异的浪漫色彩，语言也具有飘逸、浓艳等美学特点。屈原的作品更是个中翘楚。其香草美人的意象、华美豪奢的意境、缤纷富丽的辞藻，无一不给人“浓”的感觉。那是语言的浓丽、感情的浓烈，如“青云衣兮白霓裳，举长矢兮射天狼”。以“青”“白”字分别形容“云衣”“霓裳”，这是颜色的鲜丽。而挽起长弓射天狼（天狼星是我国古代星象学中代表战争的“三凶星”中的主星，“射天狼”则用于指投身战场保卫祖国）则表现出一种浓烈的英雄气概。

继楚辞之后，汉赋，尤其是西汉的赋在手法上的极力夸张渲染、在内容上的铺张扬厉和在词采上的侈丽也给读者带来一种浓丽的美感。司马相如的《上林赋》更是创造了一种巨丽之美，描绘出充满浪漫色彩的壮阔画面。节选其中一段：“荆吴郑卫之声，韶濩武象之乐，阴淫案衍之音，鄢郢缤纷，激楚结风。俳优侏儒，狄鞮之倡，所以娱耳目乐心意者，丽靡烂漫于前，靡曼美色于后。”足可以让读者窥一斑而知全豹。

齐梁诗坛的浓艳风格就表现得更为明显了。在这里，“浓”往往表现为语言的绮丽、内容的绮靡。齐梁诗歌一直为人所诟病，因为就其内容而言，主要是以宫廷生活为描写对象，在情调上伤于轻艳，风格上也比较柔靡缓弱，这类诗歌往往比较肤浅，其共同特点是均以浓重华丽的辞藻和工整的对偶形式，纤细地描摹物性物态，显得琐屑而毫无生气。

初唐陈子昂就曾在书信中言道：“仆尝暇时观齐、梁间诗，彩丽竞繁，而兴寄都绝，每以永叹。窃思古人，常恐逶迤颓靡，风雅不作，以耿耿也。”① 这表现了他对这类诗句的强烈不认同感。

晚唐之后，在诗的基础上，逐渐出现了婉约词派。婉约，即婉转含蓄。其特点主要是内容侧重儿女风情，结构深细缜密，音律婉转和谐，语言圆润清丽，有一种柔婉之美。婉约派的代表人物有李煜、柳永、晏殊、秦观、周邦彦、李清照等。举晏殊的《蝶恋花》为例：“槛菊愁烟兰泣露，罗幕轻寒，燕子双飞去。明月不谙离恨苦，斜光到晓穿朱户。昨夜西风凋碧树，独上高楼，望尽天涯路。欲寄彩笺兼尺素，山长水阔知何处。”

此时文艺上的浓艳特征虽在，但已集中在“词”这一文种上。诗“在经历了六朝的绮靡浓丽，初盛唐的高华壮丽、中晚唐的婉约秀丽，到宋代则由丽返朴，由浓趋淡。”② 这固然受到“诗庄词媚”的影响，但是到宋代之后，宋人的审美趣味总体上趋向平淡朴素。原因何在？首先，理学在宋明清是官方的意识形态，士大夫如欧阳修、王安石、苏轼等皆热衷于讲道论学，还往往怀有比较自觉的卫道意识。“文以载道”的思想在宋代得到高度的重视，理论家们普遍对其抱有浓厚的兴趣。从字面上解释，“载”，意为装载，引申为阐明。“道”意为道理，泛指思想。“文以载道”即指文章是为了说明道理，弘扬精神。宋代周敦颐《通书·文辞》：“文所以载道也。轮辕饰而人弗庸，徒饰也，况虚车乎。”它作为一种价值观，其实是把文学的社会政治功能置于审美功能之上。如此一来，文采被置于“道”之后，而“道”自然是不提倡旖旎风情、浓丽文辞的。社会政治功能的加强，使宋代诗文具有鲜明的时代气息和刚健的骨力，但是也因此削弱了个体抒情的意味。

其次，文风转“淡”也受到宋代士大夫文化性格的影响。到北宋中叶，三教合一已成为一种时代思潮，这使得宋代士大夫的文化性格迥异于前代

① 于民. 中国美学史资料选编［M］. 上海：复旦大学出版社，2008：198.

② 阳晓儒. 郢人斤斫无痕迹 仙人衣裳弃刀尺：中国古典美学的理想境界［J］. 广西大学学报（哲学社会科学版），1994（4）：60.

文人。他们既强调儒家的“入世”，也崇尚佛家的“出世”。他们在积极参政的同时，仍能保持比较平静的心态。他们的个体意识不像唐人那样张扬，其人生态度倾向于理智、平和、稳健和淡泊。与唐人相比，宋代文人的生命范式更加冷静、理性和脚踏实地，不追求高华绚丽，而以平淡美为艺术极境。

最后，宋代的思想控制较以前的朝代更为严密，激烈的党争时常发生，士大夫因诗词而得罪朝廷的情况屡有发生。大名士苏东坡就曾因诗而被以诽谤新政的名义逮捕入狱，这就是历史上著名的北宋乌台诗案。因此士大夫作诗顾虑较多。后人比较少能从宋诗中读出张扬的性格、昂扬的气概，更多的是严谨、平实、深沉等。

宋代文人看重“淡”，也可从陶渊明的诗在宋代名声大噪中看出来。陶渊明生活在东晋末期南朝宋初期。他在当时只以隐士著称，由于其平淡自然的风格与当时崇尚的华丽文风不合，因此他的诗并没有得到当时文坛的认可。到了宋代，特别是经过苏轼、朱熹的弘扬，陶渊明才真正确立了他在文学史上的崇高地位，这地位一直保持到现在，并获得世界声誉。而陶渊明能够得到宋代文人的推崇，就是因为其诗作深刻契合了宋代文人“尚淡”的独特文化心理。

(三)“尚淡贬浓”的美学展示

在中国古典美学中，“浓”常与“淡”相对应，成为中国古典美学的重要范畴之一。它们一起构造了自然或情感的多姿多彩，或曰“淡妆浓抹总相宜”（苏轼《饮湖上，初晴后雨二首》），或曰“春云已泊帘，浓淡半晴天”（梅尧臣《依韵和刘比部留别》），或曰“看来岂是寻常色，浓淡由他冰雪中”（曹雪芹《咏红梅花得“红”字》）。总之就是“浓淡任天真”。

除了诗词，中国山水画也极为讲究浓淡。画家们把握着浓淡变化之奇幻，在精美的纸张中任意挥洒自己的创意，将山水的美好以浓墨、淡墨完美地表现出来。李渔《闲情偶寄》曰，点染（指绘画时点缀景物和着色），

“但须施之有法，使浓淡得宜，则二物争效其灵矣”。即要求明智处理浓与淡之间的关系，“浓不致浊秽，淡不致荒幻”（李日华《论画》）。

在房屋装修中，古典美学亦讲究浓淡的和谐。《闲情偶寄》曰：“厅壁不宜太素，亦忌太华。名人尺幅自不可少，但须浓淡得宜，错综有致。”由此种种可见，古典美学相当看重浓淡之间的和谐运用，过浓、过淡皆有悖于古人的审美情趣。

但是，古典美学在强调浓淡之间的和谐的同时，却又“以淡为宗”。“以淡为宗”是中国人，更确切地说，是中国文人的审美传统。“君子之交淡如水”“云淡风清”“平淡自然”皆是中国文人希望达到的精神境界。中国人在浓淡之间的取舍是不平衡的。尤其在文艺上，“尚淡贬浓”这种倾向往往表现得相当明显。如李东阳《怀麓堂诗话》即言“诗贵意，意贵远不贵近，贵淡不贵浓”。晚唐司空图著的《二十四诗品》甚至称“浓尽必枯，淡者屡深”。中国文人对“浓”的贬斥态度可见一斑。李渔的《闲情偶寄》曰：“浓则为时所争尚，甘受其秽而不辞；淡则为世所共遗，自荐其香而弗受。”在这里，“尚淡贬浓”似乎表现了一种中国文人特有的清高意味。

可见，虽然“浓”在审美史上有一席之地，甚至偶尔能够成为当时的主流，但是从总体上看，中国文人还是“以淡为宗”。中国文人有自己独特的审美范式，对“浓”的贬斥、对“淡”的推崇，往往不是出于对外象的偏爱，它反映的是一种审美情趣。“浓”与“淡”相对，“浓”易落于色相，流于俗腻，而且，“浓”有时表现了中国文人对物质生活的向往、追求和满足，如齐梁之诗，有悖“居安思危”之古训和中国文化对文人的要求，如“君子寡欲”（司马光《训俭示康》）。同时，“浓”又往往表现出性格的张扬，不利于塑造儒家提倡的“谦谦君子”形象。总之，“浓”有违儒家“修身养性”观，也有违佛家佛理要求的对红尘的看淡看破，还与道家“淡然无极而众美从之”的“尚淡”审美观念背道而驰。

然而，浓有浓的美，淡有淡的美。“浓”，往往能唤起一种热烈的、搏动的人生激情；“淡”则能予人内心以平静恬适的抚慰。不同的人生情境会有不同的审美需求。少年时期，“初生牛犊不怕虎”，多数文人以浓情见长，到了人生后期，因为政治上的失意和生活上的清贫，热情渐退，心态也转向虚静平和，所作多以关注自身、反思人生为主。

这种人生心境的变化大概也可用南宋词人蒋捷的《虞美人·听雨》概括：

少年听雨歌楼上，红烛昏罗帐。壮年听雨客舟中，江阔云低，断雁叫西风。而今听雨僧庐下，鬓已星星也。悲欢离合总无情，一任阶前点滴到天明。

这首词画面简洁，概括性极强，无一处闲笔：第一幅画面，少年时代，有“听雨歌楼上”的浪漫情怀，有“红烛”“罗帐”的舒适温馨，多么闲适浪漫，色调轻艳迷离。第二幅画面，中年乃多事之秋，人在漂泊流转中，其意象如“客舟”“断雁”等使诗句色调慷慨苍凉。第三幅画面，而今正值暮年，词人由跋涉而停顿僧庐，阅尽世间沧桑，深味悲欢离合，此时已是“悲欢离合总无情，一任阶前点滴到天明”的伤感，但即使如此，感情的表达也是如此理智平淡。人的一生大概总是“风流总被雨打风吹去”，少年多张狂、浓烈，晚年多平淡。从人生心境上讲，“浓”“淡”并无优劣之分。

其实正所谓厚积薄发，想达到“淡”之境界，仍需先经历过“浓”之过程。苏东坡亦言：“凡文字，少小时须令气象峥嵘，彩色绚烂，渐老渐熟，乃造平淡。其实不是平淡，绚烂之极也”（《与侄书》）。后来明代的袁枚在《随园诗话》中亦说道：“诗宜朴不宜巧，然必须大巧之朴；诗宜淡不宜浓，然必须浓后之淡。”未浓即淡，也许会使诗如东晋玄言诗般“稍尚虚谈，于时篇什，理过其辞，淡乎寡味……皆平典似《道德论》……”因此博极而约，淡蕴于浓。语淡态浓，笔留神往也许才是最高的境界。

可见，“浓”，既可用于对自然的描摹，又可用于对情感的刻画，然而它又同时是一种词体风格乃至生活态度，它不为文人推崇却又受到民间百姓喜爱。如此种种，其实都构成了其内涵的丰富和生命的延展。

第五节　词学鉴赏论

一、俊

（一）“俊”的内涵辨析

“俊”为形声字，从人，隽声，本义指才智超群的人。东汉许慎《说文解字》中对“俊”的解释为：“材过千人也。从人，夋声。”①《春秋繁露·爵国》中曰：“十人者曰豪，百人者曰杰，千人者曰俊，万人者曰英。”《鹖冠子·能天》云：“是以德万人者谓之俊，德千人者谓之豪，德百人者谓之英。”

“俊”在其本义的基础上衍生出丰富的内涵意义。“俊”的原意是指有才智的人。“俊”蕴含着积极、美好的意义，根据其使用语境的不同，可确定其具有以下四个本质属性。

“俊”的第一个本质属性是杰出、卓越，常用于对人物的评论中。《襄阳记》云：“刘备访世事于司马德操。德操曰：‘儒生俗士，岂识时务？识时务者在乎俊杰。此间自有伏龙、凤雏。’”后以“识时务者为俊杰”谓能认清形势、了解时代潮流者，才是杰出人物。三国魏曹植在《七启》中评价战国四公子之首信陵君魏无忌时云：“若夫田文无忌之俦，乃上古之俊公子也。”将信陵君视为上古俊公子，同上古有才之士相提并论。唐代大诗人韩愈《司徒兼侍中中书令赠太尉许国公神道碑铭》中云：“‘今见在人，莫如韩甥，且其功最大，而材又俊。’即柄授之，而请命于天子。”此处“俊”皆为卓绝、杰出之意。

“俊”的第二个本质属性是雄健、英武。唐代范摅《云溪友议》卷六中

---

① 许慎．说文解字校订本［M］．南京：凤凰出版社，2004：221.

记载了唐明皇李隆基的一个嗜好，是喜欢打羯鼓。卷六中有云："初，上自击羯鼓，而不好弹琴，言其不俊也。"这里的"不俊"，其实翻译过来，就是现代流行语所谓的"不酷"。唐玄宗认为弹琴太过于文雅，不具有雄姿英发的气势。根据经济基础决定上层建筑的原理，我们由唐朝国力强盛、经济繁荣可以推断，这时期的统治者倾向于文艺形式具有雄健的风气。因此唐玄宗才会认为"弹琴""不俊"。"俊"有雄健之气。清朝朱锡绶《幽梦续影》云："鹤令人逸，马令人俊，兰令人幽，松令人古。"人在骏马上奔驰，自然也就具有了一股雄健、英武之气。

"俊"的第三个本质属性是可爱、美丽。《红楼梦》第四十回："这里的鸡儿也俊，下的这蛋也小巧，怪俊的。"① 《红楼梦》将鸡蛋小巧玲珑视为"俊"，有可爱之意。如明朝沈德符《万历野获编补遗·内监·老儿当》所云："武宗初年，选内臣俊美者以充宠幸，名曰老儿当。"《红楼梦》第二十六回："原来这黛玉秉绝代之姿容，具稀世之俊美。""俊美"在此皆指容貌美丽、漂亮。"俊"除了形容人之体貌美丽外，还可以用于其他动物，可以概括一切生物的美丽的特性。宋代王谠《唐语林·方正》中记载了魏征讽谏唐太宗的一个著名故事："太宗得鹞，绝俊异，私自臂之。望见郑公，乃藏于怀。公知之，遂前白事，因语古帝王逸豫，微以讽谏。语久，帝惜鹞且死，而素严敬征，欲尽其言。征语不时尽，鹞死怀中。""俊异"，指非比寻常的俊秀美丽。

"俊"的第四个本质属性是美味、可口。元代文学家周德清在《红绣鞋·赏雪偶成》一曲中云："休说羊羔味偏佳。调情须酒兴，压逆索茶芽。酒和茶，都俊煞。""俊"在此为美味之意。

"俊"的四个本质属性是在其本义的基础上引申而来的。四个本质属性间既相互联系又相互独立区别，共同构成了"俊"范畴的内涵，也是"俊"

① 曹雪芹. 红楼梦［M］. 上海：上海古籍出版社，2004：300.

范畴区别于其他范畴的关键。

（二）“俊”范畴的历史演变①

先秦两汉是“俊”范畴的滥觞时期，这时期“俊”还未形成一个独立的范畴。随着汉帝国的灭亡，自给自足的封建大地主经济产生了，拥有经济力量和政治军事力量的门阀世族也形成了，东汉以来日趋僵化的儒学思想日益失去其权威地位。古典美学开始真正注重对美的追求，对个人的才能风貌的讲求以及对人生意义、价值的思索。这时期兴盛的“人物品藻”真正确立了“俊”在美学范畴史上的地位。主要记述魏晋人物言谈轶事的笔记小说《世说新语》中将“俊”大量用于人物品藻可作为其地位确立的标志。

《世说新语》中出现“俊”32次，分布在32则故事中，涉及品藻、言语、文学、方正、雅量等12篇。“俊”虽然不止出现在品藻篇，但是有关“俊”的运用都是在于品评人物、形容人物品行方面，并出现了“俊才”“贤俊”“俊爽”“雄俊”“俊逸”“俊异”“才俊”“神俊”“俊望”“俊朗”“俊迈”11个子范畴。如《方正第五》中第十一则：“武帝语和峤曰：‘我欲先痛骂王武子，然后爵之。’峤曰：‘武子俊爽，恐不可屈。’”②“俊爽”在此指俊迈豪爽之意，具有刚正不阿之骨气。又如《赏誉第八》中王右军道叹林公“器朗神俊”③，“神俊”为风神秀出之意。《巧艺第二十一》中还记载了一则著名的有关传神的故事：“顾长康画裴叔则，颊上益三毛。人问其故，顾曰：‘裴楷俊朗有识具，正此是其识具。’看画者寻之，定觉益三毛如有神明，殊胜未安时。”④“俊朗”指俊逸秀朗之气。裴楷“俊朗有识具”，所以顾恺之画裴楷时在他的颊上增加了三根毫毛。这“三毛”表现了

① 刘亚妮．中国古典美学“俊”范畴探略［D］．广州：华南师范大学，2012．
② 徐震堮．世说新语校笺［M］．北京：中华书局，1984：162．
③ 徐震堮．世说新语校笺［M］．北京：中华书局，1984：257．
④ 徐震堮．世说新语校笺［M］．北京：中华书局，1984：387．

他的“俊朗有识具”。看画的人就觉得十分传神。这是用具体的事例来说明顾恺之“传神写照”的美学命题。“传神写照”说明当时的人物品藻要求超越人的外表的形体，把握人的内在的生活情调和个性。“俊”范畴正是在这样一个重视个人内在个性和才能的时代背景下诞生的顺应时代发展的范畴。

除了《世说新语》中“俊”大量运用于人物品藻外，还有一部系统品鉴人物才性的纵横家著作——《人物志》中也将“俊”范畴运用于人物品评。《人物志》中论述圣人为“躬南面，则授俊逸辅相之材”①，“尧以克明俊德为称”②。

此外，魏晋南北朝时期另外一部美学史上的巨著《文心雕龙》对“俊”范畴的确立也做出了重要贡献。《文心雕龙·诸子》中，刘勰云：“逮及七国力政，俊乂蜂起。”③《文心雕龙·体性》中，刘勰认为“才有庸俊”，④认为“贾生俊发，故文洁而体清”，“叔夜俊侠，故兴高而采烈”。⑤ 刘勰评价贾谊性情俊杰英发，认为嵇康“俊侠”，即挺拔、伟岸。

至此，“俊”范畴经过先秦两汉的滥觞期，正式确立为一个独立的审美范畴。其子范畴大大得到丰富，为后代“俊”范畴的美学发展奠定了坚实的基础。

唐宋时期是中华文明繁荣昌盛的时期，这个时期的美学及文艺理论进入了多元发展时期，对美学相关范畴及命题的论述不论是在深度上还是在广度上都有了迅速的发展。这一时期也是“俊”范畴的快速发展时期，“俊”不仅包括在诗话、词话这些文学评论中，还包括在书画美学中。唐代张彦远《历代名画记》中评杨修：“字德祖（中品下），华阴人也。有俊才，为丞相主簿，与陈思王友善。”唐代诗圣杜甫评价李白诗歌：“白也诗无敌，

---

① 刘邵．人物志［M］．郑州：中州古籍出版社，2007：2.
② 刘邵．人物志［M］．郑州：中州古籍出版社，2007：5.
③ 刘勰．文心雕龙注［M］．范文澜，注．北京：人民文学出版社，2008：308.
④ 刘勰．文心雕龙注［M］．范文澜，注．北京：人民文学出版社，2008：505.
⑤ 刘勰．文心雕龙注［M］．范文澜，注．北京：人民文学出版社，2008：506.

飘然思不群。清新庾开府，俊逸鲍参军。”“俊逸”一词，在三国时代就已经出现，三国魏刘邵《人物志》（自序）：“制礼乐，则考六艺祗庸之德。躬南面，则援俊逸辅相之材。”① 《后汉书·袁绍传》中《讨曹操檄》也云：“故九江太守边让，英才俊逸。”②“俊逸”指人具有英俊洒脱、超群拔俗的气质。杜甫借用此词来称道鲍照诗的风格。他推崇鲍照的诗风，认为其俊逸洒脱，进而赞誉李白诗风也承继了鲍照俊逸的风格。杜甫对“俊逸”的美学风格推崇备至。在他之后，“俊逸”逐渐成为一个重要的美学范畴。

“俊”不仅被文学评论家用来概括艺术的风格，也大量出现在文人骚客的诗词文赋中。由先秦时代生发出来的“俊”范畴不但被文人接受，而且在诗词审美领域得到推崇。王勃骈文《滕王阁序》云：“雄州雾列，俊采星驰。”李白序文《春夜宴从弟桃李园序》云：“群季俊秀，皆为惠连。”杜甫《遣兴五首》曰：“昔时贤俊人，未遇犹视今。”杜牧《题乌江亭》云：“江东子弟多才俊，卷土重来未可知。”宋词中，姜夔《扬州慢》：“杜郎俊赏，算而今、重到须惊。”“俊”皆为才杰有智之人。除此之外，诗词中还常用到“豪俊”“俊骨”“俊气”等“俊”的子范畴，体现了唐宋文人重才情的审美意识。

“俊”范畴经过了唐宋的发展，其内涵得到了巨大的丰富和扩张。元明清时期“俊”范畴步入了成熟阶段，文艺评论家对这一范畴在诗词领域尤其是词学上的地位有了更为深刻的认识。

明代谢榛《四溟诗话》云：“唐人中识锋犯者，莫如子美，其‘落日在帘钩’之作，亦难以句匹者也，故置之首句，俊丽可爱。”“俊丽”有俏丽可爱之意。明代王世懋《艺圃撷余》评价李攀龙的诗歌“李于鳞七言律，俊洁响亮，余兄极推毂之”，“俊洁”意为秀美简洁。明代徐祯卿《谈艺录》评价“贤良文学”为“辞雅气俊”，说明“俊”是体现在文气上的。明代

① 刘邵．人物志［M］．郑州：中州古籍出版社，2007：2.

② 范晔．后汉书［M］．杭州：浙江古籍出版社，2000：677.

杨慎《升庵诗话》评王邱东山诗“此诗清新俊逸，太白之先鞭也”，认为“‘望平地树如荠’自是俊语”。明代文学家、史学家、“后七子”领袖之一王世贞《艺苑卮言》多次提到“俊”：“五言古选体及七言歌行；太白以气为主，以自然为宗，以俊逸高畅为贵”“歌行磊落奇俊，高一起一伏，取是而已，尤为正宗”“子瞻之文爽而俊”“语觉爽俊”“卢少楩如翩翩浊世佳公子，轻俊自肆”“孙太初玉立美髯，风神俊迈”“五陵他日多豪俊”“茂叔之简俊”等等。王世贞喜用“俊”，这与他的文学主张紧密相关。

在清代，“俊”范畴紧随其在明代美学发展中的脚步，达到了顶峰时期。清代涉及“俊”范畴的诗话词话评论可谓蔚为大观。著名文学家如王夫之、沈德潜、王士祯都有论及“俊”范畴。这一时期诗话词话集中论述了诸如“俊逸”“俊雅”“幽俊”“俊拔”“清俊”“奇俊”“深俊”“俊爽”“疏俊”等“俊”范畴的合体范畴，大大丰富了“俊”范畴的审美意义，使其成为美学史上的一个独特范畴。

王夫之《姜斋诗话》云：“贝廷琚之俊逸。”又云：“作诗但求好句，已落下乘。况绝句只此数语，拆开作一俊语，岂复成诗？”沈德潜《说诗晬语》多处论及“俊”：“远廉俊无前”“谢诗经营而反于自然，不可及处，在新在俊”“‘万里通秋雁，千峰共夕阳’，名俊有馀”“何仲默秀朗俊逸”。黄氏《蓼园词评》提出了“幽俊”“俊雅”范畴，其评宋潘枋《南乡子》“词致俊雅，故自不凡凡艳”，“俊雅”指秀美文雅；认为“无可奈何花落去”六句“律诗俊语也”；评韩元吉《水调歌头·今日俄重九》“词虽未甚奇辟，但亦清雅不俗，有俊拔自喜之概”；评谢无逸“笔墨潇洒，自饶一种幽俊之致”，“幽俊”为文笔幽默俊俏，袁枚《随园诗话》也有“诗虽幽俊，而不能展拓开张，终窘边幅”之论。此外，《蓼园词评》还有“清新俊逸”“通首清俊”“亦甚奇俊”等评论。王士祯《香祖笔记》云“俊逸推陆放翁”。江顺诒《词学集成》：“冯延巳词，晏同叔得其俊，欧阳永叔得其深。”将晏殊词风视为“俊”。除此之外，蔡嵩云《柯亭词论》云“深俊婉约”，田同之《西圃词说》论及“聪俊”，张德瀛《词徵》也提及“俊爽”。

清代诗人杨夔生所著《续词品》中列有“疏俊”一品，其描述为：“卓卓野鹤，超超出群。田家败篱，幽兰逾芬。意必求远，酒不在醇。玉山上行，疏花角巾。短笛快弄，长啸入云。轩轩霞举，须眉胜人。”“疏俊”就如同闲云野鹤一般，不与尘世喧嚣相染，具有自由闲逸、阔达超逸的审美情趣。“疏俊”就是田家散发出的一阵阵幽然恬静的兰花香。“疏俊”就是喝酒不在酒醇正与否，只要喝酒时具备的那份旷达心情。“疏俊”就如戴着野花编织的花环在玉山上行走，一边吹弄短笛一边长啸入云，这样卓然出群。据此描述，“疏俊”有放达超逸之审美意义。

“俊”范畴的发展是与时俱进的，其产生于魏晋玄学影响下人物品评盛行的魏晋时代，体现了重才倾向，后其蕴含的“超越性”审美特质又使其成为文人追求的一种境界。“俊”范畴自确立至成熟得到了巨大发展，元明清时期戏曲美学中对戏曲语言“俊”的极度推崇推动“俊”范畴发展至巅峰时期，即成熟期。古典美学中的“俊”范畴不仅标志着一种生命精神的高度，也是文人自由天放的人文品格的集中反映。

二、秀

“秀”是会意字，从禾，从乃。“禾”指“五谷”；“乃”意为“再”“重”。“禾”与“乃”联合起来表示“谷物第二次抽穗扬花”。“秀”的本义应为：谷物再度抽穗扬花。在《诗经》中，多引用秀的本义。如：“不荣而实者谓之秀。”（《尔雅·释草》）“秀，出也。”（《广雅》）“实发实秀，实坚实好。”（《诗经·大雅·生民》）《论语》中也曾说：“苗而不秀，秀而不实。”

后来“秀”又引申出更多的意义，可做名词、动词、形容词。

“秀”作为审美范畴被提出是在魏晋南北朝时期。魏晋南北朝时，刘勰的《文心雕龙》提出了几个最带有时代特色的美学范畴，其中就包括“隐秀”。刘勰的《文心雕龙》十分注意对审美意象的分析，而他对意象的分析首先表现在他提出的“隐秀”这一组范畴。宋代的张戒在《岁寒堂诗话》中引用了《文心雕龙·隐秀》的两句话：“情在词外曰隐，状溢目前曰秀。”①

先看“秀”。刘勰说：“状溢目前曰秀。”“秀”是指审美意象的鲜明生动、直接可感的性质。“秀”乃是对审美意象的一种规定，就是说，审美意象应该鲜明生动，可以直接感受。例如，作家诗作中所选取的意象，必须要鲜明生动，读者能直接从中感受到诗人所要创造的或者说所要构造的意境。唐代诗人王维《使至塞上》“大漠孤烟直，长河落日圆”一联中，“大漠”“孤烟”“长河”“落日”这些意象生动而形象地展现了边塞特有的寂寥荒芜之境，没有堆积的华词丽句或者说刻意雕削。王维选择直接生动而具有代表性的意象，让读者仿佛亲眼见到边塞之景。

再看“隐”。“隐”有两方面的含义。刘勰说：“情在词外曰隐。”又说：“夫隐之为体，义生文外。”这是指审美意象所蕴含的思想感情内容不直接用文词说出来，不表现为逻辑判断的形式。因此叫“隐”。“隐者，不可明见也。”这也是“隐”的一方面的含义。所以钟嵘②说：“言在耳目之内，情寄八荒之表。”文学作品的思想情感（倾向性）总是要通过“文”“词”来表达，但不是直接通过概念逻辑体系的富有形象感的“文”“词”，而是通过富有形象感的“文”“词”来表达的，也就是说，通过“状溢目前”的“秀”来表达的。一方面，“情在词外”，“义生文外”，思想情感（倾向性）不要直接用“文”“词”说出来，另一方面，舍“文”“词”无以表达“情”“义”，思想情感的表达又不能离开“文”“词”，这个矛盾就是通过“秀”，即用“文”“词”组成生动可感的形象来解决的。

由此看来，“秀”和“隐”，一个是说文学作品的具体生动的形象，另

① 叶朗．中国美学史大纲［M］．上海：上海人民出版社，1985：226.

② 蒋凡，郁沅．中国古代文论教程［M］．北京：中国书籍出版社，1994：163.

一个是说文学作品不直接说出来的多重的情意。这是一对对立的范畴。它们又是统一的，“隐处即秀处”，形象既要具体生动可感，直接状出，但是其形象又要经得起深入的推敲，蕴含多重意境。这里“隐”“秀”的结合便产生特殊的审美体验。

“隐”和“秀”的作品，就其给读者提供了一个具体可感的审美意象（也就是“秀”）来说，它是直接的、单纯的、有限的和确定的；就其通过审美意象来表达多重的情意，引发读者的想象和联想，使之获得多方面的感受和启示（也就是“隐”），它又具有间接性、丰富性以及某种无限性和不确定性。“隐”“秀”的作品，正是这种直接性和间接性、单纯性和丰富性、有限性和无限性、确定性和不确定性的统一，因而能使读者获得丰富的、持久的美感。清代冯班说：“诗有活句，隐秀之词也。直叙事理，或有词无意，死句也。”为什么“隐”“秀”的作品有生命力（“活句”），而“直叙事理”或“有词无意”的作品没有生命力（“死句”）呢？原因就在于此。

由此可见，只有“隐”“秀”的作品才能够使读者获得丰富的、持久的美感。具体例子如唐代诗人李商隐，他的作品中借以寄托的人物情事的形象所表现出的生动性、作品本身性质的两重性、寄托内容的抽象性、寄托方式的整体性，使其作品风格表现为“含隐蓄秀”。如无题诗中的突出代表《锦瑟》：“锦瑟无端五十弦，一弦一柱思华年。庄生晓梦迷蝴蝶，望帝春心托杜鹃。沧海月明珠有泪，蓝田日暖玉生烟。此情可待成追忆，只是当时已惘然。”虽然以“锦瑟”为题，但只是截取开头二字而已，并非咏瑟之作，实际上是一首无题诗。这首诗开头以对锦瑟的描写，引出自己哀怨的人生回顾。时人弹奏之瑟，皆二十五弦，而此古瑟为五十弦，弹奏起来，繁音促节，使人绪乱。通过这一单纯的、有限的意象“锦瑟”，引出了促使诗人情不自禁回忆起青年时代万千往事的原因。经过这样一个小小的序曲，此诗便展开了它的主题旋律。“庄生”一联，出现了两组意象：上句用《庄子》中的一则寓言典故，似乎比喻自己经历了人生的种种坎坷磨难之后，理想破灭迷失，往事如同一场虚幻的梦。下句又用了望帝死后魂魄化为杜鹃的形象，来表明自己满腔悲愤、无法言说，只好在诗中托辞寄慨，正像杜鹃的啼血哀鸣。在这里，作者虽然使用了两个典故，但目的却不是为了“用事”，而是创造出这样两组幽怨哀婉、凄美动人的形象，来传达自己内心世界的悲凉。“沧海”一句，化用了几个典故，同样不是为了用事说理，而是使大海、圆月和明珠这些带有诗人强烈感情色彩的物象融汇在一起，构成一幅悲怆而美丽的图画，从而暗示自己不为世用、如同沧海遗珠般的悲剧命运，以及像明珠泣泪一样的痛苦和悲哀。“蓝田日暖玉生烟”一句，似乎是表达了这样的信念：人之内美，终必外现，尽管自己一生遭遇种种打击和挫折，但文采才华如蓝田之玉，终会升腾烟雾、迸射异彩，而不掩其光辉。最后，“此情”二句，与首联的“思华年”相呼应，并总揽了中间四句的回忆，似乎是说：这种恃才自傲的心情，直到追忆平生往事时，才更加明显。而在年轻的时候，却始终不能释然，总觉得十分惆怅和悲哀。这两句，是对全诗的总结，似乎也是对自己一生的诗意的概括。《锦瑟》这首诗最突出的特点，就是并没有具体地叙述往事，也没有直接地抒情，而是创造出一系列幽怨凄美的具体生动的形象，以此直接诉诸读者的心灵。诗人着重提取了回味身世时的种种情绪体验，把它们熔铸于一个个表面不相连属的审美意象之中，其间可能包含有年华消逝的感怆、理想幻灭的悲哀、国运沦替的忧愤、爱情生活的隐痛以及漫长人生道路上的种种遗恨。这一切，一并交织成这样一支和谐而多变的奏鸣曲，拨动着人的心弦。从具体的意义上，这首诗并没有告诉我们什么，但从感情的旋律、色彩和流动的方向上，它却分明向我们诉说着一切。这里充分体现了李商隐诗中题意的无限性和不确定性，体现了“隐”的特点。总而言之，他的诗构思严谨，含隐蓄秀，深清委婉，注重艺术构思，往往匠心独运，在很一般的题材中发掘出新的意境，给人以新的感受，而且诗歌立意高超，寄托深远，让他人望尘莫及。

北宋任翰林待诏直长的郭熙在他的《林泉高致》中，也提出一系列“秀”的审美概念：“奇秀”“神秀”“秀媚”“秀丽”等。

“奇秀”，意为奇异秀美，带着神秘、独特的气韵。郭熙在《林泉高致·山水训》中提到“东南之山多奇秀，天地非为东南私也”。东南地势较低，是水流的曲折蔓延之处。水流的长期过往，带走了泥土，因此地势比较低，水也比较浅。山则多是奇怪的山峰和陡峭的崖壁。而斗出霄汉之外，瀑布从千丈之高处飞落产生的水雾仿佛是霞云。因此表现出“奇秀”的审美特点。这里“奇秀”不仅包括了“奇”和“秀”，还有其独特的气韵，如“险”。例如，华山之上，奇峰峻岭、幽谷险道、灵泉古洞、趣石秀木，卓然天成。东、西、南、北、中，五峰卓绝，各具特色：东峰居高临险，视野开阔，朝阳观日，别有风情，体现了“险”；西峰状似莲花，陡峭巍峨，阳刚挺拔，体现了“秀”中之“险”；南峰傲然绝顶，近天咫尺，高峻雄伟，气势博大，体现出它的“宏大”的气韵；北峰四面悬绝，树木葱郁，巍然独秀，有若云台，体现了“秀”；中峰虽小，然则林木葱茏，环境清幽，传说颇为丰富，值得细细品味，体现了“秀”“奇”。另外，南峰“落雁”、东峰“朝阳”、西峰“莲花”，在位置上呈三峰鼎峙，“势飞白云外，影倒黄河里”，被人誉为“天外三峰”，整体体现出“奇秀”的特点。

“神秀”，这里指神奇秀丽，除了生动形象，更注重于神韵的体现。在《林泉高致·山川训》中也有讲到：“奇崛神秀，莫可穷其要妙。欲夺其造化，则莫神于好，莫精于勤，莫大于饱游饫看，历历罗列于胸中，而目不见绢素，手不知笔墨，磊磊落落，杳杳漠漠。”这里是说要表现“神秀”，就必须把表现对象的神韵体现出来。这就要求我们要勤劳地练习，积累丰富的经验，把各种不同的形象特征都藏于心中，在描摹前，便能“成竹在胸”，并且在创作前抓住事物的精粹之处，体现其神韵，突出地表现形象，而不是处处点到，显得冗杂、单薄、露骨、浅俗。

“秀媚”，意为秀丽娇美。《林泉高致·山川训》中说道：“山以水为血脉，以草木为毛发，以烟云为神采，故山得水而活，得草木而华，得烟云而秀媚。水以山为面，以亭榭为眉目，以渔钓为精神，故水得山而媚，得亭榭而明快，得渔钓而旷落，此山水之布置也。”“山无云则不秀，无水则不媚。”这里提到了“云”“水”对体现“秀媚”的重要性。在一幅画中，如果只有山，而没有水，那么就没有水代表的流动的活力甚至是其流动中闪现的光影，也就没有了“秀媚”中体现出来的娇柔之美，从而使审美的观感下降。没有云的衬托，则不能表现山的高秀之美。“山”和“水”“云”的结合才能表现出“秀媚”。同样，文学作品要使人产生“秀媚”的审美评价，既要形象生动的表现手法，还要多加修饰衬托。如在诗句中描写事物，多方描绘事物的情貌，互相映衬，但又不能过于浓艳，用词既要清新秀丽，又要显现活力。

“秀丽”，意为清秀优雅，美丽脱俗，更重于内在气韵的自然清新之美。谢朓的山水诗成就很高，观察细微，描写逼真，风格清俊秀丽，一扫玄言余习，写景抒情清新自然，意境新颖，富有情致，且佳句颇多。如《晚登三山还望京邑》：“灞涘望长安，河阳视京县，白日丽飞甍，参差皆可见。馀霞散成绮，澄江静如练。喧鸟覆春洲，杂英满芳甸。去矣方滞淫，怀哉罢欢宴。佳期怅何许，泪下如流霰。有情知望乡，谁能鬒不变？”这首诗写登山望京邑。诗在点题后便颇为自然地转入对所见景象的描绘：“白日丽飞甍，参差皆可见。馀霞散成绮，澄江静如练。喧鸟覆春洲，杂英满芳甸。”“白日丽飞甍，参差皆可见”两句，写眺望中错落有致的建筑。诗人没有精雕细琢地绘出建筑的全貌，而是大笔点染，勾勒出建筑的顶点——“甍”，突出了居高临下观望的特点。而描写甍，又置它于明丽的阳光之中，这就使建筑更显得金碧辉煌，蔚为壮观。尤其是一个“飞”字，顿时使本来是静止的无生命的“甍”活了，动了。“馀霞散成绮，澄江静如练”两句是历来公认的写景警句。观其特色，至少有三点：一是巧比妙喻，“状难写之景，如在目前”。画家无须煞费苦心地去捕捉艺术形象，只要依据这两句诗，就可画出一幅优美别致的春江晚晴图。因为诗人在这里以“绮”和“练”分别比喻“馀霞”和“澄江”，新颖贴切，使原是具体事物的“馀霞”“澄江”更具形象性、可感性。二是色彩鲜艳明丽。彩缎般绚烂的晚霞与白绸般清澄的大江熔铸在一起，丽素分明，交相辉映，色调和谐。三是圆润流畅，一气呵成，对仗工整，浑然天成，无刻意雕琢之痕。“立片言而居要”的警句，往往能千古传颂，并使全篇生辉。“喧鸟”两句，写群鸟、众芳，也写得妙趣横生，颇具特色。这两句主要着眼于人们的听觉形象和嗅觉形象，鸟喧是前者，花香是后者。“覆”“满”二字极言鸟之多、花之盛，“春”字则直接点明诗人登“三山”时的季节。诗人登山眺望，京城的美景尽收眼底。美景触动了诗人的情怀，他从内心深深地怀念家乡：“去矣方滞淫，怀哉罢欢宴。佳期怅何许，泪下如流霰。有情知望乡，谁能鬒不变?”“去矣方滞淫，怀哉罢欢宴。”这两句承上启下，由上文的状物写景转为下文的直抒胸臆，由惋惜将不得不离开鸟语花香景美的京邑，切入诗人对昔日家乡欢宴的美好忆念，转笔自然。“佳期怅何许，泪下如流霰”两句紧承上文，思乡之情又深了一层：诗人开始是回首往事，接着是盼望回乡，继而是对回乡无望感到惆怅惘然，以至于眼泪像珍珠一样掉下来。“泪下如流霰”这一比喻，言简意赅，省却了千言万语，却“此时无声胜有声”。“有情知望乡，谁能鬒不变?”两句是全诗的结句。这一反诘句语意肯定，不容置疑。如此煞尾，一是说明诗人登山望京所引起的思乡之情乃出于自然。因为“多情自古伤离别”，怀念家乡是每个客居异乡的游子共有的情感。二是说明诗人思乡惆怅之情的深度。思乡惆怅之情能使人黑发变白，足见此情之深，亦可见其力量之大了。总而言之，此诗以登山眺望为线索，写望之所见、望之所感。诗中描绘了一幅色彩斑斓的春日京城晚晴图，抒发了诗人由望京城而引发的思乡之深情。风格清新秀丽，读之，令人如嚼橄榄，更觉余韵悠然。

“秀逸”，意思是清秀而飘逸，这里除了清秀好看之意外，还有超脱凡俗之意，更体现了独有的气质内涵。如明代唐寅，他的画作中山重岭复，以小斧劈皴为之，雄伟险峻，而笔墨细秀，布局疏朗，风格秀逸清俊。唐寅花鸟画的代表作《枯槎鸲鹆图》，其构图用折枝法，枯木枝干由右下方弯曲多姿地向上伸展，以枯笔浓墨画之，苍老挺拔；以积墨法画一只栖于枝头的八哥，正引吭高鸣，树枝似乎都在应节微动，从而显现出自然界生命律动的和谐美；秃笔点叶，一两条细藤与数笔野竹同枯树上的老叶画在一起，增添了空山雨后幽旷恬静与清新的气氛。右上角题诗为：“山空寂静人声绝，栖鸟数声春雨馀。”诗画映发，对象的神态和画家的情趣融为一体，寄寓了超凡脱俗的思想。这幅画在画法上属小写意，一路运腕灵便，以书法人画，以写代描，笔力雄强，造型优美，全画笔墨疏简精当，行笔挺秀洒脱，形象饶有韵度。在《墨梅图》中，唐寅用水墨画梅花一枝，意笔写花干，没骨法点梅花，笔法秀逸洒脱，颇具质感。

“俊秀”，意为俊俏秀丽。五代时期，前蜀韦庄的《菩萨蛮·从尽说江南好》中“春水碧于天”一句化用杜甫诗“春水船如天上坐”（《小寒食舟中作》）和白居易词“春来江水绿如蓝”（《忆江南》），造语比之前作品更明秀简洁。用“春水”与“天”对比，直接道出“春水”比“天”要“碧”，简洁的对比，独具匠心的“碧”字，直接鲜明地体现“春水”的碧绿清澈，十分形象生动，让人仿佛目睹其清澈碧绿之美，让读者产生俊秀之感。《思帝乡》：“春日游，杏花吹满头。陌上谁家年少足风流？妾拟将身嫁与一生休。纵被无情弃，不能羞。”此词写得情境丰美、人物光彩、风流潇洒，透出一种俊爽之气质。俊者有清秀之美，爽者有开朗之情。这与韦庄吸取民间词分不开。使用民间词表达爱情的爽直明快，进入韦庄此词，增加俊秀之美，形成独自的格调，写的人物风流、词也风流。

“秀”给人不可替代的独特审美观感，作为审美范畴，在中国美学史上具有重要的审美意义，并且它广泛应用于绘画、书法、诗词文章的审美分析中。因此，我们应对“秀”这个审美范畴及其审美概念深入理解，这对我们感悟中国古典美学作品具有重大的意义。只有透彻地了解“秀”的审美意义，我们才能更好地体会中国古典美学的魅力。

三、清空

“清空”是一种诗词的风格，源自宋代张炎《词源》推尊姜夔词“如野云孤飞，去留无迹”“不惟清空，又且骚雅，读之使人神观飞越”。

张炎，字叔夏，号玉田，又号乐笑翁。祖籍秦州成纪（今甘肃天水），寓居临安（今浙江杭州）。他是贵族后裔（循王张俊六世孙），也是南宋著名的格律派词人，父张枢，精音律，与周密为结社词友。张炎前半生在贵族家庭中度过。宋亡以后，家道中落，贫难自给，曾北游燕赵谋官，失意南归，落拓而终。曾从事词学研究，著有《词源》，有《山中白云词》，存词约300首。文学史上把他和另一著名词人姜夔并称为“姜张”。他与宋末著名词人蒋捷、王沂孙、周密并称“宋末四大家”。

张炎是宋词的最后一位重要作者，一般选辑宋词的书，选到最后，就得选张炎，讲到最后，也得讲张炎。可以说，在宋词这支柔丽的长曲中，张炎的词是最后的一个音节，是最后的一声歌唱。由于他的词寄托了乡国衰亡之痛，备极苍凉，所以也可以说，他的声音也就是南宋末期的时代之声。

张炎为词主张“清空”“骚雅”，倾慕周邦彦、姜夔而贬抑吴文英。他的词多写个人哀怨并长于咏物，常以清空之笔写沦落之悲，带有鲜明的时代印记。因他精通音律，审音拈韵，细致入微，遣词造句，流丽清畅，时有精警之处。但由于他过分追求局部的诗情画意，在整体构思上不免失之空疏，故境界开阔而又立意甚高者并不多见。他还是一位著名的词论家，他写的《词源》，在词的形式研究上，给后人留下了不少启迪。在论述乐律部分，书中保存了有关乐词的丰富资料，是一部有权威性的理论专著。他的创作主张，强调艺术感受、艺术想象与艺术形式，有许多经验之谈，至今尚可参考，但其观点带有门户之见，难免有偏颇之处。此书分为制曲、句法、字面、虚、清空、意趣、用事、咏物、节序、赋情、令曲、杂论等十三个部分。其论词的最高标准是“意趣高远”“雅正”“清空”。有词集《山中白云词》及词学专著《词源》传世，主要代表作品有《南浦》《高阳台》《月下笛》《解连环》《甘州》等。

“清”是中国古典美学的重要范畴，体现着一种人格精神和艺术境界，例如古文或诗词中的清新、清纯、清真、清淡、清妙等。“清”也是一个独立的美学范畴，是一种“澄明”意境，表示艺术作品整体风貌的澄澈明净。而对清淡之美的推崇是中国古代一种普遍的审美心理，“清”在先秦、两汉、魏晋、唐宋、元明清等不同的历史时期，由一个自然概念向审美意识、审美范畴不断地演变，在不同的历史文化中呈现出不同的特点。

“清”范畴和“空”范畴的结合，催生出了一个全新的词学专有批评术语——“清空”。

“清空”，指向的是词体的空灵神韵，即所谓摄取事物的神理而遗其外貌。特指词的境界与鉴赏。张炎《词源·清空》云：“词要清空，不要质实；清空则古雅峭拔，质实则凝涩晦昧。”清郑文焯《鹤道人论词书》：“词之难工，以属事遣词，纯以清空出之……所贵清空者，曰骨气而已。”蔡嵩云《乐府指迷笺释·引言》云：“张氏尊白石，以其‘古雅峭拔’，特辟‘清空’一境。”20世纪著名文学理论家刘大杰先生在《中国文学发展史》中提出：“清空是张炎提出来的词的最高境界。他所说的清空就是空灵神韵，同严羽讨论的意见相同。”①

四、润

汪涌豪先生在《风骨的意味》中说：“中国的范畴绝大多数都具有传承

① 刘大杰. 中国文学发展史［M］. 上海：复旦大学出版社，2006.

性与变易性的特征。”① 范畴在传承的过程中其内涵会随之发生历史性的变化，后人不断在旧的外壳中注入新意，使范畴的内涵不断丰富与深化，而词性的转换就是内涵变化的重要原因及体现之一。同时，词性的转变，往往意味着范畴的外延会随之发生变化，亦即内涵的丰富往往伴随着外延的扩展与升华，“润”就是这样的例子。

作为中国古典美学重要范畴之一的“润”，其本为一普通动词概念，主要以水为其动作载体来滋润万物，塑造一种生生之润的繁荣景象。意谓滋润万物，具有“顺势、渗透、滋养”的意态，体现了一种走出本我、融入他物、滋养他物的无私精神。

自先秦时期开始，由于所依附载体范围的扩大及其词性的转变，“润”的内涵益加丰富与深化，逐渐出现了诸如清润、华润、朗润、润湿、湛润、郁润、苍润、熙润、秀润、濡润、肥润、灵润、弘润、德润、雅润、芳润、温润等一系列后续意义链，形成了一个以“润”为核心的蔚为大观的审美范畴家族和系列，被广泛应用于描述自然现象、人物品藻、文学鉴赏、理论创作、德行建设等领域，充分体现了文学范畴继承性、变易性和通惯性等共性特征。

“润”在词的批评鉴赏中体现出了内隐性特征，主要是指“润”具有一种谦和精神，有“润”之人能够做到韬光养晦，有功而不傲，于默默奉献中享受着那份独有的宁静与洒脱。如《魏书·高允传》所言：“清河崔玄伯见而异之，叹曰：‘高子黄中内润，文明外照，必为一代伟器，但恐吾不见耳。’”“内润”在此指人颖慧天然，但能做到韬光养晦，不恃才傲物，具有真正的君子之德。从另外一个角度看，“润”的本义“水往下流，滋润万物”代表着一种走出本我、消融本我、融入他物、泽润他物的无私精神。就如“润物细无声”这一句诗，生动形象地展示了细雨那有意“润物”，无

① 汪涌豪．风骨的意味［M］．南昌：百花洲文艺出版社，2001：1.

意讨“好”的俏皮、默默奉献形象。在儒家思想潜移默化的影响下，许多古人，特别是关心社稷但又不得志的文人志士，尤爱以“奉献”为主题塑造一些具有无私精神的意象来表达自己忠贞报国、造福世人的抱负。

五、“远”

“远”作为中国古典词学批评中重要的审美范畴之一，以及古代词人艺术和人生追求的最高精神理念和审美准则之一，在审美空间上表现为三个维度，分别为空间之远、时间之远和哲思之远，为词学批评提供了一个新的审美标准。中国古代词作中“远”范畴的审美内涵，超越时空的距离，由“眼中之远”升华为“意中之远”，最终指向人的内在精神世界，是对人的内心世界与内在精神的归宿和渴求，以及对艺术价值和生命真谛的超越性指引。“远”也是极为重要的前位范畴之一，在范畴体系和架构中起着支柱作用。古人认为：“大家古文所以过人者，厚也，秀也，远也，肆也。”①纵览中国词学批评史可见，“远”对古典诗词的创作和鉴赏的影响极为深刻，“远”范畴及其后序、合体范畴构成了以诗话、词话为中心的文学批评的主体范畴之一。

“远”作为词学批评范畴萌芽于唐代前，成型于宋代，承传于金元，盛兴于明代，最终在大力推尊词体的清代奠定了它的地位。究其根由，乃是古代士人对“远”的精神境界的崇尚。伴随着时人对“远”的极力张扬，词学范畴“远”被进一步推崇和标举，由此形成的与之相关的意象、母题十分普遍。“远”范畴既深化了人们对词体的认识，也丰富了文艺批评范畴理论。

---

① 贺贻孙．与友人论文书（四）［M］//于民．中国美学史资料选编．上海：复旦大学出版社，2008：478.

（一）空间之远

“远”的本义是空间距离之远。《说文解字》解释云“远，辽也”①；《广韵》亦云“远，遥远也”②。春秋时期“远”又由空间之远引申为时间之远，如《吕氏春秋·大乐》道：“音乐之所由来者远矣。”③ 在中国古代哲学的宇宙观念中，“远”是用来表达那些可视而又无法限定的无限宇宙时空的。“远”即“道”的化身，由个人之有限体会时空之无限，而《庄子》中所形成的“远游”与“逍遥游”使得“远”成为后世的审美观照方式之一。老庄的超越脱俗精神深刻影响了中国古代的文艺创作，因而在古典诗词创作和鉴赏中，文人对“远”的追求，也体现了这种对人类有限的、可视时空的审美性超越。

“远”在古典诗词之审美意象中有着重要的意义，由此产生大量体现空间之“远”美的作品。描绘烟雾的“远烟”，描绘山峰的“远山、远岫、远峰”，描写树林的“远林、远翠”，书写踪迹的“远迹、远游、远足”等，这些“远”的词语组合是中国古典诗词的重要组成部分，形成了一个广阔的“远”的文学审美世界。在这个世界里，文人的审美心态、审美体验以及“远”组合所承载的内涵都是非常丰富的。且看南宋词人韩元吉的《霜天晓角·题采石蛾眉亭》：“倚天绝壁，直下江千尺。天际两蛾凝黛，愁与恨，几时极！暮潮风正急，酒阑闻塞笛。试问谪仙何处？青山外，远烟碧。”上片的“倚天绝壁，直下江千尺”是眼前之景色，下片的“青山外，远烟碧”已经突破眼前之景而达到有限空间的超越，从而引出词人阔达悲远的心灵境界。该词虽名为题咏山水之作，但显然寄寓了词人对时局的感慨。“试问谪仙何处？青山外，远烟碧。”词人想起壮志难酬、客死异乡的李白。李白葬于青山之上已数百年，而今但见青山之外，远空烟岚缥碧而

① 许慎．说文解字［M］．北京：中华书局，1987：42.
② 广韵［M］．北京：中国书店，1982：260.
③ 吕氏春秋［M］．陆玖，注译．北京：中华书局，2011：135.

已。词人虽然身任官职，但在当时投降派得势掌权的情况下，也无法实现自己的理想。读者从虚无缥缈的远烟中，已能充分领悟到韩元吉此刻的心境。

值得注意的是，中国古代词人无论是用何物来表现自己的情感，也无论表现的是何种情感，他们所置身的都是一个共同的“远”的空间，创作的起点自然是有限空间之远即“眼中之远”，最终目的却是要表达超越有限空间的心理空间之远即“意中之远”，在向读者呈现远大广阔的景象的同时，又从根本上超越了“眼中之远”。在词人不断地吟咏及喟叹当中，“远山”“远水”“远天”“远地”已不单单属于自然界，它们都承载着词人深厚的情感，成为具有特定审美内涵的意象。不管是晏殊的“昨夜西风凋碧树，独上高楼，望尽天涯路”（《蝶恋花》），还是黄庭坚的“几处泪痕留醉袖，一春愁思近横波。远山低尽不成歌”（《浣溪沙》），“远”始终是一个关键，它意指的不仅是“眼中之远”，还是由景及情而生出的“意中之远”，由此形成词人笔下情景交融之意象。

中国古代文学史上不仅有大量体现空间之“远”美的作品，在“远”的理论探索上也颇有建树。作为古典文学中一个重要的审美范畴，“远”对古典词学批评有着深远的影响。一般来说，北宋文人作词多疏淡，讲究运意深远。周济在《介存斋论词杂著》中评柳永词：“耆卿为世訾謷久矣，然其铺叙委婉，言近意远，森秀幽淡之趣在骨。耆卿乐府多，故恶滥可笑者多，使能珍重下笔，则北宋高手也。”① 宋人已经将“深远”“高远”等作为创作标杆，要求词作应当能够把读者带向高远的境界。据《苕溪渔隐词话》记载，王安石曾与黄庭坚论后主词：“荆公问山谷云：‘作小词曾看李后主词否。’云：‘曾看。’荆公云：‘何处最好。’山谷以‘一江春水向东流’为对。荆公云：‘未若细雨梦回鸡塞远，小楼吹彻玉笙寒。又细雨湿流

① 于民．中国美学史资料选编［M］．上海：复旦大学出版社，2008：352.

光最好。’”① 可见我国古典词学批评偏重于对“远”的崇尚。“远”的含义在此绝不是仅就视觉距离的远近意义而言的，论者企图通过“远”的景物设置，把读者的审美活动引向文本表层画面之外的那个更加广阔无极的宇宙时空中去，让凡俗尘嚣中的心灵遨游于广袤无垠的意中之“远”，让生活的奥秘尽藏于读者的无限想象空间之中。

中国古典词学批评中，以有限空间之“远”来把握、描绘无限之“远”的思维方式，其实是一种心灵的直观方式，也可以说是直接体悟的审美方式。它在词论中的出现并非仅以“远”字呈现，词论中还有一些与“远”范畴紧密关联的范畴，共同构成词学批评的重要部分。以“清空”为例，它是指词创作中所达到的一种古雅脱俗、含蓄幽远的至高境界，“如野云孤飞，去留无迹”（张炎《词源》）。“远”的空间距离是“清空”的前提，唯有与物象保持一定的审美距离，才能成其境界，清空深邃，博大广阔。这种主体心灵突破外在物象的限制所形成的审美境界，必能产生宁静淡远的审美情趣。所谓“清空”，乃是对现有生活的超越，力求摆脱功利的世俗生活，解脱人们在尘世中疲惫压抑的灵魂，构筑一个精神上逍遥无待的境界，从而在这一境界中得到升华。也正因为古人这种“尚远”的品格，词方能达到一种清明空灵的境界。

词中之“远”，最终指向的是由眼前之景延伸出来的“意中之远”。情景交融产生的“意象”超脱了有限的空间，在登高远望的有限空间的距离的体悟或感受当中，可以发现中国古人在空间变化之时所产生的审美意识及审美体验。中国古人在艺术审美中看重“虚”，“远”则是朱良志所说的“艺术家精心构筑的第二时空——虚灵时空”②。虚灵时空是一种心灵境界，总的来说，就是通过审美意象建构出一种物我交融的具有超越意识的审美境界，它能通过想象把读者引入一个融宇宙、古今、人生于一体的诗意栖

① 邓子勉．宋金元词话全编［M］．南京：凤凰出版社，2008：665.

② 朱良志．中国艺术的生命精神［M］．合肥：安徽教育出版社，2006：305.

居地，让人忘怀世事、净化生命、体味超越自我的天地之大美，体悟存在的意义与价值。以上正是空间之远的审美内核。

（二）时间之远

“远”范畴的时间之美，是审美主体运用神思之巧妙，通过艺术想象以及时空变化所营造的美之远。“远”的时间之美，抒发了古代文人在追古思今、俯仰天地中的生命美感，它不只是对物理时空的超越，更是人的内心世界与内在精神的归宿和渴求。在中国传统观念中，生命的意义是在时间之流的体验中获得的，生命的本源和归宿是“道”，生命存在的质感和绵延在于时间之“远”。

词作为承载士人文化心理、审美趣味的重要载体，能让词人在回望和追忆中寻求自身存在的意义。在中国传统诗词中，登高怀远、怀古是重要的主题之一。咏史怀古，在时间长河的追忆和反思中孕育而生丰厚的感情；登高望远，通过与抒情对象的空间距离之远，拉长心理的审美体验时间。辛弃疾《水龙吟·登建康赏心亭》道：“遥岑远目，献愁供恨，玉簪螺髻。”遥远的青山，之所以能“献愁供恨”，不仅是因为山河壮丽与国家国土相对应，还因为它们为精神情感的徜徉提供了一个辽阔无垠的空间，拉长了审美感受的时间。空间之“远”引出了时间之“远”，时间不仅被物化了，还带有一种强烈的情感体验。此外，临远和远眺都带来时间上的回忆和追思，“远”代表栖息之地，是精神的归宿，具有浓厚的归乡意识。柳永《八声甘州》词云：“不忍登高临远，望故乡渺邈，归思难收。叹年来踪迹，何事苦淹留?”在广阔的空间里，人意识到自身的渺小与孤独，从而在回望和追忆中寻求自身的存在意义。空间和时间的存在虽然是相互统一的，但是相对人的感官而言，空间在视觉上相对静止，而时间则是流动的，这种流动感源于人的心理体验。由此，在“登高临远”“追思怀远”的同时容易产生对过去、未来的追思，即回归到时间链条之中。词人极力营造的意境之“远”，其实是一种心理体验之“远”，它不仅停留在空间中，而且与时间密切结合。

"远"，即是词人在心中营造的一个想象世界，一种赋予时间丰厚意义的行动。对时间之"远"的关注，赋予中国传统文化一种历史的厚重感。因此"远"范畴体现了中国文化对时间的独特体悟。《铜鼓书堂词话》评宋人李秋崖的落梅词《高阳台》云"薜梢空挂凄凉月，想鹤归、犹怨黄昏。黯销凝，人老天涯，雁影沉沉"，认为"其雅正澹远、柔婉深长之处，令人可思可咏"①。在中国传统文化当中，梅以其贞干高节、先春而放，常得到人们的青睐。在文人雅士眼中，梅花是他们的知音人，落梅更是宋人流风余韵的发扬。落梅的孤寂与人的年华易逝相对应，激荡的感情在读者的审美世界中创造了寥廓无垠的空间，拉长了审美感受的时间。这一个过程使人在精神上进入空灵虚静的状态，因此论者方才得出"雅正澹远"的中肯评论。时间体验与生命的存在方式是一致的，生命的终结意味着时间的终结。人在对生命时间与物理时间的比照中，会发现个人生命时间的缥缈虚无。追求"无限时间之远"，是对超越性存在的体验，是一种精神漫游。

词的审美质性与其遣词造句有着莫大的关联，历代词论者非常重视时间之"远"美，在"远"时"远"地细心感悟每字每句的构造，与审美客体保持一定的审美时空，从而把人推向更上一层的审美高度。清代彭孙在《金粟词话》中肯定"词以自然为宗"，即"但自然不从追琢中来，便率易无味。如所云绚烂之极，乃造平澹耳。若使语意澹远者，稍加刻画，镂金错绣者，渐近天然，则骎骎乎绝唱矣"②。推敲字句是十分考究的，在流动的时间体悟中迈向超越性的审美新天地，"远"的审美方向由有限而无限，最终指向超越时间的生命存在。

中国古代文人特别重视对虚空的体悟。在这种体悟之下，往往产生对"远"时的细心描绘与构造。在虚幻的时空当中，艺术家对生命抱有一种空灵的体验，生命的美感油然而生。乃至于在这个过程中，空间也随着时间

---

① 于民．中国美学史资料选编［M］．上海：复旦大学出版社，2008：453.

② 谭新红．清词话考述［M］．武汉：武汉大学出版社，2009：388.

的改变而幻化、流动，如宗白华所说的："我们的空间感觉随着我们的时间感觉而节奏化了、音乐化了！"① 物理的时空状态并非人类生活的全部依据，艺术的使命恰恰是超越人类的时空局限，在"远"时"远"地重塑无限自由的审美新天地。

（三）哲思之远

"远"范畴的前两个维度——时间之远和空间之远，表明了"远"对现有时间和时空的审美探寻，并在诗学构想中用情思的无限想象超越现实的有限距离。在此基础上，中国词学无论是创作还是鉴赏，其对于"远"的意境的探索，都体现了具有诗性智慧的中国古代文人的审美哲学根性，因为中国文人和艺术家所崇尚的"远"最终指向人的内在精神世界，是意之远、心之远。

在中国的艺术哲学中，大自然无处不体现出流动不已、俯仰远近的生命精神。词学批评中的"远"范畴实现了超越有限、追求无限的要求。词人采用词"远"的艺术技巧，将个人意念与理想人格融合，在艺术世界展现生命自由的美态，使人暂时摆脱了世俗的束缚羁绊，进入到自由自在的审美境界，到达了对生命反思、追求和把握的最高境界，也实现了将审美境界当作人生最高境界的愿望。

"远"范畴与古代文人的精神内在具有天然的契合性。作为词学批评范畴的"远"具有自身的哲学内核，标志着古代文人形而上的理性认知。自五代至北宋，词被视为"小道"，仅供娱宾遣兴之用。北宋中后期开始，词逐渐与诗文并驾齐驱，意旨之远、气度之宏越来越成为词家评词优劣的标准。例如张炎《词源》中批评周邦彦说："美成词只当看他浑成处，于软媚中有气魄。采唐诗融化如自己者，乃其所长；惜乎意趣却不高远。"② 周邦彦词以文辞华丽、韵律优美见称。张炎指出周词采唐诗用之，有唐人气魄，

① 宗白华. 美学散步［M］. 上海：上海人民出版社，1981：89.
② 邓子勉. 宋金元词话全编［M］. 南京：凤凰出版社，2008：1727.

但可惜“意趣却不高远”，说的就是周词缺乏“远”的气度。依据同一个标准，张炎赞赏元好问，称：“元遗山极称稼轩词，及观遗山词，深于用事，精于炼句，有风流蕴藉处，不减周、秦。如《双莲》、《雁丘》等作，妙在模写情态，立意高远，初无稼轩豪迈之气。岂遗山欲表而出之，故云尔。”①《雁丘》词广为后世传颂，词曰：

问世间、情是何物，直教生死相许。天南地北双飞客，老翅几回寒暑。欢乐趣，离别苦，就中更有痴儿女。君应有语。渺万里层云，千山暮雪，只影向谁去。横汾路，寂寞当年箫鼓，荒烟依旧平楚。招魂楚些何嗟及，山鬼暗啼风雨。天也妒、未得与、莺儿燕子俱黄土。千秋万古，为留待骚人，狂歌痛饮，来访雁丘处。

元好问这首词，是有感于大雁投地殉情而作的。但此词开头却破空而来，突发天问。作者本要咏雁，却从“世间”落笔，明显是感时深远之作。上片词遥想双雁相依为命、一往情深之景，因而寄情于雁，对其殉情表示同情与同感。大雁殉情勾起作者家国身世之悲，于是下片转入了迷茫寂寞的历史沉思中：孤雁长眠处，正是当年汉武帝渡汾河祭祀汾阴的地方，当是时，箫鼓喧闹，棹歌四起；但如今，荒烟缥缈，平林萧索。古与今，人与雁，让读者更加真切地感受到鸿雁殉情的凄烈。但是死者不能复生，招魂无济于事，山鬼也枉自悲鸣。在这里，作者把写景与写情融为一体，更增加了悲剧气氛。词的最后，是作者对殉情鸿雁的礼赞，他说鸿雁之死，其境界之高，上天也会嫉妒，虽不能说重于泰山，也不能跟莺儿燕子之死一样同归黄土了事。它的美名将“千秋万古”，为后世骚人所歌咏传颂。此外，这首词描写的是“情”。中国古典诗学一般倾向“性静情动”，认为“情”是一样随物流转、常生常灭的东西，入诗词难为正宗，而张炎依旧说此词“立意高远”，有“豪迈”之气，是因为作者感大雁殉情壮举，体验到

① 邓子勉. 宋金元词话全编［M］. 南京：凤凰出版社，2008：1740.

情的刹那迸发，感悟其中永恒的价值。作者看到古今变迁尽成虚幻，唯有一往深情是人真真实实的体验，于是叫人重视深情，启发后人。因此，张炎评之“立意高远”，是独到而中肯的。开启“远”的境界，人置身于其中与宇宙天地沟通接洽，生命的价值、艺术的内涵方能得以实现。

因此，词学批评中的“远”范畴及其艺术表达，不只揭示了古代文人普遍的生存境遇，更彰显出一股勃然而不可磨灭的艺术生命力。人们不仅在想象中体会心灵的悠游，在行走中获得真切的生活体验，也在追忆中反思个体伦理的深层含义。中国古典词学批评中的“远”范畴具有独特的审美价值，它在审美空间展现出来的三个审美维度不只把人的视线引向远方，更把人的心灵导向无限，于无限中追求独特的生命精神，因而对于词在宋代“别是一家”，成为独立文体，做出了历史性贡献。

小结

在中国古代文学中，词作为一种文体的形成，一开始是依附于诗体而存在的，常常被人称为“诗余”，因而在很长的时间内没有获得独立的文体和地位。不过，词虽然与诗有着“剪不断、理还乱”的天然联系，但它毕竟是有着自己独特抒情内涵、艺术技巧、风格情调和广阔素材的一种“时代文体”，在宋代获得了极大的发展，因而也有了自己独有的批评范畴。此外，词人将诗文笔法运用于词作的情况颇为常见，因此传统诗文批评的诸多概念、范畴，常有被人用以论词的。词这一体裁的兴起比古诗要晚，词学批评紧随其后，也很快获得了较大程度的发展。当然，必须看到，和诗话相比，词话无论是数量还是质量，都要略逊一筹。

汪涌豪先生曾总结了常见的词范畴的集束，统计了120余个范畴，其中包括：清（清空、清真、清远、清婉、清虚、情疏）、厚（柔厚、忠厚、朴厚、深厚、和厚、温厚）、雅（骚雅、清雅、雅正、闲雅、醇雅、古雅）、婉（婉约、委婉、微婉、细婉、深婉）、境（造境、写境、境界、意境）

等①。由此观之，中国词学研究的审美空间，仍然有大量的范畴集束等待着开发和研究。同时，作为中国传统文体的一种，词的文体学研究也有待深入挖掘和着力研究。

① 汪涌豪．中国文学批评范畴及体系［M］．上海：复旦大学出版社，2007．

第三章 | ◆

戏曲范畴论

戏曲是中国传统文学艺术的一种，叙事矛盾集中、线索丰富简明，是时间与空间艺术的合体，属于长篇戏曲型文学体裁。曲的渊源现可追溯至唐五代，但是曲的创作鼎盛期则在元代。曲包括北曲和南曲，与诗词存在着深刻的渊源和关联。然而比起诗词，曲更加明白通俗、诙谐有趣，所谓“词（指曲）与诗，意同而体异，诗宜悠远而有余味，词宜明白而不难知。以词为诗，诗斯劣矣；以诗为词，词斯乖矣”①。从明中叶到清初，传奇戏曲以南戏为基础。宋元高峰期的戏曲尤为质朴典雅，而后更汲取北曲杂剧的艺术特长，文学艺术的发展达到一个新的高度。与此相适应，为总结戏曲创作和舞台搬演的经验，促进传奇更大繁荣，戏曲理论批评日益活跃。其中，活跃在曲体艺术风格中的范畴有“俊”“本色”等，创作范畴有“机趣”“主脑”等，都是明清两代曲体批评家最为推崇的范畴理论主张。

---

① 刘恒．李开先曲论之贡献［J］．徐州工程学院学报（社会科学版），2010（5）．

第一节　戏曲之语言：本色

“本色”，原意为事物本来的颜色，衍生为指代事物的本来面目和风格，常被用于对诗文词话等的评批，如“乐府本色”“东坡本色”等。唐代及以前的“本色”着墨于本来的色彩和面目，如《文心雕龙·通变》：“夫青生于蓝，绛生于倩，虽踰本色，不能复化。”直到宋代，“本色”被广泛用至文学批评领域，引申出“本来的风格”等含义。

宋代陈师道最早提出“本色”一词，提及“退之以文为诗，子瞻以诗为词，如教坊雷大使之舞，虽极天下之工，要非本色”①。到北宋末年，流行起来的南曲表现出贴近生活、情真意切的创作取向，成为我国戏曲史上早先成熟的代表性戏曲类型，后人也称作“温州南戏”等，以区别于同时期的“北曲杂剧”。徐渭在《南词叙录》说宋元南戏“句句是本色语”。祁彪佳也有类似话语：“词之能动人者，惟在真切，故古本必直写苦境，偏于琐屑中传出苦情。”② 这是祁彪佳评点《教子寻亲记》戏文的说法，可以看出其时戏曲创作者对“本色”的重视和追求，力图以生活故事为原素材，力主以真情实感为助推器，有着对“本色”的文人坚持。

“在元代和明初的曲论中，没有看到‘本色’的提法。”③ 这与元明时期社会大背景相关，那段时期戏曲创作者出身相对比较卑微，为了生计竭力进行创作，产出作品没有延续典雅古朴之风。一直到“明代中叶，典雅派戏曲风靡曲坛，雕琢堆垛成为习气”④。明清戏曲批评家们沿用了“本色”范畴，是指戏曲用语应具有通俗易懂、晓畅自然、真实求新的特色，并将其广泛用作点评戏曲作品的艺术风格之一。明代中期，以邱濬、邵灿

① 陈师道. 后山诗话（复印本）[M]. 北京：四库馆，1868.

② 祁彪佳. 远山堂明曲品剧品校录 [M]. 黄裳，校录. 上海：上海出版公司，1955：24.

③④ 王小盾. 明曲本色论的渊源和它在嘉靖时代的兴起 [J]. 云南艺术学院学报，2001（4）：6.

为代表的形式主义词曲创作者引领着戏曲创作的风气，他们的戏曲作品用语偏于说教，晦涩难懂，严重偏离社会现实，对人心中的真情实感缺乏了解，可以说是逐渐失去“本色”。

戏曲皆源于民间，经过长期排练方可上台演出。一方是表演者，另一方是观众，而戏曲表演人员是否打着“本色”出演，是否简明扼要、清晰动人地传达戏曲内容和歌曲的“本色”，显得越来越重要。明中期后，许多戏曲批评家逐渐意识到这些戏曲作品存在的问题，转而提出与提倡“本色”论，回归到老百姓的真实生活，释放真我的思想感情。徐渭就在《西厢序》对比式解说道：“世事莫不有本色，有相色。本色犹俗言正身也，相色，替身也。”徐渭力主戏曲表演需要展现出生活真实的面貌，“……如果以‘替身’去充代‘正身’，便会掩盖生活本来之‘素’、违反本色创作。”① 其他戏曲创作者也越来越意识到脱离“本色”的问题与“本色”的难能可贵、喜闻乐见，于是又慢慢调整回“本色”的正常轨道上来。

“本色”范畴并不能解决戏剧具体内容的问题，它涉及的是戏剧创作者、表演者的文字风格和创作风格，所以是否遵循“本色”的指导方向，除了社会因素等外在原因，更加需要回归到戏曲所依附的文学形式和所服务的对象。“本色”还算是比较难以名状的具体事物，为此就需要从其承载和借助的实体等方面研究。究其根源，“本色”论是伴随着戏曲这种艺术形式的自身特点才产生的，所以其自身发展也必须结合戏曲艺术发展而发展，并在社会背景与艺术影响范围内扎根成长。王国维曾在《宋元戏曲史》中指出，宋元南戏和元代杂剧，在语言风格上都有“本色”一派，唱演出真感情，传达喜闻乐见的文化。这种“本色”的语言符合舞台的演出规律，贴合百姓生活，在内容和形式上更加“接地气”，为大多数观众所欣赏，为大多数曲论家所赞赏。

① 张继玲．谈徐渭的本色［J］．现代语文（文学研究版），2009（7）．

自明代以来，戏曲创作逐渐脱离了舞台，脱离了群众生活，曲家们多追求华丽辞藻而忽视戏剧语言的通俗化，常于戏曲内容中夹带偏僻的典故。徐渭更是认为“南戏之厄，莫甚于今”，在戏曲创作的实践中提出了以“本色”为核心的理论主张，并在《题昆仑奴杂剧后》写下：“凡语入紧要处，略着文采，自谓动人，不知减却多少悲欢。此是本色不足者，乃有此病。”为了说明“本色”的主要特征，徐渭以佛语中“相色”概念加以阐明，正如他在评点《西厢记》时写下：“世事莫不有本色，有相色。本色犹俗言正身也，相色，替身也。替身者，即书评中婢作夫人终觉羞涩之谓也。婢作夫人者，欲涂抹成主母而多插带，反掩其素之谓也。故余于此本中贱相色，贵本色，众人啧啧者我呴呴也。岂惟剧者，凡作者莫不如此。”“相色”是一种与“本色”相对的概念，意指不真实的、不可信的事物，由此突出了“本色”的珍贵。徐渭的“本色”论实则不仅仅在戏曲用语之中，他也提出戏曲中人物情感应该真实，符合人之本性，肯定了人心中的欲望。在他创作的《四声猿》中的《玉禅师》一篇，玉禅师就为妓女红莲所破色戒，戏曲人物不再被赋予伦理教化的色彩，转而追求解脱人性。徐渭的“本色”论，既对宋元南戏的优点进行了继承和总结，也对明代中叶盛行的戏曲创作形式主义进行了深刻的批评。

稍晚于徐渭，明代曲论大家何良俊也崇尚“本色”论，他在《四友斋丛说·曲论》中提出，“盖《西厢》全带脂粉，《琵琶》专弄学问，其本色语少。盖词须用本色语，方是作家。”他认为，《西厢记》《琵琶记》都不能算是优秀的作品，“本色语少”是两部作品的共同弱点。明代陈继儒也批评过这两部作品，认为“插科打诨，方是当行；嚼字咬文，终非本色”。他反对戏曲语言的咬文嚼字，力推应以自然通畅之语阐述真情故事。

明代晚期的戏曲批评家王骥德早年拜徐渭为师，他发展出的“本色”论更是集前人之所长，并带有折中的特点。王骥德吸收徐渭等人的“本色”论观点，兼带采用王世贞的藻丽说，在著作《曲律》中提出，“本色”不能一概而论，而是要从戏曲作品的实际出发，需要“入众耳”。譬如他认为《西厢记》虽“带脂粉”，但不雕琢；《琵琶记》虽“弄学问”，但不粗俗，“夫本色尚有胜二氏者哉?”对两部作品的价值重新进行评估，但他的“本色”论，仍然是反对雕琢而注重自然通俗的：“曲之始，止本色一家，观元剧及《琵琶》《拜月》二记可见。自《香囊记》以儒门手脚为之，遂滥觞而有文词家一体。近郑若庸《玉玦记》作，而益工修词，质几尽掩。”①“实甫以描写，而汉卿以雕镂。描写者远摄风神，而雕镂者深次骨貌。”② 另一方面，王骥德认为凡“本色”亦需恰到好处，所以他认为“大抵纯用本色，易觉寂寥”，更不会“纯用文调，复伤琱镂”，而是博采众长，运用均衡。戏曲批评家徐复祚也因“本色”而推崇《西厢记》《拜月亭记》，认为《西厢记》“语其神，则字字当行，言言本色，可谓南北之冠”；而《拜月亭》“无一板一折非当行本色语”③。

总而言之，“本色”范畴由徐渭初次引入曲论批评中，备受明代以来的戏曲批评家认可，其主要是就戏曲的语言和整体风格而言，强调戏曲作品应该结合生活实际，满足观众的舞台文化需求，对后代戏剧艺术发展起到了极其重要的影响作用。

第二节　戏曲之风格：俊

“俊”是中国古代戏曲批评和古典美学体系中富有特色的范畴之一，它不仅是“一种亮丽警策而不至于生涩的文字风格”，而且“成为界划曲体的重要标尺之一”④。直至元代戏曲创作兴起，“俊”才成为一个内涵稳定、边界清晰的专门范畴，被广泛运用在戏曲批评中。不仅如此，元代的曲家

① 王骥德．曲律·论家数第十四［M］//于民．中国美学史资料选编．上海：复旦大学出版社，2008：379.

② 黄季鸿．明清《西厢记》研究［M］．长春：东北师范大学出版社，2015.

③ 徐复祚．曲论［M］//中国古典戏曲论著集成（四）．北京：中国戏剧出版社，1959.

④ 汪涌豪．中国文学批评范畴及体系［M］．上海：复旦大学出版社，2007：376－377.

周德清提出“造语必俊，用字必熟”，将“俊”“俊语”范畴与戏曲“务头”紧密联系，使之成为戏曲中重要的美学标准，对明清两代影响巨大。

一、“俊”的内涵和历史演变

“俊”为形声字，从人，隽（jùn）声，本义指才智超群的人，有“俊才”“贤俊”“雄俊”“俊异”“才俊”“神俊”“俊望”“俊朗”“俊迈”等相关子范畴。自古以来，文艺家深知“然才有庸俊”① 的道理，莫不重视才貌双全之才。而“俊”字一字双赞，既有聪明有才的内涵，也有外貌出众的意思，涵盖一个人的内在与外在两面，表达出我国民众对美好的向往和喜爱。我们回顾上文提及的“俊才”“才俊”两个范畴，也可一窥世人和文学家对“俊”的喜爱与研究，更延伸至重视“俊”与“才”的关系。

追溯“俊”字的历史进程，东汉许慎《说文解字》中曾将“俊”的解释为：“材过千人也。从人，夋声。”《春秋繁露·爵国》中曰：“十人者曰豪，百人者曰杰，千人者曰俊，万人者曰英。”《鹖冠子·能天》云：“是以德万人者谓之俊，德千人者谓之豪，德百人者谓之英。”盖为其本义。从古到今，世人皆知“俊”之为美。“俊”字聪明美好的内涵一直沿用至今，仍屹立在称赞他人的词汇排行榜当中前几位。大家都喜欢夸赞年轻男女“俊美”、是年轻“才俊”，甚至在我国北方最喜欢称小孩长得真“俊”。

“俊”在其聪明美好的本义的基础上，不断衍生出丰富的内涵意义，在诗文中多体现为“清爽俊丽”的艺术风格，具有“俊逸”“俊爽”“俊快”“俊秀”“俊丽”“俊雅”“奇俊”“幽俊”等系列后序名言。如“俊逸”一词，多用来品评诗文的艺术风格。如三国魏刘邵《人物志》（自序）写道：“制礼乐，则考六艺祗庸之德；躬南面，则援俊逸辅相之材。”“诗圣”杜甫评价李白及其诗歌称：“白也诗无敌，飘然思不群。清新庾开府，俊逸鲍参

① 刘勰．文心雕龙·体性篇［M］．詹英，校注．上海：上海古籍出版社，1989.

军。”还有太学博士蔡启在《蔡宽夫诗话》中评价黄庭坚：“句法俊逸清新，词源广大精神。建安才六七子，开元数两三人。”这些诗文无不是在赞美所描述的人事物，突出表现人物，且均采用“俊”作为褒义核心词。而“俊”字本身的寓意和风格亦非常适合表示对他人的赏识和赞美，个体气质便已清新怡人、高洁秀雅，不会令人感觉这份赞美是溢美。

明清两代，“俊”对曲体创作的影响主要集中在用语、音律、声调等方面。明代戏曲家王骥德以诗的要求来衡量曲，在《曲律·杂论下》中提出“曲以婉丽俊倩为上”的理论。他在《曲律·论声调》中讲：“故凡曲调，欲其清，不欲其浊；欲其圆，不欲其滞；欲其响，不欲其沉；欲其俊，不欲其痴；欲其雅，不欲其粗；欲其和，不欲其杀；欲其流利轻滑而易歌，不欲其乖刺艰涩而难吐。其法须先熟读唐诗，讽其句字，绎其节拍，使长灌注融液于心胸口吻之间，机括既熟，音律自谐，出之词曲，必无沾唇拗嗓之病。”① 可见，“俊”被认为是曲家创作时呈现出来的一种诗化的艺术风格，尤其体现在戏曲用语、音律方面。不仅如此，王骥德在《曲律》中用“俊”范畴对戏曲其他创作要素也做出了规定。论句，“宜轻俊不宜重滞”；论套数，“意新语俊，字响调圆，增减一调不得，颠倒一调不得，有规有矩，有色有声，众美具矣”；论俳谐，“俳谐之曲，东方滑稽之流也，非绝颖之姿，绝俊之笔，又运以绝圆之机，不得易作”；论险韵，“作曲好用险韵，亦是一僻。须韵险而语极俊，又极稳妥，方妙”；论尾声，“以结束一篇之曲，须是愈著精神，末句更得一极俊语收之，方妙”，等。晚明正是戏曲各流派活跃争锋的高潮期，“《曲律》不仅对沈汤之争作了理论的总结，而且比较系统、全面地研究了古典戏曲的发凡、审美特征及声韵格律”②。此间从各个角度切入，以“俊”字入理和指导戏曲的编排创作。

稍晚于王骥德，明代戏曲批评家吕天成在《曲品》中写道：“衡宇俊度

① 于民．中国美学史资料选编［M］．上海：复旦大学出版社，2008：380.

② 洪欣．王骥德的《曲律》［J］．戏剧文学，1987（4）.

独超，逸才早贵，菁华挽元白之艳，潇洒挟苏黄之风。”他用“俊”范畴对出色的戏曲作品进行点评，如评陆天池所著传奇《南西厢》，“其间俊语不乏”；评叶桐柏所著传奇，“词调俊逸，姿态横生”；又评郑豹先所著传奇《芍药》，“词多俊语，汤海若甚赏之”；再评高瑞南所作传奇二本《玉簪》，“词多清俊”。这里以“俊”字入法点评，所用形式变幻多姿，表达的意思也是恰到好处。此外，他在《曲品》中有关“俊”范畴的论述还有“所著《大雅乐府》，清新俊逸之音，调笑诙谐之致”“荀爽之俊美无双”“艺苑之名公，词场之俊士”等，对“俊”范畴的运用主要是集中于戏曲的文词、音调方面，戏曲的其他方面涉略较少。

“俊”范畴其实可以用在形容戏曲的声调上，例如汤显祖在《答吕姜山》中写道：“凡文以意趣神色为主。四者到时，或有丽词俊音可用。”明代魏良辅被后人奉为“昆曲之祖”“曲圣”，他在《曲律》（一名《南词引正》）中谈及戏曲的“清唱”，认为“不比戏场借锣鼓之势。全要闲雅整肃，清俊温润”。

二、俊语

“俊语”，指俊爽亮丽的曲词。宋代儒学大家朱熹在《游昼寒分韵得竹字》中写下“后生更亹亹，俊语非碌碌”，首次提出“俊语”一词。但作为戏曲批评中的一个专门范畴，它是在元明清三代定型、成熟的。元代曲体批评家周德清在《中原音韵》中提出“造语必俊，用字必熟”，在《作词十法》中有“务造俊语”一说，后又与戏曲中“务头”概念结合使用，“俊语”才作为一个独立范畴进入曲论中，对明清两代的戏曲创作、批评影响巨大。周德清在评点戏曲时，肯定关汉卿、郑光祖、白朴、马致远的创作，认为他们的戏曲作品“韵共守自然之音，字能通天下之语，字畅语俊，韵促音调”。现代学者叶长海认为周氏所提“俊语”一词，“包含着立意、构思、用语俱佳的意思”，“是一种多方面的完整的标准”。另一个现代学者陆林则认为，周德清在《中原音韵》中提出的“俊语”，是元人对语言的最高美学要求，“是根据北曲创作实际经验总结出来的美学准则”。可见，“俊语”被其视为戏曲创作中最为重要的美学标准之一，被历代曲论家所认可。

明代以后，随着散曲逐渐雅化，“‘俊语’才更多地偏指警策的佳辞丽句”①。明代戏曲批评家何良俊在《四友斋丛说》中评论元代散曲创作：“元人乐府称马东篱、郑德辉、关汉卿、白仁甫为四大家。马之词老健而乏姿媚，关之词激厉而少蕴藉，白颇简淡，所欠者俊语，当以郑为第一。”②他推崇郑德辉为第一，并把“俊语”作为评定的重要原则。他在点评王实甫戏曲作品《丝竹芙蓉亭》时写道：“通篇皆本色，词殊简淡可喜，其间如《混江龙》内‘想着我怀儿中受用，怕什么脸儿上抢白’，《元和令》内‘他有曹子建七步才，还不了庞居士一分债’，《胜葫芦》内‘兀的般月斜风细，更阑人静，天上巧安排’，《寄生草》内‘你莫不一家儿受了康禅戒’，此等皆俊语也。”③ 对于“俊语”的含义，他又进一步解释：“夫语关闺阁，已是秾艳，须得以冷言剩句出之，杂以讪笑，方才有趣。若既着相，辞复浓艳，则岂画家所谓‘浓盐赤酱’者乎？”④ 所谓“俊语”，除了艳丽辞藻外，更重要的还是找到一种符合情景的“有趣”。清代戏曲批评家李调元在《雨村曲话》中点评马致远戏曲作品时，就称其“多俊语”。如：“‘霜清紫蟹肥，露冷黄花瘦’，九日俊语也；‘细研片脑梅花粉，新剥真珠豆蔻仁’，咏茶俊语也；‘天地安排诗句就，云山失色酒杯宽’，金山寺俊语也。”⑤ 不仅如此，他还提出“俊语”与“本色”范畴连用，认为戏曲论者以“当家本色俊语”见长。明代戏剧批评家凌濛初则在评论传奇时，认为“其妙出奇拗曰‘俊语’”，俊语与用语的“妙”“奇”范畴紧密结合。

---

① 汪涌豪．中国文学批评范畴及体系［M］．上海：复旦大学出版社，2007：378.

②③ 何良俊．四友斋丛说：卷二十七［M］．北京：中华书局，1959.

④ 王辉斌．论何良俊的戏曲学理论：以其《曲论》为研究中心［J］．阅江学刊，2013（3）.

⑤ 李调元．雨村曲话［M］//曲话．上海：艺文印书馆，1911－1949.

不仅如此，元代周德清首先将“俊语”范畴与戏曲之“务头”紧密联系在一起，他在《中原音韵》中的作词第七法中认为：“要知某调某句某字是务头，可施俊语于其上，后注于‘定格’各调内。”① 现代学者冯洁轩在《“务头”考》中，亦通过对周德清在“务头”定义、语法和用字等方面的考察，进一步阐释了“务头”的定义：“务头，是曲中某些具有固定位置，须特别强调发挥艺术技巧，增强艺术效果，从而显出鲜明变化的歌唱部分的专有名词。”② “务头”是在戏曲中最具有画龙点睛作用和富有技巧的部分，如汪涌豪所言：“曲有务头，如棋中有眼，做活可使全句皆健，全曲皆美。”因此，强调“俊语”施于“务头”，能使得“务头”更具有鲜明的艺术风格。明代戏曲批评家王骥德在《曲律》中论“务头”也发出了相似之音，“古人凡遇务头，辄施俊语”。清代李渔《闲情偶寄》之音律第三中也再次阐述“务头”：“又云某句是务头，可施俊语于其上。若是，则一曲之中，止该用一俊语”；“今单提某句为务头，谓阴阳平仄，断宜加严，俊语可施于上”。③ 由此可见，“俊语”范畴之于戏曲创作的重要性。

总而言之，“俊”范畴作为元明清戏曲中最为推崇的艺术风格，屡屡被曲学批评家所运用。而“俊语”的提出，更是明清两代戏曲批评家对戏曲用语、立意、布局等方面的高度要求，对曲体作品的整体风格的定调发挥着重要的作用。

第三节 戏曲之创作：机趣

“机趣”是古代戏曲理论中的一个重要合体范畴，由“机”“趣”两个单体范畴构成，富有东方的诗性智慧之美。在戏曲创作中，作者的“机趣”美感是一种涉笔成趣的谐趣，即没有相当的学养不可能信手拈来，给人精

---

① 李万堡．“务头”它说［J］．海南大学学报（人文社会科学版），2007，25（6）．

② 冯洁轩．“务头”考［J］．中国音乐学，1987（2）：78．

③ 李渔．闲情偶寄［M］．南昌：红星电子音像出版社，2015．

彩纷呈的语感。作者的机巧与雅趣，来自丰富的阅历与深厚的学养酿成的语言功底，使得作品潜带着一种隽永的意味性。明清以来，“机趣”这个合体范畴被屡屡用于戏曲创作和批评之中。清初李渔在《闲情偶记》中也说：“机者，传奇之精神；趣者，传奇之风致。”① “机趣”作为一个戏曲理论中重要的创作原则尤为被重视。

一、“机”与“趣”

“机”，形声字，篆文从木几声，原生意义为树木。许慎《说文解字》说：“机，机木。从木，几声。”② 它在戏曲创作中影响很大，通常指作家的灵感、灵变，能迅速适应事物变化，如天机、机智、机敏、机巧、机变等。它具有机急（机智敏捷）、机悟（反应快理解力强）、机捷（机警敏捷）、机巧（机诈权变的心计）、机带双敲（用心深沉或语言模棱两可，双敲即双关）的后序概念。在古代艺术作品的创作中，西晋著名文学家陆机在艺术作品创作的意义上提出了“天机”的概念，他在《文赋》中有一段极有名的话：“若夫应感之会，通塞之纪，来不可遏，去不可止。藏若景灭，行犹响起。方天机之骏利，夫何纷而不理?”③ “天机骏利”是对文学创作中那种灵感爆发、文思奔涌的状态的概括。陆机首次把“天机”引入到文艺创作思维的轨道上来，所指的并非一般意义上的创作灵感，而是指创造出最佳、最独特的作品的契机。明代汤显祖在戏曲创作中强调“机”，他曾说：“文字，起伏离合断接而已，极其变，自熟而自知之。父不能得其子也。虽然，尽于法与机耳。法若止而机若行。”④ “法”与“机”是戏曲用语精彩之关键，“法”是戏曲文字起伏离合的连接之道，“机”就是使文字生动变化的妙方。不仅如此，他还讲“天下文章有类乎是，莽莽者气乎，旋旋者

① 李渔．闲情偶寄［M］．南昌：红星电子音像出版社，2015.

② 许慎．说文解字［M］．北京：中华书局，1987.

③ 郭晓芳．陆机《文赋》［M］．南昌：江西美术出版社，2006.

④ 张荣刚．八股文与戏曲关系考论［J］．名作欣赏，2015（29）.

机乎”①；“通天地之化者在气机，夺天地之化者亦在气机”②。他将“机”与“气”相联系，强调造化之气对艺术创作的重要性。

除此之外，“趣”，在散曲和戏剧批评中是指一种生动的趣味，来自“风趣”“意趣”“真趣”，可解作“风致”。历代曲论家从作者的情趣、戏曲语言、题材创作等方面入手，对戏曲创作之“趣”进行充分论述。宋元时期，“趣”不断被人用来品评音乐、书画、诗文等，表达的是一种基于天性且出之以自然的主观情趣的指称。明清两代曲家与前人稍有不同，因社会氛围之所变，戏曲创作要求与观众审美趣味和现实舞台条件相结合，人物的情节、用语皆有趣、幽默。明清时期的叶昼指出：“天下文章当以趣为第一。既是趣了，何必实有其事，并实有其人。”汤显祖突出强调了“趣”这个范畴，认为“趣”是一种审美趣味，是人性自然的表达要求，失去了“趣”，人的生命亦不复存在。“使咄咄读古，而不知此味，即日垂衣执笏，陈宝列俎，终是三馆画手，一堂木偶耳，何所讨真趣哉!”③ 汤显祖在《点校虞初志序》中论述戏曲的价值就在于“真趣”，若失去“真趣”，不过就是“木偶”罢了。清代李渔论作传奇，已明言“趣者，传奇之风致”，推崇戏曲中“趣”的审美原则。清代黄周星总结曲体的根本特征，“不过八字尽之。曰‘少引圣籍，多发天然’而已”；“制曲之诀，虽尽于雅俗共赏四字，仍可以一字括之，曰‘趣’”④。曲体尚“自然”“雅俗共赏”，达到“能感人”则可显曲之妙。“感人者，喜则欲歌欲舞，悲则欲泣欲诉，怒则欲杀欲割，生趣勃勃，生气凛凛之谓也。”⑤“一切语言文字，未有无趣而可以感人者。趣非独于诗酒花月中见之，凡属有情如圣贤豪杰之人，无非趣人；忠孝廉节之事，无非趣事。知此者，可与论曲。”⑥ 黄周星更将“趣”落实到

① 左其福. 汤显祖的“唯情”文学观［J］. 衡阳师范学院学报，2003，24（1）：69.

② 胡慧锦. 汤显祖的制艺观［J］. 文艺生活·文海艺苑，2014（9）.

③ 胡建次，邱美琼. 明代文论视野中的“趣”［J］. 海南大学学报（人文社会科学版），2003，21（4）：452.

④⑤⑥ 黄周星. 制曲枝语［M］. 北京：中国戏剧出版社，1959.

“能感人”的人、事上。

近代学者梁启超也尝论戏曲之“趣”，他形成的戏曲美学理论核心便是“趣味”。在这里，“趣”主要是指一种人生态度、一种生活的兴味，是精神生命的一种昂扬奋发的状态。他在《趣味教育与教育趣味》《学问之趣味》与《美术与生活》等文论中从不同角度入手，由戏曲之趣延伸到人的趣味、情感和人生境界问题，建构了“趣味”美论及“生活的艺术化”理想。不仅如此，在梁启超的戏曲及相关的戏曲理论中，可以看出他一方面强调戏曲的趣味性，另一方面又呼吁戏曲的革命。他从戏曲的趣味性着手，将其作为一种陶冶人、启迪人的革命辅助工具，但同时他又强调戏曲不能一味抒发思想而缺少“趣味”。“兹编之作，专欲发表区区政见”①，“似说部非部……似论著非论著，不知成何种文体，自顾良自失笑。虽然，既欲发表政见，商榷国计，则其体不能不与寻常说部稍殊。编中往往多载法律、章程、演说、论文等，连篇累牍，毫无趣味，知无以餍读者之望矣”②。梁启超强调戏曲思想内容的深刻性，对于戏曲作品的趣味性也给予同等的重视。在他看来，戏曲应在借助它本所应有的体式特点——趣味性实现文学的雅化的同时，对人和社会达到一个启蒙的作用。

二、机趣

“机趣”，在戏曲中是一种机智诙谐而又意味深长的创作意蕴，犹“天趣”“风趣”。宋人好发议论，多以“天机”“天趣”来阐释“机趣”，并将其引入艺术创作中。如宋人沈作喆以为“机到语不觉自至，不可遇也”；苏轼论画中与“天机”联系，“醉中不以鼻饮，梦中不以趾捉，天机之所合，不强而自记也”③。

---

①②梁启超．新中国未来记·绪言［M］//阿英．晚清文学丛钞：小说一卷．北京：中华书局，1960：1．

③ 张晶．中国古代画论中的“天机”说［J］．艺术百家，2013（2）．

明代，“机趣”最早被用于戏曲批评范畴中。明清两代戏曲批评家对“机趣”进行了丰富的理论阐说。明代袁宗道称其“自黄州以后，文机一变，天趣横生”；江盈科谈“元神活泼，则抒为文章，激为气节，贤为勋猷，无之非是”，这里所讲的“元神活泼”，实则为“机趣”。吕天成在其著作《曲品》中将“机趣”作为戏剧的本质特征，认为“本色不在摹剿家常语言，此中别有机神情趣”。王骥德《曲律》中就称《拜月亭》“语似草草，然似露机趣”。明代陈汝元《金莲记》的第七出“构衅”写道：“太极图中生意好，鸢鱼机趣滔滔。渊源夙仰泰山高，图书谁作主?”清代李渔对戏曲创作和审美意蕴主要的要求就是“机趣”，他在《闲情偶寄》论词曲的上部“词采”时谈道：“‘机趣’二字，填词家必不可少。机者，传奇之精神；趣者，传奇之风致。少此二物，则如泥人土马，有生形而无生气。”“照此法填词，则离合悲欢，嬉笑怒骂，无一语一字不带机趣而行矣。”① 李渔生于明末清初，在当时文人好填词作曲和民间戏剧演出活动盛行的社会氛围里，戏曲“雅俗共赏”原则成为时下创作的要求。他认为“机”是戏曲形式上整体的有机感，“趣”是语言内容上的有趣、韵味等，在戏曲的形式和内容中统一所得的“机趣”，又是一种在戏曲叙事中表现出来的机智、意趣。

明代祁彪佳讲“机趣”，追溯到王濨《轩辕记》，并认为“机趣”对戏曲作品的设局立意十分重要，所谓“构局之妙，令人且惊且疑，渐入佳境，所谓深味之而无穷者”②，这种“味之无穷”，便是“机趣”了。但值得说明的是，“机趣”来自巧设，并非完全出乎自然，可以是作者精心经营的结果。如清代孔尚任在《桃花扇·凡例》中，“说白则抑扬铿锵，语句整练，设科打诨，俱有别趣。宁不通俗，不肯伤雅，颇得风人之旨”③。清代黄启

① 李渔. 闲情偶寄［M］. 北京：北京燕山出版社，1998.

② 祁彪佳. 远山堂明曲品剧品校录［M］. 黄裳，校录. 上海：上海出版公司，1955.

③ 孔尚任. 桃花扇［M］. 北京：人民文学出版社，1959.

太则更为推崇《桃花扇》，认为它的剧目“尤分外凑趣，刺骨诛心语，仍自隽妙颐”。他进一步说明这种“机趣”是需要“处处经营”的，“词曲以命意布局为先，简净为高，而机调之凑泊，声律之敲戛，科白、打诨之步骤，尤宜生动合趣，处处经营，不可一段稍涉松懈”①。

“机趣”在戏曲创作中的含义实际上是偏于机敏巧慧、机智的。如戏曲作品《西厢记》中的“红娘”其实就是一个富有“机趣”的人物。红娘在作品中，说莺莺“为一个不酸不醋风魔汉，隔墙儿险化做了望夫山”；说张生“你无人处且会闲嗑牙，就里空奸诈。怎想湖山边，不似西厢下”；说崔夫人：“莫若恕其小过，成就大事，捆（揉）之以去其污，岂不为长便乎?”② 红娘这机智、有趣的人物形象，给《西厢记》增色不少。红娘是整个剧的“灵魂”人物，在《西厢记》中是个眼光独到、机敏智慧、饱读诗书的女子，显然已超出了一个侍女的身份。她比一般的侍女高雅多了，是由作者王实甫来塑造的。王实甫通过红娘之口、之行直接表达了他想要说的或者说想要与剧外观众交流的内容，而且红娘这样一个反抗封建礼教的人物是故事情节发展的需要，更是符合作者当时被社会压迫的郁闷心境。

总之，一方面，“机”与“趣”两个单体范畴本身具有评点戏曲语言、作者立意的重要功能。另一方面，组合形成的“机趣”范畴又是明清两代戏曲批评家的重要的审美原则之一。它作为一种艺术存在，具体表现为特定的审美趣味，对戏曲的创作有十分重要的功能。

第四节　戏曲之构建：主脑

“主脑”作为中国古代曲论的一个重要范畴，具有非常高的文学价值和审美价值。李渔的“立主脑”构曲原则，其范畴功能有一个长期的演变过程，不仅对其戏曲创作的观点、结构、情节、冲突产生影响，更把它在戏

① 胡建次. 清代文论视野中的“趣”[J]. 贵州社会科学，2004 (1).

② 王实甫. 西厢记 [M]. 上海：上海古籍出版社，1981.

曲批评中的功能辐射到诗、词、小说等其他文学体裁。

我国古代文论中提出过一个特殊的概念——“主脑”。这一概念是清代戏剧理论家李渔在构建戏曲时，为迎合观众的欣赏情趣，使剧本便于“登场”而提出来的“立主脑”构曲原则。他在《闲情偶寄·词曲部》中对其进行了专节论述：

古人作文一篇，定有一篇之主脑。主脑非他，即作者立言之本意也。传奇亦然。一本戏中，有无数人名，究竟俱属陪宾，原其初心，止为一人而设；即此一人之身，自始至终，离合悲欢，中具无限情由，无穷关目，究竟俱属衍文，原其初心，又止为一事而设：此一人一事，即作传奇之主脑也。①

“主脑”是李渔戏曲理论中具有创新价值的范畴之一。在李渔之前，没有人将“立主脑”的思想运用于戏剧创作，甚至没有一个人运用过“主脑”这个理论术语。长期以来，人们对“主脑”的解释众说纷纭，观点各异。但只要仔细考察一下“主脑”的渊源流变，就会发现“主脑”一词是个不断变化的特殊概念。研究古代曲论中的“主脑”范畴，对于理解把握李渔戏曲观念的艺术特质具有十分重要的意义。

一、“主脑”范畴功能的演变

“主脑”是一个假借词。从现代医学角度看，“脑”是指挥人体知觉、运动、思维、记忆等活动的器官，因此大多数人认为“主脑”的本义是指人的大脑思维机关。其实，中国古代并不把头脑视为人的思维器官。孟子曰：“心之宫则思，思则得之，不思则不得也。”就是说，思是心的机能，思维的器官被认为在心而不在头脑。自隋唐以来，我国以诗赋、八股取士，非常重视诗赋和八股文的写作，因而早就有一套起、承、转、合的文章作

① 李渔．闲情偶寄［M］．江巨荣，卢寿荣，校注．上海：上海古籍出版社，2000：6.

法。在这类古典文艺理论中，已有类似“立主脑”这样的思想，但还没有运用“主脑”这一术语，出现的是近似意义的“头脑”“大头脑”“大间架”等词，而且讲的是写文章，而不是写戏曲。

根据中国期刊网资料整理，用“头脑”“大头脑”做比喻最早出现在对明清戏曲理论产生过重大影响的王阳明哲学著作《传习录》里。王阳明说：“盖《四书》、《五经》，不过说这心体，这‘心体’即所谓‘道心’，体明即是道明，更无二。此是为学头脑处。”① 此处“头脑”指的是“关键”之意。又说：“为学须得个头脑，功夫方有着落。纵未能无间，如舟之有舵，一提便醒。”② 此处“头脑”指的是“主宰”之意。还说：“大抵吾人为学紧要大头脑，只是立志。所谓困忘之病，亦只是志欠真切。”③ 此处“大头脑”指的是“关键的地方”之意。王阳明的弟子王艮说过：“学者初得头脑，不可便讨闻见支撑，正须养微致盛，则天德王道在此矣。”④ 此处“头脑”指“真谛”。又说：“志于道，立志于圣人之道也。据于德，据仁、义、礼、智、信五者心之德也。依于仁，仁者善之长，义、理、智、信，皆仁也，此学之主脑也。游于艺，多识前言往行以蓄其德也。”⑤ 此处“主脑”指“关键”。

随后，戏曲理论家们纷纷借助王阳明、王艮的“头脑”“主脑”二词用于戏曲批评，明代的曲论著述中也讲构局、大间架、大头脑等。例如，王骥德在其最具代表性的曲论著作《曲律》中提出了“大头脑”的概念。他说：“《西厢记》每套只是一个头脑，有前调末句牵搭后调做者，有后调首

---

① 王阳明. 王阳明全集［M］. 上海：上海古籍出版社，1992：14.

② 王阳明. 王阳明全集［M］. 上海：上海古籍出版社，1992：30.

③ 王阳明. 王阳明全集［M］. 上海：上海古籍出版社，1992：57.

④ 心斋先生全集（语录）［M］. 清王世丰刊本（线装二册），泰州市图书馆影印，1986.

⑤ 东台袁氏据原刻本编校排印. 明儒王心斋先生全集（卷一）［M］. 清宣统二年（1910）刊本.

句补足前调做者。单枪匹马，横冲直撞，无不可入，他调殊未能知此窾窍也。”① 这里的“头脑”是指每一套曲子的中心。又说：“不关风化，纵好徒然，此《琵琶》持大头脑处。《拜月》只是宣淫。端士所不与也。”② 这里的“大头脑”是指作家的创作宗旨。徐复祚也说：“《琴心记》，极有佳句，第头脑太乱，脚色太多，大伤体裁，不便于登场。”③ 这里的“头脑”显然是指情节结构的线索问题。李渔与徐复祚、王骥德二人时代相去不远，又有丰富的创作经验和理论素养，既然同样看到了传奇结构上存在的弊端，在提出“主脑”说时，当然要在传统的理论中去寻找帮助，因此，不会不对他们的“头脑”说、“大头脑”说有所师承。

从明代中后叶开始，南戏（传奇）逐步向大型化方向发展，动辄几十出，涉及很多人物，而结构往往散漫无依，随心逐词。如何使剧本写得集中、严谨，成了相当突出的问题。晚明的戏剧理论家如徐复祚、王骥德等人都对此进行了批判，并提出了补正的方法。前文已述，此不赘。“立主脑”说便是出现于明清传奇日趋庞杂，情节结构松散繁复的情况之下，是李渔总结元明以来关于戏曲结构的认识之后的进一步发明创造，“主脑”一词未见于明代戏曲论著，乃李渔从前人著作中的“头脑”“主脑”二词创造性地化用而来。他在《闲情偶寄·词曲部》中把结构问题提到举足轻重的地位，并形成了一整套结构理论，如“结构第一”“立主脑”“密针线”“减头绪”等。其中，“结构第一”是其纲领，“立主脑”则是“结构第一”论中的关键性概念。

目前学术界对“主脑”内涵的理解并未达成一致，综括各家观点，可

---

① 王骥德. 曲律·中国古典戏曲论著集成（四）［M］. 北京：中国戏剧出版社，1959：132.

② 王骥德. 曲律·中国古典戏曲论著集成（四）［M］. 北京：中国戏剧出版社，1959：160.

③ 徐复祚. 曲论·中国古典戏曲论著集成（四）［M］. 北京：中国戏剧出版社，1959：244.

初步归为以下三类：

第一，“立意、主题思想、一人一事（中心事件）或中心线索”说。杜书瀛《李渔美学思想研究》：“其一，是所谓‘作者立言之本意’，近似于今天我们所说的主题思想；其二，是指要紧紧围绕着主题思想，选择一个中心人物、中心事件（即所谓‘一人一事’）作为结构的主干，以便更集中、更突出地表现那主题思想。”① 蔡镇楚也有类似的见解，他在《中国文学批评史》中认为，“主脑”“要求结构统一于剧本的主题思想，统一于‘一线到底’即中心线索，强调戏曲结构的统一性。”②

第二，“关键或关键情节”说。郭英德等人所著《中国古典文学研究史》认为：“这种‘一人一事’的‘主脑’，是全剧结构的枢纽。这一结构枢纽，一方面联络和归拢着全剧的诸人诸事，是全剧结构布局中的一个‘经穴’所在，一个扣住全剧间架的‘结’，一条贯穿全剧的主线；另一方面，它又是全剧意蕴的聚焦点，既凝聚着作家独特的审美感受，也是全剧诸人诸事的内在含意的总归趋。在这里，内容和形式是密不可分的，‘一人一事’的结构功能和内在意义是相互表里的。李渔强调‘立主脑’和‘减头绪’，目的是使结构趋于单一。”③ 祝肇年认为，“主脑是指全剧最关键的情节和其中关键的人物……立言之本意就体现在关键性情事中”，“‘立主脑’之说是为求得结构的完整统一”。④ 姚品文也有与祝肇年类似的看法。⑤
第三，“主题、基本题材、主要冲突”说。

现当代著名文艺理论家张少康认为，“李渔所说的‘立主脑’包含着两方面意思：一是指戏剧作品中的主题……二是指与这个主题直接相联系的基本题材；这体现‘作者立言本意’的‘一人一事’集中反映了剧本的主

① 杜书瀛．李渔美学思想研究［M］．增订本．北京：中国社会科学出版社，1998．
② 蔡镇楚．中国文学批评史［M］．北京：中华书局，2005．
③ 郭英德，谢思炜，尚学锋．中国古典文学研究史［M］．北京：中华书局，1995．
④ 祝肇年．深义休说字面求：谈李渔“立主脑”［J］．新剧本，1985（6）．
⑤ 姚品文．李渔“立主脑”论辨析［J］．江西师范大学学报，1992（1）．

要矛盾和冲突”[1]。吴戈等人也有类似看法。[2]

李渔“立主脑”说的原文有三个层次：一是“主脑非他，即作者立言之本意也。传奇亦然”。二是“此一人一事，即作传奇之主脑也”。三是举出具体的传奇作品来说明，“‘重婚牛府’四字即作《琵琶记》之主脑也”，“‘白马解围’四字即作《西厢记》之主脑也”。既然三个层次都在说主脑，那么这三个层次应该是关联和一致的。

可见，李渔的“主脑”是能够反映作者立言本意的“一人一事”，此“一人一事”为传奇发展过程中的枢纽性人物和情节，它规定了主要人物和中心事件，是作者之“立言之本意”具体化、形象化所得，并集中反映了剧本的主要矛盾和冲突。以下有关“主脑”范畴功能的论述，便建立在这一总体把握的基础上。

二、“主脑”在李渔戏曲创作中的功能

李渔的“立主脑”说具体地论述了剧本情节结构的安排问题，它要求剧中的故事情节要围绕“一人一事”展开，此“一人一事”要“一线到底，并无旁见侧出之情”，其余次要人物和次要事件皆由此而生，且必须服从主要人物和主要事件，并且人物、事件之间要互相关联，“针线紧密”，“照应埋伏”，“剧中有名之人、关涉之事，与前此后此所说之话，节节俱要想到”。[3] 这一原则显然抓住了戏曲结构创作的命脉，不仅对于矫正时弊、指导剧作家创作具有积极意义，更是对李渔自身的戏剧创作产生了重大影响。

（一）主脑与观点

李渔的戏剧美学观念中最为明显的是他对于“整体戏剧”的推崇。他在阐述“结构第一”时虽然面面俱到，提出了七大准则，但却始终没有脱

---

① 张少康. 中国文学理论批评史教程［M］. 北京：北京大学出版社，1999.
② 吴戈. 如何理解李渔的“立主脑”？［J］. 浙江师范大学学报，1986（2）.
③ 李渔. 闲情偶寄［M］. 江巨荣，卢寿荣，校注. 上海：上海古籍出版社，2000.

离自己的整体戏剧观念。他形成的一整套结构理论中，“结构第一”是其纲领，而“立主脑”则是“结构第一”论中的关键性概念。可以说，李渔戏曲理论观念的质变最终体现在“立主脑”上。“立主脑”是李渔戏曲创造论的理论基础和核心，它的主旨是要求在戏剧创作中设置关键的“一人一事”。此“一人一事”能够使得戏曲情节更集中、中心更突出，更便于创作适合舞台演出的剧本，重点在于论述情节的“集中性”。本书认为，李渔在《闲情偶寄·词曲部》提出的“密针线”“减头绪”等观点正是迎合“立主脑”说的内在要求而提出来的。

1. “立主脑”与“密针线”

李渔“立主脑”的提出是有针对性的，他认为：“后人作传奇，但知为一人而作，不知为一事而作。尽此一人所行之事，逐节铺陈，有如散金碎玉，以作零出则可，谓之全本，则为断线之珠，无梁之屋。作者茫然无绪，观者寂然无声，无怪乎有识梨园，望之而却走也……”① 他希望通过确立“主脑”，使其他人、事紧紧归拢在这一“枢机”上，并围绕它来展开故事情节，使结构中心更突出，使戏剧收到良好的艺术效果而更易于被观众接受。“密针线”正是这一目的的补充，指的是戏曲剧目的情节事件的内在衔接问题。在这一章节，李渔提出了三个重点：第一，戏剧家要注意人物与情节的前后发展过程中的关系；第二，注意人物之间的关系；第三，注意人物与情节之间的关系。可以说，李渔在“密针线”一节中所倡导的整体驾驭故事和整体构造情节结构的戏剧创作论也正是应和了他所一向提倡的整体戏剧观念。从全局出发，不留一点破绽，这是李渔“密针线”的创作方法的价值所在。

2. “立主脑”与“减头绪”

与“立主脑”密不可分的是“减头绪”。“主脑”一经确定，就一定要

① 李渔. 闲情偶寄［M］. 江巨荣，卢寿荣，校注. 上海：上海古籍出版社，2000.

时刻想着“头绪忌繁”四个字，严格地根据主脑的需要来组织结构，尽量经济地设置人物角色，必须大刀阔斧地删去一切为主脑所不必要的关目、人物，使得每一个情节都是不可或缺的，每一个角色都有着一定的鲜明的性格。这样，主脑才能突出，才能真正地“立”起来。

“减头绪”同样是戏曲剧目的情节结构问题。在这一节中，李渔着重强调了情节结构的单一性。“头绪繁多，传奇之大病也。《荆》《刘》《拜》《杀》之得传于后，止为一线到底，并无旁见侧出之情。”① 他主张，戏曲剧作家要时时刻刻记住“头绪忌繁”四个字，在“一人一事”贯穿到底的前提下，剪掉细枝末节，使戏曲剧本结构完整而且简练。戏曲情节的单一性，与李渔在“立主脑”中提出的“一人一事”相呼应。能够做到这一点，剧本就会“始终无二事，贯串只一人也”，可使“三尺童子观演此剧，皆能了了于心，便便于口”，“其为词也，如孤桐劲竹，直上无枝，虽难保其必传，然已有《荆》《刘》《拜》《杀》之势矣”。②

3.“立主脑”与“脱窠臼”

李渔在“立主脑”一节中指出：“然必此一人一事果然奇特，实在可传而后传之……”可见，他对“主脑”提出了具体要求：奇特性。这是李渔关于戏剧情节内在特性的看法，与“结构第一”总论中提出的“有奇事，方有奇文”是一致的。基于这种追求创新的思想，他在戏曲和戏曲音乐创作上提出要“脱窠臼”，“脱窠臼”正是戏曲剧作的创新问题。李渔倡导“是以填词之家，务解‘传奇’二字。欲为此剧，先问古今院本中，曾有此等情节与否，如其未有，则急急传之，否则枉费辛勤，徒作效颦之妇”。可见，李渔是非常重视在传奇剧本中的创新问题的，他把“新奇”作为一个剧本的生命所在。“脱窠臼”避免情节公式化的提出正契合了李渔对“主脑”要有奇特性的要求。

①② 李渔．闲情偶寄［M］．江巨荣，卢寿荣，校注．上海：上海古籍出版社，2000．

4.“立主脑”与“戒讽刺”“戒荒唐”“审虚实”

李渔说“有奇事，方能有奇文”，所谓“奇事”，无疑是指作品的（新奇的）情节。这在“立主脑”“脱窠臼”等款中都有明确的表述，此不赘。“戒讽刺”虽然主要是谈创作动机，谈戏曲的社会功能，但是有无讽刺也是从故事情节中表现出来的，此故事情节即受“立主脑”所谓的要有中心人物和枢纽情节影响。再如“戒荒唐”，这是戏曲创作的选材问题，与前文提到的“脱窠臼”互相对应，其观点还是在于“求新创新”，同样在一定程度上契合了“主脑”要有奇特性的要求。“审虚实”一节中，李渔涉及戏曲剧本取材的统一性问题，这也是他对于剧本创作的整体观念的一种体现。

综上所述，李渔在“结构第一”提出的“密针线”“减头绪”“脱窠臼”“戒讽刺”“戒荒唐”“审虚实”等六大准则，完全是为了使剧本取材更统一，材料组织更合理，结构构思更严谨，主题体现更集中，其根本目的为了突出“主脑”。“这是提高戏剧社会效益的关键问题。”①

（二）主脑与结构

李渔论戏曲明确提出，“填词之设，专为登场”，又说“填词首重音律，予独先结构”。② 显而易见，李渔讲“立主脑”是针对结构而言的，那么“主脑”与结构的关系如何？本书将尝试从“一人一事”和“立言之本意”这两个角度阐述“主脑”与结构的关系。

1.“一人一事”与结构

在“主脑”说的解读中，毋庸置疑，“一人一事”与戏剧作品结构的联系是最紧密的。回顾前人研究，有人把“一人一事”解释为“主要人物”或“主要情节”，这并不能够说明“一人一事”对戏剧作品结构的作用；有人把“一人一事”解释为剧情发展的“关键”，说明了“一人一事”在作品结构中的作用但不够具体。本书认为，“一人一事”为传奇发展过程中的

① 葛全诚，高福寿．“主脑”觇探［J］．青海师专学报，1992（2）．

② 李渔．闲情偶寄［M］．江巨荣，卢寿荣，校注．上海：上海古籍出版社，2000．

枢纽性人物和情节，是戏剧作品结构的逻辑原点。李渔说：“如一部《琵琶》止为蔡伯喈一人，而蔡伯喈一人又止为‘重婚牛府’一事，其余枝节皆从此一事而生。二亲之遭凶，五娘之尽孝，拐儿之骗财匿书，张大公之疏财仗义，皆由于此。”① 从具体的事例来看，蔡伯喈“重婚牛府”一事与作品中的其他主要情节构成了直接或间接的因果逻辑关系；而且“其余枝节皆从此一事而生”，说明“一人一事”又是为作品中其他情节的发展提供了最原始的动因，使戏剧作品的其他情节都在这个动因基础上合乎逻辑地展开，所以我们把它称为结构的逻辑原点。李渔所强调的“一人一事”对戏剧结构的作用在于：一是使结构有序。一人一事作为故事的核心动力，为后续事件的推衍、发展提供了逻辑依据，使得戏剧作品结构能够合理有序地展开。二是使结构有机。正因为这“一人一事”同其他故事情节之间有间接或直接的逻辑关系，也使得整个戏剧作品的结构成为一个有机的整体，具有了生机和活力。否则就如李渔所说：“尽此一人所行之事，逐节铺陈，有如散金碎玉，以作零出则可，谓之全本，则如断线之珠，无梁之屋。作者茫然无绪，观者寂然无声……”②

2.“立言之本意”与结构

古人向来重视立意对结构的作用，所谓“三致意，乃能成章”“意至而法偕立，法就而意融乎其间”，也就是要“以意运法”，结构的安排或文法的运用是为了更好地表现作者的立意，最终的目的是要达到使意贯穿于全篇，即“文脉贯通”“语不接而意接”，从而使全篇结构“整然可观”。

李渔在《闲情偶寄》的“结构第一”中讲到“立主脑”，也就说明他认为传奇作品在确立结构之前要先立大意，以意来结构全篇。结构和立意一样都是作者在动笔写作之前就要确定的，李渔谓“结构二字，则在引商刻羽之先，拈韵抽毫之始”“袖手于前，方能疾书于后”，论述了落笔之前

---

①② 李渔．闲情偶寄［M］．江巨荣，卢寿荣，校注．上海：上海古籍出版社，2000.

先进行谋篇布局的重要性。而作者在立意、结构前，面对一堆原始素材，想通过它们表达怎样的情感、思想呢？又应该怎样表达呢？“炼意”的过程在此显得尤为重要。

在作家“炼意”的过程中，被认为对整个故事发展具有原始动力的“一人一事”凸显出来。此“一人一事”很好地诠释了作家“立言之本意”，又与作者对生活的思考和对故事素材中人物命运的认识相契合，也使作品的结构得以明晰。所以李渔说，“原其初心，止为一人而设”，“原其初心，又止为一事而设：此一人一事，即作传奇之主脑也”。在创作之初，“炼意”之后，能反映作品立意的“一人一事”确定之后，以它为逻辑原点结构全篇，就会使全篇结构有序又有生机，从而也就达到了“文脉贯通”“意接”的目的。所以李渔“立主脑”的目的，除了为了“一线到底”“使结构趋于单一”，还在于以“意”贯注全篇，无论结构、线索如何布置，都有“意”贯注其中，从而使结构具有活力。即李渔所谓“如造物之赋形，当其精血初凝，胞胎未就，先为制定全形，使点血而具五官百骸之势”。

（三）主脑与情节、冲突

传奇是以故事情节为主的叙事文学发展而来的，它可以以人物的命运为中心，大量铺叙事件，从而形成以情节为主体的戏曲体制。所以，戏曲重在情节，人物特点及其性格要付诸行动，都要通过情节来实现，而情节的实现，首在“纠纷”与“冲突”，构成戏剧的核心，就在“冲突”。只有那些包含着冲突的情境，才能提供外在缘由，引发内在矛盾，使戏剧的“立意”得以实现。

李渔是一个很看重戏剧情节的作家，但中国传统戏剧理论讲结构、讲主脑、讲意境、讲情趣、讲本色，是不讲情感冲突的。因为中国的戏剧理论讲究戏剧的“浑然天成”，它不把戏剧的要素分解得七零八落。一个剧本如果头绪纷繁，“旁见侧生之情”众多，其戏剧冲突必然枝蔓不清，“主脑”不立。中国的戏剧冲突理论是包含在“主脑”之中的。只有“立主脑”，才能突出主要矛盾冲突，更好地表现作者“立言之本意”。有一个词与“戏剧冲突”很有关联，叫“关目”。李渔在《闲情偶寄·立主脑》中说道：“一本戏中，有无数人名，究竟俱属陪宾，原其初心，止为一人而设；即此一人之身，自始至终，离合悲欢，中具无限情由，无穷关目，究竟俱属衍文……”① 这里的“无穷关目”就是指无数回合的戏剧冲突。李渔的“主脑”之说，体现了戏剧创作的规律，抓住了戏剧体式之根本，因为确立戏曲作品的主题、人物、事件、情节内容，都是作家在构思时需要考虑的因素、必须解决的问题。

三、“主脑”在戏曲批评中的功能

我国古代的戏曲因为发源于词曲，与诗词存在着既有联系又有区别的渊源关系：一方面服从于古代韵文大体都皈依于诗的总趋势，它在创作和批评两端都无可避免地受到诗学批评的影响，概念、范畴的创设和运用也是如此；另一方面，受制于特殊的表演方式或受众趣味的影响，其体式要求又有不尽同于诗乃至词的地方，概念范畴的创设和运用因此也极富自体性，有非传统诗学范畴可以笼盖的独特一面。

长期以来，学者只用诗词的眼光来看戏。历代戏曲论者多把曲的创作和诗词的创作相提并论，如明代学者王世贞论曲时说：“三百篇亡而后有骚、赋，骚、赋难入乐而后有古乐府，古乐府不入俗而后以唐绝句为乐府，绝句少宛转而后有词，词不快北耳而后有北曲，北曲不谐南耳而后有南曲。”（《曲藻》）这里，“北曲”“南曲”不仅指散曲，也指杂剧与南戏、传奇。王世贞在给予传奇以很高评价的同时，也把它们置于古典诗歌发展历程之中，并与诗经、骚赋、乐府、唐诗、宋词并列，这表明在明人心目中的戏曲首先是散曲，是与诗词同一类型的文学样式。何良俊在评论《西厢

① 李渔．闲情偶寄［M］．江巨荣，卢寿荣，校注．上海：上海古籍出版社，2000.

记》与《琵琶记》时，也是把这两部作品定性为诗歌："诗变而为词，词变而为歌曲，则歌曲乃诗之流别；今二家（指王实甫、高明）之辞，即譬之李（白）、杜（甫）……"① 把戏剧作家王实甫、高明与李白、杜甫相提并论，也说明在他看来戏剧与诗歌没有本质上的区别。正因为如此，明代以前的戏曲批评，也像诗词批评一样，关注的重点是曲作中的语言和韵律，而忽略整个剧本情节结构的安排。但基于对曲的体式研究的深入和大部分曲家的高度认同，曲学概念、范畴在契合自在性创作机理方面，还是取得了很多重要的成果。它的一系列创设和运用，为在理论上分殊词曲两体做出了重要的贡献，同时也大大地丰富了传统文学批评范畴体系，及至弥补了其逻辑之网上的某些缺罅，因而显得弥足珍贵。李渔在《闲情偶寄》中明确提出"结构第一"，在中国曲论史上就具有别开生面的作用。

首先，李渔的"结构"着眼于整个戏剧情节的布置经营。"有奇事，方有奇文"，所谓"事"，是舞台所演之事，亦即戏剧情节。"奇事"，是引人入胜的情节。李渔把好的情节设置看作是好的曲文存在的前提，他所关注的，是戏曲作为叙事性艺术的最关键的因素——情节。这种观念，是对传统的重音律、重词采的戏剧观念的巨大反拨，它的出现，标志着中国古典戏剧理论的发展与成熟。

其次，"主脑"范畴在戏剧批评领域的影响很深远。例如，乾隆五十三年（1788），熊华在《齐人记总论》里大力运用并且渲染"主脑"在剧本结构中的统帅作用。他说："记中有大主脑，孟书末节是也。有大关键，墦间乞祭是也。夫既有大主脑、大关键，则不得不有线索、有衬托、有照应、有正描旁描，或倒插在前，或顺补在后，记中皆可覆而被也。以主脑言之，君子云者，孟子自谓。孟子不敢写，写陈仲子，仲子非真廉而不要富贵，则为此记所取焉妻妾羞乞。写仲子，不得不写仲子之妻相为唱和，此正描

① 何良俊. 四友斋丛说：卷三十七［M］. 北京：中华书局，1959.

也。若淳于髡、若王驩、若田氏族、若匡章、若储子、公行子，此对称也。北宫黝、若舍，此旁衬也。开首齐人引子，则虚笼主脑；尾声，则结主脑也。……嗟乎，大主脑，大关键，而必用如此郑重、如此层折、如此衬托、如此照应、如此埋伏、如此线索、如此正描旁描者，正如狮子滚毡毬、猫儿捕鼠，不遽尔抓住嚼住，必有无数往来扑跌，然后狮子意满，猫儿意满，而观者无不意满。"① 一直到近代，如吴梅论曲，还承李渔所论，以很大的篇幅强调"立主脑"的重要性，并举《红梨记》中赵伯畴之"锦囊寄情"以为说明，又称吴炳《画中人》"以华阳真人为一部主脑，而以幻术点缀其间，盖因戏情冷淡，借此妆点热闹，此正深悉剧情甘苦处"②。

此外，在非戏剧批评领域，"主脑"范畴也有一定的回响。如刘熙载的"凡作一篇文，其用意俱要可以一言蔽之。扩之则为千万言，约之则为一言，所谓主脑者是也"③，继续沿用李渔的"主脑"名目；诗学批评中也有用此范畴的。如清人吴雷发《说诗菅蒯》就曾指出："诗亦有深浅次第，然须在有意无意之间。向见注唐诗者，每首从始至末，必欲强为联络，逐至妄生枝节，而诗之主脑反无由见，诗之生气亦索然矣。"④ 其所说"主脑"自然关乎作品的主旨关键，不过格于体制有别，不再一定是主要情节。

小说批评受戏剧影响甚大，故"头脑""主脑"为论者使用的频率较诗文为高。如董月岩评本《雪月梅》卷首，就有"不通世务人做不得书，此书看他于大头段、大关目处，纯是阅历中得来，真是第一通人"⑤。此处"大头段"就是"大头脑"。西湖散人《红楼梦影》也称："大凡稗官野史，所记新闻而作，是以先取新声可喜之事，立为主脑，次乃融情入理，以联

---

①⑤　郭守运．李渔曲论"主脑"范畴意蕴探微［J］．湖北民族学院学报（哲学社会科学版），2012（2）．

②　吴梅．顾曲麈谈［M］．上海：上海古籍出版社，2000．

③　刘熙载．刘熙载文集［M］．薛正兴，点校．南京：江苏古籍出版社，2001．

④　吴雷发．说诗菅蒯［M］．无锡：无锡丁氏校刊，1911．

脉络，提一发则五官如四肢俱动，因其情理足信，始能传世。”① 晚清吴沃尧《两晋演义序》说：“自《春秋列国》以讫《英烈传》、《铁冠图》，除《列国》外，其附会者当据百分之九九，甚至藉一古人之姓名，以为一书之主脑，除此主脑姓名之外，无一非附会者。”这里，以姓名为“主脑”，是说立一人之事为“主脑”，尽管这事可以是附会，而不是说仅以一古人姓名为全剧主脑。

小　结

本章探究戏曲评论中的一般性范畴，并不专门针对散曲、南戏、传奇或明清某一特定戏曲种类进行专题研究。但是，这些戏曲门类的理论批评，凡是涉及范畴的，都可以作为曲之文体的理论研究对象。

一般来说，戏曲文体的特色是非常有民族性的，其戏曲的文体范畴也不同于常见的诗词文体范畴，例如，“色”（色色、各色、香色、本色、声色）、“局”（布局、立局、局段、局概、炼局、构局、局境）、“籁”（天籁、地籁、人籁、三籁）等，还包括“当家”“香艳”“尖新”“工巧”“敷衍”“警策”等专有文体范畴，有90余个。因而，作为时代文体之一，戏曲之一体，也有自己独特的批评话语体系，值得学者们花力气去钻研。

① 西湖散人．红楼梦影［M］．北京：北京大学出版社，1988.

第四章 ◆

小说范畴论

中国古代小说经历了古代神话传说、魏晋南北朝志人志怪小说、唐传奇小说、宋话本小说、明清文言白话小说的转变，尤其以明清时期小说的成熟鼎盛为艺术巅峰。明清小说批评家小说创作中的艺术真实、艺术虚构问题被屡屡提及，“真”与“幻”“如画”等范畴实际上就是脱胎于画论中的“虚”与“实”。“以虚写实”“实而无趣”“虚而有味”等命题与明清小说批评中求“真”贵“幻”，“如画”观法有异曲同工之处。

第一节　创作论：真幻虚实

“真”与“幻”、“虚”与“实”是两对相反相成的范畴，具有揭示小说创作内在规律的功能，是明清时期小说点评家们揭示小说中人物塑造、情节推进、情感表达等方面审美原则的重要范畴。

一、求“真”贵“幻”

在小说创作、批评中，“真”是指小说的人物、情节、情感符合客观现实的程度，即“真实性”。“幻”是指小说的人、物、事所包含的虚构、想象成分高低程度，即“传奇性”。“真”“幻”二者关系的讨论是明清小说批评领域中重要的思想观念，提出以艺术真实性为主，兼合历史真实性、生活真实性的“真”被大多数小说点评家所认可。

现代学者李卓文将唐以前的小说称为小说的童年期，认为该时期小说“幻”意识尚未涌现，创作手法尚实。而到魏晋南北朝时，小说创作之“幻”逐渐增强，直至明清两代，才展开了一场“真”“幻”之辩，并且就“真”在小说创作中表现出的生活真实性、艺术真实性、历史真实性间的主次关系等问题进行讨论。

（一）“真”与“幻”

“真”是中国古代小说和古典美学体系中一个重要的范畴。“真”范畴的嬗变大体分为三个阶段：从先秦到两汉指向“客观真实”期、从魏晋到元代指向“主观真实”期、明清两代指向“艺术真实”期。

早在先秦时期，就有类似“诚”“信”等词对“真”字进行替代。老子《道德经》中首次谈“真”：“窈兮冥兮，其中有精，其精甚真，其中有信。”认为“真”主要是人或物的本色，是自然、真实的状态。汉代王充在《论衡·对作》中首次将“真”与“美”联系起来，提出了“真美”说：“是故《论衡》之造也，起众书并失实，虚妄之言胜真美也。”① 南北朝时期，刘勰在《文心雕龙》中多次强调主观情感之“真”，在《情采篇》中谈“要约而写真”，在《夸饰篇》中谈“壮辞可以喻真”，在《体性篇》中谈“习亦凝真”。② 唐宋时期文艺家们对“真”更是大力论述，如李白《古风》中的“垂衣贵清真”，杜甫《赠王二十侍御契四十韵》中的“直取性情真”，都谈真性情。司空图《二十四诗品·劲健》中的“饮真茹强，蓄素守中”，《二十四诗品·形容》中的“绝伫灵素，少回清真”，《二十四诗

① 王充．论衡［M］．上海：上海人民出版社，1974．

② 刘勰．文心雕龙［M］．詹英，校注．上海：上海古籍出版社，1989．

品·雄浑》中的“大用外腓，真体内充”，都谈“写真”。苏轼《书鄢陵王主簿所画折枝二首》中“论画以形似，见与儿童邻。赋诗必此诗，定非知诗人。诗画本一律，天工与清新”，都谈“传神”。金元时期，元好问在《论诗三十首·其四》中主张写诗要真情实感，“一语天然万古新，豪华落尽见真淳”。

到了明清时期，从明代中期王阳明创立“良知”说到后期发展出“童心”说、“性灵”说、唯情论等，文人无不提及“真”范畴对小说创作的影响，把小说创作真实性要求放在首位，强调小说文体艺术的生命力就在于“真”。明代讲“真”，即指小说创作不能脱离社会生活，所表达的人物关系要合乎“情理”，必是“真情实感”。作为明代小说评点开创者的李贽，认为只有保持“童心”纯真，才能写出天地间的至文。这种“童心”，正是基于社会生活之上的真情实感。“童心”说的实质，就是敢于把自己对社会生活的真实体会和真实见解表达出来，“夫童心者，绝假纯真，最初一念之本心也”①。后叶昼继承李渔的观点，在评点《水浒传》时，引入了“逼真”“肖物”“传神”等主张，并将之作为评价小说的最基本的美学原则。“逼真”在唐代白居易《记画》中已有论及，认为绘画之美在于“以真为师”，引入到小说评点中，就是要求作者在创作小说时能生动逼真，宛如绘画。叶昼认为小说的生命力就在于真实性，这种真实性表现在人物关系上，就是“真情”。《水浒传》文字虽假，但是写出了人物情理，就有了“真”的价值。

“幻”是指小说创作中的虚构、想象程度，也是明清小说评点中重要的美学范畴。在明清小说评点盛起以前，多数人把“幻”等同于“奇”，泛指小说创作中牛鬼蛇神一类的存在，或者二者连用，形成“奇幻”之语。明清以来，小说批评家对小说“奇幻”采取摒弃的态度，认为小说“失真之

① 李贽．童心说［M］//于民．中国美学史资料选编［M］．上海：复旦大学出版社，2008：352.

病，起于好奇”①，“不奇于凭虚驾幻，谈天说鬼，而奇于笔端变化，跌宕波澜。”② 明代胡应麟更是在《少室山房笔丛》中梳理了“幻”的流变：“凡变异之谈，盛于六朝，然多是传录舛讹，未必尽幻设语。至唐人乃作意好奇，假小说以寄笔端”③，“宋人所记，乃多有近实者，而文采无足观。本朝《新》《余》等话，本出名流，以皆幻设，而时益以俚语，又在前数家下。”④

（二）“真”“幻”之辨

东汉班固在《汉书·艺文志》中说：“小说家者流，盖出于稗官，街谈巷语，道听途说者之所造也。”⑤ 他将小说与历史相提并论，所建立的以尊重历史真实性为主的小说观，高度重视“真”价值，大大压缩了小说“幻”的发挥空间，对后代小说家们影响深远。但他所讲的这类小说，或说为野史，是基于历史故事而创作的，在一定程度上发挥着补充正史的作用，只能算是小说中的一类作品，这一观点难免有些以偏概全。到了魏晋南北朝时期，小说创作风气一反常态，大谈怪力乱神，“幻”的提及，前所未有地、远远地超过了“真”。这个时期的“真”，仍然仅限于片面的历史真实性。而后，宋元时期的小说界一味地沉沦在说唱艺术中，对小说的“真”“幻”关系的探讨并没有突破。

而到了明清小说评点家这里，才开始为小说“正名”。与前人尊“假史”不同，他们开始有意识地区分历史与小说文体的差别，“则史书、小说有不同者，无足怪也。”正是在这种背景下，小说创作的真实性问题被屡屡提及，“真”与“幻”这一对范畴开始为明清小说批评家所重视，即在主张“虚实”兼顾的同时，也提出小说“真”“幻”兼备的重要性。明代以来对

① 凌濛初. 二刻拍案惊奇·序［M］. 西安：太白文艺出版社，1995.
② 烟水散人. 赛花铃·题辞［M］. 上海：上海古籍出版社，1990.
③④ 胡应麟. 少室山房笔丛［M］. 上海：上海书店出版社，2001.
⑤ 班固. 汉书［M］. 北京：中华书局，2007.

于“真”的探讨，虽也有把历史小说的真实性泛化，认为小说首先应有历史真实性的部分主张者存在，但这个时期更多的是发展出了艺术真实性的观念，主张小说情节“真实”、小说人物“逼真”、小说情感“真挚”等，不仅辨析了艺术真实性和历史真实性的区别，而且在明代末期更将艺术真实性和生活真实性进行融合。所谓艺术真实性，并不如历史真实性般一味地反对“幻”成分的着力发挥，更多的是支持“真”“幻”结合，做到真中有幻，幻中寓真，虽历史无考、文字虚假，但只要表达的内容是“真情实感”“符合情理”的即可。不仅如此，艺术真实性比起生活真实性又添加了基于想象的合理创作成分，所描写的人、物、情是对生活经验抽丝剥茧的提取，未尝不更富有符合“真”的艺术魅力。冯梦龙评价自己的作品“绝无文采，然有一字过人，曰‘真’”。他在《警世通言》中指出，“野史尽真乎？曰：不必也。尽赝乎？曰：不必也。然则去其赝而存其真乎？曰：不必也”①，“事真而理不赝，即事赝而理亦真”②。他把历史真实性方面的“事”与艺术真实性方面的“理”相结合，强调理“真”的重要性。明代谢肇淛在《五杂组·事部三》中就写道：“凡为小说及杂剧戏文，须是虚实相半，方为游戏三昧之笔。”③“近来作小说，稍涉怪诞，人便笑其不经，而新出杂剧，若《浣纱》《春衫》《义乳》《孤儿》等作，必事事考之正史，年月不合，姓字不同，不敢作也。如此则看史传足矣，何名为‘戏’？”④在这里，谢氏一方面强调小说创作中应“真”“幻”相当，以幻寓真，方能成就佳作；另一方面又讲这种片面强调历史真实性的“真”不可取，言外之意，小说创作应该重视的是艺术真实性的表达。

及至清代，小说家们在创作上的态度发生了从求“真”走向了贵“幻”的转变，“幻”又被重新抬上了台面，小说创作逐渐背离了艺术真实性和生活真实性，与“真”之表达日渐脱节。清代《聊斋志异》和部分历史小说

①② 冯梦龙．警世通言［M］．魏同贤，校点．南京：江苏古籍出版社，1991．
③④ 谢肇淛．五杂组［M］．南昌：松梅轩，1644－1911．

中就掺入了大量的“神魔”“妖怪”元素。而早在明代，叶昼就认为《水浒传》中的布阵情节偏重于“幻”而违背了生活真实性，“后来混天阵处都假了，费尽苦心亦不好看”①。他认为，贵“幻”过于虚假，容易违背现实，而求“真”也要有度，若单单偏重生活真实性或历史真实性一方，则缺少了小说独有的艺术价值，失去了趣味，最好的做法仍然是以追求艺术真实性为主的“真情实感”，发乎现实而又不止于现实，意外之料而又情理之中，更能让读者产生共鸣。

（三）求“真”与贵“幻”

在小说情节和小说情感上，“真”主要指向符合客观真实和表达真情实感两个方面，同时肯定了“幻”的审美价值。叶昼作为明代万历年间有名的小说评点家之一，率先谈到“《水浒传》文字原是假的，只为它描写得真情出，所以便可以与天地相终始”②。他认为小说创作中的“真”与“幻”皆是达到艺术真实性的必要手段。小说的价值就在写出社会生活的“真情”，给读者带来美感，而符合客观现实规律、人情物理，在作者合理想象中创作出来的“幻”，也具有“真”的价值，同样能达到描写“真情”美感。明末清初的小说评点家金圣叹也同意叶昼的看法，他认为小说情节要做到“真”与“幻”的统一。如他在评《水浒传》时提到，“陡然插出奇文，令人出于意外，犹如怪峰飞来，然又却是眼前景色”③。“怪峰飞来”即幻，“眼前景色”即真，真与幻相统一，则“诚绝世无双矣”④。但是，另一位小说评点家毛宗岗却认为“真”为上次，尤其对于历史小说而言，小说情节要完全忠于史实，做到“据实指陈”“真实可考”。他在评点《三国》和《西游》的时候，就认为“《西游》捏造妖魔之事，诞而不经，不

①② 苏仲翔，王先霈，羊春秋．论叶昼对《水浒传》的批评［J］．湖南教育学院学报，1984（4）．

③④ 施耐庵．水浒传（注评本）［M］．金圣叹，评．上海：上海古籍出版社，2015．

若《三国》实叙帝王之事，真而可考也”①。在这里，毛宗岗没有区分小说创作的艺术真实性和历史真实性的区别，轻“幻”重“真”，有失偏颇。但到了清代乾隆年间的小说评点家脂砚斋这里，仍然是继承叶昼、金圣叹的观点，着重小说要符合“真情实理”。他认为《红楼梦》“皆是近情近理必有之事，必有之言，又如此等荒唐不经之谈，间亦有之，是作者故意游戏之笔，聊以破色取笑，非如别书认真说鬼话也”与“事之所无，理之必有”②。他认为《红楼梦》之“幻”，是有寓言性质的，虽然现实生活中并没有，却是在符合客观的生活规律上的合理想象，是情理之中的“真”，他点出了艺术真实性与历史真实性的不同。

在小说人物塑造上，也同样离不开“真”。只有高度忠于艺术真实性的人物形象，才能算是典型的。叶昼在《水浒传》中，便对小说人物形象提出了“逼真”的要求。“逼真”，就是逼近、接近现实生活。李贽同样认为，“世上先有《水浒传》一部，然后施耐庵、罗贯中借笔墨拈出。若夫姓某名某，不过劈空捏造，以实其事耳。如世上先有淫妇人，然后以杨雄之妻、武松之嫂实之；世上先有马泊六，然后以王婆实之；世上先有家奴与主母通奸，然后以卢俊义之贾氏、李固实之。”③ 李卓吾亦点评道：“非世上先有是事，即令文人面壁九年，呕血十石，亦何能至此哉!”④ 作者在创作人物的时候，是以真实的社会生活为基础的，如果脱离了社会生活，就不可能创造出典型人物。在脂砚斋看来，《红楼梦》中宝玉之形象，“是我辈于书中见而知有此人”，“宝玉之发言，每每令人不解；宝玉之生性，件件令人可笑”。他认为，在曹雪芹创作的宝玉之前，世上无人能与宝玉相似，宝玉

① 毛宗岗．读三国志法［M］//足本铅印三国志演义．上海：上海中新书局．

② 曹雪芹．脂砚斋评批红楼梦［M］．济南：齐鲁书社，1994．

③ 李贽．李贽研究参考资料：李贽与《水浒传》资料专辑［M］．福州：福建人民出版社，1976．

④ 施耐庵，罗贯中．李卓吾评本：水浒传（上下）［M］．上海：上海古籍出版社，1988．

是不符合现实生活的，但宝玉又是“真实”的，这是因为曹雪芹在遵循客观的生活上进行了想象、虚构，这是一种情理中的真实。

以上虽然明确了小说创作必须“真”“幻”兼备，但是二者结合的具体关系究竟如何，仍有争议。清代康熙年间，袁于令论述道：“文不幻不文，幻不极不幻。是知天下极幻之事，乃极真之事；极幻之理，乃极真之理。”他辩证地指出，“真”“幻”互为因果，是对立而统一的不同侧面。但不足的是，他过分夸大“幻”的价值。到了张无咎这里，“真”“幻”轻重相依，“小说家以真为正，以幻为奇。然语有之：‘画鬼易，画人难。’《西游》幻极矣……鬼而不人，第可以资齿牙，不可动肝肺。《三国志》人矣，描写亦工；所不足者幻耳”。他认为，《西游》过于讲“幻”，《三国志》又不足“幻”，“真”“幻”关系处理得并不好，而认为像《平妖传》这类“始终结构，有原有委，备人鬼之态”的作品，才“兼真幻之长”。梦觉主人在《红楼梦序》中写道：“假多则幻，幻即是梦。书之奚究其真假，惟取乎事之近理，词无妄诞。说梦岂无妄诞，乃幻中有情，情中有幻是也。”“真”“幻”之辩，其实就是看是否近乎人情事理。而到了脂砚斋这里，他认为《红楼梦》中最大的出奇之处为“真实”，“形容一事，一事毕真，《石头》是第一能手矣”。又谈《红楼梦》“以幻弄成真，以真实为幻，真真假假，恣意游戏于笔墨之中，可谓狡猾之至”①，“余最喜此等半有半无、半古半今、事之所无、理之必有、极玄极幻、荒唐不经之处。”② 对“真”“幻”关系，曹雪芹这样的“真幻”结合的手法，在生活真实性和艺术真实性上结合的手法达到了空前的高度，并在清代小说创作中得到了实践的验证。

总而言之，明清小说评点家们借用“真”范畴来肯定了小说的艺术真实性，认为“真”的价值高于“幻”，“幻”是在“真”之上的合理创作，并且强调艺术真实性与历史真实性的不同，前者具有“真”所包含的符合

①② 曹雪芹. 脂砚斋评批红楼梦［M］. 济南：齐鲁书社，1994.

社会生活的客观规律。

二、“虚”“实”相生

空间是中西方诗学共同关注的核心问题，特别是东方诗学的意象、主题、哲思的不同境界与层次的表述，都是在自然空间与情感空间共同作用下形成的。中国文艺美学中的“虚实相生”观念，是古典诗学理论的高度艺术概括，在诗歌、绘画、书法等艺术形式中得以精彩呈现，将自然山水人文化、情感化，突破既定空间的约束。虚实相生的理念，在传统的文艺批评形式“诗文评”中，也以“空”“远”等美学范畴形式，凝结为特殊的艺术理论体系。

空间是人类生存最重要、最基础的前提条件，是有形物质与无形事物存在的根本载体，也是世界各大文明发源地最早一批知识分子最为关切的本体论问题之一。后世学者对于上古思想与文化的思考，其实都是在一个特殊的假定空间中进行的。19 世纪以来中国古典诗歌及其诗论的研究，学者们习惯于采用时间线性研究或派别、思潮的历时性研究途径，这种研究途径虽然描述起来简便易懂，但也容易遮蔽中国诗学的整体风貌，尤其不利于中国诗学的逻辑性、民族性的开拓性进展。进入 20 世纪后期，我国文艺研究在经历“语言论”“认识论”“人类学”等转向后，也随着西方主流社会理论思潮的“空间转向”呈现出“空间诗学”的新面貌，学者们纷纷将以前给予时间、历史、社会的青睐转到空间上来。空间研究在当代知识和政治发展中日益呈显学之势。在多元交织、互相渗透的后现代动态语境中以空间理论深入文学学术研究无疑是一个重要的新维度。葛兆光认为，现代理论尤其是人类学家们，“主要是通过调查现代世界上的一些尚未进入所谓‘文明’时代的部落或民族，以此来推测那些已经进入所谓‘文明’时代的人类的过去”，而这种“把时间距离转化为空间差异”的研究方式，就是“重构上古思想世界”的主要手段。①

一般而言，空间理论的基石有二：其一是将人类生存的世界划分为第一空间（物理时空）、第二空间（社会领域）和第三空间（精神情感）。其二是三个基本空间的性质及作用的划分：第一空间由感知和客观性组成，第二空间由思维和伦理性构成，第三空间由想象和精神性构建。在空间理论的基础上，对于文艺世界的研究，其实就是对于第三空间如何与第一、第二空间彼此作用和相互影响的关系研究。因此，从空间理论出发，中国古代文艺理论意象、主题、范畴的研究，也逐渐迸发生机，呈现出多元发展和多维空间的态势，特别是“虚实”理论作为文艺创作与鉴赏中的核心观念之一，与空间理论有着天然的艺术契合。

（一）空间意识与虚实观念

中国古代文人一般将时间和空间统称为宇宙，即“上下四方曰宇，往古来今曰宙”②，其中宇为空间，宙为时间。一般而言，对于空间的思考在中西方文化中都是较早触及的。空间问题更多的是涉及宇宙本体论的问题，也即“我从哪里来”的这个古老而永恒的哲学追问。中国古代社会对于空间的思考，一方面是从“道”的衍生的角度出发，“道生一，一生二，二生三，三生万物”，阐释万物从空无到实有的过程；另一方面则是从大与小、多与少、长与短的相对的角度出发，将空间问题转化为人的生存哲学问题，即庄子《秋水篇》所言的哲学观念。而在欧洲，“原子说”与“理念世界”的观念，也是建立在古老的空间和时间观念上的。

中国人对无尽空间充满着热爱，通常喜欢称之为“太虚”“太空”“无穷”“无涯”等。在中国古代文学中，文人们的眼睛不是从固定角度集中于一个焦点进行想象、创作，而是流动着，飘瞥四方，一目千里，把握全境。早在《周易·系辞》里就已经说到，古代圣哲观察天地的方式是从空间之

① 葛兆光. 中国思想史（第一卷）[M]. 上海：复旦大学出版社，2013：6.

② 尸子. 尸子（卷下）[M] //二十二子. 上海：上海古籍出版社，1986：373.

维度开始的："古者包牺氏之王天下也，仰则观象于天，俯则观法于地，观鸟兽之文，与地之宜，近取诸身，远取诸物，于是始作八卦，以通神明之德，以类万物之情。"① 时间和空间是人类生活的两个重要维度，中国古代诗歌的空间意识是诗人用心灵去观看空间万象，是通过外物的载体而领会内在精神，将虚景与实景相结合，在诗歌上形成虚灵的、物我相融的艺术空间。在秦汉以前的哲学中，时空不是纯认知的，它是在人们的感觉中形成的，时空是生命化了的感觉时空。中国人的空间意识、时空观源自悠久传统的中国哲学，认为空间是生命的定位，空间与时间因生命而交接沟通，于是空间被意象化、结构化。

不管是古典诗画还是其他的文学艺术，它们所表现出的空间意识都沉淀着厚重的历史文化。所谓文化，是人在改造自然的过程中所创造的一切变化，包括物质、制度、精神。文化对人的生活的各个方面都有着重要的作用，而艺术最能反映文化。作为中国传统艺术的诗歌所蕴含的空间意识就深刻地表现出中国传统文化的核心——"天人合一"的观念。尤其是经过汉代董仲舒的改造与宣传，"天人合一"的观念与儒家思想密切结合，更是对古代文人的时空观起到了巨大的影响和塑造作用。②

从源头上说，中国最根本的宇宙观是《易经》上所说的"一阴一阳之谓道"。宗白华先生认为，"诗歌的空间感也凭借一虚一实、一明一暗而表达出来。虚（空间）同实（实物）连成一片波流，如决流之推波；明同暗也连成一片波动，如行云之推月，这是古代诗歌空间感的特殊表现手法。诗人的空间意识是用心灵去观看空间万象，是通过外物的载体而领会内在精神，将虚实、明暗相结合，形成虚灵的、物我相融的艺术空间"③。

从现实角度看，任何事物都处在一定的时空之中。但从主体与对象及

---

① 周易［M］. 杨天才，张善文，译注. 北京：中华书局，2011：12.

② "天人合一"观念与董仲舒、儒家思想三者之间的关系，可参见：黄朴民. 天人合一：董仲舒与两汉儒学思潮研究［M］. 长沙：岳麓书社，2013.

③ 宗白华. 艺境［M］. 北京：北京大学出版社，2005：226.

其关系角度看，时空可以分为两类：一类是客观的现实时空；另一类是主体的心理时空。在审美过程中，客观与主体、现实与心理有机交融，使得这两种时空浑然为一，形成了审美的时空。心理时空看不见，摸不着，必须通过感性的外在事物形态来表现，但心理时空本身又超越了现实时空的局限，也突破了主体感性生命形态的束缚。“一日不见，如三秋兮”“海内存知己，天涯若比邻”等诗句表现的就是主体的心理时空。这种心理时空的存在，取决于主体内心对事物的感悟。在情感的支配下，审美主体不但可以以其感生形态生息于天地之间，从现实中汲取生命之源，而且还可以遨游于心理时空，超越现实时空去观照生命的本源，从而体悟主体生命与宇宙生命融为一体的化境，从对有限感性生命的超越中感受生命的永恒，感受心理时空的节奏和韵律与宇宙时空的精神是契合一致的。同时，主体还经常以现实时空为出发点，徜徉于大化时空的无限之中，以求得精神的逍遥，从而在有限的感性时空中体悟到生命的无限性。诗人喜欢寄情山水、怀古伤时，由表象而探求内在的精神，探求背后的意义。嵇康“俯仰自得、游心太玄”，杜甫也在看到“不尽长江滚滚来”的现象之后，开始进入“万里悲秋常作客，百年多病独登台”的“内心虚灵空间”，才使得有限变无限，临时变永恒。诗人可以通过“观”一时、一地、一物，联想起此时、此地、此物与其相关联的其他事物，这就是王维所说“山河天眼里，世界法身中”。在中国文化中，仰观俯察、远近游目，是在整体观照的前提下，由此观彼、由表及里、由此及彼的本质性认识过程。

中国的空间意识更多的是从诗性智慧的角度出发，讲求“虚灵的空间”，讲求诗意的创造性的艺术空间。如，陆机《文赋》云：“观古今于须臾，抚四海于一瞬。”刘勰《文心雕龙·神思篇》则云：“寂然凝虑，思接千载；悄然动容，视通万里。”这些古代文论中的经典名句，都是在强调时空因素在文学构思、创作过程中的重要作用。正如当代台湾学者所言：“人与时空是那样巧妙地融合无间，情感与哲理，不喜欢脱离时空现象，去作纯粹的摹情说理，每每透过时空现象的交互映射予以形象化。因此可以说，时空设计，是中国诗里最重要的环节。”①

（二）“虚”“实”相生

在中国哲学与艺术的空间观念上，古代文人形成了一种特殊的表现方法——虚实相生。虚与实是中国古代文学艺术创作中极其重要的两大核心要素，也是意境理论诞生的根源。实境是一个具体的审美空间，虚境是由实境诱发的想象空间，虚由实生，实因虚而成，虚实相生则能体现空间的生命。中国的诗词中都会有空中点染、化虚为实的表现手法，使得诗境中具有空间感，形成物我相融的空灵之境。《诗经》中的《蒹葭苍苍》一诗就很能表出这一境界。在这首诗中，诗人把实情实景与想象幻想结合在一起，用虚实互相生发的手法，借助意象的模糊性和朦胧性，来加强抒情写物的感染力，使全诗具有一种朦胧的美感，生发出韵味无穷的艺术感染力，同时营造了一个独特的思维空间及审美心理空间。

在虚实相生的生命哲学的投影下，“事诗如事画”“诗画本一律”渐渐成为中国传统诗学的审美原则。古典诗歌“可感”的艺术融入、吸收绘画“可见”的空间艺术元素，更具可知可见性，强化诗歌空间审美意蕴。在意象的创构中，通过运用富有延展、张力美感的意象，使其连结为具有视觉审美的意境画面，并寄托着诗人对宏阔的宇宙的向往及对人生意义的追问、思考，并表达空间书写的哲学意蕴，向读者展现出中国古代独有的空间意识。因此，有学者主张：“诗的特长或在言情，却亦可以体物，亦应该体物，言情与写景永远是诗歌的两种基本功能。”② 这种观点正是基于中国“诗画一律”的民族诗学传统而论。

空间是具体的，因为人类在空间中生存，日出日落、风雨如晦，大江

① 黄永武．中国诗学：设计篇［M］．台北：台北巨流图书公司，1986：43．

② 刘石．从“诗画一律”论潘天寿诗歌［J］．清华大学学报（社会科学版），2011（5）．

奔流、小溪潺潺，高山耸立、庙宇居室，无不在有限与无限的空间中塑造和拓展着人们的空间感知。因而，在现实空间的基础上，古人将自然空间中的山水拟人化、对象化，将“故乡”“山水”等实体性空间事物转化为体验性、精神性的审美符号，同时，也将自己的情感、想象等思维过程，抽象、升华形成了“空”“空无”“玄空”“远”“无极”等概念，并以之为基础，进行多元化、模糊化和联想化，最终形成了“空”“远”等审美范畴家族。换言之，虚实理论作为传统文艺理论，它并不经常以“虚”或“实”的名义出现，反而经常以“空”“远”的名义出现，而且出现频率较高的是代表“虚”的“空”或“远”，代表“实”的“色”“有”“近”等词汇出现频率不高。这种文艺现象，也是中国文艺务虚的一个民族特色。

总之，空间作为基础的文化命题，在中国诗学的传统中得到了高度的重视，在诗与画的艺术交汇中，在情感体验与诗性哲思的艺术会通中，既体现了各自空间的美学特质，又在审美通感中打破时空的界限，以虚实相生的原则，在远近俯仰中拟人化、客体化，深刻展示了东方民族的诗性智慧和诗学魅力。因而，中国文艺世界中的空间构建，既符合西方空间理论的基本原理，又具有强烈的民族色彩。

（三）“虚”“空”演化

从历史逻辑的角度看，“空”作为“虚”的同义词，是空间理论最直接的观念集合，它作为中国古代文艺批评范畴，其核心地位很早就得到了确立。“空”本意为“孔洞”，脱胎于道家的“虚无”观，在魏晋时期又承继了佛教大乘空宗的“空”的思想。“空”是佛教哲学的根本概念和核心范畴，也是佛教义理的最高范畴，因而在佛教中国本土化的过程中，应用于文艺创作和鉴赏，处于古典审美范畴体系的核心。在“虚空”范畴的基础上，“空”范畴的后序范畴种类繁多，如“空静”“空灵”“空白”“空无”“空幻”“清空”“色空”“翻空”“写空”“留空”“圆空”“劈空”等，也包含了“空山”“空堂”“空庭”“空巷”“空花”“空枝”“空门”等审美意象，构成了一个韵味丰富的艺术空间。

一般而言，“空”范畴在中国古代美学和文艺理论的领域中，包含着以下六个方面的内容。也即，“空”范畴自身也有六个重要的子范畴，直接影响着中国文艺思想。

第一，“空静”与审美心胸的融合。由于“虚”与“空”互通，因而道家“虚静”说是“空静”范畴的起源。老子认为，个体修养的主旨为“致虚极，守静笃”。庄子继承并发扬了这一观点，提倡“心斋”与“坐忘”，认为“唯道集虚，虚者，心斋也”。魏晋南北朝时期陆机和刘勰先后具体阐述了“虚静”对于审美主体的作用，将“虚静”的概念引入了文学理论范畴，构建了“虚静”理论体系。如《文心雕龙·神思》中写道：“是以陶钧文思，贵在虚静，疏瀹五藏，澡雪精神。”到了宋代，苏轼结合禅宗“空”的思想，将“虚静”演化为“空静”，认为：“欲令诗语妙，无厌空且静。静故了群动，空故纳万境。”（《送参寥师》）苏轼最终确立了“空静”的审美主体心胸论。

第二，“翻空”与审美构思的契合。古代文人在文艺创作的构思阶段，其“翻空”的三种途径包括：一是通过虚实关系构建“上下文”内容，即创作主体凭空驰骋想象而获得审美图示，如刘勰所说“意翻空而易奇，言征实而难巧也”；二是类比联想，即从有到无的类比意象联想，如“却不道人去梁空巢也倾”（曹雪芹《葬花吟》），形成了丰富的古代文艺意象群；三是情感联想，即通过思乡、怀旧、闺怨、不仕等情怀而引发的艺术创作构思，如“人闲桂花落，夜静春山空”（王维《鸟鸣涧》）等，并常常形成特定的审美意境。

第三，“色空”与艺术“留白”的审美同构。色空观体现在艺术创作的具体实践内容方面，分别包含了“色”和“空”的关系，“写空”“留白”“飞白”“留空”等内容。佛教色（有形有相的事物，即“实”）空（无限广大的虚空，即“虚”）观指的是“有”与“非有”、虚（空）与实（色）

的辩证统一、互相转化的观念。与此相对应，古代文艺作品中也存在大量以“空山”“空花”“空枝”“空影”“空雁”等为抒情意象的“写空”现象。同时，中国文人画中的“留白”技巧和书法中的“飞白”技巧，都是“色空观”（虚实理论）影响而形成的。此外，诗词意境塑造中的“破空”“反义”技巧和戏曲创作中的叙事手法如“断裂法”“节略法”“假借法”等技巧，都是一种“留空”。

第四，“空灵”与审美风格的境界共通。一般说来，“空灵”的作品，必须符合天然、机趣、巧妙、超越等文艺作品的内在规律。从接受美学的角度看，“空灵”的风格也体现为“玄空”“巧空”“空趣”“空远”等审美体验类型。就中国文学史而言，谢灵运、陶渊明、王维、韦庄、姜夔等文人以及诸多诗僧的作品具有明显的“空灵”风格。

第五，“清空”与审美鉴赏的交互。“清空”作为“空”的子范畴，也是与“清”范畴共同构成的合体范畴，是“清”与“空”的意蕴连接，包含着清静、古雅、纯粹、脱俗之“空”意。“清空”的文艺批评，广泛应用于题壁诗、题画诗和玄言诗、禅诗的评点。在南宋张炎《词源》中，“清空”被固化为词体批评之法：“词要清空，不要质实”，构建了“清空”词学理论。姜夔“清空骚雅”词法及张炎“清空”理论推动了南宋江湖词派的形成。

第六，“空无”与审美哲思的文化辉映。“空无”作为古代哲学、宗教学、美学和艺术学等共有的核心命题，包含着丰富而复杂的空间属性、时间属性、情感属性以及“空无”作品的超越性、自由性等生命哲理。“空无”在文艺作品中的先验、主体性存在，以及为人物、事件提供演化空域。“空无”也将“瞬间”与“永恒”进行对立统一，“太古一瞬”成为文学的原型性时间表述（如“南柯一梦”、刘禹锡诗“怀旧空吟闻笛赋，到乡翻似烂柯人”等）。“空无”体现在作品中，是一种人生沧桑、“在路上”的情怀或宗教情感，如“是非成败转头空”（杨慎《临江仙》）之语。“空无”

作品往往体现一种“院名谁遣称空寂，入得门来寂又空”（刘克庄《空寂院》）的生命哲思。

综上，虚实理论蕴含的空间观念不仅体现在“空”范畴上，还体现在艺术创作中的“远”的命题、范畴和技法之中。“远”（虚）与“近”（实）这一对范畴是虚实理论在中国文艺作品中的又一代言者。其实，“远”范畴与中国古代山水画存在一个相生相融的关系。“远”范畴的内涵本身有一个累积和嬗变的过程，而中国山水画的兴盛恰好为“远”“韵”“逸”等一系列的美学范畴提供适宜的生长土壤。而恰恰是“远近”“虚实”“空有”等对立统一的命题，共同托举出中国古代文人在空间方面的哲性思考与诗性表达。而这种表达，从元文化角度看，是阴阳观念、虚实观念的艺术承载。

第二节　技法论：如画似化

艺术是具有审美通感特性的，特别是中国古典艺术作品之间，具有创作思维、技法、品鉴等多维度的审美共通性，因而许多文艺观念、范畴、命题具有很大的自由度，在艺术家的自由裁剪下，彼此互通，互相辉映。观诗如观画，观文如观画，小说美如画，正是绘画品藻观念在文学世界的灵活性、会通性应用，具有强烈的民族艺术特色和东方思维特征。

在中国传统文化中，诗与画的创作与欣赏具有共同的文化根源。由于古代中国具有大陆文明、农业文明的特质，对天空、土地、植物与山水，具有一种天然的内在亲和力。因而，在地理环境和民族人种等多种因素的共同作用下，中国文人大多喜欢登高望远，吟诗作赋，不是站在固定的角度透视，而是“横看成岭侧成峰”，或从高处把握全面。这就形成了中国山水画“散点透视”“以大观小”的两大绘画艺术特点。艺术家们的眼睛不是从固定角度集中于一个透视的焦点，而是流动着俯仰取舍，一目千里，把握大自然的内部节奏，把全部景界组织、内化成一幅幅气韵生动、生气勃勃的艺术画面。中国诗词曲赋中的空间意识深深根植于《易经》“一阴一阳之谓道”的宇宙哲学观。因此，诗人的空间意识，不去追求无穷无尽的宇宙，而是俯仰往还、远近取与，将天地万象网罗近前。于是，在中国的古代诗歌中，诗人和画家们对空间的观察角度取得了惊人的一致。加上许多诗人本身就是书法家或画家，诗与画往往也凝聚在一幅作品之中，使得“以文成画”“以画观诗”成为一种文化会通中的必然。

一、“诗画一律”：“观画”的诗学起源

中国古代文学艺术在民族诗性智慧的映照下，“事诗如事画”“诗画本一律”渐渐成为中国传统诗学的审美原则。概言之，以画观诗，主要是就诗中的意象与意境而观之。

以山水田园为描写主题的诗是最能直接表达文人山林田园之趣的，当然，也是“观诗如观画”所形成的客体基础。陶潜被称为中国第一个田园诗人，钟嵘在《诗品》中称其为“古今隐逸诗人之宗”①。陶渊明隐居南山后，田园就成了他的诗文的主要题材。他的名篇《桃花源记》为我们描绘了一个隐藏在“夹岸数百步，中无杂树，芳草鲜美，落英缤纷”的桃花林后面的人间乐园，高洁之士“欣然规往”。《归园田居·其一》中陶渊明直抒“性本爱丘山”的胸怀，以“久在樊笼里，复得返自然”的诗句，展示出他对于隐居生活的渴望。《饮酒》中的“采菊东篱下，悠然见南山”诗句，更被视为隐居生活的最令人迷醉的诗性召唤。陶潜在田园诗中对田园生活的描写一方面表达了隐居生活的惬意、对于自我与大自然融为一体的喜悦，另一方面又感受到其自由性情得以舒展的愉悦。而“桃花源”的自然景象，成为后世无数文人绘画的直接素材与写生对象，也成为中华文化重要的艺术原型。

山水田园诗派被视为对陶渊明、谢灵运等山水田园诗人的继承，是盛

① 钟嵘．诗品译注［M］．周振甫，译注．北京：中华书局，1998：35.

唐影响最大的两大诗派之一。这个诗派最为人所推崇的是王维和孟浩然。王维早年有着远大的政治抱负，但仕途坎坷，一直过着半仕半隐的生活，晚年意志消沉，归于田园，又创作了大量的田园诗，如《渭川田家》：“斜光照墟落，穷巷牛羊归。野老念牧童，倚杖候荆扉。雉雊麦苗秀，蚕眠桑叶稀。田夫荷锄至，相见语依依。即此羡闲逸，怅然吟式微。”① 这首诗描写了一幅怡然自得的田园生活之景。王维留下了许多脍炙人口、情景交融的山水诗，如“明月松间照，清泉石上流”（《山居秋暝》），“人闲桂花落，夜静春山空”（《鸟鸣涧》），“深林人不知，明月来相照”（《竹里馆》），“返景入深林，复照青苔上”（《鹿柴》）等诗句广为传诵、家喻户晓。由于诗歌中的景色描绘与自然表达是如此贴近真实，所以读者在诗歌阅读过程中，确实能够有一种“观诗如观画”的审美感受。

中国古典诗境在意象、范畴的塑造下，具有空间跳跃性、延展性，产生空间视觉美的效果。在“诗中有画，画中有诗”的传统诗学审美原则支配下，中国古代诗歌“可感”的艺术与绘画“可见”的空间艺术相互融合、借鉴，吸取营造空间张力的审美经验，使诗歌“由感而见”，强化了诗境空间的视觉美效果。从文学批评的角度而言，中国诗学的“意象批评”，也有人称之为“形象批评”，就是以此为基础而展开的：“批评家面对作品，透过自己的理解力和想象力而构造的一个或一组意象。一般说来，这些意象并非作品所固有，它往往取材于自然界或人文界。”②

“诗画一律”主要是就诗歌中的“景”之因素而言，要求诗歌对景物的刻画能如绘画那样真实感人、自然生动。“诗画一律”论的首倡者是大文豪苏轼。苏轼在《书摩诘蓝田烟雨图》云：“味摩诘之诗，诗中有画；观摩诘之画，画中有诗。诗曰：‘蓝溪白石出，玉川红叶稀，山路元无雨，空翠湿

---

① 王维．渭川田家［M］//王维诗集．上海：上海古籍出版社，2017．

② 张伯伟．意象批评论［M］//张伯伟．中国古代文学批评方法研究．北京：中华书局，2002：198．

人衣。'此摩诘之诗。"① 他在《书鄢陵王主簿所画折枝二首》中明确提出"诗画一律"说："论画以形似，见与儿童邻。赋诗必此诗，定非知诗人。诗画本一律，天工与清新。边鸾雀写生，赵昌花传神。何如此两幅，疏淡含精匀。谁言一点红？解寄无边春。"② 苏轼认为，论画与写诗只求"形似"是不合理的，主张在"天工与清新"中再现景物的魅力。苏轼的超常洞见也对后世文人有着深远影响。北宋文学家、画家张舜民在《跋百之诗画》云"诗是无形画，画是有形诗"，认为"诗画同一"。南宋钱鍪在《次袁尚书巫山十二峰二十五韵》云"终朝诵公有声画，却来看此无声诗"，观画与品诗如出一辙。南宋孙绍远收集唐以后的题画诗编为《声画集》，把诗当成有声的画。宋末画家杨公远自编诗集为《野趣有声画》，其中"有声画"即是"无形诗"。其他如《全宋词》③ 中陈德武《望海潮》"对无声诗，哦有声画，仪形已见端倪"，黄庭坚《次韵子瞻子由题憩寂图》"李侯有句不肯吐，淡墨写作无声诗"，米友仁《自题山水》"古人作语咏不得，我寓无声缣褚间"，周孚《题所画梅竹》"东坡戏作有声画，叹息何人为赏音"，舒岳祥《阆风集》卷六《和正仲送达善归钱塘》"好诗甚似无声画，昏眼羞同没字碑"④ 等都有类似论述，足可见宋代对"诗画一律"论的认同。⑤

从理论层面看，"诗画一律"的观念，主要表现在对景的远近描写中。一远一近、远近相偕的诗境画面空间结构形式，是古典诗歌的常规构思方式，也是绘画的空间技法在诗境创构中的运用。宗白华先生说："俯仰往还，远近取与，是中国哲人的观照法，也是诗人的观照法。而这观照法表现在我们的诗中画中，构成我们诗画中空间意识的特质。"⑥ 古代诗人通过

---

① 苏轼. 苏轼文集·第62卷［M］. 北京：中华书局，1986：1858.

② 苏轼. 书鄢陵王主簿所画折枝二首［M］//北京大学古文献研究所. 全宋诗. 北京：北京大学出版社，1991.

③ 唐圭璋. 全宋词［M］. 北京：中华书局，2009：3453.

④ 钱钟书. 七缀集［M］. 北京：生活·读书·新知三联书店，2002：5.

⑤ 王宏林. 诗画一律的产生背景和内涵［J］. 南阳师范学院学报，2008（2）.

⑥ 宗白华. 艺境［M］. 北京：北京大学出版社，2005：227.

对景物的远近描写来营造意境，再通过这个意境来抒发情感。由此，古典诗歌在整首诗的画面空间中呈现出远景与近景相结合的结构层次，营造出多元空间的视觉审美效果。

对古典诗歌意境的构建，诗人运用一个或多个富有关联性、层次性的意象群联结为具有视觉审美的意境画面。法国文化学者指出："文学诸如小说、诗歌、戏剧、传奇等，各显神通，展示他们如何理解和阐述空间现象，描写人们对于不同空间的独特体验。"① 唐代诗人张若虚的《春江花月夜》，被尊奉为"诗歌皇冠上的明珠"，以春、江、花、月、夜这五种动人的良辰美景意象，蕴含着诗人的宇宙意识、空间意识，体现出对宇宙、对人生的思考，表现出宏阔的审美意境。李泽厚称其为："一种无垠辽阔的时空感受所带来的哲理特征，标志着一种新的自然美形态的出现。"②

诗人运用意象群或意象组合，既可以拓宽物象的深远层次和境界的空间感，也使得抒情意境得到了扩充，情感的表达更为绵密、厚重。以"历代秋思之祖"称名的《天净沙·秋思》为例，"枯藤老树昏鸦，小桥流水人家，古道西风瘦马"三句，连用九个诗学意象，组成了一幅境界荒寒、情境凄婉的《枯木寒鸦图》或《寒鸦宾鸿图》，大大加强了诗歌的图像性、抒情性和价值性。

具体来说，古典诗歌空间书写的美学特征，即其"观画"的角度主要在于"远"。中国古代诗歌艺术普遍表现出这种空间悠远的自觉精神，也体现在诸如幽远、玄远、清远、淡远等画图美感方面，涉及空间的方位距离、视觉美感特征、思想情感和诗歌风格等多方面远的特性。杜甫在《戏题王宰画山水图歌》中称其画是："尤工远势古莫比，咫尺应须论万里。"③ 咫尺之幅就应表现出万里之遥的空间形相。而古典诗歌中，寥寥数语，也呈

① 迈克·克朗. 文化地理学［M］. 杨淑华，宋慧敏，译. 南京：南京大学出版社，2005：3.

② 李泽厚. 美学三书［M］. 合肥：安徽文艺出版社，1999：173.

③ 杜甫. 戏题王宰画山水图歌［M］//全唐诗. 上海：上海古籍出版社，1986.

现出远阔的空间形态。“黄河远上白云间，一片孤城万仞山。”（王之涣《凉州词》）“星垂平野阔，月涌大江流。”（杜甫《旅夜书怀》）“无边落木萧萧下，不尽长江滚滚来。”（杜甫《登高》）“孤帆远影碧空尽，唯见长江天际流。”（李白《黄鹤楼送孟浩然之广陵》）一“远上”，一“涌”一“流”，一“无边”一“不尽”，等等，都具有向遥远的空间跃动的张力：随着江河水的流动，空间也在延伸到远方。由此，气势恢宏壮大，辽阔的空间审美诗境也显露无遗。

除空间范围的“远”外，古典诗歌空间书写的美学特征还表现在画图般的审美情趣上。“近而不浮，远而不尽，然后可以言韵外之致耳。”① 司空图则在《与李生论诗书》《与王驾评诗书》《与极浦书》《题柳柳州集后序》等文章中认为，象外之象、景外之景、韵外之致、味外之旨是由“可望而不可置于眉睫之前”“远而不尽”的空间远韵产生的。皎然《诗式》曰：“高手述作，如登荆巫，觌三湘、鄢、郢之盛，萦回盘礴，千变万态；或极天高峙……气胜势飞，合沓相属；或修江耿耿，万里无波，欻出高深重复之状。”② 钱钟书先生认为：“囊括古来众作，团词以蔽，不外乎登高临远，每足使有愁者添愁而无愁者生愁。”③ 登高抒情是古代诗人常用的审美视角。其中最典型的，无非是杜甫的《登高》一首：“无边落木萧萧下，不尽长江滚滚来。”高深阔大的景象与深广厚重的愁恨交相辉映，达到了“意与境浑”的完美地步。

可见，古典诗歌“可感”的艺术融入、吸收绘画“可见”的空间艺术元素，更具可知可见性，强化了诗歌空间审美意蕴。在意象的创构中，通过运用富有延展、张力美感的意象，使其联结为具有视觉审美的意境画面，并寄托着诗人对宏阔的宇宙的向往及对人生意义的追问、思考，表达空间

① 童庆炳．司空图“韵外之致”说新解［J］．文艺理论研究，2001（6）．

② 何文焕．历代诗话［M］．北京：中华书局，2004：28．

③ 钱钟书．管锥编增订［M］．北京：中华书局，1982：876．

书写的哲学意蕴，向读者展现出中国古代独有的空间意识。因此，有学者主张："诗的特长或在言情，却亦可以体物，亦应该体物，言情与写景永远是诗歌的两种基本功能。"① 这种观点正是基于上述所论。

二、"一行如画"："观画"的小说评点

中国古代有"文史哲不分家"的旧说，诗文书画参差互渗的情况亦不少见，这是华夏民族诗性智慧的直观体现。到明清时期，掀起一股诗文评批风潮。小说评点家在评点小说话本时常化用诗话、词话乃至于画论中的术语，用以勾勒出"文"与"画"同源异流、同质异构的内在文化关联。当然，在现有的明清小说评点中，批评家们关注的重点，主要还是人物形象的真实性与场景描写的虚实性问题。

人物描写和环境渲染是长篇小说不可或缺的两大要素，明清小说评点家通常会采用"观画"的方式和角度来给予适当的点评，继承文人艺术家思想内核和感情思绪。在此过程中，小说评点家或是直接以"如画"二字提点，或是移用画论、画法中的概念，如"点睛""颊上三毫""三五聚散法"等予以评论，或是由远及近，在镜头的拉伸中详细考察人物的外在形态。

先就人物描写来看，金圣叹评《水浒传》第二十六回对孙二娘有一段精彩的批注："先远望写一番"，而后"又近看写一番"，"常言美人之美，乃在或远或近之间。今写此妇人，既远近皆详矣，乃觉眼前心上，如逢鬼母"②。粗则粗至外露绿纱衫，头插黄钗环，鬓边插野花；细则细至搽胭脂，敞胸脯，系鲜红生绢裙，桃红纱上别金纽。"如逢鬼母"一句，简简单单的四个字便把孙二娘凶狠妖艳的个性特征表现得淋漓尽致。

① 刘石．从"诗画一律"论潘天寿诗歌［J］．清华大学学报（社会科学版），2011（5）．

② 施耐庵．水浒传（注评本）［M］．金圣叹，评．上海：上海古籍出版社，2015：133．

明代万历年间的小说美学家叶昼在评点《水浒传》时，就提出了“逼真”“肖物”“传神”等主张，并将之作为评价小说的最基本的美学原则。而这三条原则，恰恰是中国古典绘画中的重要概念，尤其是工笔画和宫廷画的核心范畴。小说人物形象创造中的真实性、虚实写生理论，体现了明清小说评点较高的理论水平。

接着从环境描写来看，《水浒传》第五十四回写轰天雷凌振架炮攻打梁山泊，场面宏大壮阔。金圣叹叹其“写得骇人，直如观画”①。此外，金圣叹凭借自身的生活阅历敏锐洞察出对战争的描写原则——“写战必须写近，写炮必须写远”，为战争文学的创作提供新的理论探索。《红楼梦》中对大观园的环境刻画同样精致。《脂砚斋重评石头记》第十七回“倏尔青山斜阻”一句后有庚辰双行夹批：“‘斜’字细，不必拘定方向。诸钗所居之处，若稻香村、潇湘馆、怡红院、秋爽斋、蘅芜苑等，都相隔不远，究竟只在一隅。然处置得巧妙，使人见其千邱万壑，恍然不知所穷，所谓会心处不在乎远。大抵一山一水，一木一石，全在人之穿插布置焉耳。”② 这段评点非常明显受到宋代画家郭熙《林泉高致》的“画山水论”中“三远”理论的影响。另外，此双行夹批流露出文学家们思“远”追“远”之心，其“会心处”不只是在乎地理空间之“远”，更在乎的是能超越现世和当下的心灵之“远”。这种艺术技巧，其实就是国画创作中的“留白法”的小说化应用。

再从文化因缘看，明清小说评点与中国传统画论有着不可分割的紧密关系。究其原因，一是小说的人物和景观描写与绘画有内容上的交叉，而民族的形象思维和整体思维特性则是促成这一现象的关键因素；二是古代艺术家的艺术素养使然，古代文人往往集诗书画等多种技艺于一身，在艺术批评时可以将多种艺术体式进行比较、互通和参照。因此，小说评点在

① 施耐庵. 水浒传（注评本）［M］. 金圣叹，评. 上海：上海古籍出版社，2015.

② 曹雪芹. 脂砚斋重评石头记［M］. 北京：人民文学出版社，2010：162.

帮助读者加深文本理解的同时还提升人们的审美感知，使人们在阅读古典小说的同时如同在欣赏一幅幅丹青画卷。

总之，“观画”法在文学批评中的应用是十分广泛的，既有对诗文景物描写、意象叠加、意境表达方面的欣赏、吟咏和品鉴，也有对文人雅趣、闲适情怀、心胸天地的深入洞察和思考，因而是极其重要的一种艺术会通技巧。当然，从中国文艺发展整体来看，“观画”法在书法品评、雕塑汇评、园林布局、音乐暇赏等方面，同样具有方法论作用及文化通感展现功能。因而，“观画”法在中国艺术发展中，不仅有着巨大的画论价值和美学价值，也昭示着中国与东方艺术的民族特色与诗性特质。

三、“天地之化工”：小说评点的美学追求

始自宋代，小说批评和画论批评领域关系日益密切，“如画”范畴成为小说创作和批评领域的重要观点。明清时期，小说评点家们大多从传统诗文中无所借鉴，转而从绘画作法和画学理论中汲取营养，“观画”“画工”“化工”“传神”“逼真”“白描”“衬染”等概念、范畴纷纷被引入小说批评领域。小说美如画，小说工如画，小说真如画，正是绘画品藻观念在小说创作中的灵活性、会通性应用，具有强烈的民族艺术特色。

（一）小说美如画：“观画”

中国古代诗文书画互渗其中、互为补充，体现出我国民族文化的兼容并蓄、有容乃大，亦是民族特有的文化智慧。“书画同源”（赵孟頫语）、“诗画本一律”（苏轼语）等艺术理论流传至今，影响极为广泛。明清文学家也常化用诗词评点小说话本，追溯内在统一，使得诗文书画交相辉映，可谓相得益彰，何况“明清小说批评家在评点时，将画论术语引入小说评论，实际上涉及了艺术虚构与艺术真实的问题”①。

① 白岚玲．因文生事：金圣叹的小说观［J］．明清小说研究，1999（4）．

小说评点家们在解读诗文内容时，常以“观画”的姿态进行审视，秉承文人艺术家一贯以来的审美情操。解读过程中，小说评点家们或是将小说文段的文字性描写与画作媲美，指出其勾勒出来的“如画”意境，细致者更是将所描绘的“文图”加以个人理解详述介绍，不时点出趣妙之处，令人叹为观止；或是以画论评点方法加入对文字的评点，如“颊上三毫”“点睛”等。

《水浒传》第四十八回出现“孙提辖带兵携妻到十里牌探望顾大嫂”一幕场景，金圣叹评其：“写得一行如画。”① 并以逆转的思维方式凸显小说人物的主体性和艺术真实性：“非画来人，画望来人者也。”②《水浒传》第五十四回写轰天雷凌振架炮攻打梁山泊，场面宏大壮阔，金圣叹直道“炮势之大，又是一样精彩，写得骇人，直如观画”③。

除了《水浒传》，对《红楼梦》的评点亦非常精彩，譬如《脂砚斋重评石头记》里的庚辰双行夹批所绘：“‘斜’字细，不必拘定方向。诸钗所居之处，若稻香村、潇湘馆、怡红院、秋爽斋、蘅芜苑等，都相隔不远，究竟只在一隅。然处置得巧妙，使人见其千邱万壑，恍然不知所穷，所谓会心处不在乎远。大抵一山一水，一木一石，全在人之穿插布置焉耳。”④ 受宋代画家郭熙《林泉高致》中的“画山水论”理论影响，这段评点对远近的方位布置和视觉感受进行描绘，带读者进入一个找不到尽头的怡人空间，感受小说中的文字型画面。此段评点流露出文人艺术家无尽的追“远”情怀，欲于“一隅”现“无穷”，是谓坐近享远之美。

（二）小说工如画：“画工”“化工”与“白描”

明代小说戏曲评点家李贽将“画工”和“化工”等画论范畴引入批评领域中。他在《焚书·杂述·杂说》中写道：“《拜月》《西厢》化工也，《琵琶》画工也。夫所谓画工者，以其能夺天地之化工，而其孰知天地之无

①②③ 施耐庵. 水浒传（注评本）[M]. 金圣叹，评. 上海：上海古籍出版社，2015.
④ 曹雪芹. 脂砚斋重评石头记 [M]. 北京：人民文学出版社，2010：162.

工乎?”李贽认为《拜月》《西厢》胜于《琵琶》，因为小说、戏曲创作中最重要的手段是“无工”，即符合自然本色、不加粉饰的“化工”更胜一筹。所谓“画工”，是指描画之工巧，是人为的精心雕琢之作；所谓“化工”，是指天地之工巧，是自然的不加雕饰之作。容与堂刻本《水浒传》中更是肯定“化工”的重要性，第十三回回末总评曰：“《水浒传》文字既妙，转换又神，如此回文字形容刻画周谨、杨志、索超处，已胜太史公一筹；至其转换到刘唐处来，真有出神入化手段，此岂人力可到？定是化工文字，可先天地始，后天地终也。”① 第二十一回回末总评曰：“此回文字逼真，化工肖物。”② 明末时期，小说批评家大都强调“化工”，而反对“画工”。直至清朝吴敬梓评点《水浒传》《金瓶梅》时同时肯定“画工”与“化工”的价值，认为“画工化工，合为一手，从来稗官无有出其右者”③，“画工”才作为一个受到认可的范畴活跃于小说批评领域当中。

明末清初时期的小说批评家金圣叹继承前人的观点，细致研究了《水浒传》的“化工”之笔，总结了“白描”“衬染”等手法，提出了“化境说”。所谓“化境”，指的是一种天地造化、自然本色。他认为小说创作要尽量降低作者主观意志的干扰，而使作品依靠人物本身的自我演化推动情节发展，实际上就是一种“化工”。不仅如此，金圣叹首次将“白描”手法引入小说批评中，称赞《水浒传》为“龙眠白描，庶几当此”④。所谓“白描”，是传统绘画的技法之一，指绘画中少用墨色渲染，而主张最大限度地凸显线条本身的美感的创作手法。具体到小说中，就是要在小说创作中抓取主要的人物与环境进行描写，做到以简驭繁。清代张竹坡评点《金瓶梅》时，更是直讲“白描中化工手也”，“读《金瓶》当看其白描处，子弟能看

---

①②施耐庵．明容与堂刻水浒传［M］．上海：上海人民出版社，1975.

③　姚玉婷．“画工”与“化工”：以《琵琶记》和《西厢记》为例［J］．大众文艺，2015（1）.

④　施耐庵．水浒传（注评本）［M］．金圣叹，评．上海：上海古籍出版社，2015.

其白描处，必能自做出异样省力巧妙文字来”①。具体到人物的刻画上，则“一路纯是白描勾挑”，“描写应伯爵处，纯是白描，追魂摄影之笔，如向希大说‘何如？我说’，又如伸着舌头道‘爷’，俨然纸上活跳出来，如闻其声，如见其形”；“‘金莲穿一件扣身衫儿’，将金莲性情形影魂魄一齐描出”；“真是异样巧滑之文，而金莲妒口又白描入骨也”。② 他认为，《金瓶梅》中人物描写未多着墨，但是三言两语之间，刻画却十分“入骨”，极其彰显其“白描”功夫。其后，脂砚斋评《红楼梦》：“怡红细事俱用带笔白描，是大章法也。”③

（三）小说真如画：“逼真”“传神”

明代小说评点家李贽引入“逼真”“传神”等画论术语至小说批评领域中。李贽在评点《世说新语》《焦氏类林》两部小说的人物刻画时，“譬则传神写照于阿堵之中，目睛既点，则其人凛凛自有生气；益三毛，更觉有神，且与其不可传者而传之矣”④。他将绘画形神论中的“传神写照”术语借鉴过来，突出了两部小说写人之妙；在评《水浒》时又讲“妙处知识个性事逼真”⑤。所谓“逼真”“传神”，是绘画中所追求的达到反映客观真实的效果，具体到小说创作领域，是要求小说艺术真实性与生活真实性的统一，强调以形传神。

明代万历年间的小说评点家叶昼称赞《水浒传》刻画人物时，“千古若活，真正传神写照妙手”⑥，并提出了“逼真”“肖物”“传神”的主张。这三条创作原则，恰恰是中国古典绘画中的重要概念，尤其是工笔画和宫廷画的核心范畴。“逼真”“传神”主张不仅讲形似，而且追求“不惟能画眼

①② 陈昌恒．张竹坡评点金瓶梅辑录［M］．武汉：华中师范大学出版社，1986.

③ 曹雪芹．脂砚斋重评石头记［M］．北京：人民文学出版社，2010.

④⑤ 李贽评点元、明戏剧、小说资料选辑［M］．福州：福建省李贽著作注释组福州小组，1974.

⑥ 杨坚．传神写照：艺术典型创造的审美追求［J］．经济与社会发展，2011，9（6）.

前，且画心上；不惟能画心上，且能画意外”①。叶昼关于小说人物形象创造中的真实性、虚实写生理论，体现了明清小说评点较高的理论水平。可以说“其画眼前，是写照形迹，画心上、画意外，则是传神，尤其是直接叙写人物曲折、复杂、微妙、频繁的内心活动”②。

容与堂本《水浒传》也不断用“如画”“传神”之类的名言来评点小说写人之精彩。他在第十回回末评：“水浒传文字原是假的，只为他描写得真情出，所以便可与天地相终始即此回中李小二夫妻两人情事，咄咄如画。”③ 毛氏父子评《三国演义》也时常使用“如画”赞扬小说“传神”高度，第二十五回在写关公醉酒后的神态，“醉后心热，乘醉绰髯，写关公如画，以形似写神”④。

总而言之，明清时期的小说评点家们，出于对中国传统画论的研究喜爱和继承发展，衍生出这种经验主义的阅读感受，产生了如“小说美如画”“传神写照”“化工”“白描”的艺术通感，进而做出了精彩的小说评点。而小说文本与绘画在客体角度的共通和契合，加上艺术创作主体和小说批评主体在艺术素养上的审美互通和情感融合，造成了中国小说评点上的特有的民族审美气质。“如画”这一范畴作为中国古代小说创作、批评领域都十分重要的范畴，富有巨大的画论价值和美学价值，同时也昭示着中国与东方艺术的民族特色与诗性特质。

第三节　性格论：金圣叹的评点范畴

在唐宋元时期的文坛，文学家们主要对传奇、小说的人物或环境进行分析评点，抓住一二关键点进行深入剖析，寻找并解开一些表象背后的根因、谜题。自明代开始，社会上兴起了一股对小说形象，尤其是对文学人

---

①② 兰小云．中国古典小说人物造型与形神美学［J］．遵义师范学院学报，2005，7（4）．

③ 施耐庵．明容与堂刻水浒传［M］．上海：上海人民出版社，1975．

④ 罗贯中．三国演义［M］．毛宗岗，评改．上海：上海古籍出版社，1989．

物性格的评点热潮。明清小说批评家如金圣叹、李贽、叶昼等，对文中人物的具体行为、面貌神态、人际关系，或者上升到更高层面的处世智慧、人生态度进行解析和评点，有褒有贬。而这些解析与评点，既包含对一些经典人物形象的分析，以帮助一般观者对人物或故事情节有更好的把握，又夹带些许评点者个人的处世态度、性格偏好的影响。这种对人物的评点是兼备主客观因素的影响，不可缺一。①

而在人物批评的范围中，主要又是对人物性格进行分析。人们也常常因为某个经典人物的性格而喜欢小说人物，如《水浒传》里的梁山好汉武松，雄壮威武、正气凛然，景阳冈打虎、醉打蒋门神等事迹，拯救周边一带居民于水深火热之中，可谓大快人心，令读者啧啧称赞，并由此产生对这位英雄式人物的称赞和敬意。而这一切主要还是归功于其豪迈直爽、路见不平敢拔刀相助的见义勇为的性格。金圣叹在《水浒传》第二十五回评中就这样评说道："武松天人者，固具有鲁达之阔，林冲之毒，杨志之正，柴进之良，阮七之快，李逵之真，吴用之捷，花荣之雅，卢俊义之大，石秀之警者也。"② 金圣叹的批评，非常凝练地点出了常见的小说评点的常见范畴："天人""阔""毒""正""真""雅""警"等。

金圣叹总结了《水浒传》人物塑造、性格刻画方面的艺术经验，评《水浒传》的基本美学原则采用"三境"说。他在《贯华堂批第五才子书〈水浒传〉序一》中说："心之所至，手亦至焉者，文章之圣境也。心之所不至，手亦至焉者，文章之神境也。心之所不至，手亦不至焉者，文章之化境也。"③ 金圣叹的"三境"说，直接的思想来源就是李贽《杂说》中的"化工""画工"说。他赞叹："《水浒》所叙，叙一百八人，人有其性情，

① 林娜娜. 浅析金圣叹在评点《水浒传》人物性格中对照模式的运用［D］. 广州：华南师范大学，2010.

② 施耐庵. 水浒传（注评本）［M］. 金圣叹，评. 上海：上海古籍出版社，2015.

③ 张少康. 中国文学理论批评史教程［M］. 北京：北京大学出版社，2008：254.

人有其气质，人有其形状，人有其声口。”① 据此，他在评点《水浒传》中大力着手人物性格的评点，大胆地运用对照法来剖析其中的人物性格个性。在点面结合、多方位多角度的对照评点中，金圣叹以独特的匠心开辟了一道认识艺术人物的道路。

首先，金圣叹善于发现同中之异，把具有某一同性格特质的人物做对照，彰显其千秋个性，这样才能使人物的形象传神和逼真。他说“只有写出了同中之异才是真本事”②。他在《读法》中说道：“《水浒传》中只是写人粗卤处，便有许多写法。如鲁达粗卤是性急，史进粗卤是少年任气，李逵粗卤是蛮，武松粗卤是豪杰不受羁靮，阮小七粗卤是悲愤无说处，焦挺“粗卤”是气质不好。”③同是“粗卤”之人，又随着各人思想品质、生活经历、文化教养的不同而各有明显的差别，这样就显出了各人不同的个性。金圣叹敏锐地捕捉到他们的个性差别，并在评点中准确地揭示出来。

又比如第二回评语写道：“此回方写过史进英雄，接手便写鲁达英雄；方写过史进粗糙，接手便写鲁达粗糙；方写过史进爽利，接手便写鲁达爽利；方写过史进剀直，接手便写鲁达剀直。作者盖特地走此险路，以显自家笔力，读者亦当处处看他所以定是两个人，定不是一个人处，毋负良史苦心也。”④鲁达和史进有很多共同之处，但是作者写来完全是两个性格鲜明的不同人，而不是一个人。金圣叹还指出，作者偏把他们两人的相同特点放在一出写，而又叫读者清楚地看到他们各人是各人，一些混淆不得，从对比中来突出人物鲜明的个性特征。史进本是财主家的少年才子，而鲁达则是军官出身，粗放惯了。他们的气概性情自然不同。

第十二回写杨志与索超在北京比武，一场恶斗，周围人都看呆了。然而观看中由于身份各不相同，其表现情状自然也不同。金圣叹于此批道：“又要看他每等人，有一等人身分。如梁中书只是呆了，是个文官身分。众

①③④　施耐庵. 水浒传（注评本）[M]. 金圣叹，评. 上海：上海古籍出版社，2015.
②　陈曦钟. 水浒传（会评本上下）[M]. 北京：北京大学出版社，1987：9.

军官便喝采，是个众官身分。军士们便说出许多话，是众人身分。李成、闻达叫好斗，是两个大将身分。”① 金圣叹这段对人物的解读正好是对容与堂本“同于不同处有辨”的艺术观点做了发挥，提出了“同中之异”说，认为人物性格的特殊性是在对比中显示出来的，既要写出相同之处，又要写不同之处。《读第五才子书法》中说：不再是泛泛分析，而是直指要害——同中之异。再如《水浒传》第五十七回，鲁达和武松在少华山得知史进被囚，鲁达便要立刻去救，而武松则主张商量稳妥后再作决定。金圣叹在此批道：“写爽直，便真正爽直；写精细，有真正精细。一副笔墨，叙出两副豪杰，又能各极其致，妙绝。”② 鲁达和武松都是粗中有细之人，但在救史进一事上，鲁达性急毕现，而武松却能冷静对待。一个“爽直”，“不顾事之不济”；一个“精细”，“必求事之必济”。同是热血硬汉，但在朋友危急之中却各显风流，金圣叹直指出二人性格中同中之异，使他们的性格更鲜明地区别开来。他指出人物身份不同，在对待同一件事情上自然各有不同的态度和表达方式。显然，这个表现方法可使人物性格更为鲜明练达。

金圣叹“同中有异”的批评方法对后来的毛伦、毛宗岗父子评点《三国演义》有很大的启发。毛氏父子在评《三国演义》的人物描写时，在金圣叹“同中有异”的基础上又进一步发展为从对比中展现人物的性格，将其总结为两点：一是“以宾衬主之妙”，即以许多次要人物的描写来衬托和突出主要人物。如汉末的诸侯争霸，作者写了很多诸侯，却以魏、蜀、吴三家为主，有宾有主，“叙刘、关、张及曹操、孙坚之出色，并叙各镇诸侯之无用，刘备、曹操、孙坚其主也，各镇诸侯其宾也”。二是“同树异枝，同枝异叶，同叶异花，同花异果之妙”，“譬犹树是同树，枝是同枝，叶是

---

①② 施耐庵. 水浒传（注评本）[M]. 金圣叹，评. 上海：上海古籍出版社，2015.

同吐芳结子，五色纷披，各成异采”。① 说明可以有大同小异，也可以有小同大异，如“写权臣则董卓之后又写李傕、郭汜，傕、汜之后又写曹操，曹操之后又写曹丕，曹丕之后又写司马懿，司马懿之后又并写师、昭兄弟，师、昭之后又继写司马炎，又旁写吴之孙亵，其间则无一字相同。”② 而脂砚斋在评点《红楼梦》中明显也注重以“同中有异”手法突出人物性格，指出《红楼梦》对人物的刻画之所以特别“逼真”“传神”，是因为作者善于抓住能体现人物性格特征的典型细节，作深刻生动的描写。“送宫花”一节，林黛玉的语言很有特点，脂批道：“将阿颦之天性，从骨中一写，方知亦系颦儿正传”，“此书得力处，全是此等地方，所谓颊上三毫也。”③ 卧闲草堂本和闲斋老人评点的《儒林外史》，指出作者善于运用传统的“以形写神”“得其意思之所在”的艺术表现方法，用有代表性的细节来刻画人物的性格，第五回“王秀才议立偏房严监生寿终正寝”描写严氏兄弟、王氏兄弟和偏房赵氏等人物的几个典型细节给人留下了深刻的印象。

其次，金圣叹还细腻地对比剖析一个人物不同的性格侧面，使人物丰满有型。金圣叹细心剖读《水浒传》同一人物刻画表现中的“以反托正”，他说《水浒传》的作者懂得刻画人物性格，只从正面写有时反而不深入，而故意写一些相反的方面反而能在更深大层面上表现人物正面性格鲜明特性。比如第二回写鲁智深打镇关西郑屠。鲁智深本是个粗犷、直率、不会作假的人物，但作者偏要他作假，又让读者一眼看穿。他本来做事比较鲁莽，但作者偏偏要写他某时候又有精细之处。他本来是光明磊落的大丈夫，作者偏偏要写他某时某刻的“权诈”表现。例如他看到郑屠只有出气、没有入气了，便假意道：“你这厮诈死，洒家再打！”金圣叹此处批道：“鲁达

① 张世君．明清小说评点的空间连叙概念：一线穿［J］．广州大学学报（人文社会科学版），2002（1）．

② 赵平平．浅析金评《水浒传》人物形象塑造［J］．现代语文（学术综合），2009（6）．

③ 曹雪芹．脂砚斋重评石头记［M］．北京：人民文学出版社，2010．

亦有假意之口，写来偏妙。”① 鲁达看见郑屠面皮渐渐地变了，知他已经被打死，于是及早“撒开”。金批道：“写粗人偏细，妙绝。”鲁达一边走一边骂：“你诈死！洒家慢慢和你理会！”② 然后大踏步走了。金批：“鲁达亦有权诈之日，写来偏妙。”③ 李逵是金圣叹在《水浒传》中重点评点的一个人物。在第十七回，李逵初见宋江时，对戴宗说：“若真个是宋公明，我便下拜；若是闲人，我却拜甚鸟！节级哥哥，不要赚我拜了，你却笑我！”金圣叹对此批道：“偏写李逵作乖觉语，而其呆愈显，真正妙笔。”④ 还是在此回中，李逵把从宋江那儿借来的钱赌输了，与人发生争执时突然发现宋江在场，忙解释说：“哥哥休怪！铁牛闲常只是赌直；今日不想输了哥哥银子，又没的些钱来相请哥哥，喉急了，时下做出这些不直来。”金圣叹批道：“写他自辩处，恰与上文解银取赎语相违，得却一边，失却一边，天真烂漫，妙不可说。”⑤ 李逵是个憨直质朴、胸无城府的人，可有时偏要耍个小聪明，但往往事与愿违，他越是使乖弄巧，就越显得其呆傻可爱。正如金圣叹在第五十三回回评中所说：“李逵朴至人，虽极力写之，亦须写不出。乃此书但要写李逵朴至，便倒写其奸猾，写得李逵愈奸猾，便愈朴至，真奇事也。”⑥ 可见金圣叹对于李逵的主要性格是有深刻认识的，他紧紧抓住李逵“朴至”与“奸猾”两个相反的性格侧面，指出“朴至”是李逵的主要性格，“奸猾”只不过是“朴至”的一个反证，丝毫无损“朴至”，反而更添“朴至”。人物的喜剧性让人忍俊不禁。金圣叹通过不同性格侧面的评点，使李逵的性格在读者心中更加生动、丰富。这种表现方法与中国古代诗词艺术中欲写静而故意写动，比如“蝉噪林愈静，鸟鸣山更幽”，“月出惊山鸟，时鸣山涧中”之类手法甚是相似。第二十六回评语中，金圣叹还指出作者写武松杀嫂一节，完全是忠义烈士，而在十字坡遇张青一节中要

---

① 施耐庵. 水浒传（注评本）［M］. 金圣叹，评. 上海：上海古籍出版社，2015.

②③④⑤⑥ 施耐庵. 水浒传（注评本）［M］. 金圣叹，评. 上海：上海古籍出版社，2015.

孙二娘一段，则刚好相反，“殊不知作者正故意要将顶天立地、戴发噙齿之武二，忽变作迎奸卖俏、不识人伦之猪狗”①。这也是一种以反托正的方法，从不同的性格侧面解读人物形象，使人物刻画更加真实、可爱、丰满。

再次，金圣叹还具有统筹的眼光，在评点中点面发散统筹，将一个人与多个人的性格加以比较，一人兼济他人之长。如他在《水浒传》第二十五回评中说道：“然而此一百六人也者，固独人人未若武松之绝伦超群……武松天人者，固具有鲁达之阔，林冲之毒，杨志之正，柴进之良，阮七之快，李逵之真，吴用之捷，花荣之雅，卢俊义之大，石秀之警者也。”② 武松从景阳冈打虎起，杀奸报兄仇，醉打蒋门神，大闹飞云浦，到血溅鸳鸯楼，一路上在血雨腥风中搏杀，在急风浪尖上尽显英雄本色。金圣叹对于这样一位刚柔并济、有胆有识的人物形象分外欣赏，认为武松是众多梁山好汉中的第一人。他把武松与其他好汉相比，指出武松性格中兼济他人之长。通过“一”与“多”的对照，具体而生动地凸显了武松高大勇猛、刚正不阿、疾恶如仇等善品聚一身的好汉形象。在一比多的基础上，金圣叹在评点中将具有不同性格气质的人物加以比较，让他们互相映衬、互相生动。他在《读法》中提到：“有背面敷粉法。如要衬宋江奸诈，不觉写作李逵真率；要衬石秀尖利，不觉写作杨雄糊涂是也。”③ 宋江与李逵，石秀与杨雄是性格截然不同的两类人。我们先来看宋江与李逵。宋江是小吏出身，刀笔纯熟，在官场生活多年，深知人情世故，因此性格沉稳干练；而李逵却是个杀人遇赦在他乡充任的小牢子，为人粗直，做事鲁莽，率性而为。金圣叹把宋江的“假”与李逵的“真”加以对照，肯定了李逵的真实可爱，否定了宋江的虚伪世故。在这里我们且不论金圣叹对宋江的分析是否有失偏颇，仅就对照这一评点手法而言，他还是较为准确地抓住了这两个人物

① 张小芳. 评点水浒传的通俗品格［J］. 南通师范学院学报（哲学社会科学版），2001（5）.

② 施耐庵. 水浒传（注评本）［M］. 金圣叹，评. 上海：上海古籍出版社，2015.

③ 陈曦钟. 水浒传（会评本上下）［M］. 北京：北京大学出版社，1987：9.

性格的对立面，通过对照更鲜明地揭示出人物的性格特点。再说石秀和杨雄，此二人的性格特点是在潘巧云与裴如海的私情发展过程中逐步展现的。在事件中，石秀心知肚明，杨雄却浑然不知；石秀提醒兄长，杨雄却酒后失言；石秀智杀奸夫，杨雄才恍然大悟。对此金圣叹批道："一路都写杨雄直性，只是有粗无细，全是衬出石秀。"他抓住石秀的尖利精警和杨雄的粗傻糊涂，两相对照，倍增石秀的"精"与杨雄的"钝"，其高下自见。

其实在古代小说理论批评发展的过程中，金圣叹确实起到了中流砥柱的重要作用。他在继承前人的小说批评理论的基础上，对《水浒传》的评点提出自己的直观批评理论，直接影响了后来的《三国演义》《金瓶梅》《红楼梦》以及《聊斋志异》和《儒林外史》等小说的评点，其中影响最大的是对《水浒传》人物形象塑造分析中所运用的对照手法。

在金圣叹评点人物性格的对照模式中，我们可见其对于人物性格本质认识的深度与广度。

第一，金圣叹认识到人物性格的多面化和丰富性。在《水浒传》第二回"鲁提辖拳打镇关西"中，金圣叹分析鲁达性格，批道："鲁达亦有假意之口，写来偏妙。""写粗人偏细，妙绝。""鲁达亦有权诈之日，写来偏妙。"在这些批语中，让金圣叹连连赞赏的就是作者没有将鲁达的性格简单化、单薄化，而是写出了鲁达粗中有细的可爱、丰满的性格特点。金圣叹也正是从这两个相反的性格侧面对照评点中揭示出人物复杂多样的性格。金圣叹反对人物性格塑造的简单化、类型化，为小说评点开了个好头。脂砚斋继承和发展了金圣叹这一观点，大胆批评小说中人物形象"恶则无往不恶，美则无往不美"的弊病，提倡塑造美恶并举的人物形象。

第二，金圣叹认识到人物性格的特定性和持续性。他在认识小说中人物性格多样性、复杂性的同时，也要求人物性格的延续发展性和独特具有性。在《水浒传》第五十七回中，金圣叹有一段批语："自第七回写鲁达后，遥遥直隔四十九回而复写鲁达。乃吾读其文，不惟声情鲁达也，盖其神理悉鲁达也。尤可怪者，四十九回之前，写鲁达以酒为命，乃四十九回之后，写鲁达涓滴不饮，然而声情神理无有非鲁达者。夫而后知今日之鲁达涓滴不饮，与昔日之鲁达以酒为命，正是一副事也。”金圣叹认为鲁达的“以酒为命”与“涓滴不饮”这前后截然相反的变化并没有影响鲁达的“声情神理”，它们统一于鲁达爽直、救人于危难的英雄性格之下，这也就是我们所说的“一”中之“不”。小说中成功的人物性格塑造都是确定性与复杂性的统一，没有确定性，人物性格就失去了主脑，变得虚假可笑，而没有复杂性，人物性格就流于简单乏味，无任何美感可言。金圣叹对此有充分的认识，他将鲁达前后的性格变化加以强调，揭示出在复杂变化中的人物性格的一贯性和确定性，即“一贯驭万殊”。

此外，金圣叹还认识到人物性格的空间差异性。一个人的性格常常会因环境条件的不同而发生变化，这就是人物性格的空间差异性。① 金圣叹在《水浒传》第二十九回评中写道：“看他写武松杀嫂后，偏写出他无数风流轻薄，如十字坡、快活林，皆是也。”② 在十字坡和快活林，武松一反刚直、严正的常态，对孙二娘和蒋门神的小妾言语轻佻，动作放肆。这种性格变化主要是由特定的空间环境决定的。十字坡黑店里，武松面临危险境地，他将计就计制服了孙二娘；而快活林酒店被蒋门神强占独霸，武松抱打不平，激蒋动手，夺回快活林。这说明了金圣叹认识到刚直、严正是武松的主要性格，而风流轻薄是由于特殊的环境氛围产生的性格差异。在对照中，“武松常常变得不像他自己，同时却又始终是他自己”③。性格的空间差异性，无损于人物性格的真实性，反而使武松的形象更加血肉丰满。

金圣叹认为《水浒传》之所以能创造出如此丰富饱满的人物形象，是因为文中善于运用中国传统文艺美学原则来描写人物，注重神似而区别于

① 张少康．中国文学理论批评史教程［M］．北京：北京大学出版社，2008：263.
② 施耐庵．水浒传（注评本）［M］．金圣叹，评．上海：上海古籍出版社，2015.
③ 张少康．中国文学理论批评史教程［M］．北京：北京大学出版社，2008：271.

形似细微对比模式。

第四节　主旨论：闲逸的时代风尚

中国古典美学中的“逸”范畴，主要反映了文艺作品的风格和神采①。明清以来，思想禁锢越来越严厉，逃避于小说世界成为不少文人的审美追求。因而，明清小说美学的主旨之一，就是以“逸”为中心的闲逸、野逸、狂逸、旷逸、放逸、超逸等情怀。

古代文学作品以及古代“诗文评”中的“逸”范畴，种类繁多而灵活多变，且历代文人进行赏析评点的文字汗牛充栋。其中，文学作品的“逸韵”风格包含有“闲逸”“情逸”“文逸”三个可供阐释的维度。“逸韵”也具有范畴的一般性特点，即它还包含了“奇逸”“飘逸”“逸趣”三个下位范畴。这三个下位范畴是“逸”范畴与“奇”“飘”“趣”范畴构成的合体范畴：一方面，“奇逸”“飘逸”之美在传统的文学、书法、舞蹈、服饰及古琴等多个方面得到了淋漓尽致的展现；另一方面，“逸趣”则可以分为朝堂之趣、山林田园之趣以及江湖之趣三个基本的维度。

“逸韵”的最典型表现，也是最丰富的呈现，首先从中国蔚为大观的古代文学作品中可以窥见一斑。因而，在文学作品中的“逸韵”风格，也是理论分析的逻辑起点。

一、闲逸

“逸”是古代文人骚客较为频繁用到的一个字。“逸”本身有闲适、安乐之意，更准确地说，“逸”又有超逸闲放和闲适逸乐之意。如《吕氏春秋·察贤》中的“国治身逸”，黄宗羲《原君》中的“好逸恶劳”，李渔《闲情偶寄》中的“无穷逸致”，从这些文本都可以看出“逸”被赋予了一

---

① “逸”范畴的研究，具体可参考：赵玲玲．“逸”范畴的审美空间［M］．广州：华南理工大学出版社，2016.

份悠然自得的意味，表现了一种平安喜乐的生活状态，代表了一种享受生活的情趣。在古代文学作品中的“逸韵”风格中，“闲逸”应被视为其中一个关键的类型或代表。“闲”在浑融的审美意识形态下孕育生发，即首先在空间维度上表现为广博无垠，后引申出时间维度上的闲暇之意，进而衍生出静谧悠游的审美意境。据考证，直到宋代，“闲情”作为一个美学范畴基本确立。① 自此，“闲情逸致”作为一种文人化的审美风尚流传下来。

古代文学中的“闲逸”体现在三个方面：第一是一种闲情雅致的心情。文人作家在创作过程中的放松心态和悠闲的生活境界，以及文人的丰富体验会有意识地体现在其自身的文学创作中。第二是一种跳动的诗歌韵律。如《左传·成公二年》“马逸不能止”，《玉篇》“逸，奔也”，李朝威的《柳毅传》“疾逸道左”。这些文本中的“逸”是动词，义奔跑，在语句中出现的“逸”渲染了一种轻快、自在的审美意蕴，有一种文字跳动的感觉，使得文本有动态感，因此从接受美学的角度来看，上述文本构造了一个“会动，会跳”的情景，给读者一种“跳跃”的审美体验。第三是一种耐赏的审美效果。无论是《三侠五义》这些公案小说，还是以“四大名著”为代表的其他类别小说，这些经典的文学作品都体现着特定的人生态度，因此对于小说美学特征的审美体验，使得读者在接受过程中得到一定的人生感悟。

古代文人讲究“情趣”，追求生活的闲适。创作者的心理体验反映在文学创作中，就形成了古代文学的“逸韵”风格之一“闲逸”。林语堂曾对诗赋文人这种追求闲适、雅好自然的性情做过如下的评述：

中国人具有特殊爱好自然的性情，赋予诗以继续不断的生命。这种情绪充溢于心灵而流露于文学。他教导中国人爱悦花鸟，此种情绪比其他民族的一般民众都来得普遍流行。著者尝有一次亲睹一群下流社会的伙伴，

---

① 赵树功．闲意悠长：中国文人闲情审美观念演生史稿［M］．石家庄：河北人民出版社，2005：33.

正要动手打架，因为看见了关在樊笼中的一头可怜的小鸟，深受了刺激，使他们归复于和悦，发现了天良，使他们感觉到自身的放浪不检而无责任的感觉，因而分散了他们的敌对的心理，这性情只有当双方遇见了共同爱悦的对象时始能引起。崇拜田园生活的心理，也渲染着中国整个文化，至今官僚者讲到“归田”生活，颇有表示最风雅最美悦最熟悉世故生活志趣之意。它的流行势力真不可轻侮，就是政治舞台上最穷凶极恶的恶棍，亦往往佯示其性情上具有若干李白型的浪漫风雅的本质。实际据管见所及，就是此辈败类也未始不会真有此等感觉，因为到底他是中国人。盖中国人者，他知道人生的宝贵。①

这种“闲逸”体现在小说文体上，既是一种创作手法，使得文学语言表达有动态的审美效果，又体现在文人作家的人生体验中，更体现在文人作家作品中那股“浩然”之气、一种耐赏的审美意蕴上。

“闲逸”文化发展到明代，形成一股新潮，如袁宏道所言“学得心闲似水闲”。有学者认为：“晚明闲士之可贵在于个性真实自然，其最大特点是‘闲’。”② 在援禅释儒的背景下兴起的“心学”引领明代的“适性”潮流，自在快活的生活方式成为诸多文人雅士的喜好。

二、情逸

“情”是人的天性所赋，文学艺术的诞生和发展离不开“情感”的促发、延展、表达以及体验。在中国文学史上，对于“情”“理”“景”“境”关联与特性的讨论声不绝于耳，明清小说也不例外。“逸”作为中国古典美学的一个特有范畴，与“情”有着不可分离的密切关联，同时牵涉到美学与伦理的共通领域。“情”之“逸”涉及以下几个方面的问题：一是主体创作情感的不受拘束以及灵感的激发；二是作品本身表现出来的强烈的情感

---

① 林语堂．人生的盛宴［M］．南京：江苏文艺出版社，2009：231.

② 戴红贤．袁宏道与晚明性灵文学思潮研究［M］．武汉：武汉大学出版社，2012：107.

煽动性，通常指代作家的真诚与坦率；三是文本对于受众的影响，常带有明显的价值判断和道德伦理倾向。总而言之，创作者对于自身情感调节与抒发是否恰到好处，是鉴赏与品评作品优劣的一个关键衡量指标。“它鲜明地体现出中国古代知识分子的审美理想和审美趣味，具有鲜明的民族和时代特色。”①

“情”之“逸”的一个基本义是“超越”。它所追求的是一种高雅的士大夫志向，是中国古代文学至高的精神追求。古人对文学作品之“逸”的首要认识便是精神的“超脱”、作家自身心灵的解放，这种超脱的精神境界是很多文人毕生的追求，然而由于客观原因的存在，这是很难实现的人生境地。

“情”之“逸”的第二种意蕴便是“自然”。“自然”是道家思想中的重要概念，一般是自然而然、由其本然的意思。“逸”作为一种文学表现形态，总会包含着创作者自身的感情，正如“艺术家之所以为艺术家，不仅在能感受情绪，而尤在能把所有感受的情绪表现出来；他能够表现情绪，就由于能把切身的情绪摆在某种‘距离’以外去观照”②。从古代文学的“逸韵”风格分析中，可以看到“情逸”的审美意蕴包含了创作者情感表达的自然、创作主体的不受拘束以及文本情感表露的恰到好处，“逸品”的“得之自然”追求的是一种超脱世俗的生活态度与精神境界，更为重要的是“情”的适当流露。

“情”之“逸”注重情感的表达，从具体物象的再现中慢慢脱离出来，心领神会、心物交融，将胸中的一股“逸气”化作“逸韵”和“逸趣”，注重个人对外在物象的感受、体会、理解与表现。“文以达吾心，画以适吾意”，“君子可以寓意于物，不可以留意于物”，这些都是在强调一个“情”字，追求的是“以情写神”。每一篇诗文与传奇小说都是外在与内在、主观

① 王立．逸衰落的原因探讨［J］．管子学刊，2009（1）．

② 朱光潜．文艺心理学［M］．上海：复旦大学出版社，2005：19．

与客观的浑然合一，文学创作也变成了心灵与自然造化的沟通和同化。

从司马迁“发愤著书说”到苏轼的“不平则鸣”的观念，再到梅尧臣的“状难写之景如在目前，含不尽之意见于言外”之言，古人都把写作演化为“言志”或阐释内在自我的手段，从而抒发强烈的主观情感、释放内心的情绪。“情”既是创作的根由，又是沟通作者与读者的媒介，在美的韵律下彼此“对话”与共通。

三、思逸

“诗言志”，一直是中国古代文人的座右铭。古代文学是古代中国文化中凝聚着人民智慧的结晶，几千年前的原始民族的巫术活动孕育出了我国文学的雏形，从神话传说的记载一直发展到诗歌、赋、辞、词、曲、小说等各种文学样式，这些多样的文学形态共同组成了丰富多彩的古代文学。而这蔚为大观的古代文学，大多就是“诗言志”的形式体现。

正如人有性情之分，文章亦然。不同的文章代表着创作者自身的人生态度和审美情怀，古代文学作品高逸的风韵蕴含在文章之间。通过文章的阅读品味，读懂作者的创作心理感受，从接受美学的角度来说，就是通过接受各种“性情”不同的文本，享受审美体验。“思逸”综合地体现了艺术家在创作艺术过程中的哲理思考，并把对人生的哲学性体验通过文学创作简洁地表现出来，是艺术家的思维结晶。“思逸”，有的为了说理服人，有的为了表现自我，有的为了感慨人生，等等。它们都是使读者通过一系列的文本阅读，感受到这些哲理之美，也会被阅读者接受甚至效仿，以达到“文以载道”的社会功能。

以明代庸愚子（蒋大器托名）的小说评点为例，他在《三国志通俗演义序》中说：“读书例曰：若读到古人忠处，便思自己忠与不忠，孝处，便思自己孝与不孝。至于善恶可否，皆当如此，方是有益。若只读过而不身体力行，又未为读书也。”① 小说的教育作用在这里得到了真正的体现。难能可贵的是，庸愚子不仅强调人读书要思考，“观演义之君子，宜致思焉”，而且强调要“身体力行”，即要思古人之善行，起而效仿施行，这才真正算得上读书。

修髯子（张尚德托名）则提出了“羽翼信史”之说，要求根据历史真实进行艺术构造和人格教育：“欲天下之人，入耳而通其事，因事而悟其义，因义而兴乎感，不待研精覃思，知正统必当扶，窃位必当诛，忠孝节义必当师，奸贪谀佞必当去，是是非非，了然于心目之下，裨益风教，广且大焉。”② 他认为，历史小说可以使人“通其事”“悟其义”“兴平感”，能够使凡夫俗子、村姑儿童都知道什么是“是”、什么是“非”，知道什么该支持、什么该谴责，学习“忠孝节义”，排除“奸贪谀佞”。这样小说对于“风教”之裨益，真可谓“广且大焉”。

当然，“羽翼信史”的教化功能和“游戏墨花”的娱乐意义并不矛盾，“思理”与“思逸”之间可以有着较好的契合。冯梦龙不仅是小说家，也是小说批评家，他直言小说的游戏之笔可以感动读者，使他们获得美感享受，从中获得教益：“试令说话人当场描写，可喜可愕，可悲可涕，可歌可舞；再欲捉刀，再欲下拜，再欲决脰，再欲捐金；怯者勇，淫者贞，薄者敦，顽钝者汗下。虽日诵《孝经》、《论语》，其感人未必如是之捷且深也。”③

总之，探析古代文学的“逸韵”风格，我们可以看到明清小说中洋溢着一种闲适的气氛，是一种“闲逸”，表达出的是创作者自身的审美体验和丰富的创作目的，表现了创作者对理想生活的向往；也可以看到在古代文

① 黄霖，韩同文. 中国历代小说论著选：修订本［M］. 南昌：江西人民出版社，2000：109.

② 黄霖，韩同文. 中国历代小说论著选：修订本［M］. 南昌：江西人民出版社，2000：115.

③ 冯梦龙. 古今小说序［M］//黄霖，韩同文. 中国历代小说论著选：修订本. 南昌：江西人民出版社，2000：226.

学中，创作者那种泰然的人生态度，是一种“情逸”，体现了创作者的审美志向；亦看到了不同文章所呈现出来的不同的哲理思考，是一种“思逸”，展现了不同的价值伦理倾向。古代文学的“逸韵”风格，总结了中国古典文学的风格特色，代表了古代知识分子高洁的精神品质，是优秀中华文化的缩影，诠释了中华民族的审美价值。

第五节　禁毁论：文体的伦理困境

明清两代是中国古典小说发展的高峰，也是古典小说理论发展的一个奠基阶段，然而对于古代小说的禁毁同样盛行于这个时期。以明代为例，明代禁毁小说的背后，不仅隐藏着直接的政治经济的原因，也有潜在的文化伦理方面的诉求和冲突，对于中国古典小说文体的发展及其理论的影响都是显而易见的。

按照王国维先生“一代有一代之文学”的说法，中国文学史上可以确定明清两代是中国古典小说发展的高峰时期。在这个时期，中国古典小说在创作数量、作品质量、阅读受众和小说批评（美学成就）四个方面都大有可观，比之同时期西方欧美文学小说亦毫不逊色。对于明清小说，20 世纪的文学理论家目前已经投入了相当的学术研究气力，取得了许多的理论研究成果。近年来，关于中国古典小说的学科研究不断细分，其中关于明清禁毁小说的研究业已成为当前学术研究的一个热门话题。① 由于明朝中期“商品经济的发展和市民阶层的崛起，不仅促成了价值观的深刻变化，而且也激发了人们对个人利益认识的觉醒，反映在伦理思想上，就是对人性的来源、内容和本质作了新的理论概括”②，因此作为社会状况最集中反映的文学作品，尤其是古典小说，高度体现了这一伦理思想的变化。禁毁小说

---

① 张慧禾. 禁毁小说研究百年回顾与展望 [J]. 西南交通大学学报（社会科学版），2004 (6).

② 朱贻庭. 中国传统伦理思想史 [M]. 上海：华东师范大学出版社，2003：442.

的背后，既有着复杂的政治的、经济的原因，也有着由明代独特的社会状况带来的文艺伦理、社会伦理等文化伦理方面的原因。

一、禁毁行为

一般而言，“禁毁小说指的是中国封建王朝时期曾被中央和地方政权明令禁毁的小说，是禁书的组成部分”①。禁书古已有之，秦始皇“焚书坑儒”就是中国禁书历史的开端。然而由于小说这种文体的诞生和成熟比较晚，因此对于小说的禁毁是从明代才开始的。根据现存的历史文献记载，笔者整理了一份与明代禁毁书籍相关的事件表（如表4－1所示）。

表4－1　明代禁毁书籍相关事件表

时间	倡议者	当朝皇帝	事件状况	规模	影响	涉及书目
洪武元年（1638）、二十二年（1660）、三十年（1668）	朱元璋	明太祖	1. 设立八股取士“代圣贤立言”，禁声色之害查禁戏曲；2. 颁布戏曲禁唱法令；3. 编刻《大明律》查禁搬演戏曲文艺	较小	极大，确立了对戏曲的查禁制度，也为对其他文艺形式的查禁做了政策铺垫。明成祖永乐九年（1412）重申禁令，以程朱“四书五经”为法定课本	戏曲类文学作品
正统七年（1442）	李时勉	明英宗	国子监祭酒李时勉上疏奏请禁毁《剪灯新话》等小说，得到朝廷批准	较小	较大，中国小说禁毁由此而始	《剪灯新话》等小说

① 李时人，等．中国古代禁毁小说漫话［M］．上海：汉语大词典出版社，1999：1.

续上表

时间	倡议者	当朝皇帝	事件状况	规模	影响	涉及书目
万历三十年(1602)	张问达等	明神宗	大官僚沈一贯指使张问达弹劾李贽，锦衣卫逮捕李贽致死，明政府决定禁书	较大	一般，几年后李贽著作又盛行于世	李贽《焚书》等书
崇祯十五年(1642)	左懋第	明思宗	刑部给事中左懋第上疏，以《水浒传》为“贼书”；兵部上疏亦如此。崇祯准奏	较大	极小，一年后崇祯自缢，禁绝《水浒》成一纸空文	《水浒》等小说

从表4－1可以看出，明朝初年，政府就有意识地加强了思想控制和文艺管理，在中央集权的思维引导下，开始了对曲艺的严格控制，颁布了严厉的政策压制曲艺的正常发展。虽然这几个法令并不是直接针对小说，但是，这已经预示了不久以后小说被同样的原因禁毁的图景。在明代统治者大力推行程朱理学的意识形态环境下，文言小说逐渐衰微，白话小说虽然试图另辟蹊径，但同样困难重重。明正统七年（1442），国子监祭酒李时勉奏请禁毁“假托怪异之事，饰以无根之言”的《剪灯新话》等小说：“不惟市井轻浮之徒争相诵习，至于经生儒士，多舍正学不讲，日夜记忆，以资谈论，若不严禁，恐邪说异端日新月盛，惑乱人心，实非细故。”① 明政府批准奏请，于是《剪灯新话》成为中国古代第一部被禁毁的小说。此后，万历三十年（1602）和崇祯十五年（1642）分别又有两次看似规模很大的禁毁小说运动，但是由于经济的、社会的种种原因，禁书运动并没有取得

① 李时人，等．中国古代禁毁小说漫话［M］．上海：汉语大词典出版社，1999：3．

专制统治者预期的效果，没有达到他们愚昧百姓、巩固统治的政治目的。

古代禁毁小说作为中国古代禁书的一个重要组成部分，背后有着复杂的政治原因和社会原因，也隐藏着文化伦理方面的原因。中国古代社会中，历代禁书包括的书目不尽相同，不过从禁书的内容综合考虑，仍然可以大致将古代禁书（禁毁小说）分为以下三类：第一类是“诲盗”“倡乱”的兵书、“贼书”等，这些书可以直接威胁到封建政府的统治，《三国演义》《水浒传》等小说由于涉及行兵布阵、造反作乱方面的内容，故此亦在此类禁书之列；第二类是“诲淫”“有伤风化”的书籍，这些书包括淫邪戏文、春宫图谱，“蛊惑人心”的宗教、修真书籍等，《肉蒲团》《金瓶梅》《灯草和尚》等有情色内容的“淫词小说”被列入此类，甚至《西厢记》《红楼梦》也不能幸免；第三类是“离经叛道”、与传统儒家伦理思想不符合的作品，包括一些要求平等、自由等具有进步意义的思想随笔、诗词曲赋、哲理思考文本等，李贽的《焚书》《藏书》，文学作品中的《反唐演义传》《宜春香质》等小说属于此类。

二、政治主因

明朝作为一个高度集权的封建帝国，是中国封建社会走向解体和崩溃的前声，对其进行的文化研究必须首先考虑其政治和经济因素。因此对于明朝的禁毁小说的研究，我们首先就要重点考察其直接的政治、经济等方面的原因。

政治原因是古代中国禁书的最主要原因，也是最直接的原因。禁毁书籍作为封建统治的一个政治行为，具有意识形态领域的独断性，是其思想文化政策的一贯方针。中央政府对地方的禁书命令，更是这一政治行为的体现，从而达到镇压反抗、维护统治的目的。对于禁毁小说，明清两代的统治者皆视之为洪水猛兽。原因何在？就是因为小说作为最高叙事艺术，可以表现复杂的社会画面，也可以记载许多兵家思想和军事斗争的经验，老百姓可以从中获得推翻统治者暴虐统治的手段。清代的刘銮说："张献忠之狡也，日使人说《水浒》《三国》诸书，凡埋伏攻袭皆效之。"① 黄摩西记载说："张献忠、李自成及近世张格尔、洪秀全等初起，众皆乌合，羌无纪律，其后攻城略地，伏险设防，渐有机智，遂成滔天巨寇，闻其皆以《三国演义》中战案为玉帐唯一之秘本，则此书不特为紫阳《纲目》张一帜，且有通俗伦理学、实验战术学之价值也。"② 从历史事实看，情况也确实如此。明代末年崇祯时期，各地农民纷纷组织暴动打击中央政权，明皇室岌岌可危。各地农民军中有一支部队聚众于梁山，在起义首领李青山的带领下不断攻击四周城市并阻断漕运，一时间影响很大。于是，刑部给事中左懋第向朝廷递交奏折，认为李青山这支起义部队是模仿学习《水浒传》中的梁山好汉，所以才学会如何行兵布阵和与朝廷为敌，为了避免此类事件再度发生，应该禁毁《水浒传》这部"贻害人心"、教导老百姓以下犯上的"贼书"。同时，兵部也向朝廷上疏，奏请皇帝禁毁可作为"兵书"的这部小说。于是，1642 年崇祯皇帝下令对书坊或者家藏的《水浒》"尽令逮行烧毁，不许隐匿"。但是统治者的意图最后并没有实现。禁毁《水浒》等小说并不能挽救已经彻底腐朽的明朝。没有多久，李自成就率领部队建立大顺政权，一举推翻了明朝的黑暗统治。禁毁《水浒》的命令当然就没有得到真正施行。

一般而言，出于政治目的禁毁小说在明代并不是单单为了中央集权服务这一种，还有另外一种是统治者内部不同派别之间相互倾轧、相互诋毁的禁毁举措。为了防止民间犯上作乱以及以"诲盗"的名义对小说的禁毁，这是历代一以贯之的政策。而为了争夺权力和政治利益，各个政治派别之间往往也会用文学艺术等各种形式攻击对方，同时禁毁对方刊布的书籍。

① 黄霖，韩同文．中国历代小说论著选：修订本［M］．南昌：江西人民出版社，2000：23.

② 黄霖，韩同文．中国历代小说论著选：修订本［M］．南昌：江西人民出版社，2000：57.

特别是明代，由于宦官专权，党派纷争极多，因此相互的攻击与反击相当频繁。明末魏忠贤和郑贵妃专权，为了遮掩当时扑朔迷离的“梃击案”“红丸案”等事件的真相，曾指使人编写了一部《三朝要典》，站在自己的政治立场为郑贵妃等人辩护。崇祯上台后马上禁毁了此书，并摧毁了魏忠贤的宦官势力。而记载魏忠贤丑恶行径的则有《皇明中兴圣烈传》等。此外，明朝后期的政治小说尚有峥霄主人的《魏忠贤小说斥奸书》，作者自认为“是书动关政务，事系章疏”，简单地把小说当成政治斗争的工具；还有吟啸主人记述崇祯事迹的《平虏传》等政治小说。①

就经济因素而言，明朝中期，在经济比较发达的江南地区，资本主义的商品经济首先在那里萌芽了，由此也带来了出版业的发达。一般而言，商人重利，往往不顾禁令私自刻印天文历法等图书，对于印刷能够赚得暴利的小说戏曲也趋之若鹜。有学者经过研究认为：“宋代由于商品经济的发展，禁书已具有经济意义。当书商们将手伸向各个有利可图的角落时，难免会与政府的经济利益发生冲突。这时，政府就运用国家力量，打击书商势力，以保护国家经济利益……仁宗、神宗两朝在禁天文术数谶纬图书的基础上，对事涉机密的边贸图书和法律图书加强了禁限，并通过禁私家雕印历书，让我们窥出了宋代禁书背后的经济因素，这一因素在以后各朝的禁书中表现得更加明显。”② 公开或者私刻禁书的情况在明清时期非常普遍，而官府对之很难一禁了之，对于小说这种受众庞大的艺术形式，上至官员士大夫，下至平民布衣，几乎人人喜爱，要彻底禁毁则更加困难。

以《金瓶梅》为例，这部“中国16世纪后期社会风俗史”记载了一个中国16世纪商人家庭的兴衰荣枯的故事，一开始是以抄本的形式在社会上流传，许多人不惜花费重金求购一卷，并极力“怂恿书坊以重价购刻”，得

① 冷成金. 试谈中国禁毁小说的概况及禁毁因由［J］. 中国人民大学学报，1999（5）.
② 林平. 论北宋禁书［J］. 四川大学学报（哲学社会科学版），2003（5）.

到该书的人大多视为秘宝，“千金不易”①。虽然许多人从道德伦理的角度对这部书大加挞伐，“决当焚之”，但是事实情况却恰好相反，在暴利的驱使下，市面上仍然流传着各种版本的《金瓶梅》，从万历丁巳年苏州出现“词话本”的最早刻本到明末的“崇祯本”，几至人手一册，让许多书商大饱中囊。不过，明末由于政局混乱，这种经济利益的冲突虽然存在但是并不明显，到了清朝才真正产生较大的冲突。例如清朝同治年间江苏巡抚丁日昌一边大肆查禁淫词小说，一边又积极刻印各种正统图书牟利。这种看似矛盾的行为背后，既有道德的原因，也有经济利益的驱动。

三、教化因素

“诲盗”“倡乱”之外，出于思想教化原因的“诲淫”和“有伤风化”因素，是封建社会里第二个最主要的禁毁书籍的理由。

明朝建立后，首先确立了思想上“大一统”的局面，企图从思想文化上达到控制天下百姓。朱元璋在建国之初就将程朱理学作为主要意识形态，规定科举考试采用“代圣贤立言”的八股文，后来又以程朱重新校正解释过的“四书五经”作为钦定教材。而程朱理学一旦上升为国家强制意识，其“存天理、灭人欲”的思想以及对“三纲五常”畸形的解释和应用（例如做“饿死事小，失节事大”的“烈女”等）便影响了整个社会的道德归属和伦理观念。在这种社会风气下，许多小说由于宣扬的道德观念与之有冲突，便难免遭到群起而攻之。

当时一些恪守正统伦理道德的士人对于小说的出现十分不满：“自小说作而淫风炽，弹词兴而女德衰，世不乏聪明子弟，闺阁庄女，而偶睹邪书，不觉送入禽门，真可慨也。此书一出，凿淫窦，因以乱人之伦，败人之名，破人之家，杀人之身，折人之福，损人之寿，绝人之嗣，戮人之魂。其毒人也，如蜜饯砒霜；其陷人也，如雪山坑坎，是乃好民之首，乱贼之魁，

① 王国健．明清小说思潮论稿［M］．广州：广州出版社，1993：189.

王法所必诛，天律所不赦也。”① 这段话可以作为封建卫道者对小说开战的一个道德伦理宣言。由此可以猜想，对小说的禁毁在明清两朝从中央政府到地方官吏都不遗余力，中央政府考虑的可能偏重政治的一面，以免小说成为“诲盗”“倡乱”的工具，而地方上考虑得更多的则是社会道德风气的原因，许多士人和道德家担心小说成为“诲淫”“有伤风化”的源头。

古代中国是一个伦理泛滥的国度，道德的风尚指引着社会的动向，伦理价值判断往往代替着事实真理的判断，儒家的政治伦理和社会伦理侵蚀了人们的每一寸生活空间。尤其是明清时期，理学作为一种极具强制力和威慑力的国家意识形态工具，在文、道关系上“由于理学家以正统儒家自居，过于强调入学道统的醇正性……他们由重道轻文甚至发展到反对文学创作”②。不过，这种文学观念与当时新兴的浪漫主义文学思潮产生了剧烈冲突，“王阳明‘心学’起而冲击程朱理学，带有思想解放的意义……在文学上，将李贽所提倡的这种‘主情’的积极浪漫主义精神发挥到极致的是汤显祖……既然要追求自由自在、无拘无束的‘至情’、‘至性’，那么就要打破人间的一切束缚、限制”③。对自由的渴望，对自由抒发性情的渴望，使得明朝中后期的哲学、艺术、文学等发生了巨大的变化，引发的浪漫主义思潮成为一个时代的新风尚。然而，自由抒发性情的主张和理学家、卫道士主张的“禁欲”“灭人性”的“根本大道”主张背道而驰。冲突发生之际，实际掌握了中央和地方政治权力的道学家和封建伦理卫道者，对那些宣扬性情解放的作者及其著作进行攻讦、禁毁在所难免。不过，明朝出现的许多“淫词小说”的确有其糟粕的一面，其中有大量赤裸裸性爱的描写，在现代社会仍然不可以被认同，对其要进行伦理批判。例如《绣榻野史》就是这样一部不堪入目的淫秽小说，全书充斥着男女媾和情状、同性秽行、联床群宿群奸等猥亵描写。

① 冷成金. 试谈中国禁毁小说的概况及禁毁因由［J］. 中国人民大学学报，1999（5）.
② 许总. 宋明理学与中国文学［M］. 南昌：百花洲文艺出版社，1999：73.
③ 王国健. 明清小说思潮论稿［M］. 广州：广州出版社，1993：103.

然而，明朝的禁书背后隐藏着的不仅是个人性情自由的抒发，还隐匿着更重要的民主平等的伦理呼告，即人道主义的呼求。明朝中后期资本主义萌芽，引起了人们对社会思想解放的呼求，也带动了人们对朴素的民主、自由和平等的追求，以及对朴素的人道主义的追求，晚明社会思潮因此而具有了更重要的文化伦理意义。民主、自由和平等这三样是现代社会的社会伦理基石，它们在明代被提出然后很快地就被扑灭，无论是在政治层面还是文艺层面都失败了，但是它们的出现在文化伦理意义上已经宣布了专制、独裁、禁闭的中国封建社会出现了"掘墓人"，即将走向灭亡。而政治上的高度集中专权，文化上的道德压迫，艺术上的禁毁制裁，是封建社会伦理卫道者不甘心失败，利用手中的权力进行反扑的最后疯狂表演。这正如明朝末年对《水浒传》的禁毁一样，禁止的核心不仅在于它"倡乱""兵书"和"贼书"的作用，更重要的是《水浒传》中表达了一定程度的民主意识。《水浒传》民主意识主要表现在"替天行道""全忠仗义"，实质上是以传统的方式表现了民主意识。"一方面，虽然忠于皇帝，但并不意味着忠于皇权，皇权如果不义，人可替天行道，可取而代之；另一方面，人人皆可参与政治，可替天行道。这与封建皇权之神圣不可侵犯，有根本的冲突。其领导方式颇富民主气氛，四次排座位突出了'随才器使'的民主思想和儒家的圣王理想的朴素的民主意识。在梁山上，不是谁当首领谁就正确，而是谁有才德、谁的功劳大谁才能当首领。显然，这是以'江湖'来映衬'江山'。这种'天下为公'的思想，与世代相传的封建皇帝的家天下——天下为私——是对立的。"① 这种朴素的人道主义，在同时期的哲学家黄宗羲等人的思想中也多有展现，例如他们提出了"天下为主，君为客""臣者为天下，非为君也"的思想。

禁毁小说在历史上的屡次发生，其背后的动机和因由虽然不尽相同，

① 冷成金．试谈中国禁毁小说的概况及禁毁因由［J］．中国人民大学学报，1999（5）：100.

但是仍然有一定的规律可循。有学者认为："对书的禁止一般说来也有三层次之分，政治对文化的禁止最浅显也最粗暴，而且不分国别地一律流行；派系（学派）对书的禁止这已经接近第三个层次了，即思想对思想的禁止。中国历来禁书多停留在第一个层次上，而西方禁书多在后两个层次上。"① 虽然如此，但是这种第一个层次的禁毁，已经杜绝了第二和第三层次的出现。因为在强大的国家机器和政治伦理、文艺伦理的压迫下，贫瘠的思想土地上无法得到自由的空气和雨露，艺术的花朵也特别难以成长并结出硕果。明清小说在看似繁荣的背后，是贫瘠的思想和大量的重复之作，真正的艺术精品并不多。这种情况，对于小说文体的发展无疑是极为不利的。只有等到封建统治的力量不断削弱，无法进行有效的控制和禁毁的时候，才有根本改观。

小　结

小说作为明清时期的"时代文体"，拥有自己特定的历史价值和文学价值。当然，明清小说也有很多不足的地方，例如受限于史传文学的影响，受制于封建末期的伦理教化的时代要求，很多作品在"艺术真实""生活真实"与"历史真实"三者之间摇摆不定，在人物形象上面也多为类型化的扁平性格模式，都在一定程度上影响了明清小说的艺术价值和思想高度。

同时，明清的小说评点，也在挣扎和摇摆中，围绕着"真""幻""奇""正""势""避犯""妙绝""羽翼信史""忠义"等范畴展开分析。金圣叹的小说评点之所以得到广泛认可，正是因为他很好地抓住了要害，用一些具有审美意义的范畴词汇进行概括，从而奠定了他在小说评点美学方面的历史地位。不过，整体而言，明清小说评点的理论价值并不算太高，也没有形成完整的体系，较为零散、矛盾，这和整个中国文学理论的感悟式、碎片化是一脉相承的。

---

① 张爱华．读禁书札记［J］．文艺评论，1996（1）．

余论 | ◆

诗性智慧与文体范畴的时代辉映

在文体学与范畴学研究的进程中，“诗性智慧”是极其重要的一个关键词，也是21世纪以来的一个学术热点，不仅在美学界引起了众多学者的研究兴趣，也在古代文学和文化学研究领域引发了一番学术兴趣，许多学者对之投入了极大的研究热情，取得了不少学术成果。在美学研究领域，有学者认为：“新的美学关键词，应该包含新的美学知识增长。从这个角度，我觉得有两个关键词值得一提，一个是‘诗性智慧’，另一个是‘轴心时代’（轴心期）。”① 而在古代文学和文化学研究领域，研究者发现：“中国文化的本体是诗。其精神方式是诗学。其文化基因库就是《诗经》，其精神峰顶是唐诗。总括起来说就是：中国文化是诗性文化。或者说是诗这一精神方式渗透、积淀在传统社会的政治、经济、科学、艺术各个门类中，并影响、甚至是暗暗地决定了它们的历史命运。”② 近年来，许多论文通过对

① 程相占．新世纪中国美学一瞥［N］．社会科学报，2005－02－17（4）．

② 转引自：刘士林．中国诗性文化［M］．海南：海口出版社，2006：12．

中西诗学的比较，对“诗性智慧”与庄禅思想的内在关系、“诗性智慧”与传统文论的文体形态等方面的研究，取得了对“诗性智慧”的较为深刻的学术认识和理解。通过回到“诗性智慧”滥觞的元初进行原生态的考察，在历史逻辑上廓清中国“诗性智慧”的起始变化状态，鉴别中西“诗性智慧”在早期文化形态生成中的先天性差异，可以从文化诗学的层面，深刻认识文体、范畴的时代价值和文化价值。

一、诗性智慧的民族差异

“诗性智慧”这个概念本来是意大利历史哲学家维柯在《新科学》中首创并使用的，后由美学家朱光潜翻译、介绍到中国学术界。“诗性智慧”在维柯那里的原本含义主要是指人类文化发源之初的形象思维，是关于人类早期文化的“幻景”①。他把人类早期比作儿童，具有创造性，“原始民族中一切文化事项，从宗教、神话、语言、物理学乃至于政治和法律，都带有诗的性质……等到人类文化发展到了会作抽象思维即进行哲学活动的时候，人类就由儿童期转到成年期，即转入‘人的时代’，神话就被遗忘，形象思维受制于抽象思维，诗也就失去了原有的强旺的生活力，除非人又回到野蛮时代”②。维柯的观察视野和“诗性智慧”的独特角度，给我们提供了一个反思、切入与整合中国古代文艺理论话语的有效工具。诗歌在中国传统文化中扮演着主要角色，诗的思维也统治着整个传统哲学的思维。由此，“对于当代中国诗学研究者来讲，他们不仅从维柯那里为自己的职业找到了神圣感，为扩张自己的学术视野发现了一套有效的话语系统，而且当他们以此为基点观照中国传统时，更时时体验到一种贴心润肺的到位之感。”③

① 维柯．新科学［M］．朱光潜，译．北京：人民文学出版社，1986：3.
② 朱光潜．西方美学史［M］．北京：人民文学出版社，1979：362.
③ 刘成纪．青山道场：庄禅与中国诗学精神［M］．北京：东方出版社，2005：6.

然而，维柯在《新科学》中从“诗性智慧”推理延伸出来的“诗性玄学”“诗性逻辑”“诗性伦理”“诗性经济”“诗性政治”等诸多范畴，毕竟存在着地域局限性和某种出于宗教或者其他目的的理论误区。文化的谱系不同，东西方文化的内在逻辑和外在表现形态自然大相径庭。我们可以从以下几个方面简单概括中西诗性智慧起源的根本性差异。

首先，生产文化的种族不同。法国学者丹纳在其《艺术哲学》中说过：“要了解一件艺术品，一个艺术家，一群艺术家，必须正确地设想他们所属的时代的精神和风俗概况。这是艺术品最后的解释，也是决定一切的基本原因。”① 他认为文学艺术根本上决定于种族、环境和时代这三种力量，种族是“内部主源”，环境是“外部压力”，时代是“后天动量”。在国内学术界，人类学和文化学以及社会学的研究者最容易也最先接受了丹纳的观点。早在20世纪30年代，中国的一些学者就有意识地利用其进行文化人类学的研究。而丹纳关于文艺评价和起源的分析同样适用于对于“诗性智慧”的分析。

李泽厚先生认为：“任何民族性、国民性或文化心理结构的产生和发展，任何思想传统的形成和延续，都有其现实的物质生活的根源。中国古代思想传统最值得注意的重要社会根基……是氏族宗法血亲传统的强固力量和长期延续。它在很大程度上影响和决定了中国社会及其意识形态所具有的特征。”② 由于特定的地理环境，古希腊、古埃及等种族的氏族社会的组织结构发展得并不如中国的强大，血缘宗法关系被航海、游牧或其他因素冲击而变得不稳固。在古代农业中国，血缘关系的固定和伦理风俗的长期稳定，形成了独特的以血缘伦理为核心的政治伦理、家族伦理结构思想，而这种伦理思想作为一种诗性伦理的长期存在，反过来又深刻限制和影响了诗性智慧的进一步发展，压缩了诗性智慧自我逻辑演化为抽象的理性智

① 丹纳．艺术哲学［M］．傅雷，译．北京：人民文学出版社，1963：7.

② 李泽厚．中国古代思想史论［M］．天津：天津社会科学出版社，2003：284.

慧的空间。反观西方古希腊社会，氏族社会解体后，血缘宗法关系不断被削弱，人们之间的关系主要由契约关系、宗教关系等构成。古希腊人和古罗马人逐渐瓦解了诗性伦理，并形成了在二元对立基础之上的民主政治伦理，走上了一条与中国不同的发展道路。

其次，生产文化的环境不同。中国传统的文化是以农耕文明为基础的，农业文明（一说黄色文明）从原始社会就伴随着世世代代的中国人，见面的一句问候“吃饭了吗?”是这种文明的典型文化符号。华夏族群对土地、天空等充满着难以言尽、无法割舍的血肉情感，其文化也自然源自对自然的仰观与俯视，把自然万物同一于自身。晋代陶渊明诗曰：“俯仰终宇宙，不乐复何如?”在对宇宙造化自然的时空观照中托物抒情，借物言志，中国和古希腊在这方面并无太大的不同，真正的区别在于二者的认知心理的差异。产生于航海贸易的古希腊文明是一种商业文明（一说蓝色文明）。这个种族的自然观大异于农耕文明下的族群的自然观。古希腊的自然观建立在对自然的“诧异”和畏惧上，人和自然是征服与被征服的关系；古代中国的自然观则建立在对自然的亲和和感恩意识上，人和自然之间是“一方水土养一方人”的亲属关系（中国古人习惯于“天父地母”的说法）。由此，对于自然的心理认知的差异，促使中西古代社会选择了不同的文化发展道路：一个选择了“天人合一”的诗性智慧、诗性文化之路；另一个则选择了“天人两分”的理性智慧、科学民主之路。

在血缘宗法关系和农业家庭小生产基础之上缓慢发展的中国传统文化，形成了自己光辉而灿烂的诗性文化，屹立于世界民族伟大文化之林。作为中国诗性文化源头和核心思维结构的诗性智慧，具有象征性、整一性和规则性等民族性特征。

二、诗性智慧的语言生成

中国早期诗性智慧的特征最直接地表现在它的艺术生成方式上，而它的艺术生成又首先体现在文字和语法的构成上。早期的人类思维并无许多抽象的范畴和类的概念可以使用，因此会显得具体而细致。正如维柯所形容的那样："最初的语言是一种'幻想的语言'……在一切语言里，大部分涉及无生命事物的表现方式都是从人体及其各部分以及人的感觉和情欲那方面借来的隐喻。例如……天或海'微笑'，风'吹'，波浪'轻声细语'，在重压下的物体'呻吟'……在这些例子里，人把自己变成整个世界了。……人用自己来造事物，由于把自己转化到事物里去，就变成那些事物。"① 维柯认为原始种族用以己度物的原则创造语言，这个原则就是"诗的逻辑"。不过，"诗的逻辑"具体是通过语言来呈现的，当语言的结构不同，符号表征的内涵和外延不同的时候，"诗的逻辑"也有了根本性的差异，发展出了不同的思维形态和心智结构。

文字是人类早期文明出现的符号，也是标志古代诗性智慧产生的主要代表。汉语是一种非拼音文字系统的语言体系，以"象征"为其最核心的语言符号构成。当代学者陈剑晖曾指出："从语言与人的思维的关系来看，由于汉字是一种表意性的象形文字，它首先是基于主体对于客体的形象的、直观的整体的把握，而不像西方的文字那样经过规范和分析之后，基本上抛弃了象形性的特征。"② 的确，由于"语言是存在的家园"，它以自己的符号体系构建了人们的精神世界，呈现着一个种族深层的"文化—心理"结构，因此，古代汉字的结构和语法，也隐藏着早期诗性智慧艺术生成的密码。从大汶口的刻划符号开始，到甲骨文，再到金文、钟鼎文等，无不预示着中国早期思维对于以具体物象来表达生活感受和意识的偏好。汉字的产生在被奉为中国文化元典的《周易》的"系辞"中有这样的解释："古者包牺氏之王天下也，仰则观象于天，俯则观法于地，观鸟兽之文，与地之宜（地，植物也），近取诸身，远取诸物，于是始作八卦，以通神明之

① 朱光潜. 西方美学史［M］. 北京：人民文学出版社，1979：333.

② 陈剑晖. 中国现当代散文的诗学建构［M］. 南昌：江西高校出版社，2004：104.

德，以类万物之情。”因此汉字笔画的构成本身就是一种艺术、一种诗性智慧，渗透着中国人的深厚情感，一笔一画，或铁划银钩，或鸾飞鹰击，在动静相宜中体现着世界的风流。如此，才有“与世界其他文字系统相比，汉字的书写方式是唯一没有发生过质的改变的……以象形为基础的汉字长期的延续使用，使中国人的思想世界始终不曾与事实世界的具体形象分离，思维中的运算、推理、判断始终不是一套纯粹而抽象的符号，中国文明的连续意味恰好就在这里”①。

不仅汉字的笔画构成显示着早期诗性智慧的象征性特征，汉字的归类和汉语词的构成也显示着中国思维的分类原则。汉语词语的形声字特别发达，再搭配指事、会意等造字法，形成了汉字独特的树形家族。例如汉字中的“人”字，双“人”则为“从”，三“人”则为“众”，一人之上则为“天”，人倚靠木则为“休”，人之被用则为“佣”等。世界各种事物现象在文字上通过联想、类比、想象、隐喻等方式，用一个表示同类的意义符号联结成为一类汉字，或者通过一个汉字的潜在意义串连起一些在事实上并无联系的事物现象。这种构词法就是一种符号层面的诗性智慧，也带来了汉字词语排列的隐喻性和内涵丰富、用法多变的特点，例如使动、意动用法，以及主谓颠倒、词性活用等。汉字的这种构词特点，使得汉字具有多重意象的隐含，具有多重具象的联结，为汉语提供了变化和拓展的空间，让汉语成为最适合诗歌写作的语言。同时，由于汉语的这个特点，汉语融化、会通其他民族文化的能力较为强大，化外来语言符号为自己所用的能力也比较强盛。

中国早期的汉字以文字的意象性和暗示性为目标，而西方从文明早期就一直比较注重文字的清晰性、表达的条理化，一直到20世纪完成的语言哲学转向，无不以清晰性、条理性为其科学诉求。西方文字的书写和语法

---

① 葛兆光. 中国思想史［M］. 上海：复旦大学出版社，2001：42.

结构在从早期象形形态向语音结构的逻辑转变中，事实上已经为诗性思维向抽象思维的转变做好了“文化—心理”和思维结构方面的铺垫。西方从古拉丁文开始，就以一个字根辅助前缀、后缀、词尾变化等形式构造词语，他们之间的关系需要用逻辑思维进行分析、联结和组合。例如，“struc”作为词根的意义是“建造、建立”，后面加一个表示词性的“tion”，就变成了名词，前面再加一个表示“全体”的前缀“con”，即“construction”，它表示“大家一起来进行建设”的名词格，因此实际意义就是一个名词“建设”。这种构词法有别于依靠会意、象形进行隐喻、联想而构成的汉字词语，对于形象思维的塑造没有直接的促进作用，因此也不是一种诗性的语言构成。文字词语是一个种族面对世界的途径，词语潜在地影响和塑造了一个民族最基本的思维方式和结构，因此古代中国和古代西方的文化符号，最终对于形成不同的文化系统起到了很重要的催化作用。

三、诗性智慧的文化渊源

中国早期诗性智慧的真正立足点是道家，具体表现在儒家和道家都奉为经典的《周易》中。固然儒家思想中同样包含着诗性伦理，例如儒家强调“天理”、天命不可违，强调天下四方、四季、人之情绪的互动，强调天道伦理和人道伦理的共通。因此，儒家更注重人的现实伦理的智慧，注重实用理性和知行合一，所以，黑格尔批评中国由儒家学说构筑的国家政体的本质时，认为它是一个“不含诗意的帝国”，即“用诗性来命名中国传统哲学、文化虽然是准确的，但对儒家和许多传统哲学流派而言，这种诗性往往是形式性的，仅具有文体学和言说方式方面的意义”①。由老子开创的道家思想，经过庄子的阐释和发扬，再通过佛家主要是禅宗的改造，形成了独特的中国诗性智慧、诗性文化，这才是最能代表中国诗性智慧的核心

---

① 刘成纪. 青山道场：庄禅与中国诗学精神［M］. 北京：东方出版社，2005：35.

思想部分。而这一部分，就是具有象征性的整体直观思维方式。

《周易》代表了中国早期诗性智慧的最高成就，也标志着中国诗性智慧的成熟。研究者认为："《周易》从原始诗性思维生发成为充满诗性智慧的'天人合一'精神。在理解世界的生成和变化方面，它表现为二项生成的诗性哲思；在人与自然的关系方面，它表现为让物性保持本真、充分自我呈现的诗性直观；在处理人间秩序方面，它表现为以天道提升人道，以人道顺应天道的诗性伦理。这种诗性智慧的本质正是中国传统文化所固有的对'生'的深深眷顾。"① 这句话是对《周易》总结早期中国诗性智慧并进一步发展它的很好的注解。在中国人的思维结构中，人处于自然造化之中，因此自然万物可以通过具象来呈现。《周易·系辞上》说："子曰：书不尽言，言不尽意。然则圣人之意，其不可见乎？子曰：圣人立象以尽意，设卦以尽情伪，系辞焉以尽其言，变而通之以尽利，鼓之舞之以尽神。"《周易》的卦和象是一种符号，但是大大有别于西方的概念，它是由众多的具体形象和经验感觉组成的象征符号体系，由之奠定了中国最初的"意象"理论。

道家思想是最能体现并发扬这种思维特征的文化派别。在实际文化情境中，道家思想及艺术境界往往也是那些"目送归鸿，手挥五弦，俯仰自得，游心太玄"（嵇康《赠秀才入军·其十四》）的浪漫诗人心灵深处的精神家园。在后来的庄禅思想影响下，我们可以看到不计其数的诗性生活场景。无论是诗人还是普通老百姓，诗歌都成为他们生活的一个重要部分，诗性的、整体直观的思维结构已经镶嵌进他们的日常生活中，达到了一种"生活即道""日常是佛""天人合一"的境界。

古代儒道两家，一者关注现实伦理，提倡"中庸"与"和合"，注重天道与人道的契合；一者关注天命与生命本真，提倡自由与超越，达到"齐万物""齐生死"的逍遥境界。因此才能形成"达则兼济天下，穷则独善其

---

① 王茜.《周易》的诗性智慧［J］. 商丘师范学院学报，2004，20（3）：15－19.

身”的“儒道互补”局面，使中国的传统诗性文化进退有据、内外平衡。中国古代的诗性智慧虽无宗教色彩，却将“审美境界作为人生的最高境界”，未必就一定比西方的“以宗教境界为人生的最高境界”更恶劣①。西方自古希腊而下的哲学与智慧，同样隐藏着一种真正的教化的、实用的思想，对个人主义的赤裸裸的主张更是不加掩饰，这一点也不比中国提倡的“君子喻于义，小人喻于利”“粉骨碎身浑不怕，要留清白在人间”的思想更高明。

要而言之，古代中国的“诗性智慧”，具有象征性的整体直观思维结构，以象形和形象性的语言文字作为潜在的文化构成刺激因素，奠定在以小农业生产为主体的农耕文明的社会基础之上，呈现出一种“天人相合”的稳定伦理体系构造，因此才具有了生生不息的生命张力。延续了几千年的诗性文化传统，一度如彗星般闪亮于人类的文明星空。中国诗性文化具有独特的诗性魅力，对它的早期生成状况进行文学的、艺术的、伦理的、哲学的等学科层面的深度解读与解构，足以为我们敞亮朦胧的古代文化世界，更好地继承中国古代文化的优秀品格，为当代文学与文化的建设提供思维结构参考和价值重建的逻辑前提。

因此，在文体学领域内，进行中国古代文艺理论范畴体系的研究，不仅是具有前沿性、时代性的一个重大课题，也是具有民族性、传统性的文化命题。文艺理论范畴是一种基于历史积淀的相对稳定的认识形态，是深刻地反映中国古典文体观念的对象、性质、范围和种属的思维形式。范畴在中国古典诗学理论批评中占有特别重要的地位，它构成了古代诗学理论批评的基本骨架。同时，中国古典文体范畴具有明显的家族性、连锁性、灵动性特征，这种民族特征主要源于其以人体及人物形象品藻为核心的人本性构建模式，体现了中国传统文艺家们的诗性智慧。

---

① 李泽厚. 中国美学史［M］. 合肥：安徽文艺出版社，1999：32.

参考文献 ◇◆

一、著作

[1] 北京大学中文系古代文学教研室. 中国文学史参考资料简编 [M]. 北京：北京大学出版社，1998.

[2] 白居易. 白居易诗集校注 [M]. 谢思炜，校注. 北京：中华书局，2006.

[3] 遍照金刚. 文镜秘府论 [M]. 北京：人民文学出版社，1975.

[4] 邓子勉. 宋金元词话全编 [M]. 南京：凤凰出版社，2008.

[5] 老子今注今译 [M]. 陈鼓应. 注译. 北京：商务印书馆，2003.

[6] 夏征农. 辞海 [M]. 上海：上海辞书出版社，2003.

[7] 辞源 [M]. 北京：商务印书馆，2004.

[8] 陈正敏. 遁斋闲览 [M]. 北京：商务印书馆，1930.

[9] 陈廷焯. 白雨斋词话 [M]. 杜维沫，校点. 北京：人民文学出版社，1959.

[10] 陈寿. 三国志 [M]. 北京：中华书局，2009.

[11] 蔡镇楚. 中国文学批评史 [M]. 北京：中华书局，2005.

[12] 曹雪芹. 脂砚斋重评石头记 [M]. 北京：人民文学出版社，2010.

[13] 陈曦钟. 水浒传会评本 [M]. 北京：北京大学出版，1987.

［14］陈剑晖．中国现当代散文的诗学建构［M］．南昌：江西高校出版社，2004.
［15］陈昌恒．张竹坡评点金瓶梅辑录［M］．武汉：华中师范大学出版社，1986.
［16］许慎．说文解字注［M］．段玉裁，注．上海：上海古籍出版社，1988.
［17］杜书瀛．李渔美学思想研究［M］．增订本．北京：中国社会科学出版社，1998.
［18］丹纳．艺术哲学［M］．傅雷，译．北京：人民文学出版社，1963.
［19］冯达甫．老子译注［M］．上海：上海古籍出版社，2006.
［20］樊美筠．中国传统美学的当代阐释［M］．北京：北京大学出版社，2006.
［21］房玄龄，等．晋书［M］．北京：中华书局，1974.
［22］山海经［M］．方韬，译注．北京：中华书局，2011.
［23］傅璇琮．唐才子传校笺［M］．北京：中华书局，1989.
［24］范晔．后汉书［M］．杭州：浙江古籍出版社，2000.
［25］冯班．钝吟杂录［M］．北京：商务印书馆，1937.
［26］冯梦龙．警世通言［M］．魏同贤，校点，南京：江苏古籍出版社，1991.
［27］郭守运．“远”范畴的审美空间［M］．武汉：武汉大学出版社，2014.
［28］郭守运．中国古代文论“奇”范畴研究［M］．武汉：武汉大学出版社，2009.
［29］郭守运．岭南篆刻艺术史论［M］．广州：华南理工大学出版社，2017.
［30］广韵［M］．北京：中国书店，1982.
［31］郭若虚．图画见闻志［M］．北京：人民美术出版社，1963.
［32］司空图，袁枚．诗品集解；续诗品注［M］．郭绍虞，集解，辑注．北京：人民文学出版社，1980.
［33］郭绍虞，王文生．中国历代文论选［M］．上海：上海古籍出版社，2001.
［34］葛洪．抱朴子［M］．上海：上海古籍出版社，1990.
［35］郭英德，谢思炜，尚学锋．中国古典文学研究史［M］．北京：中华书局，1995.
［36］葛兆光．中国思想史［M］．上海：复旦大学出版社，2001.
［37］黑格尔．美学［M］．朱光潜，译．北京：商务印书馆，1981.
［38］谢灵运鲍照诗选［M］．胡大雷，选注．北京：中华书局，2011.
［39］黄图珌．看山阁集闲笔［M］．上海：上海古籍出版社，2013.
［40］黄侃．文心雕龙札记［M］．上海：上海古籍出版社，2000.
［41］黄叔琳．增订文心雕龙校注［M］．北京：中华书局，2005.

[42] 胡仔. 苕溪渔隐丛话 [M]. 廖明德, 点校. 北京: 人民文学出版社, 1962.

[43] 黄寿祺, 等. 周易译注 [M]. 上海: 上海古籍出版社, 2007.

[44] 何文焕. 历代诗话 [M]. 北京: 中华书局, 2004.

[45] 惠洪. 冷斋夜话 [M]. 上海: 上海古籍出版社, 2012.

[46] 黄季鸿. 明清《西厢记》研究 [M]. 长春: 东北师范大学出版社, 2015.

[47] 胡应麟. 少室山房笔丛 [M]. 上海: 上海书店出版社, 2001.

[48] 黄霖, 韩同文. 中国历代小说论著选: 修订本 [M]. 南昌: 江西人民出版社, 2000.

[49] 蒋凡, 郁沅. 中国古代文论教程 [M]. 北京: 中国书籍出版社, 2009.

[50] 贾文昭, 等. 中国古代文论类编 [M]. 合肥: 安徽大学中文系文学研究室, 1982.

[51] 蒋寅. 清诗话考 [M]. 北京: 中华书局, 2005.

[52] 孔尚任. 桃花扇 [M]. 北京: 人民文学出版社, 1959.

[53] 孔令境. 中国小说史料 [M]. 上海: 上海古籍出版社, 1982.

[54] 李渔. 闲情偶寄 [M]. 杜书瀛, 评注. 北京: 中华书局, 2007.

[55] 李渔. 闲情偶寄 [M]. 北京: 北京燕山出版社, 1998.

[56] 刘禹锡. 刘禹锡集笺证 [M]. 瞿蜕园, 笺证. 上海: 上海古籍出版社, 1989.

[57] 李天道. 古代文论与美学研究 [M]. 北京: 商务印书馆, 2005.

[58] 刘义庆. 世说新语 [M]. 延边: 延边人民出版社, 2000.

[59] 老子十六章 [M]. 北京: 中华书局, 1984.

[60] 刘勰. 文心雕龙 [M]. 詹英, 校注. 上海: 上海古籍出版社, 1989.

[61] 刘熙载. 艺概 [M]. 上海: 上海古籍出版社, 1978.

[62] 刘熙载. 刘熙载文集 [M]. 薛正兴, 点校. 南京: 江苏古籍出版社, 2001.

[63] 李庆立. 谢榛研究 [M]. 济南: 齐鲁书社, 1993.

[64] 刘埙. 隐居通议 [M]. 北京: 商务印书馆, 1937.

[65] 刘邵. 人物志 [M]. 郑州: 中州古籍出版社, 2007.

[66] 吕氏春秋 [M]. 陆玖, 注译. 北京: 中华书局, 2011.

[67] 陆时雍. 诗镜总论 [M]. 北京: 中华书局, 2014.

[68] 李贽研究参考资料 [M]. 福州: 福建人民出版社, 1976.

[69] 李贽评点元、明戏剧、小说资料选辑 [M]. 福州: 福建省李贽著作注释组福州小

组，1974.
［70］凌濛初．二刻拍案惊奇［M］．西安：太白文艺出版社，1995.
［71］李泽厚．美学三书［M］．合肥：安徽文艺出版社，1999.
［72］李泽厚．中国古代思想史论［M］．天津：天津社会科学出版社，2003.
［73］李泽厚．中国美学史［M］．合肥：安徽文艺出版社，1999.
［74］刘成纪．青山道场：庄禅与中国诗学精神［M］．北京：东方出版社，2005.
［75］罗贯中．三国演义［M］．毛宗岗，评改．上海：上海古籍出版社，1989.
［76］李时人．中国禁毁小说漫话［M］．上海：汉语大词典出版社，1999.
［77］墨子．墨子［M］．北京：中华书局，2007.
［78］迈克·克朗．文化地理学［M］．杨淑华，宋慧敏，译．南京：南京大学出版社，2005.
［79］潘运告．宋人画论［M］．长沙：湖南美术出版社，2003.
［80］屈原．楚辞［M］．聂石樵，校注．北京：商务印书馆，2004.
［81］屈原．屈原集校注［M］．金开诚，等校注．北京：中华书局，1996.
［82］钱钟书．七缀集［M］．北京：生活·读书·新知三联书店，2002.
［83］钱钟书．管锥编增订［M］．北京：中华书局，1982.
［84］祁彪佳．远山堂明曲品剧品校录［M］．黄裳，校录．上海：上海出版公司，1955.
［85］叔本华．作为意志和表象的世界［M］．北京：商务印书馆，1982.
［86］沈子丞．历代论画名著汇编［M］．北京：文物出版社，1982.
［87］沈括．梦溪笔谈［M］．延边：延边人民出版社，2004.
［88］沈德潜．古诗源［M］．北京：中华书局，2006.
［89］沈德潜．说诗晬语笺注［M］．北京：人民文学出版社，2013.
［90］司马迁．史记［M］．北京：中华书局，1982.
［91］舒红霞．女性审美文化：宋代女性文学研究［M］．北京：人民出版社，2004.
［92］宋祁，欧阳修等．新唐书·李戡传［M］．北京：中华书局，2000.
［93］苏轼．苏轼文集［M］．北京：中华书局，1986.
［94］施耐庵．水浒传（注评本）［M］．金圣叹，评．上海：上海古籍出版社，2015.
［95］施耐庵．明容与堂刻本水浒传［M］．上海：上海人民出版社，1975.
［96］汤用彤．魏晋玄学论稿［M］．上海：上海古籍出版社，1998.

[97] 陶渊明. 陶渊明集 [M]. 北京：中华书局，2007.

[98] 谭新红. 清词话考述 [M]. 武汉：武汉大学出版社，2009.

[99] 唐圭璋. 全金元词 [M]. 北京：中华书局，1979.

[100] 唐圭璋. 全宋词 [M]. 北京：中华书局，2009.

[101] 汪涌豪. 中国文学批评范畴及体系 [M]. 上海：复旦大学出版社，2007.

[102] 维柯. 新科学 [M]. 朱光潜，译. 北京：人民出版社，1986.

[103] 王士祯. 池北偶谈 [M]. 济南：齐鲁书社，2007.

[104] 王维. 王维全集 [M]. 上海：上海古籍出版社，1997.

[105] 吴中杰. 中国古代审美文化论 [M]. 上海：上海古籍出版社，2003.

[106] 王念孙，等. 广雅疏证 [M]. 北京：中华书局，1983.

[107] 王大鹏. 中国历代诗话选 [M]. 长沙：岳麓书社，1985.

[108] 王定保. 唐摭言：卷六 [M]. 北京：中华书局，1960.

[109] 王夫之. 四溟诗话；姜斋诗话 [M]. 北京：人民文学出版社，2010.

[110] 王阳明. 王阳明全集 [M]. 上海：上海古籍出版社，1992.

[111] 王世贞. 艺苑卮言 [M]. 南京：凤凰出版社，2009.

[112] 王明. 抱朴子内篇校释 [M]. 北京：中华书局，1985.

[113] 魏仲恭. 朱淑真诗集 [M]. 杭州：浙江古籍出版社，2008.

[114] 吴师道. 吴礼部诗话东坡诗话录 [M]. 北京：商务印书馆，1936.

[115] 吴梅. 顾曲麈谈 [M]. 上海：上海古籍出版社，2000.

[116] 王骥德. 曲律 [M]. 北京：中国戏剧出版社，1983.

[117] 王实甫. 西厢记 [M]. 上海：上海古籍出版社，1981.

[118] 吴雷发. 说诗菅蒯 [M]. 无锡：无锡丁氏校刊，1949.

[119] 王充. 论衡 [M]. 上海：上海人民出版社，1974.

[120] 王宇根. 万卷：黄庭坚和北宋晚期诗学中的阅读与写作 [M]. 北京：生活·读书·新知三联书店，2015.

[121] 王国健. 明清小说思潮论稿 [M]. 广州：广州出版社，1993.

[122] 许慎. 说文解字 [M]. 北京：中华书局，1963、1987.

[123] 谢榛，王夫之. 四溟诗话；姜斋诗话 [M]. 北京：人民文学出版社，1961.

[124] 谢榛. 四溟诗话 [M]. 宛平，校点. 北京：人民文学出版社，1961.

[125] 谢榛. 诗家直说笺注 [M]. 李庆立，等，笺注. 济南：齐鲁书社，1987.
[126] 徐震堮. 世说新语校笺 [M]. 北京：中华书局，1984.
[127] 谢肇淛. 五杂俎 [M]. 南昌：松梅轩，1911.
[128] 心斋先生全集（语录） [M]. 清王世丰刊本（线装二册），泰州市图书馆影印，1986.
[129] 西湖散人. 红楼梦影 [M]. 北京：北京大学出版社，1988.
[130] 许总. 宋明理学与中国文学 [M]. 南昌：百花洲文艺出版社，1999.
[131] 叶燮. 原诗；一瓢诗话；说诗晬语 [M]. 北京：人民文学出版社，2005.
[132] 袁枚. 随园诗话 [M]. 北京：人民文学出版社，1982.
[133] 袁行霈. 中国文学史 [M]. 北京：高等教育出版社，1999.
[134] 恽格. 南田画跋 [M]. 上海：上海人民美术出版社，1987.
[135] 叶朗. 中国美学史大纲 [M]. 上海：上海人民出版社，1985.
[136] 姚鼐. 惜抱轩诗文集 [M]. 上海：上海古籍出版社，1992.
[137] 烟水散人. 赛花铃 [M]. 上海：上海古籍出版社，1992.
[138] 于民. 中国美学史资料选编 [M]. 上海：复旦大学出版社，2008.
[139] 周振甫. 周易译注 [M]. 北京：中华书局，1991.
[140] 周振甫.《诗品》译注 [M]. 南京：江苏教育出版社，2006.
[141] 庄辉明，章义和. 颜氏家训译注 [M]. 上海：上海古籍出版社，2006.
[142] 张彦远. 历代名画记 [M]. 北京：人民美术出版社，2004.
[143] 朱良志. 中国艺术的生命精神 [M]. 合肥：安徽教育出版社，2006.
[144] 庄子. 庚桑楚 [M]. 北京：中华书局，1983.
[145] 宗白华. 美学散步 [M]. 上海人民出版社，1981.
[146] 宗白华. 艺境 [M]. 北京：北京大学出版社，1987、2005.
[147] 周维德. 全明诗话 [M]. 济南：齐鲁书社，2005.
[148] 张少康. 中国文学理论批评史教程 [M]. 北京：北京大学出版社，1999.
[149] 中村元. 东方民族的思维方法 [M]. 林太，马小鹤，译. 杭州：浙江人民出版社，1989.
[150] 周亮工. 书影 [M]. 上海：上海古籍出版社，1981.
[151] 张璋，职承让，等. 历代词话 [M]. 郑州：大象出版社，2002.

［152］中国古典戏曲论著集成［M］．北京：中国戏剧出版社，1959.

［153］朱光潜．西方美学史［M］．北京：人民文学出版社，1979.

［154］朱贻庭．中国传统伦理思想史［M］．上海：华东师范大学出版社，2003.

二、学位论文

［1］陈水飞．古代文论的“清”范畴研究［D］．广州：华南师范大学，2010.

［2］蚁诗敏．中国古典美学“空”范畴谈略［D］．广州：华南师范大学，2012.

［3］陈文洁．古典诗学“淡”范畴的审美考察［D］．广州：华南师范大学，2013.

［4］李紫梅．中国古典美学“灵”范畴探略［D］．广州：华南师范大学，2012.

［5］钟文志．辛弃疾词作文本中“老”情怀探索［D］．广州：华南师范大学，2013.

［6］梁美婷．李清照、朱淑真词作的愁思比较研究［D］．广州：华南师范大学，2010.

［7］梁春艳．从白词看白朴之“隐”［D］．广州：华南师范大学，2011.

［8］刘亚妮．中国古典美学“俊”范畴探略［D］．广州：华南师范大学，2012.

［9］林娜娜．浅析金圣叹在评点《水浒传》人物性格中对照模式的运用［D］．广州：华南师范大学，2010.

［10］谭惠云．王士祯“神韵说”研究［D］．广州：华南师范大学，2006.

三、期刊、报纸、论文

［1］安建军．试论杜甫秦州诗的野美特征［J］．天水师范学院学报，2002（3）.

［2］白岚玲．因文生事：金圣叹的小说观［J］．明清小说研究，1999（4）.

［3］程相占．新世纪中国美学一瞥［N］．社会科学报，2005－02－17（4）.

［4］冯洁轩．“务头”考［J］．中国音乐学，1987（2）.

［5］郭守运．古典美学“机”范畴探微［J］．文学评论，2010（2）.

［6］郭守运．李渔曲论“主脑”范畴意蕴探微［J］．湖北民族学院学报（哲学社会科学版），2012（2）.

［7］葛全诚，高福寿．“主脑”觇探［J］．青海师专学报，1992（2）.

［8］洪欣．王骥德的《曲律》［J］．戏剧文学，1987（4）.

［9］胡建次．清代文论视野中的“趣”［J］．贵州社会科学，2004（1）.

［10］金玉新．古典诗词中愁情之浅见［J］．青年文学家，2009（11）.

［11］金元浦．论文学阅读的三级视野［J］．文艺研究，1996（5）.

[12] 蒋寅．古典诗学中“清”的概念［J］．中国社会科学，2000（1）．

[13] 冷成金．试谈中国禁毁小说的概况及禁毁因由［J］．中国人民大学学报，1999（5）．

[14] 李彦华．浅析韩愈诗歌险怪奇崛的艺术境界［J］．辽宁师专学报（社会科学版），2010（3）．

[15] 刘石．从“诗画一律”论潘天寿诗歌［J］．清华大学学报（社科版），2011（5）．

[16] 李万堡．“务头”它说［J］．海南大学学报（人文社会科学版），2007，25（6）．

[17] 兰小云．中国古典小说人物造型与形神美学［J］．遵义师范学院学报，2005，7（4）．

[18] 刘恒．李开先曲论之贡献［J］．徐州工程学院学报（社会科学版），2010（5）．

[19] 李建中．关键词研究开启中华文化现代意义世界［N］．中国社会科学报，2014－06－04．

[20] 林平．论北宋禁书［J］．四川大学学报（哲学社会科学版），2003（5）．

[21] 木斋．论张先词古今一大转变及“始创瘦硬之体”［J］．山西大学学报（哲学社会科学版），2005（1）．

[22] 宋国栋．论美学“空”范畴的产生、内涵及意义［J］．中国文学研究，2007（1）．

[23] 苏仲翔，王先霈，羊春秋．论叶昼对《水浒传》的批评［J］．湖南教育学院学报．1984（4）．

[24] 唐春生．梅诗师韩之奇险论［J］．重庆师院学报（哲学社会科学版），1994（4）．

[25] 童庆炳．《文心雕龙》“奇正华实”说［J］．文艺理论研究，1999（1）．

[26] 童庆炳．司空图“韵外之致”说新解［J］．文艺理论研究，2001（6）．

[27] 汪涌豪．“声色”范畴的意义内涵与逻辑定位［J］．北京大学学报，2010，47（3）．

[28] 吴文静．浅谈宋诗的特点［J］．南昌教育学院学报，2010（3）．

[29] 吴戈．如何理解李渔的“立主脑”？［J］．浙江师范大学学报，1986（2）．

[30] 王宏林．诗画一律的产生背景和内涵［J］．南阳师范学院学报，2008（2）．

[31] 王茜．《周易》的诗性智慧［J］．商丘师范学院学报，2004，20（3）．

[32] 王辉斌．论何良俊的戏曲学理论：以其《曲论》为研究中心［J］．阅江学刊，

2013 (3).

[33] 王小盾. 明曲本色论的渊源和它在嘉靖时代的兴起 [J]. 云南艺术学院学报, 2001 (4).

[34] 阳晓儒. 郢人斤斫无痕迹 仙人衣裳弃刀尺: 中国古典美学的理想境界 [J]. 广西大学学报 (哲学社会科学版), 1994 (4).

[35] 姚品文. 李渔 "立主脑" 辨析 [J]. 江西师大学报, 1992 (1).

[36] 姚玉婷. "画工" 与 "化工": 以《琵琶记》和《西厢记》为例 [J]. 大众文艺, 2015 (1).

[37] 杨坚. 传神写照: 艺术典型创造的审美追求 [J]. 经济与社会发展, 2011, 9 (6).

[38] 钟乃元. 论李白尚 "清" 的审美理想 [J]. 广西师范大学学报 (哲学社会科学版), 2009, 45 (1).

[39] 张晓芳. 浅谈李贺诗歌中的幽冷意象 [J]. 天中学刊, 2005, 20 (4).

[40] 张丽明, 严羽. "优游不迫" "沉着痛快" 审美风格论析说: 兼论其与入神之关系 [J]. 红河学院学报, 2006, 4 (3).

[41] 赵鑫. 审美范畴的 "野" 的文化阐释 [J]. 徐州教育学院学报, 2006 (2).

[42] 祝肇年. 深义休说字面求: 谈李渔 "立主脑" [J]. 新剧本, 1985 (6).

[43] 张世君. 明清小说评点的空间连叙概念: 一线穿 [J]. 广州大学学报 (人文社会科学版), 2002 (1).

[44] 张小芳. 评点水浒传的通俗品格 [J]. 南通师范学院学报 (哲学社科版), 2001 (5).

[45] 赵平平. 浅析金评《水浒传》人物形象塑造 [J]. 现代语文 (学术综合), 2009 (6).

[46] 张慧禾. 禁毁小说研究百年回顾与展望 [J]. 西南交通大学学报 (社会科学版), 2004 (6).

[47] 张爱华. 读禁书札记 [J]. 文艺评论, 1996 (1).

[48] 黄雪敏. 梁启超戏曲理论中的趣味观念探析 [J]. 中国社会科学院研究生院学报, 2011.

[49] 黄雪敏. 中国古典诗学范畴的人本构建 [J]. 清华大学学报 (社会科学版), 2011.

后　　记

张祜诗云："故国三千里，深宫二十年。一声何满子，双泪落君前。"

苏轼词云："试问岭南应不好？却道，此心安处是吾乡。"

人生如果有梦，不知道有没有人尝试过一梦二十年？二十年，在一个人的生命中，又占据了怎样的一个地位？

1997 年的酷热的秋季，一个乡村少年，懵懂无知，衣衫褴褛，从淮河之滨，越过淮河、长江，来到陌生的珠江之畔。那个时候的我，对于世界是茫然的，对于未来是困惑的，对于文学却是挚爱的。在榕树荫下，在紫薇树边，在玉兰花旁，在紫荆花鲜亮的色彩映照下，开始了漫长且艰辛的求学之路。在华南师范大学，我完成了从本科到博士的学习，经历了从文学到哲学再到文学的锤炼，也拥有了自己温馨而快乐的家庭，但也经历了诸多的困难与挫折，遭受了父母先后去世的痛苦。而今，年近四十，人到中年，蓦然回首，仍觉一路走来，如梦似幻，既真切又虚幻。

学问之路上，执着、灵性与专注，缺一不可。幸甚，虽悟性与专注都较为勉强，但是在众多师友的扶持、批评与关爱下，我总算是坚守着自己的兴趣和专业，二十年来小有所成。有大气魄、大毅力、大境界者能够“指点江山，激扬文字，粪土当年万户侯”，而吾等非知名大学的不出名的普通教师，却也有感于家国和时代的巨变，“位卑未敢忘忧国”，在日常的专业教育中，孜孜以求，以阅读为乐，以育人为业。毕竟，文化自信来源于文化实力，民族自信立足于民众素养。而增强文化实力，提升社会素养，又非一日之功，需时时呵护，辅之以极大的耐心和毅力。

陈剑晖、王兆胜、蒋述卓等诸位教授，既是引领中国文学学科建设的大学者，又是具有民族情怀、时代责任的知识精英，在2017年这个重要的历史进程节点，筹划出版“文体与跨文体研究丛书”等两套大型图书，无论是对于当下还是未来，无论是对于学术研究还是学科建设，都有着不可估量的文化价值和历史价值。广东高等教育出版社立于时代潮头，承接了这一出版工程，亦是利国利民之举，善莫大焉。

文体是中国学术当前的一个研究重点，也是传承传统文学与文化、树立民族文化自信的一个契机和切入点。范畴研究，由哲学而文学，也是管窥中国文学变迁、反思民族思维特质、重构中国文学历史的核心途径。传统的中国文学，并非西方文艺理论文体“四分法”所能概括。“四分法”应用于中国古代以诗词曲赋、传奇小说为中心的文学场域，反而严重遮蔽了中国传统文学的民族性、丰富性和多样性。

此书的编著得以顺利完成，首先得益于陈剑晖、王兆胜等先生的学术信任和总体指导。原本囿于才情和能力，我只打算写“文体与词学范畴研究”这个主题，后来在各位前辈专家的指导下，开阔了视野和心胸，将整个中国古代文体的学科范畴进行系统的理论构建，才慢慢有目前这个书稿的理论架构。尽管还不太成熟，但是对于我自身的研究而言，却是大大提升了范畴研究的规模和境界。

其次，要感谢学术界其他师长已有的范畴研究成果。就文体而言，童庆炳、吴承学、陶东风等教授的研究成果美玉在前，成就斐然；就范畴而言，无论是较早的叶朗先生的《中国美学史大纲》，还是汪涌豪先生的《中国文学批评范畴及体系》，以及詹福瑞、陈良运、党圣元、蒋寅等诸位先生的研究，都为我等后辈的研究提供了充足的理论素材和严谨的方法论。因此，生于这样一个文献储备丰富、资料查询便捷、学术成果多元的时代，是潜心学问者的幸运。不过，由于时间紧，任务重，本书在参考文献及其校注方面可能存在不少版本或错引、漏引问题，敬请各位方家批评和原谅。

再次，还要特别感谢为此书进行文献收集、资料整理的学界新人。广西城市职业学院的余雪老师（华南师范大学 2016 届美学硕士）负责本书第一章和第二章，后由许静敏（湖南大学新闻传播专业 2018 级研究生）进行文字校对；洪丹萍（华南师范大学城市文化学院 2015 级）负责第三章和第四章，最后由区婉仪（华南理工大学公共管理学院 2018 级研究生）进行全书文献页码及文字的校对。此外，本书参考和使用了一部分本科生和研究生毕业论文的内容，主要是历年由我指导的与文体范畴研究有关的若干学生论文，并已在文中加以注释。特此说明并真挚感谢。

最后，衷心感谢广东高等教育出版社黄红丽总编辑和钟凌翊副社长，她们为本书的出版提供了热心、细致而周到的服务，也特别感谢本书的责编管晓芹老师和何栩隽老师，她们为本书在文字、版式、文献、观点等方面的修订付出了大量心血，在此一并感谢。

在中国文学的河流里，一梦二十年，与古人同游，与诗人同感，与词人同化，这是瑰丽而奇幻的一场文学际遇。“但愿长醉不愿醒”，这是夙愿，也是告白。

郭守运

2018 年 7 月于广州